Levenslijn

Harlan Coben bij Boekerij:

Vals spel
Tegenwerking
Schijnbeweging (voorheen *Foute boel*)
Schaduwleven (voorheen *Klein detail*)
Laatste kans (voorheen *Oud zeer*)
Niemand vertellen
Spoorloos
Geen tweede kans
Momentopname
De onschuldigen
Eens beloofd
Geleende tijd
Houvast
Verloren
Verzoeking
Levenslijn
Blijf dichtbij

www.boekerij.nl

Harlan Coben

Levenslijn

Eerste druk 2011
Derde druk 2012

ISBN 978-90-225-6266-6
NUR 330

Oorspronkelijke titel: *Live Wire* (Dutton, Penguin)
Vertaling: Martin Jansen in de Wal
Omslagontwerp: Wil Immink Design
Omslagbeeld: Arman Zhenikeyev / Getty Images
Zetwerk: Mat-Zet bv, Soest

© 2011 by Harlan Coben
© 2011 voor de Nederlandse taal: De Boekerij bv, Amsterdam

Published by arrangement with Lennart Sane Agency AB

Niets uit deze uitgave mag openbaar worden gemaakt door middel van druk, fotokopie, internet of op welke andere wijze ook, zonder voorafgaande schriftelijke toestemming van de uitgever.

*Voor Anne,
omdat het mooiste nog moet komen*

Proloog

De lelijkste waarheid, had een vriend van Myron hem ooit verteld, is nog altijd beter dan de mooiste leugen.

Myron moest hieraan denken toen hij naar zijn vader in het ziekenhuisbed keek. Zijn gedachten gingen terug naar zestien jaar geleden, naar de laatste keer dat hij tegen zijn vader had gelogen, naar de leugen die zo veel verdriet en schade had aangericht, een leugen die iets in gang had gezet wat hier, op deze droefgeestige manier, zou eindigen.

De ogen van zijn vader bleven gesloten en zijn piepende ademhaling was onregelmatig. Uit alle delen van zijn lichaam, zo leek het, staken slangetjes. Myron staarde naar de onderarmen van zijn vader. Als kind had hij hem een keer opgezocht op zijn werk, in de fabriek in Newark, waar zijn vader met half opgerolde mouwen achter een reusachtig bureau had gezeten. Zijn onderarmen waren zo dik en gespierd dat de stof van zijn hemdsmouwen er strak overheen spande en de manchetten er als tourniquets omheen zaten gedraaid. Nu zagen die armen er sponzig uit, slap door ouderdom. De brede borstkas, die Myron altijd zo'n veilig gevoel had gegeven, was er nog wel maar maakte een broze indruk, alsof de ribben als dorre twijgjes zouden breken als je er met je hand op leunde. Zijn vaders ongeschoren gezicht zat vol grijze vlekken in plaats van het donkere waas van baardstoppels dat hij altijd had gehad wanneer hij van zijn werk thuiskwam; de huid van zijn wangen en kin leek er los op te liggen, alsof die hem een maat te groot was geworden.

Myrons moeder – al drieënveertig jaar Al Bolitars vrouw – zat naast het bed. Haar hand, trillend als gevolg van de ziekte van Parkinson, hield die van haar man vast. Ook zij zag er kwetsbaar uit. In haar jeugd was ze een van de eerste feministes geweest, had ze samen met Gloria Steimen haar beha verbrand en droeg ze T-shirts met teksten als: DE PLAATS VAN EEN VROUW IS IN HUIS... ÉN IN DE SENAAT. Nu waren Ellen en Al Bolitar – wij zijn El-Al, had ma altijd als grapje gezegd, zoals die Israëlische luchtvaartmaatschappij – aangetast door de tijd, klemden ze zich vast aan het leven, hadden ze meer geluk gekend dan de meesten van hun leeftijdgenoten, en toch zag hun geluk er uiteindelijk zó uit.

God heeft een bizar gevoel voor humor.

'En?' zei ma zachtjes tegen Myron. 'Zijn we het eens?'

Myron gaf geen antwoord. De mooiste leugen versus de lelijkste waarheid. Myron had er destijds, zestien jaar geleden, toen hij deze geweldige man van wie hij zielsveel hield die laatste leugen had verteld, lering uit moeten trekken. Maar nee, zo simpel was het niet. Want de lelijkste waarheid kon rampzalig zijn. Die kon de hele wereld op zijn kop zetten.

Die kon mensen het leven kosten.

Dus toen de ogen van zijn vader knipperend opengingen, toen de man die Myron dierbaarder was dan wie ook ter wereld met een smekende, bijna kinderlijk verwarde blik opkeek naar zijn oudste zoon, keek Myron zijn moeder aan en knikte. Daarna slikte hij zijn tranen weg en zette zich schrap om nog één laatste keer tegen zijn vader te liegen.

I

Zes dagen daarvoor

'Myron, alsjeblieft, je moet me helpen.'
Myron had er vaak over gefantaseerd: een beeldschone, weelderig gevormde deerne in nood die als in een oude Bogart-film zijn kantoor kwam binnenschrijden. Alleen leek het schrijden in dit geval meer op waggelen en de beeldschone deerne had haar weelderige vormen te danken aan het feit dat ze acht maanden zwanger was, en dat – tja, helaas – bracht zijn fantasie meteen weer om zeep.

Ze heette Suzze T, Trevantino voluit, de gewezen tennisster. De sexy schrik van het circuit, die meer bekendheid had genoten om haar provocerende outfits, haar piercings en haar tatoeages dan door haar tennisspel zelf. Toch had Suzze een groot aantal zeges op haar naam staan, ze had kapitalen aan reclamegelden verdiend en was vooral beroemd geworden als contactpersoon – Myron vond die functieomschrijving prachtig – van La-La-Latte, een keten van topless koffiebars waar opgeschoten jongens hun ogen uit hun hoofd keken en stompzinnig bedelden om een 'extra scheutje melk'. Dat waren nog eens tijden.

Myron spreidde zijn armen. 'Ik sta tot je beschikking, Suzze, vierentwintig uur per dag, zeven dagen per week, dat weet je.'

Ze bevonden zich in zijn kantoor aan Park Avenue, de thuishaven van MB Reps, waarvan de M stond voor Myron, de B voor Bolitar en Reps voor het feit dat het sportmensen, acteurs en schrijvers vertegenwoordigde. Kortom, beknopter kon het niet.

'Zeg het maar, wat kan ik voor je doen?'

Suzze ging door het kantoor ijsberen. 'Ik weet niet waar ik moet beginnen.' Myron wilde reageren toen ze bleef staan en haar hand opstak. 'Als je zegt "bij het begin", ruk ik een van je ballen van je lijf.'

'Eentje maar?'

'Omdat je nu verloofd bent. Ik hou rekening met je arme aanstaande.'

Het ijsberen ging over in een soort waggeldans die steeds wilder werd, totdat Myron vreesde dat ze in zijn pas opgeknapte kantoor haar kind ging baren.

'Eh... de vloerbedekking,' zei Myron. 'Die is net nieuw.'

Ze keek hem fronsend aan, liep nog een paar rondjes en begon op haar lange, felgekleurde nagels te bijten.

'Suzze?' Ze bleef staan en keek hem aan. 'Vertel op,' zei Myron.

'Weet je nog hoe we elkaar voor het eerst hebben ontmoet?'

Myron knikte. Hij had een paar maanden daarvoor zijn studie rechten afgerond en had net zijn agentschap opgericht. Toen, bij de oprichting, heette het MB SportsReps. Myron had die naam gekozen omdat hij aanvankelijk alleen topsporters als cliënt had. Maar toen hij later ook acteurs, auteurs en anderen uit de kunst- en glamoursector ging vertegenwoordigen, had hij 'Sports' uit de naam geschrapt zodat er MB Reps was overgebleven.

Nogmaals, beknopter kon het niet.

'Natuurlijk,' zei hij.

'Ik was een warhoofd, hè?'

'Je was een groot tennistalent.'

'En een warhoofd. Je hoeft me niet te ontzien.'

Myron hief zijn handen ten hemel. 'Je was pas achttien.'

'Zeventien.'

'Goed dan, zeventien.' In een flits zag hij haar voor zich in de zon op de tennisbaan: haar blonde haar in een paardenstaart, een ondeugende grijns op haar gezicht en een forehand die de bal geselde alsof hij haar had beledigd. 'Je was nog maar net prof. Opgeschoten jongens hadden je poster boven hun bed hangen. Er werd van je verwacht dat je meteen alle tennislegendes versloeg. Je ouders hadden het woord "pushen" een nieuwe dimensie gegeven.

Het is een wonder dat je overeind bent gebleven.'
'Goede beschrijving.'
'Wat is er dan mis?'
Suzze boog haar hoofd en keek naar haar dikke buik alsof ze die pas sinds die ochtend had. 'Ik ben in verwachting.'
'Eh, ja, dat zie ik.'
'Ik heb een goed leven, weet je.' Ze was zachter gaan praten en haar stem klonk bedachtzaam. 'Na al die jaren, toen ik helemaal was doorgedraaid, kwam ik Lex tegen. En nu: de muziek die hij maakt is beter dan ooit, de tennisschool loopt als een trein. Eigenlijk gaat alles heel goed.'
Myron wachtte af. Ze bleef naar haar buik kijken en vouwde haar armen er losjes omheen alsof ze – zo stelde Myron zich voor – haar kind al in de armen had. Om het gesprek gaande te houden vroeg hij: 'Vind je het leuk om in verwachting te zijn?'
'Het feitelijke lichamelijke proces van een kind dat binnen in me groeit?'
'Ja.'
Ze haalde haar schouders op. 'Het is niet zo dat ik de hele dag loop te stralen of zoiets. Ik bedoel, van mij mogen de weeën beginnen, ik ben er klaar voor. Er zijn vrouwen die het heerlijk vinden om zwanger te zijn.'
'Maar jij niet?'
'Ik heb het gevoel alsof er een bulldozer boven op mijn blaas staat. Volgens mij vinden vrouwen het fijn om zwanger te zijn omdat ze zich dan bijzonder voelen. Alsof ze een soort beroemdheid zijn. De meeste vrouwen gaan door het leven zonder veel aandacht te krijgen, maar als ze zwanger zijn, is iedereen door het dolle heen. Het klinkt misschien hard, maar volgens mij zijn zwangere vrouwen gewoon blij met het applaus en de aandacht die ze krijgen. Begrijp je wat ik bedoel?'
'Ik denk het wel.'
'Ik heb al genoeg aandacht en applaus gekregen, dacht ik zo.' Ze liep naar het raam en keek naar buiten. Na een tijdje draaide ze zich weer om. 'Trouwens, heb je gezien hoe groot mijn tieten zijn?'

'Eh... hm,' zei Myron, en hij besloot het daarbij te laten.
'Nu we het daar toch over hebben, misschien kunnen we wel een nieuwe fotoserie voor La-La-Latte maken.'

'Vanuit strategisch gekozen hoeken?'

'Precies. Het wordt vast een geweldige campagne met deze jongens.' Ze duwde ze met haar handen op voor het geval Myron niet begreep over welke jongens ze het had. 'Wat denk jij?'

'Ik denk,' zei Myron, 'dat je om de zaak heen draait.'

Haar ogen waren betraand. 'Ik ben zo verdomde gelukkig.'

'Ja, nou, ik kan me voorstellen dat je daardoor van streek bent.'

Dat bracht een glimlach op haar gezicht. 'Ik heb mijn demonen bezworen. Ik heb het zelfs goedgemaakt met mijn moeder. Lex en ik zijn helemaal klaar voor de geboorte van ons kind. Ik wil die demonen ver uit de buurt houden.'

Myron ging rechtop zitten. 'Je bent toch niet weer gaan gebruiken, hè?'

'God, nee. Niet díé demonen. Daar hebben Lex en ik voorgoed mee afgerekend.'

Lex Ryder, Suzzes man, was de ene helft van het beroemde rockduo HorsePower, de veel mindere helft, moet worden gezegd, naast de superaantrekkelijke, charismatische frontman Gabriel Wire. Lex was een prima muzikant, al was hij geen echte virtuoos, maar hij zou altijd de John Oates naast Daryl Hall zijn, de Andrew Ridgeley naast George Michael, de rest van de Pussycat Dolls naast Nicole Scherz-dinges.

'Over wat voor demonen heb je het dan?'

Suzze zocht in haar tas en haalde er iets uit wat op een foto leek. Ze keek er even naar en gaf hem toen aan Myron. Hij wierp er een vluchtige blik op en wachtte weer tot ze iets zou zeggen.

Uiteindelijk, alleen om de stilte te verbreken, zei hij wat ze allebei al wisten. 'Dit is een echografie van je kind.'

'Yep. Achtentwintig weken oud.'

Weer een stilte. Opnieuw was het Myron die haar verbrak. 'Is er iets niet in orde met het kind?'

'Nee hoor. Hij is kerngezond.'

'Hij?'

Suzze T glimlachte. 'Ik krijg mijn eigen kleine knulletje.'

'Cool.'

'Ja. O, dat is ook een reden dat ik hier ben. Lex en ik hebben het erover gehad en we willen allebei dat jij de peetvader wordt.'

'Ik?'

'Ja, jij.'

Myron zei niets.

'Nou?'

Nu waren het Myrons ogen die vochtig werden. 'Ik zou me vereerd voelen.'

'Huil je?'

Myron zei niets.

'Wat ben je toch een softie,' zei ze.

'Wat is er aan de hand, Suzze?'

'Misschien heeft het niks te betekenen.' Daarna: 'Ik denk dat iemand eropuit is mijn leven te verruïneren.'

Myron bleef naar de echografie kijken. 'Hoe dan?'

En toen liet ze het aan hem zien. Ze liet hem de drie woorden zien die nog lang in zijn hoofd zouden rondspoken.

2

Een uur later maakte Windsor Horne Lockwood III, bekend bij hen die hem vreesden – en dat was vrijwel iedereen – als Win, zijn entree in Myrons kantoor. Win had een mooie, swingende tred, alsof hij uitgedost was in een pandjesjas en met een zwarte hoge hoed, en hij een wandelstok in het rond zwiepte. In plaats daarvan droeg hij een Lilly Pulitzer-das met roze en groene strepen, een blauwe blazer met een of ander embleem op de borstzak, en een kakibroek met een vouw die zo scherp was dat je je eraan kon snijden. Aan zijn voeten had hij instappers, zonder sokken, en het totaalbeeld wekte de indruk dat hij net van het motorjacht MS Oud Geld kwam stappen.

'Suzze T was hier zonet,' zei Myron.

Win knikte en stak zijn kin vooruit. 'Ik kwam haar tegen in de hal.'

'Leek ze erg van streek?'

'Heb ik niet op gelet,' zei Win terwijl hij ging zitten. 'Maar haar borsten zagen er verrukkelijk uit.'

Win.

'Ze zit met een probleem,' zei Myron.

Win leunde achterover en sloeg achteloos maar stijlvol zijn benen over elkaar. 'Vertel op.'

Myron draaide zijn beeldscherm om zodat Win het ook kon zien. Een uur geleden had Suzze T hetzelfde gedaan. Hij dacht aan die drie korte woorden. Op het eerste gezicht heel onschuldig, maar in het leven draaide het om context. En in deze context deden ze de temperatuur in zijn kantoor een paar graden dalen.

Win tuurde naar het scherm, bracht zijn hand naar zijn binnenzak en haalde er een leesbril uit. Die had hij een maand geleden aangeschaft, en hoewel Myron het niet voor mogelijk had gehouden, zag hij er met bril nog arroganter en hooghartiger uit dan hij al was. Myron werd ook wat droefgeestig van die bril. Win en hij waren niet oud, nog lang niet, maar om een van Wins golfclichés te gebruiken toen hij Myron de bril kwam showen, waren ze officieel 'bij de laatste negen holes van hun leven aanbeland'.

'Is dat haar Facebook-pagina?' vroeg Win.

'Ja. Suzze zei dat ze die gebruikt om haar tennisacademie te promoten.'

Win boog zich dichter naar het scherm. 'Is dat een echografie?'

'Ja.'

'En ze gebruikt die echografie om haar tennisacademie te promoten?'

'Dat heb ik haar ook gevraagd. Om het een persoonlijker tintje te geven, zei ze. Mensen willen meer dan alleen het bekende verkooppraatje.'

Win fronste zijn wenkbrauwen. 'Dus zet ze een echo van haar ongeboren kind op haar pagina?' Hij keek op. 'Begrijp jij daar iets van?'

Nee, eerlijk gezegd begreep Myron er niets van. En opnieuw, in combinatie met Wins leesbril en de verbazing waarmee ze naar deze nieuwe wereld van sociale netwerken keken, voelde hij zich oud.

'Lees de reacties eronder maar,' zei Myron.

Win keek hem wezenloos aan. 'Reageren mensen op een echo?'

'Lees ze nou maar.'

Win deed het. Myron wachtte af. Zelf kende hij de hele pagina al uit zijn hoofd. Het waren zesentwintig reacties, wist hij, voor het merendeel gelukwensen. Suzzes moeder, die zich op Facebook Evil (Tennis) Ma noemde, bijvoorbeeld, had geschreven: 'Hé, allemaal, ik word oma! Yeah!' Ene Amy schreef: 'Ahhhh, wat schattig!' Het grappige 'Hij lijkt op z'n ouweheer! ;-)' was afkomstig van een studiodrummer die vroeger met HorsePower had gewerkt. Ene Kelvin schreef: 'Van harte!' en Tami vroeg: 'Wanneer ben je uitgerekend, meisje?'

Win stopte drie reacties van onderaf. 'Een grapjas.'

'Wie?'

'Een of andere olijkerd die zich Erik the Riot noemt schrijft...' Win schraapte zijn keel en boog zich dichter naar het scherm. '"Je kind lijkt wel een zeepaardje!" en daarachter heeft hij LOL getypt.'

'Erik is Suzzes probleem niet.'

Win was onvermurwbaar. 'Misschien moet ik toch maar eens bij hem langsgaan.'

'Lees nou maar door.'

'Oké.' Wins gelaatsuitdrukking veranderde zelden. Hij had zichzelf aangeleerd in zaken en in gevechtssituaties nooit iets te laten blijken. Maar na een paar seconden zag Myron een donkere schaduw over de ogen van zijn oude vriend vallen. Win keek op. Myron knikte. Hij wist nu dat Win de drie woorden had gelezen.

Ze stonden helemaal onder aan de pagina. De drie woorden waren een reactie van Abeona S, een naam die Myron niets zei. De profielfoto was een symbool, mogelijk een Chinees karakter. En de tekst, in hoofdletters en zonder leestekens, bestond uit drie korte maar zeer verontrustende woorden.

NIET VAN HEM

Stilte.

Toen zei Win: 'Tjonge.'

'Zeg dat wel.'

Win zette zijn bril af. 'Moet ik de voor de hand liggende vraag stellen?'

'En die is?'

'Is het waar?'

'Suzze zweert dat het kind van Lex is.'

'En geloven we haar?'

'Ja,' zei Myron. 'Maar maakt dat wat uit?'

'Moreel gezien niet, nee. Wil je mijn theorie horen? Dit is het werk van een gestoorde gek.'

Myron knikte. 'Het mooie van internet: het geeft iedereen een

stem. De vloek van internet: het geeft iedereen een stem.'
'De ideale speeltuin voor anonieme lafbekken,' beaamde Win.
'Suzze kan die woorden maar beter wissen voordat Lex ze ziet.'
'Daar is het te laat voor. Dat vormt een deel van het probleem. Lex is ervandoor, min of meer.'
'Ah, ik begrijp het,' zei Win. 'En zij wil dat wij hem opsporen?'
'En hem bij haar thuisbrengen, ja.'
'Het moet niet al te moeilijk zijn om een beroemde popster op te sporen,' zei Win. 'En wat is het andere deel van het probleem?'
'Ze wil weten wie dit heeft geschreven.'
'De ware identiteit van meneer Gestoorde Gek?'
'Suzze denkt dat er meer achter zit. Dat iemand eropuit is haar iets aan te doen.'
Win schudde zijn hoofd. 'Het is een idioot.'
'Kom op nou. Die schrijft "niet van hem"? Dat is echt zwáár gestoord.'
'Een zwáár gestoorde idioot dan. Heb je nog nooit de onzin gelezen die allemaal op dat internet wordt gezet? Zoek een willekeurig nieuwsbericht op en de racistische, homofobe en paranoïde reacties...' hij vormde aanhalingstekens met zijn vingers, '... spatten van je beeldscherm. De tranen schieten je in de ogen als je ze leest.'
'Dat weet ik, maar ik heb haar beloofd dat ik ernaar zou kijken.'
Win zuchtte, zette zijn bril weer op en boog zich naar het beeldscherm. 'Degene die dit heeft geschreven is ene Abeona S. We mogen ervan uitgaan dat dit een pseudoniem is?'
'Yep. Abeona is de naam van een Romeinse godin. Ik heb geen idee waar de S voor staat.'
'En de profielfoto? Wat stelt dat symbool voor?'
'Dat weet ik niet.'
'Heb je het aan Suzze gevraagd?'
'Yep. Zij heeft ook geen idee, zei ze. Het heeft iets van een Chinees karakter.'
'Misschien kunnen we iemand vinden die weet wat het betekent.' Win leunde achterover en zette zijn vingertoppen tegen elkaar. 'Heb je gezien hoe laat de reactie is geplaatst?'

Myron knikte. 'Drie uur zeventien 's nachts.'

'Nogal laat, vind je niet?'

'Dat dacht ik ook,' zei Myron. 'Misschien is dit wel het internetequivalent van sms'jes sturen als je dronken bent.'

'Een ex met wraakgevoelens,' zei Win.

'Bestaan er andere exen?'

'En als ik terugdenk aan Suzzes veelbewogen jonge jaren, levert dat ons – om het netjes te zeggen – meer dan één kandidaat op.'

'Maar Suzze kon niemand bedenken die haar een dergelijke streek zou leveren.'

Win bleef naar het beeldscherm turen. 'Wat wordt onze eerste stap?'

'Meen je dat?'

'Pardon?'

Myron liep een rondje door zijn gerenoveerde kantoor. De posters van Broadway-musicals en zijn Batman-aandenkens waren er niet meer. Hij had ze van de muren gehaald toen alles opnieuw werd geschilderd, maar hij wist nog niet of hij ze wel weer wilde ophangen. Ook alle bekers en prijzen uit zijn basketbaltijd waren verdwenen, zijn NCAA-kampioenschapsringen, zijn All-American Paradeoorkondes en zijn prijs van universiteitsspeler van het jaar, met één uitzondering. Vlak voordat Myron zijn eerste wedstrijd als prof bij de Boston Celtics zou spelen en zijn grote droom eindelijk zou uitkomen, had hij een ernstige knieblessure opgelopen. *Sports Illustrated* had zijn foto op de cover gezet met de tekst EINDE OEFENING? En hoewel niemand op dat moment het antwoord wist, bleek dat een volmondig, luidkeels JA! te zijn. Waarom hij de cover had bewaard en had ingelijst wist hij niet precies. Als iemand hem ernaar vroeg, zei hij meestal dat het een waarschuwing was voor alle aanstaande supersterren die zijn kantoor binnenkwamen, om hen eraan te herinneren dat dromen ook opeens in duigen konden vallen, maar zelf vermoedde Myron dat er meer achter zat dan dat.

'Dit is niet je gebruikelijke modus operandi,' zei Myron.

'O nee? Verklaar je nader.'

'Dit is altijd het moment waarop jij me eraan herinnert dat ik sportmakelaar ben en geen privédetective, en je opmerkt dat je de zin van dit project niet inziet omdat het ons kantoor financieel niets oplevert.'

Win zei niets.

'Vervolgens kom je met het verwijt dat ik een heldencomplex heb en dat ik voortdurend mensen uit de problemen moet helpen omdat ik me anders niet compleet voel. En ten slotte – of zal ik zeggen sinds kort? – houd je me voor dat mijn bemoeienissen meestal meer kwaad dan goed doen en dat ze meer gewonde of dodelijke slachtoffers opleveren dan geredde cliënten.'

Win geeuwde. 'Ben je nog van plan ter zake te komen?'

'Ik dacht dat ik al redelijk duidelijk was, maar goed dan: waarom ben je nu opeens bereid – enthousiast zelfs – om aan deze specifieke reddingsoperatie mee te werken terwijl je in het verleden...?'

'In het verleden,' onderbrak Win hem, 'heb ik je altijd geholpen, waar of niet?'

'Meestal wel, ja.'

Win keek op en tikte met zijn wijsvinger op zijn kin. 'Hoe zal ik het zeggen?' Hij wachtte, dacht na en knikte. 'Wij mensen zijn geneigd te geloven dat de goede dingen des levens eeuwig zullen voortduren. Zo zitten we nu eenmaal in elkaar. Neem The Beatles. Ah, die zullen altijd blijven bestaan. Of *The Sopranos*... aan die serie zal nooit een eind komen. De Zuckerman-boeken van Philip Roth. De concerten van Springsteen. Maar goede dingen zijn zeldzaam. Die moeten we koesteren omdat ze ineens verdwenen kunnen zijn.'

Win stond op en liep naar de deur. Voordat hij het kantoor uit liep, keek hij om. 'Samen met jou op pad gaan,' zei Win, 'is een van die goede dingen.'

3

Het kostte weinig moeite om Lex Ryder te traceren. Esperanza Diaz, Myrons zakenpartner bij MB Reps, belde hem om elf uur 's avonds en zei: 'Lex heeft zonet zijn creditcard gebruikt in Three Downing.'

Myron verbleef, zoals hij wel vaker deed, in Wins optrekje in het befaamde Dakota-gebouw op de hoek van Seventy-second Street met uitzicht op Central Park West. Win had daar een logeerkamer of drie. Het Dakota stamt uit 1884, en zo ziet het er ook uit. Een bouwwerk als een fort, dat even beeldschoon is als duister en heerlijk deprimerend. Een ratjetoe van gevelspitsen, dakkapelletjes en balkonnetjes, van pinakels en frontons, van smeedijzeren balustrades en hekjes, van koepeltjes en boogvormige poortjes... een bizar allegaartje dat op de een of andere onverklaarbare manier een naadloos in elkaar passend geheel vormt.

'Wat is dat, Three Downing?' vroeg Myron.

'Ken je Three Downing niet?' vroeg Esperanza.

'Zou dat moeten?'

'Het is op dit moment de hipste tent in de hele stad. Diddy, de supermodellen en de modegluurders komen daar, dat soort publiek. Het is in Chelsea.'

'O.'

'Dat stelt me teleur,' zei Esperanza.

'Wat?'

'Dat een man van de wereld als jij de trendy tenten in de stad niet kent.'

'Toen Diddy en ik nog gingen stappen, reden we er altijd in een limousine naartoe, zo'n witte verlengde Hummer, en namen we de ondergrondse ingang. Dan ontgaan de namen je.'

'Of je volgt de scene niet meer sinds je verloofd bent,' zei Esperanza. 'Wilde je ernaartoe om hem op te halen?'

'Ik heb mijn pyjama al aan.'

'Yep, een man van de wereld. Zo'n pyjama met aangebreide voetjes?'

Myron keek op zijn horloge. Hij kon voor middernacht in de stad zijn. 'Oké, ik ben al onderweg.'

'Is Win bij je?' vroeg Esperanza.

'Nee, die is nog op stap.'

'Wil je er in je eentje naartoe?'

'Ben je bang dat het in een nachtclub niet veilig is voor een mooie jongen als ik?'

'Nee, ik ben bang dat je er niet in komt. Ik zie je daar. Over een half uur. De ingang aan Seventeenth Street. Trek je snelste outfit aan.'

Esperanza hing op. Myron was verbaasd. Sinds ze moeder was ging Esperanza, voormalig biseksueel feestbeest tot in de vroege ochtenduren, nooit meer 's avonds laat uit. Ze had haar werk altijd heel serieus genomen, was inmiddels voor negenenveertig procent eigenaar van MB Reps en had de afgelopen jaren het merendeel van het kantoorwerk gedaan aangezien Myron meestal op pad was voor zijn merkwaardige projecten. Maar nadat Esperanza zich meer dan tien jaar had bezondigd aan een nachtleven zo hedonistisch dat Caligula er jaloers op zou zijn, had ze er van de ene op de andere dag een punt achter gezet, was getrouwd met de superfatsoenlijke Tom en had nu een zoontje dat Hector heette. Ze was in vier punt vijf seconden van Lindsay Lohan in Carol Brady veranderd.

Myron keek in zijn kledingkast en vroeg zich af wat hij moest kiezen voor een trendy nachtclub. Esperanza had gezegd dat hij zijn snelste outfit moest aantrekken, maar hij koos voor het beproefde recept: spijkerbroek, blauwe blazer, dure instappers – *casual* én chic – voornamelijk omdat dat het enige was wat hij voor een gelegenheid als deze in huis had. Afgezien van deze combinatie en een compleet pak had de kast weinig te bieden, tenzij hij eruit wilde zien als een verkoper in een elektronicawinkel.

Hij hield een taxi aan op Central Park West. Over taxichauffeurs in Manhattan gaat het cliché dat het allemaal buitenlanders zijn die nauwelijks een woord Engels spreken. Dat cliché kon waar zijn, hoewel het minstens vijf jaar geleden was dat Myron er echt een had gesproken. Want ondanks de nieuwe wetgeving was elke taxichauffeur in New York City voorzien van een Bluetooth-oordopje van een mobiele telefoon en was hij zonder onderbreking, vierentwintig uur per dag, zeven dagen per week, zachtjes in zijn moedertaal in gesprek met degene aan de andere kant van de lijn, wie dat ook was. Afgezien van het feit dat dit niet echt beleefd was, had Myron zich altijd afgevraagd wie er in hun leven kon zijn die bereid was de godganse dag met hen te praten. Wat dat betreft zou je kunnen zeggen dat ze het stuk voor stuk erg goed getroffen moesten hebben.

Myron had verwacht dat hij een lange rij mensen en een afzetting met een zwartfluwelen koord zou zien, maar toen ze bij het adres in Seventeenth Street stopten, wees niets erop dat er daar een nachtclub was. Na een tijdje ontdekte Myron dat 'Three' voor de derde verdieping stond en dat 'Downing' de naam was van het gebouw waar hij voor stond. Blijkbaar hadden ze hier de MB Reps cursus Beknopte Bedrijfsnamen gevolgd.

De lift bracht hem naar de derde verdieping. Zodra de deuren opengingen, voelde Myron de diepe bassen van de muziek tot in het midden van zijn borstkas. De lange rij van kanslozen die naar binnen wilden begon al bij de lift. Je zou denken dat mensen naar een club als deze gingen om een leuke avond te hebben, maar in de praktijk kwam het erop neer dat ze het grootste deel van de avond in de rij stonden om uiteindelijk te worden afgewezen met de mededeling dat ze niet cool genoeg waren om met de happy few mee te doen. Vips liepen langs hen heen zonder hen een blik waardig te keuren, waardoor hun verlangen om binnengelaten te worden alleen maar toenam. Er was een zwartfluwelen koord gespannen, natuurlijk, om ze aan hun nietige status te herinneren, en de deur werd bewaakt door drie op steroïden functionerende uitsmijters met een kaalgeschoren hoofd en een in de spiegel geoefende norse blik.

Myron liep met zijn beste Win-swing op de drie af. 'Hallo, heren.'

De uitsmijters negeerden hem. De grootste van de drie was gekleed in een zwart pak zonder shirt. Wel een pak, geen shirt. Echt. Hij had zijn bovenlijf laten waxen, en de gleuf tussen zijn imposante borstspieren vormde een beangstigend decolleté. Hij was in gesprek met een groepje van vier meisjes van rond de eenentwintig jaar. Alle vier droegen ze schoenen met belachelijk hoge hakken – hakken waren helemaal in dit jaar – waardoor ze nogal wankel op de benen stonden. Hun jurkjes waren te weinig verhullend om binnengelaten te worden, maar dat was hier niets bijzonders.

De uitsmijter bekeek de meisjes alsof hij vee keurde. De meisjes poseerden en glimlachten. Even dacht Myron dat ze hun mond zouden openen om hun gebit te laten inspecteren.

'Jullie drie zijn oké,' zei Decolleté. 'Maar jullie vriendin hier is me te dik.'

Het mollige meisje, dat hooguit maatje 36 had, ging huilen. Haar broodmagere vriendinnen gingen in een kring staan en overlegden of ze zonder haar naar binnen moesten gaan. Het mollige meisje rende snikkend weg. De vriendinnen haalden hun schouders op en gingen naar binnen. De drie uitsmijters grijnsden.

'Klasse,' zei Myron.

De grijnzende gezichten draaiden zijn kant op. Decolleté keek Myron recht in de ogen en ging de uitdaging aan. Myron keek terug en gaf geen krimp. Decolleté nam Myron van top tot teen op en leek duidelijk zin te hebben in een confrontatie.

'Leuke outfit,' zei Decolleté. 'Ben je op weg naar de rechtbank om een parkeerboete aan te vechten?'

Zijn twee kameraden, beiden in een Ed Hardy-T-shirt dat vier maten te klein was, vonden het een leuke grap.

'Ah, ik begrijp het,' zei Myron, en hij wees naar de blote borst van de man. 'Ik had geen shirt moeten aantrekken.'

De uitsmijter links van Decolleté plooide zijn lippen in een o van verbazing.

Decolleté wees met zijn duim opzij. 'Achteraan aansluiten, vriend. Of, nog beter, loop meteen door naar huis.'
'Ik kom voor Lex Ryder.'
'Wie zegt dat hij hier is?'
'Ik.'
'En wie ben jij dan wel?'
'Myron Bolitar.'
Stilte. Een van de drie knipperde met zijn ogen. Myron had bijna 'Ta-dah!' geroepen, maar hij wist zich in te houden.
'Ik ben zijn agent.'
'Je naam staat niet op de lijst,' zei Decolleté.
'En we kennen je niet,' voegde Verbaasde o eraan toe.
'Dus…' de derde uitsmijter stak zijn hand op en bewoog zijn vier vingers, '… toedeloe.'
'De ironie,' zei Myron.
'Wat?'
'Zien jullie de ironie er dan niet van in?' vroeg Myron. 'Jullie zijn de poortwachters van een tent waar jullie zelf nooit binnengelaten zouden worden, en toch, in plaats van dat in te zien en een beetje mededogen te hebben met al die mensen die staan te wachten, gedragen jullie je als nog grotere eikels dan jullie al zijn.'
Meer knipperende ogen. Toen kwamen ze alle drie op hem af, als een ondoordringbare muur van borstspieren. Myron voelde zijn hart in zijn oren kloppen. Hij balde zijn handen tot vuisten. Hij ontspande ze weer en bleef rustig ademhalen. Ze deden nog een stap in zijn richting. Myron verroerde zich niet. Decolleté, de leider van de drie, bracht zijn gezicht vlak bij dat van Myron.
'Je kunt nu beter gaan, gast.'
'Waarom? Ben ik te dik? Vind je trouwens dat ik een dikke kont heb in deze spijkerbroek? Eerlijk zeggen. Ik kan het hebben.'
De lange rij mensen was muisstil en men hield de adem in in afwachting van de confrontatie. De uitsmijters keken elkaar aan. Myron was boos op zichzelf. Over contraproductief gesproken. Hij was hier om Lex op te halen, niet om op de vuist te gaan met een stel oververhitte steroïdenslikkers.

Decolleté glimlachte en zei: 'Wel, wel, zo te zien hebben we hier een komiek.'

'Ja,' zei Verbaasde o, 'een grappenmaker. Ha, ha, ha.'

'Ja,' zei zijn collega. 'Je bent een echte grapjas, hè, meneer de komiek?'

'Nou,' zei Myron, 'op het gevaar af onbescheiden te lijken, ben ik ook een heel begenadigd zanger. Ik begin meestal met "The Tears of a Clown", en plak er een uitgeklede versie van "Lady" aan vast... meer in Kenny Rogers-stijl dan die van Lionel Richie. Geloof me, dan houdt niemand het droog.'

Decolleté bracht zijn mond bij Myrons oor en zijn vrienden deden nog een stapje naar voren. 'Je beseft natuurlijk wel dat we je nu een pak op je donder moeten geven.'

'En jij beseft ongetwijfeld,' zei Myron, 'dat je ballen verschrompelen van steroïden.'

Op dat moment, achter hen, zei Esperanza: 'Hij hoort bij mij, Kyle.'

Myron draaide zich om, zag Esperanza en wist te voorkomen dat hij luidkeels 'Wauw!' riep, maar het kostte hem moeite. Hij kende Esperanza nu al twintig jaar, had nauw met haar samengewerkt, en soms, als je iemand elke dag ziet en goed bevriend raakt, vergeet je wat een absolute, hartverlammende knock-out ze is. Toen ze elkaar leerden kennen, was Esperanza een summier geklede profworstelaar die luisterde naar de naam Little Pocahontas. Beeldschoon en welgevormd als ze was, zo mooi dat het glazuur van je tanden sprong, had ze haar erefunctie als glamourster van FLOW – Fabulous Ladies of Wrestling – neergelegd om Myrons persoonlijke assistente te worden en 's avonds rechten te gaan studeren. Ze had zich opgewerkt, zo te zeggen, en was nu Myrons partner bij MB Reps.

Decolleté Kyles gezicht spleet in tweeën in een brede glimlach. 'Poca? Ben jij het echt? Je ziet eruit om op te vreten, meisje.'

Myron knikte. 'Mooie binnenkomer, Kyle.'

Esperanza bood Kyle haar wang aan voor een kusje. 'Ook leuk om jou weer te zien,' zei ze.

'Het is te lang geleden, Poca.'

Esperanza's exotische schoonheid riep beelden op van donkere luchten bij maanlicht, nachtelijke wandelingen langs het strand en olijfbomen die zachtjes ritselden in een koel briesje. Ze droeg grote gouden oorringen. Haar lange zwarte haar had er altijd volmaakt bij afgestoken. Haar half doorzichtige blouse was op maat gemaakt door een ons welgezinde godheid en misschien stond er een knoopje te veel open, maar dat mocht de pret niet drukken.

De drie kleerkasten deden een stap achteruit. Een van hen maakte het zwartfluwelen koord los. Esperanza beloonde hen met een oogverblindende glimlach. Toen Myron achter haar aan liep, deed Kyle een stapje opzij zodat Myron tegen hem op botste. Myron zette zich schrap waardoor Kyle de eerste was die wankelde. 'Mannen,' mompelde Esperanza.

Decolleté Kyle fluisterde in Myrons oor: 'We zijn nog niet klaar met jou, gast.'

'Misschien kunnen we een keer gaan lunchen,' zei Myron, 'en daarna naar de matineevoorstelling van *South Pacific*.'

Toen ze de club binnengingen, keek Esperanza om naar Myron en schudde haar hoofd.

'Wat is er?'

'Ik had gezegd dat je je snelste outfit moest aantrekken. Je ziet eruit alsof je naar een ouderavond van een vijfdeklasser gaat.'

Myron wees naar zijn voeten. 'Met mijn Ferragamo-instappers?'

'En waarom zocht je ruzie met die neanderthalers?'

'Die ene zei tegen een meisje dat ze te dik was.'

'En toen ben jij haar te hulp geschoten?'

'Nou, nee. Maar hij zei het haar recht in het gezicht. "Je vriendinnen mogen naar binnen, maar jij niet, want je bent te dik." Wie doet nou zoiets?'

In de grote zaal was het donker, met accenten van neonlicht. Er was een hoek waar grote flatscreens aan de muur hingen, want als je naar een nachtclub gaat, nam Myron aan, wil je het liefst tv-kijken. De geluidsinstallatie, met de omvang en de power van een openluchtconcert van The Who, verdoofde het leeuwendeel van je zintuigen. De deejay draaide housemuziek, een gebeuren waarbij een 'getalenteerde' diskjockey een normaliter aangenaam nummer uitkoos en het compleet verkrachtte door er een soort synthesizerbas en een loodzware elektronische drumbeat aan toe te voegen. Er was ook een lasershow, iets waarvan Myron dacht dat het al sinds de Blue Öyster Cult-tour van 1979 niet meer in zwang was. Een stel jonge bonenstaken vergaapte zich met open mond en ingehouden adem aan het speciale effect van rook die uit de dansvloer opsteeg, alsof je dat buiten niet op elke straathoek kon zien.

Myron probeerde boven de muziek uit te schreeuwen, maar het had geen enkele zin. Esperanza nam hem mee naar een stiller gedeelte, waar je – geloof het of niet – kon internetten. Alle computers waren bezet. Myron schudde zijn hoofd. Kwam je naar een nachtclub om op het net te surfen? Hij richtte zijn aandacht weer op de dansvloer. De vrouwen, in het rokerige licht, waren overwegend aan de aantrekkelijke kant, zij het erg jong, en zodanig gekleed dat ze er eerder uitzagen alsof ze volwassenen naspeelden dan dat ze het werkelijk waren. Ze hadden bijna allemaal een mobiele telefoon in de hand en hun vingers toetsten verwoed sms'jes terwijl ze dansten met een lamlendigheid die aan het comateuze grensde.

Esperanza had een half glimlachje om haar mond.

'Wat is er?' vroeg Myron.

Ze gebaarde naar de rechterkant van de dansvloer. 'Moet je het kontje van dat grietje in het rood zien.'

Myron keek naar de ritmisch deinende billen van een meisje in een rood jurkje en moest denken aan een songtekst van Alejandro Escovedo: 'Ik zie haar het liefst wanneer ze van me wegloopt.' Het was lang geleden dat hij Esperanza zoiets had horen zeggen.

'Ja, leuk,' zei Myron.

'Leuk?'

'Te gek?'

Esperanza knikte en bleef glimlachen. 'Er zijn dingen die ik dolgraag met zo'n kontje zou willen doen.'

Myrons blik ging van het erotisch dansende meisje naar Esperanza en in gedachten zag hij het voor zich. Hij probeerde meteen aan iets anders te denken. Je geest beschikte over plekken waar je maar beter niet kon komen wanneer je je op andere zaken moest concentreren. 'Dat zal je man vast geweldig vinden.'

'Hé, ik ben getrouwd, niet dood. Ik mag toch wel kijken?'

Myron keek haar aan, zag de opwinding op haar gezicht en had het vreemde gevoel dat ze weer helemaal in haar element was. Toen haar zoontje Hector twee jaar eerder was geboren, had Esperanza zich onmiddellijk en voor de volle honderd procent in haar moederrol geschikt. Op haar bureau stond opeens de kleffe collectie van de standaard foto's uitgestald: Hector met de Paashaas, Hector met de Kerstman, Hector met Disney-figuren en Hector op de rug van een pony in Hershey Park. Op haar mooiste zakenpakjes zaten meer dan eens vlekken van babyspuug, en in plaats van die te camoufleren, vond ze het prachtig om je uitgebreid te vertellen hoe dat spuug daar terecht was gekomen. Ze raakte bevriend met mamatypes van wie ze in het verleden over haar nek zou zijn gegaan, maar met wie ze nu eindeloze discussies had over Maclaren-wandelwagentjes, Montessori-peuterscholen, de ontlasting van hun kroost en op welke leeftijd het voor het eerst kroop, liep en sprak. Haar hele wereld was, net als die van talloze andere moeders – en ja, dat heeft inderdaad iets van een seksistisch statement – ineengeschrompeld tot een klein bundeltje babyvlees.

'Waar zou Lex uithangen?' vroeg Myron.

'Waarschijnlijk in een van de viprooms.'

'Hoe komen we daar binnen?'

'Ik doe wel een extra knoopje los,' zei Esperanza. 'Maar serieus, laat mij maar even mijn gang gaan. Ga jij in de toiletten kijken. Ik wed om twintig dollar dat het je niet lukt om in het urinoir te plassen.'

'Waarom niet?'

'Ga de weddenschap aan en kijk zelf maar,' zei ze, en ze wees naar rechts.

Myron haalde zijn schouders op en liep de toiletten in. Die waren van zwart, glanzend marmer. Hij liep naar de urinoirs en begreep onmiddellijk wat Esperanza bedoelde. De wand achter de urinoirs bestond uit een reusachtige doorkijkspiegel, zoals je die in verhoorkamers op politiebureaus ziet. Kortom, je zag alles wat er op de dansvloer gebeurde. De lusteloos dansende meisjes waren maar een paar meter van hem verwijderd en sommigen van hen gebruikten de spiegel aan de andere kant om hun make-up bij te werken, zonder te beseffen – of misschien juist wel – dat ze oog in oog stonden met een man die een plasje probeerde te doen.

Hij liep de toiletten uit. Esperanza hield haar hand op en Myron legde er een biljet van twintig dollar in.

'Nog steeds een verlegen blaas, zie ik.'
'Zijn de damestoiletten net zo?'
'Dat wil je niet weten.'
'Wat doen we nu?'

Esperanza gebaarde met haar kin naar een man met vettig, glanzend achterovergekamd haar, die hun kant op kwam lopen. Myron twijfelde er geen seconde aan dat op het sollicitatieformulier van de man 'achternaam: Trash, voornaam: Euro' zou staan. Myron keek of de man geen slijmsporen op de vloer achterliet.

Euro glimlachte en liet zijn knaagdiertanden zien. 'Poca, *mi amor*.'

'Anton,' zei ze, en met een tikje te veel enthousiasme stond ze toe dat hij haar hand kuste. Myron was even bang dat hij zijn puntige tanden erin zou zetten en die tot op het bot zou afkluiven.

'Je bent nog steeds een oogverblindende verschijning, Poca.'

De man sprak met een accent dat zowel Hongaars als Arabisch kon zijn, op een overdreven manier, alsof hij in een komische tv-serie figureerde. Anton was ongeschoren en had een stoppelbaard die zijn glimmende gezicht nog onaangenamer maakte. Hij droeg een zonnebril, ook al was het hier aardedonker.

'Dit is Anton,' zei Esperanza. 'Hij zegt dat Lex in de flessenbediening zit.'

'O,' zei Myron, hoewel hij geen idee had wat flessenbediening was.

'Deze kant op,' zei Anton.

Ze waadden door een zee van lichamen. Esperanza liep voor hem uit. Myron genoot van elk vrouwenhoofd dat werd omgedraaid om hem voor een tweede keer op te nemen. Terwijl ze zich door de massa wrongen, keken enkele vrouwen Myron aan en bleven hem aankijken, hoewel het er minder waren dan één, twee of vijf jaar geleden. Hij voelde zich als de oudere pitcher die van zijn *speedometer* moest aflezen dat zijn strakke bal aan snelheid had ingeboet. Of misschien was er hier iets anders aan de hand. Misschien voelden de vrouwen gewoon aan dat Myron nu verloofd was, dat hij door de lieftallige Terese Collins van de vrije markt was gehaald en dus niet langer als snoepgoed kon worden beschouwd.

Ja, dacht Myron. Ja, dat moest het zijn.

Anton gebruikte zijn sleutel en opende een deur die toegang gaf tot een ander gedeelte van de club. In tegenstelling tot de feitelijke club, waar alles techno en recht was, met haakse hoeken en spiegelende oppervlakken, was de viplounge ingericht in vroeg-Amerikaanse bordeelstijl. Comfortabele pluchen banken, kristallen kroonluchters, leren lambrisering en brandende kaarsen in kandelaars aan de muren. Ook dit vertrek beschikte over een doorkijkspiegel, zodat de vips de meisjes konden zien dansen en er misschien een paar konden uitnodigen om hen gezelschap te houden. Diverse overdadig geïmplanteerde soft-pornomodeltypes, gekleed in ouderwetse corseletten en andere frivole onderkleding liepen rond met flessen champagne. Dus dit, concludeerde Myron, zou de flessenbediening wel zijn.

'Zie je al die flessen?' vroeg Esperanza.

'Ja nou, reken maar.'

Esperanza knikte en glimlachte naar een bijzonder welgevormde gastvrouw in een zwart corselet. 'Hm... door haar zou ik zelf ook wel eens willen worden "bediend", als je begrijpt wat ik bedoel.'

Myron dacht erover na. Toen zei hij: 'Nee, eerlijk gezegd niet. Jullie zijn allebei vrouwen, waar of niet? Ik begrijp die verwijzing naar die fles niet.'

'God, wat ben je toch fantasieloos.'

'Je vroeg of ik die flessen zag. Wat is daarmee?'

'Ze schenken hier Cristal-champagne,' zei Esperanza.

'Ja, en?'

'Hoeveel flessen zie je rondgaan?'
Myron keek om zich heen. 'Ik weet het niet, een stuk of tien?'
'Die gaan hier over de toonbank voor achtduizend per fles, exclusief fooi.'
Myron greep naar zijn borst en deed alsof hij een hartstilstand had. Hij zag Lex Ryder onderuitgezakt op een van de banken hangen, omgeven door een kleurrijk assortiment aanbidders. Alle andere mannen in het vertrek zagen eruit als oudere muzikanten of roadies: massa's lang golvend haar, bandana's, gezichtsbeharing, dunne armpjes en slappe buiken. Myron liep langs hen heen.
'Hallo, Lex.'
Lex' hoofd zakte opzij. Hij keek op en riep met veel te veel enthousiasme: 'Myron!'
Lex probeerde op te staan, kreeg dat niet voor elkaar, en Myron bood hem zijn hand aan. Lex pakte die vast, liet zich overeind trekken en omhelsde Myron met de kleffe intimiteit die typerend is voor mannen die te veel op hebben. 'O, man, wat ben ik blij je te zien.'
HorsePower was begonnen als houseband in de geboorteplaats van Lex en Gabriel, in Melbourne, Australië. De naam werd gevormd door Lex' achternaam Ryder – van *horse ryder* – en Gabriels achternaam Wire – van *power wire* – maar vanaf het moment dat ze samen bekend waren geworden, had alles alleen nog om Gabriel gedraaid. Gabriel Wire had een prima zangstem, dat moest gezegd, hij was bloedmooi en gezegend met een bijna buitenaards charisma, en bovendien had hij dat ongrijpbare, dat 'je weet het zodra je het ziet', dat ondefinieerbare dat de echte groten van de gewone beroemdheden onderscheidt.

Het moest moeilijk zijn voor Lex, of voor ieder ander, om in die schaduw te leven, had Myron vaak gedacht. Natuurlijk, Lex was ook beroemd en rijk, en technisch gezien waren al hun hits Wire-Ryder-producties, maar Myron, die Lex' financiën deed, wist ook dat Lex' aandeel maar vijfentwintig procent was, tegenover de vijfenzeventig van Gabriel. En natuurlijk, de vrouwen liepen met hem weg en de mannen wilden zijn vriend zijn, maar Lex werd ook een beetje als de sukkel gezien, de man op de tweede plaats over wie in het geniep grappen werden gemaakt.

HorsePower deed het nog steeds heel goed, misschien wel beter dan ooit, ondanks het feit dat Gabriel Wire zich compleet had ingegraven na een tragisch ongeluk van meer dan vijftien jaar geleden. Afgezien van een paar paparazzifoto's en een hoop geruchten had Gabriel Wire al die tijd geen teken van leven gegeven, deden ze geen tournees, gaf Wire geen interviews of persconferenties en verscheen hij nergens in het openbaar. En al die geheimzinnigheid had het publieke verlangen naar hem alleen maar aangewakkerd.

'Volgens mij is het tijd om naar huis te gaan, Lex.'

'Hè, nee joh, Myron,' zei Lex met een lallende stem waarvan Myron hoopte dat het alleen van de drank was. 'Kom op nou. We zitten hier toch goed? We vermaken ons prima, waar of niet, jongens?'

Hier en daar werd instemmend gemompeld. Myron keek in het rond. Een of twee van de jongens had hij misschien wel eens ontmoet, maar de enige die hij echt kende was Buzz, Lex' trouwe bodyguard en persoonlijk assistent. Buzz keek Myron aan en haalde zijn schouders op alsof hij wilde zeggen: tja, wat doe je eraan?

Lex sloeg zijn arm om Myron heen en hing als een dood gewicht om zijn nek. 'Ga zitten, oude vriend. Neem iets te drinken en ontspan je.'

'Suzze maakt zich zorgen om je.'

'O ja, echt?' Lex trok een wenkbrauw op. 'En daarom stuurt ze haar vroegere hulpje om me op te halen?'

'Officieel ben ik ook jouw hulpje, Lex.'

'Ah, agenten. De hulpvaardigste professionals op aarde.'

Lex droeg een zwarte broek en een zwartleren vest en zag eruit alsof hij bij Rockers R Us had geshopt. Zijn haar was grijs en heel kort. Hij liet zich achterover op de bank vallen en zei: 'Ga zitten, Myron.'

'Kunnen we niet beter een eindje gaan lopen, Lex?'

'Je bent mijn hulpje toch, zei je? Ik zeg: "Ga zitten."'

Niets tegen in te brengen. Myron vond een plekje op de bank en liet zich langzaam in de zachte kussens zakken. Lex stak zijn hand uit, draaide aan een knop rechts van hem en de muziek werd zachter. Iemand gaf Myron een glas champagne en morste een beetje op zijn broek. De meeste gastvrouwen in hun zwarte corseletten – en laten we eerlijk zijn, die outfit deed het hier goed; ergens anders ook, trouwens – waren geruisloos uit beeld verdwenen, alsof ze door de muren waren opgeslokt. Esperanza stond te praten met de vrouw die ze zo leuk had gevonden toen ze waren binnengekomen. De andere mannen in het vertrek observeerden de twee flirtende vrouwen met de fascinatie van holbewoners die voor het eerst vuur zagen branden.

Buzz rookte een sigaret die een merkwaardige geur verspreidde. Hij keek Myron aan en bood hem de sigaret aan. Myron schudde zijn hoofd en richtte zijn aandacht weer op Lex. Lex hing onderuit alsof iemand hem een spierontspanner had gegeven.

'Heeft Suzze je die reactie laten zien?' vroeg Lex.

'Ja.'

'Wat denk jij ervan, Myron?'

'Een of andere gek die jullie op de kast wil jagen.'

Lex nam een flinke slok champagne. 'Denk je dat echt?'

'Ja,' zei Myron. 'Maar we leven hoe dan ook in de eenentwintigste eeuw.'

'En dat houdt in?'

'Dat het niks voorstelt. Als je je echt zorgen maakt, kun je een DNA-test laten doen om je vaderschap te laten vaststellen.'

Lex knikte langzaam en nam nog een slok. Myron deed zijn best om niet als zakenwaarnemer te denken, maar de fles had een inhoud van 750 milliliter, wat overeenkwam met tien glazen, à achtduizend dollar, oftewel bijna driehonderd dollar per slok.

'Ik heb gehoord dat je verloofd bent,' zei Lex.

'Yep.'

'Daar moeten we op drinken.'

'Of nippen. Dat is goedkoper.'

'Relax, Myron. Ik ben stinkend rijk.'

Dat was waar. Ze namen een slok.

'Wat zit je dan zo dwars, Lex?'

Lex ging niet op die vraag in. 'Hoe komt het dat ik je nieuwe aanstaande nog nooit heb ontmoet?'
'Dat is een lang verhaal.'
'Waar is ze nu?'
Myron hield het vaag. 'In het buitenland.'
'Mag ik je een huwelijksadvies geven?'
'Zoals "twijfel niet over je vaderschap door stompzinnige internetgeruchten"?'
Lex grijnsde. 'Heel grappig.'
'Nou...?' zei Myron.
'Mijn advies is dit: wees open tegen elkaar. Helemaal open.'
Myron wachtte op de rest. Toen Lex bleef zwijgen, vroeg Myron: 'Is dat alles?'
'Had je meer diepgang verwacht?'
Myron haalde zijn schouders op. 'Eigenlijk wel.'
Lex zei: 'In een van mijn favoriete nummers komt de tekstregel voor: "Je hart is als een parachute." Weet je wat ze daarmee bedoelen?'
'Ik denk dat het over je geest gaat, dat die als een parachute is... dat die pas functioneert als hij open is.'
'Nee, dat is weer iets anders. Deze is beter. "Je hart is als een parachute; het gaat pas open als je valt."' Hij glimlachte. 'Goed hè?'
'Eh... ja.'
'We hebben allemaal vrienden in het leven. Neem mijn maten hier. Ik ben dol op ze, ik ga met ze op stap, we praten over het weer en over sport en lekkere wijven, maar als ik ze een jaar niet zie, of als ik ze nooit meer zou zien, verandert er niet echt iets in mijn leven. En dat geldt voor de meeste mensen die we kennen.'
Hij nam nog een slok. Achter hen ging de deur open. Op de drempel stond een stel giechelende meiden. Lex schudde zijn hoofd en de deur ging weer dicht. 'Aan de andere kant,' vervolgde hij, 'kom je heel af en toe een echte vriend tegen. Zoals Buzz hier. Buzz en ik praten over alles. We kennen alle bijzonderheden van elkaar, al onze misselijke streken en gênante tekortkomingen. Heb jij zulke vrienden?'

'Esperanza weet dat ik niet kan plassen als er naar me wordt gekeken,' zei Myron.

'Wat?'

'Laat maar zitten. Ga door. Ik begrijp wat je bedoelt.'

'Goed dan, echte vrienden, daar hadden we het over. Alleen zij zijn op de hoogte van wat er werkelijk door je kop gaat. Alle vuiligheid.' Hij ging rechtop zitten, begon op stoom te komen. 'En weet je wat daar zo bijzonder aan is? Weet je wat er gebeurt wanneer je je helemaal openstelt en de ander durft te tonen dat je een totale loser bent?'

Myron schudde zijn hoofd.

'Dan houdt hij of zij nog meer van je dan daarvoor. Bij de rest, alle anderen, richt je een façade op waar je alle narigheid achter verstopt, zodat ze je aardig vinden. Maar je echte vrienden laat je ook je slechte kanten zien, en juist daarom geven ze om je. Als we die façade laten zakken, komt dat onze contacten alleen maar ten goede. Dus waarom doen we dat dan niet bij iedereen, Myron? Dat vraag ik jou.'

'Dat ga jij me nu vertellen, vermoed ik.'

'Ik mag doodvallen als ik het weet.' Lex leunde weer achterover, nam een slok champagne, hield zijn hoofd schuin en dacht na. 'Waar het om gaat is dit: die façade is natuurlijk een leugen. Bij de meeste mensen geeft het niet dat je je erachter verschuilt. Maar als je je niet openstelt voor degenen van wie je het meest houdt, als je die weinige mensen de keerzijde niet laat zien, krijg je nooit écht contact met ze. Dan hou je dingen geheim voor ze. En die geheimen groeien als gezwellen en vreten je op.'

De deur ging weer open. Vier vrouwen en twee mannen kwamen de lounge binnenwankelen, grijnzend en giechelend en met flessen belachelijk dure champagne in de hand.

'En wat hou jij voor Suzze geheim?' vroeg Myron.

Hij schudde zijn hoofd. 'Het is tweerichtingsverkeer, vriend.'

'Wat houdt Suzze dan voor jou geheim?'

Lex gaf geen antwoord. Hij keek naar de mensen die waren binnengekomen. Myron volgde zijn blik.

En op dat moment zag hij haar.

Of hij dácht dat hij haar zag. Eén korte blik naar de andere kant van de viplounge, bij zwak kaarslicht en door een muur van sigarettenrook. Myron had haar niet meer gezien sinds die nacht dat het sneeuwde, zestien jaar geleden, met haar opgezwollen buik, haar wangen nat van de tranen en het bloed dat tussen haar vingers door sijpelde. Hij had geen contact met hen gehouden, maar het laatste wat hij had gehoord was dat ze ergens in Zuid-Amerika woonden.

Hun blikken kruisten elkaar, heel even maar, een fractie van een seconde. En hoe onmogelijk het ook leek, Myron wist absoluut zeker dat zij het was.

'Kitty?'

Zijn stem ging verloren in de muziek, maar Kitty aarzelde niet. Haar ogen werden iets groter – van angst? – en toen draaide ze zich om. Ze rende naar de deur van de lounge. Myron probeerde snel overeind te komen, maar de zachte kussens van de bank zogen hem vast. Tegen de tijd dat hij rechtop stond was Kitty Bolitar – Myrons schoonzus, de vrouw die hem zo veel had afgenomen – de deur al uit.

4

Myron rende haar achterna.
Toen hij bij de deur van de viplounge kwam, flitste er een herinnering door zijn hoofd: Myron, elf jaar oud, zijn broer Brad met zijn wilde krullen, zes jaar oud, in de slaapkamer die ze deelden en waar ze hun versie van basketbal speelden. Het backboard was van karton en ze gebruikten een ronde spons als bal. De ring van de basket zat aan de bovenkant van de kastdeur vast met twee oranje zuignappen waaraan je moest likken om ze te laten plakken. De broers speelden uren achter elkaar, verzonnen teams en gaven zichzelf bijnamen. Je had Shooting Sam, Jumping Jim en Leaping Lenny, en Myron, de oudste van de twee, was altijd de spelverdeler. Hij creëerde de droomwereld van sympathieke spelers en rotzakken, van nagelbijtende spanning en gelijk spel dat pas werd beslist als de zoemer ging. Maar meestal liet hij Brad uiteindelijk winnen. En 's avonds, wanneer ze in het stapelbed lagen – Myron boven en Brad onder – speelden ze sportverslaggevertje en werd de hele wedstrijd in het duister nog eens geanalyseerd en van commentaar voorzien.

Zijn hart brak nog steeds als hij eraan terugdacht.

Esperanza zag hem voorbij rennen. 'Wat is er aan de hand?'

'Kitty.'

'Hè?'

Geen tijd om het uit te leggen. Hij kwam bij de deur en stoof naar buiten. Nu was hij weer in de club met de oorverdovende muziek. De oudere man in hem vroeg zich af hoe je met iemand contact moest leggen als niemand elkaar kon verstaan. Maar onmiddellijk daarna waren al zijn gedachten weer op Kitty gericht.

Myron was lang, een meter negentig, en als hij zich strekte kon hij over het merendeel van de massa heen kijken. Geen spoor van de vermeende Kitty. Wat had ze gedragen? Een blauwgroen truitje. Hij zocht naar de kleur in de massa.

Daar. Met haar rug naar hem toe. Ze was op weg naar de uitgang.

Myron moest in actie komen. Hij riep 'pardon, pardon' terwijl hij zich door de zee van mensenlichamen heen probeerde te worstelen, maar het was vreselijk druk. De stroboscooplampen en die halve lascrshow hielpen ook niet echt mee. Kitty. Wat deed Kitty in godsnaam hier? Jaren geleden was Kitty ook een tenniswonderkind geweest en had ze samen met Suzze getraind. Zo hadden ze elkaar leren kennen. Het was natuurlijk mogelijk dat de twee vriendinnen van vroeger weer contact met elkaar hadden, maar dat gaf nog geen antwoord op de vraag wat Kitty hier vannacht, zonder zijn broer, in deze club deed.

Of was Brad er ook?

Myron ging sneller lopen. Hij probeerde tegen zo min mogelijk mensen op te botsen, maar dat was onbegonnen werk. Hij werd boos aangekeken en er werd 'Hé!' of 'Waar is de brand?' geroepen, maar hij sloeg er geen acht op. Terwijl hij zijn weg vervolgde, kreeg de situatie iets van een droom, zo'n droom waarin je probeert te rennen maar niet vooruit komt, alsof je voeten loodzwaar zijn of alsof je door een halve meter sneeuw loopt.

'Au!' riep een meisje. 'Stomme hufter, je trapt op mijn teen.'

'Sorry,' zei Myron, en hij wilde zijn weg vervolgen.

Een grote hand pakte Myron bij zijn schouder en draaide hem om. Iemand gaf hem een harde duw en hij viel bijna omver. Myron hervond zijn evenwicht, keerde zich om en stond oog in oog met een stel opgeschoten jongens die zo te zien net terug waren van een auditie voor *Jersey Shore*: een combinatie van haarmousse, zonnebankbruin, geëpileerde wenkbrauwen, onthaarde borstkassen en sportschoolspieren. Ze hadden stuk voor stuk een valse grijns om hun mond, wat een merkwaardige dissonant is bij mensen voor wie het leven uitsluitend om uiterlijke schoonheid draait. Het zou pijn doen als je ze in het gezicht stompte, maar het zou vele malen erger zijn als je aan hun haar kwam.

Ze waren met vijf of zes man, hecht samengeklonterd tot een onaangename glibberige massa die gehuld ging in een verstikkende wolk Axe-aftershave, en ze waren maar al te blij met de kans om hun mannelijkheid te kunnen demonstreren nu de eer van een paar meisjesstenen op het spel stond.

Ondanks alles slaagde Myron erin diplomatiek te blijven. 'Sorry, jongens,' zei hij, 'maar dit is een spoedgeval.'

De ene douchemuts zei: 'O ja? Waar is de brand dan? Vinny, zie jij ergens brand?'

Vinny vroeg: 'Ja, waar is de brand? Ik zie niks. Zie jij iets, Slap?'

Voordat Slap kon antwoorden zei Myron: 'Oké, oké, ik begrijp het. Er is geen brand. Hoor eens, nogmaals, het spijt me, maar ik heb echt haast.'

Maar Slap had nog niet de kans gehad om zijn bijdrage te leveren. 'Nee, ik zie ook nergens brand,' zei hij.

Myron had hier geen tijd voor. Hij wilde doorlopen – shit, Kitty was nergens meer te zien – maar de jongens sloten de gelederen. Douchemuts, wiens hand nog steeds op Myrons schouder lag, begon te knijpen. 'Bied Sandra je excuses aan.'

'Eh, welk deel van "het spijt me" heb je niet begrepen?'

'Aan Sandra,' zei Douchemuts.

Myron wendde zich tot het meisje, dat aan haar jurkje en haar vriendenkring te zien nooit genoeg aandacht van haar vader had gekregen, en hij schudde de irritante hand van zijn schouder. 'Het spijt me echt, Sandra.'

Hij zei het alleen omdat het in dit geval de beste aanpak was. Handel het af, dan kun je doorlopen. Maar Myron wist allang wat er te gebeuren stond. Hij zag het aan hun verhitte gezichten, aan de vochtige glans van hun ogen. Er waren inmiddels hormonen in het spel. Dus toen Myron zich omdraaide naar de jongen die hem de eerste duw had gegeven, was hij niet verbaasd toen hij een vuist op zijn gezicht af zag komen.

Normaliter duurt een vuistgevecht maar enkele seconden, en in die korte tijd strijden er drie dingen om voorrang: verwarring, chaos en paniek. Wanneer mensen een vuist op zich af zien komen, hebben ze de neiging overdreven te reageren. Ze proberen weg te duiken of terug te deinzen. Dat is een vergissing. Want als je uit je evenwicht raakt of je belager uit het oog verliest, wordt het gevaar waarin je verkeert alleen maar groter. Goede vuistvechters halen juist om deze reden uit naar hun tegenstander, niet per se om hem te raken, maar om te bereiken dat die zichzelf in een kwetsbaarder positie brengt.

Myrons reactie om de vuist te ontwijken was dan ook minimaal, een beweging van amper tien centimeter. In de tussentijd had hij zijn rechterhand al omhoog gebracht. Je hoeft een vuist niet keihard weg te slaan zoals ze in karatefilms doen. Je hoeft alleen de baan iets te veranderen. En dat was wat Myron deed.

Myrons plan was doodsimpel: de jongen uitschakelen met een minimum aan ophef of verwondingen. Myron bracht de naderende vuist uit zijn baan, strekte van dezelfde hand de wijs- en middelvinger en stootte die in de zachte holte onder het strottenhoofd van zijn aanvaller. De vuistslag miste zijn doel. Jersey Shore-boy maakte een gorgelend geluid. Instinctief bracht hij zijn beide handen naar zijn keel, waardoor hij geen enkele dekking meer had. In een normaal vuistgevecht, voor zover zoiets bestond, was dit het moment om hem definitief uit te schakelen. Maar dat wilde Myron niet. Hij wilde alleen maar doorlopen.

Dus al voordat hij voor de tweede keer naar zijn belager uithaalde, liep hij hem voorbij in een poging het strijdtoneel zo snel mogelijk te verlaten. Maar inmiddels waren al zijn ontsnappingswegen geblokkeerd. De vaste klanten van de drukke club hadden zich om hen heen verzameld, aangetrokken door de geur van een handgemeen of het primitieve verlangen om een ander menselijk wezen gewond of buiten westen te zien raken.

Een andere hand greep Myrons schouder vast. Myron sloeg hem weg. Iemand dook naar zijn benen, probeerde zijn armen om Myrons enkels te slaan om hem te tackelen. Myron zakte door zijn knieën en steunde met één hand op de vloer. Van zijn andere hand boog hij de vingers achteruit en raakte de man met de muis boven op zijn neus. De man liet Myrons benen los. De muziek werd uitgezet. Iemand slaakte een kreet. Lichamen tuimelden over elkaar.

Dit ging niet goed.

Verwarring, chaos en paniek. In een stampvolle nachtclub hebben die drie dingen de neiging elkaar in gang te zetten en tot in het extreme te versterken. Iemand wordt geduwd, schrikt en haalt uit. De mensen deinzen achteruit. Toeschouwers op enige afstand, die zich veilig wanen, beseffen dat het kwaad zich verspreidt en dat hun veiligheid niet lang meer gewaarborgd is. Ze vluchten en botsen tegen anderen op. Kortom, er ontstaat totale chaos.

Iemand sloeg Myron op zijn achterhoofd. Hij draaide zich om. Iemand haalde uit naar zijn middenrif. Myrons hand schoot in een reflex uit en greep de pols van de man vast. Je kunt de beste gevechtstechnieken beheersen en je door de beste leermeesters laten trainen, maar er gaat niets boven geboren worden met een uitstekende oog-handcoördinatie. Zoals ze in zijn basketbaltijd plachten te zeggen: scoren leer je niet. Coördinatie, wendbaarheid of spelinzicht leerde je evenmin, wat sommige ouders ook mochten beweren.

Daarom lukte het Myron Bolitar, de voormalig topsporter, de pols van de man vast te grijpen voordat de vuist hem raakte. Hij trok de man naar zich toe en maakte gebruik van die voorwaartse beweging door zijn elleboog in het gezicht van de man te plaatsen.

De man ging neer.

Meer geschreeuw. Grotere paniek. Myron draaide zich om en in die zee van mensen dacht hij bij de uitgang de vermeende Kitty te herkennen. Hij wilde die kant op lopen, maar ze verdween uit het zicht achter een muur van uitsmijters, onder wie de twee die Myron bij het binnenkomen zo veel last hadden bezorgd. De uitsmijters – en ze waren nu met veel meer – kwamen allemaal Myrons kant op.

O jee.

'Wacht, jongens, rustig aan.' Myron liet zijn handen zien om hun duidelijk te maken dat hij geen kwade bedoelingen had. Toen ze dichterbij bleven komen, stak Myron zijn beide handen in de lucht. 'Ik ben de vechtpartij niet begonnen; dat was iemand anders.'

Een van de uitsmijters probeerde hem in een houdgreep te nemen, een ronduit amateuristische actie. Myron draaide zich moeiteloos los en zei: 'Het is afgelopen, oké? Het is...'

Drie andere uitsmijters tackelden hem hardhandig. Myron viel met een doffe plof op de vloer. Een van de drie ging boven op hem zitten. Een ander trapte tegen zijn benen. De man die op hem zat probeerde zijn gespierde onderarm om Myrons keel te slaan. Myron drukte zijn kin op zijn borst en maakte dat onmogelijk. De man zette meer kracht en bracht zijn gezicht zo dicht bij dat van Myron dat hij de weeë geur van een half verteerde hotdog kon ruiken. Nog een trap op zijn benen. Het gezicht kwam dichterbij. Myron rolde met een ruk om en plaatste zijn elleboog in het gezicht van de man. De man vloekte en viel achteruit.

Myron wilde opstaan toen er een hard, puntig stuk metaal onder zijn ribben in zijn huid werd gedrukt. Hij kreeg een tiende seconde – of misschien twee tiende – om zich af te vragen wat het was. Meteen daarna explodeerde Myrons hart.

Tenminste, zo voelde het. Het leek alsof er in zijn borstkas iets uiteenspatte en iemand al zijn zenuwuiteinden op het elektriciteitsnet had aangesloten, waardoor zijn hele autonome zenuwstelsel in de kramp schoot. Zijn benen voelden als water. Zijn armen vielen weerloos langs zijn lijf, niet meer in staat om ook maar enige weerstand te bieden.

Een stroomstootpistool.

Myron kletste op de vloer als een vis op een aanlegsteiger. Hij keek op en zag het grijnzende gezicht van Decolleté Kyle op hem neerkijken. Kyle liet de trekker los. De pijn verdween, maar dat was maar voor even. Met de andere uitsmijters in een kring om hen heen, zodat niemand in de club het kon zien, drukte Kyle het pistool opnieuw onder Myrons onderste rib en haalde de trekker over. Myrons schreeuw werd gedempt door een hand die op zijn mond werd gedrukt.

'Twee miljoen volt,' fluisterde Kyle.

Myron wist het een en ander van Tasers en stroomstootpistolen. Het was de bedoeling dat je de trekker maar enkele seconden ingedrukt hield, langer niet, tenminste, als je iemand niet ernstig wilde verwonden. Maar Kyle, die hem met een maniakale grijns aankeek, dacht daar blijkbaar anders over. Hij bleef de trekker ingedrukt houden. De pijn werd steeds erger, was niet langer te verdragen. Myrons hele lichaam begon te schudden en over de vloer te stuiteren. Maar Kyle bleef de trekker ingedrukt houden. Een van de andere uitsmijters zei zelfs: 'Eh, Kyle?' Maar Kyle bleef doorgaan totdat Myrons ogen wegdraaiden en alles zwart werd.

5

Enkele seconden later, zo leek het, voelde Myron dat hij werd opgetild en in een brandweergreep over een schouder werd genomen. Zijn ogen bleven gesloten, zijn lichaam verlamd. Hij bevond zich op het randje van bewusteloosheid, maar hij wist nog wel waar hij was en wat er met hem gebeurde. Zijn zenuwuiteinden gloeiden van de pijn. Hij voelde zich doodmoe en beverig. De man die hem droeg was groot en gespierd. Hij hoorde dat in de club de muziek weer begon, en een stem, versterkt door de geluidsinstallatie, riep: 'Oké, mensen, de circusact is afgelopen. Het is nu weer *party time*!'

Myron verroerde zich niet en liet zich meenemen door de man die hem droeg. Hij bood geen weerstand. Hij gebruikte de tijd om zich te herstellen en een plan te bedenken. Een deur ging open, werd weer gesloten en het volume van de muziek nam af. Ondanks zijn gesloten ogen wist Myron dat ze een feller verlichte ruimte waren binnengegaan.

De grote man die hem droeg zei: 'Kunnen we hem niet gewoon op straat zetten, Kyle? Volgens mij heeft hij zijn portie wel gehad, vind je ook niet?'

Het was dezelfde stem die 'eh, Kyle?' had gezegd toen Myron onder stroom werd gezet. Er klonk een lichte angst in door. Dat beviel Myron helemaal niet.

Kyle zei: 'Leg hem neer, Brian.'

Met een verrassende tederheid legde Brian hem neer. Op de kille, harde vloer, met zijn ogen nog steeds gesloten, deed Myron snel wat denkwerk. Hij wist wat zijn volgende stappen moesten zijn: hou je ogen dicht, doe alsof je nog compleet van de wereld bent en breng heel langzaam en onopvallend je hand naar de BlackBerry in je broekzak.

In de jaren negentig, toen mobiele telefoons net gemeengoed was geworden, hadden Myron en Win een technisch communicatietrucje voor levensbedreigende situaties bedacht. Wanneer een van hen – lees: Myron – in de problemen zat, drukte hij op snelkeuzeknop #1 en nam de ander – lees: Win – het gesprek aan, zette het geluid van zijn spreekgedeelte af en luisterde mee, of hij schoot onmiddellijk te hulp om de ander uit de puree te halen. Toentertijd, vijftien jaar geleden, was het een state of the art-truc, maar heden ten dage zo achterhaald als een betamaxrecorder.

Wat natuurlijk inhield dat ze die hadden geüpdatet. Met de communicatiemiddelen van deze tijd konden Myron en Win elkaar op een veel efficiënter manier bijspringen. Een van Wins technici had hun BlackBerry's zo aangepast dat ze per satelliet radiocontact met elkaar konden maken, ook op plekken waar gewone mobiele telefoons geen bereik hadden. Beide toestellen waren uitgerust met opnamefuncties voor zowel geluid als beeld en een gps-peiler, waardoor de een precies wist waar de ander zich bevond, op ieder willekeurig moment en binnen een straal van een meter twintig. Al deze extra functies konden met een enkele druk op een knop worden geactiveerd.

Zodoende kroop de hand als een slang naar de BlackBerry in zijn broekzak. Met zijn ogen gesloten deed hij alsof hij moest kreunen en draaide hij zich tegelijkertijd op zijn zij om zijn hand dichter bij zijn broekzak te kunnen brengen...

'Zoek je dit?'

Het was Kyle. Myron knipperde met zijn ogen en opende ze. De vloer was van bruin geplastificeerd hardboard. De muren waren ook bruin. Er stond een tafeltje met daarop iets wat op een doos Kleenex leek. Geen ander meubilair. Myron richtte zijn blik op Kyle. Kyle grijnsde.

Hij had Myrons BlackBerry in zijn hand.

'Bedankt,' zei Myron. 'Die zocht ik. Gooi hem maar naar me toe.'

'O nee, dat denk ik niet.'

Er waren nog drie uitsmijters in het vertrek, alle drie met een kaalgeschoren hoofd en een overdosis aan steroïden- annex sportschoolspieren. Myron zag dat een van de drie een beetje angstig uit zijn ogen keek, maar hij vermoedde dat de man dat zijn hele leven al had gedaan. De angstige man zei: 'Ik kan beter teruggaan naar de deur, om te zien of daar alles in orde is.'

Kyle zei: 'Doe dat maar, Brian.'

'Maar even serieus, zijn vriendin, die lekkere worstelchick, weet dat hij hier is.'

'Maak je over haar maar geen zorgen,' zei Kyle.

'Dat zou ik maar wel doen,' zei Myron.

'Pardon?'

Myron probeerde rechtop te gaan zitten. 'Je kijkt zeker niet veel tv, hè, Kyle? Die serie over forensische technieken, waarin ze een driehoekspeiling van een telefoonsignaal doen en de eigenaar van het toestel vinden? Want dát is wat er zo meteen gaat gebeuren. Ik weet niet hoe lang het nog duurt, maar…'

Kyle, met een meer dan zelfingenomen grijns om zijn mond, hield de BlackBerry op, drukte op een knopje en wachtte tot het toestel zich had uitgeschakeld. 'Zei je iets?'

Myron gaf geen antwoord. De angstige reus verliet het vertrek.

'Allereerst,' zei Kyle, en hij wierp Myron zijn portefeuille toe, 'begeleid je meneer Bolitar naar de uitgang, alsjeblieft. En we verzoeken je dringend hier nooit meer terug te komen.'

'Ook niet als ik beloof geen shirt aan te trekken?'

'Twee van mijn mannen zullen je naar de achteruitgang brengen.'

Het was een opmerkelijke ontwikkeling dat ze hem lieten gaan… Myron besloot het spel mee te spelen, om te zien of het werkelijk zo simpel zou zijn. Maar hij had, op z'n zachtst gezegd, zo zijn bedenkingen. De twee mannen hielpen Myron overeind. 'En mijn BlackBerry?'

'Die krijg je terug zodra je het pand hebt verlaten,' zei Kyle.

De ene kleerkast hield Myrons rechterarm vast, de andere de linker. Ze namen hem mee de gang in. Kyle kwam hen achterna en deed de deur achter zich dicht. Toen ze een paar meter hadden gelopen zei Kyle: 'Oké, ho. Zo is het ver genoeg. Breng hem weer naar binnen.'

Myron fronste zijn wenkbrauwen. Kyle deed de deur weer open. De twee kleerkasten grepen Myrons armen steviger vast en sleepten hem de kamer weer in. Toen Myron zich verzette, liet Kyle hem het stroomstootpistool zien. 'Wil je nog een keer twee miljoen volt door je lijf?'

Dat wilde Myron niet. Hij liet zich de bruine kamer binnenbrengen. 'Wat moest dat voorstellen?'

'Dat was voor de show,' zei Kyle. 'Ga daar in de hoek staan, alsjeblieft.' Toen Myron niet meteen gehoorzaamde, richtte Kyle het pistool op hem. Myron deinsde terug en liep achteruit naar de hoek, zonder Kyle zijn rug toe te keren. Het tafeltje stond bij de deur. Kyle en zijn twee collega's liepen ernaartoe. Ze staken hun hand in de Kleenex-doos en haalden er ieder een paar gummihandschoenen uit. Myron keek toe terwijl ze de handschoenen aantrokken.

'Even voor de duidelijkheid,' zei Myron, 'ik raak altijd een beetje van slag als ik gummihandschoenen zie. Betekent dit dat ik me voorover moet buigen?'

'Verdedigingsmechanisme,' zei Kyle terwijl hij met iets te veel enthousiasme aan de vingers van de handschoenen trok en ze liet knallen.

'Wat?'

'Je gebruikt humor als een verdedigingsmechanisme. Hoe banger je bent, hoe meer onzin je uitkraamt.'

Uitsmijter annex psychoanalyticus, dacht Myron, maar hij moest toegeven dat de man waarschijnlijk gelijk had.

'Ik zal de situatie even uitleggen, zodat zelfs jij die kunt begrijpen,' zei Kyle op zangerige schoolmeestertoon. 'We noemen dit het afroskamertje. Vandaar de bruine kleur. Die camoufleert rondspattend bloed, zoals je straks zult zien.'

Kyle stopte en glimlachte. Myron zei niets.

'We hebben zonet op video vastgelegd dat je op eigen kracht deze kamer hebt verlaten. Zoals je misschien al hebt geraden, staat de camera nu uit. Dus dat zal de officiële lezing zijn... dat jij op eigen kracht en vrijwel ongedeerd bent weggegaan. We hebben ook getuigen die zullen verklaren dat jij hen hebt aangevallen, dat onze reactie in overeenstemming was met de dreiging die je vormde en dat jij het handgemeen bent begonnen. We hebben hier trouwe vaste klanten en werknemers die met plezier hun handtekening zullen zetten onder welke verklaring we hun ook voorleggen. Claims van jouw kant hebben geen schijn van kans. Heb je nog vragen?'

'Eentje,' zei Myron. 'Gebruikte je zonet écht het woord "handgemeen"?'

Kyle bleef grijnzen. 'Verdedigingsmechanisme,' zei hij weer.

De drie mannen verspreidden zich, balden hun vuisten en spanden hun spieren.

'Wat gaat er nu gebeuren, Kyle?' vroeg Myron.

'Dat ligt nogal voor de hand, Myron. We gaan je pijn doen. Hoeveel pijn hangt af van hoezeer jij je verzet. In het gunstigste geval kom je in het ziekenhuis terecht en pis je een tijdje bloed. En misschien breken we een of twee van je botten. Maar je blijft in leven en zult uiteindelijk wel weer de oude worden. Verzet je je, dan gebruik ik mijn pistool om je te verlammen. Dat zal heel veel pijn doen. Bovendien zal het pak slaag langer duren en meer schade aanrichten. Is alles duidelijk?'

Ze kwamen een stukje naar voren. Hun handen gingen open en dicht. Een van hen liet zijn nekwervels kraken. Kyle trok zelfs zijn jasje uit. 'Ik wil het graag netjes houden,' legde hij uit. 'Geen bloed en andere troep erop.'

Myron wees naar zijn benen. 'En je broek dan?'

Kyle was nu in zijn blote bast. Hij spande zijn borstspieren en liet ze om beurten opspringen. 'Maak je daar maar geen zorgen over.'

'Ah, maar dat doe ik wel degelijk,' zei Myron.

Toen de drie hem tot een meter waren genaderd, begon Myron te glimlachen en sloeg hij zijn armen over elkaar. De drie bleven verbaasd staan. Myron zei: 'Had ik jullie al over mijn nieuwe BlackBerry verteld? Over de gps-functie en de satellietradio? Allemaal te activeren met één enkele druk op de knop?'

'Jouw BlackBerry,' zei Kyle, 'staat uit.'

Myron schudde zijn hoofd en maakte het geluid van de zoemer die te horen is wanneer er in een spelprogramma een verkeerd antwoord wordt gegeven. Wins stem klonk uit het luidsprekertje van de BlackBerry. 'Nee, Kyle, die staat niet uit, vrees ik.'

De drie mannen verstijfden.

'Ik zal de situatie even uitleggen,' zei Myron, op Kyles zangerige schoolmeestertoon van zojuist, 'zodat zelfs jij die zult begrijpen. Het knopje waarmee je al die nieuwe, speciale functies activeert? Je raadt het al, dat is het uit-knopje. Kortom, alles wat hier is gezegd, is opgenomen. *En* de gps staat aan. Waar ben je nu, Win?'

'Ik loop nu de club binnen. En ik heb het groepsgesprek ingeschakeld. Esperanza luistert mee op lijn drie. Esperanza?'

Ze hoorden een klikje, gevolgd door de muziek in de club. Esperanza zei: 'Ik sta bij de deur waar ze Myron naar buiten hebben gesleept. O, en raad eens wie ik hier ben tegengekomen? Een oude bekende, een politieman die Roland Dimonte heet. Zeg mijn vriend Kyle eens gedag, Rolly.'

Er klonk een mannenstem uit de telefoon. 'Als ik Bolitars lelijke, ongedeerde hoofd niet binnen dertig seconden voor me zie, zul je wat beleven, klojo.'

Twintig seconden bleek voldoende te zijn.

'Misschien was ze het niet,' zei Myron.

Het was twee uur 's nachts tegen de tijd dat Myron en Win terug waren in het Dakota. Ze zaten in wat rijke mensen de 'bibliotheek' noemen, met Lodewijk de Zoveelste-meubilair, marmeren bustes, een reusachtige antieke wereldbol en boekenkasten vol in leer gebonden eerste drukken. Myron zat in een lederen fauteuil met gouden sierspijkers op de armleuningen. Tegen de tijd dat de zaken in de club waren afgehandeld, was Kitty al lang verdwenen, als ze er überhaupt ooit was geweest. Lex en Buzz waren ook vertrokken.

Win pakte een van de leren boekbanden vast, trok de voorkant van de nepboekenkast open en onthulde daarmee een koelkast. Hij haalde er een blikje Yoo-Hoo-chocoladedrank uit en wierp het

Myron toe. Myron ving het op, dacht aan de instructie – schudden voor gebruik! – en deed wat hem werd opgedragen. Win pakte een kristallen karaf en schonk zichzelf een bel exclusieve cognac in met de intrigerende naam De Laatste Druppel.

'Misschien heb ik me vergist,' zei Myron.

Win pakte zijn glas en hield het tegen het licht.

'Ik bedoel, het is zestien jaar geleden. Ze had een andere kleur haar. Het was halfdonker en ik heb haar maar twee tellen gezien. Dus al met al bestaat er een goede kans dat het haar niet was.'

'Dat zíj het niet was,' corrigeerde Win hem.

Win.

'En het was Kitty wel,' zei Win.

'Hoe weet je dat?'

'Ik ken je. Jij maakt dat soort fouten niet. Andere fouten wel. Maar niet dat soort.'

Win nipte van zijn cognac. Myron nam een slok Yoo-Hoo. Koude, chocoladezoete godendrank. Een jaar of drie eerder was Myron gestopt met zijn favoriete drankje, ten gunste van allerlei exotische koffievariaties die een aanslag op je maagwand plegen. Toen hij thuiskwam van zijn verblijf overzee, dat veel stress had veroorzaakt, had hij Yoo-Hoo in ere hersteld, meer uit gewoonte dan om de smaak. Maar nu vond hij het weer heerlijk.

'Aan de ene kant is het niet echt belangrijk,' zei Myron. 'Kitty heeft in mijn leven geen grote rol gespeeld, of niet lang in ieder geval.'

Win knikte. 'En aan de andere kant?'

Brad. Brad was de andere kant, de reusachtige, voornaamste andere kant, alle andere kanten... de kans om na al die jaren zijn broertje terug te zien en het misschien goed te kunnen maken. Myron nam de tijd, ging verzitten in de fauteuil. Win keek toe en zweeg. Uiteindelijk zei Myron: 'Het kan geen toeval zijn. Kitty in dezelfde nachtclub, én in dezelfde viproom, als Lex.'

'Dat lijkt onwaarschijnlijk,' zei Win. 'Wat gaan we nu doen?'

'Lex opsporen. En Kitty opsporen.'

Myron tuurde naar het etiket achter op het blikje Yoo-Hoo en vroeg zich niet voor de eerste keer af wat in hemelsnaam 'melkwei' was. De geest zoekt uitvluchten. Die duikt weg, maakt schijnbewegingen en leest irrelevante informatie op frisdrankblikjes... allemaal in een poging het onvermijdelijke te vermijden. Hij dacht terug aan de keer dat hij voor de allereerste keer Yoo-Hoo had gedronken, in Livingston, New Jersey, in het huis waarvan hij nu de eigenaar was, en dat Brad er ook een had gewild, omdat Brad nu eenmaal altijd hetzelfde wilde als zijn grote broer Myron. Hij dacht aan de vele uren waarin ze in de achtertuin met de bal op de basket hadden geschoten, dat hij Brad altijd de eer van de rebound had gegund zodat hij zich op het schieten kon concentreren. Myron had daar heel wat uren doorgebracht, met schieten, wegdraaien, opkomen, passes aannemen van Brad, en weer opkomen en schieten, uren met Brad en uren alleen, en hoewel er nooit spijt van had gehad, van geen seconde dat hij daar had gestaan, vroeg hij zich toch onwillekeurig af wat zijn prioriteiten – de prioriteiten van vrijwel alle topsporters – waren geweest. Want wat wij zo in topsporters bewonderen en 'doelgerichte toewijding' noemen, was in werkelijkheid obsessief egocentrisme, en wat was daar nu zo bewonderenswaardig aan?

Een piepsignaal – een indringende beltoon die de mensen van BlackBerry om de een of andere merkwaardige reden 'Antelope' hadden genoemd – wekte hem uit zijn overpeinzingen. Myron keek naar zijn BlackBerry en zette het irritante geluid uit.

'Bel haar maar,' zei Win, en hij stond op. 'Ik moet nog ergens naartoe.'

'Om half drie 's nachts? Hoe heet ze?'

Win glimlachte. 'Dat vertel ik je later wel. Misschien.'

Gezien het feit dat ze daar maar één computer in het hele gebied hadden, was half drie 's nachts – half acht 's ochtends in Angola – ongeveer het enige moment waarop Myron zijn verloofde, Terese Collins, onder vier ogen kon spreken, technologisch gezien dan.

Myron logde in op Skype, het internetequivalent van de videotelefoon, en wachtte. Even later verscheen Terese op zijn beeldschermpje. Onmiddellijk versnelde zijn hartslag en voelde hij zich licht in het hoofd.

'Mijn god, wat ben je toch mooi,' zei hij tegen haar.

'Goeie intro.'

'Zo begin ik altijd.'

'Verveelt nooit.'

Terese zag er fantastisch uit in haar witte blouse achter haar bureau, met haar handen losjes op elkaar op het werkblad, zodat hij haar verlovingsring kon zien, en met haar bruine haar – uit een flesje, want van zichzelf was ze blond – in een paardenstaart.

Na een korte stilte zei Myron: 'Ik was vanavond bij een cliënt.'

'Wie?'

'Lex Ryder.'

'De mindere helft van HorsePower?'

'Ik mag hem wel. Het is een goeie vent. Hij zei trouwens dat het geheim van een goed huwelijk openheid is.'

'Ik hou van je,' zei ze.

'Ik hou ook van jou.'

'Ik wilde je niet onderbreken, maar ik vind het heerlijk dat ik dat gewoon kan zeggen. Dat heb ik nooit eerder gehad. Ik ben te oud om me zo te voelen.'

'We blijven altijd achttien en wachten tot ons leven gaat beginnen,' zei Myron.

'Dat klinkt klef.'

'Jij houdt toch van klef?'

'Ja, dat is waar. Dus Lex zei dat we open tegen elkaar moeten zijn. Zijn we dat dan niet?'

'Dat weet ik niet. Hij had ook een theorie over zwakheden en tekortkomingen. Dat we die aan elkaar moeten toegeven, dat we het slechtste over onszelf aan elkaar moeten vertellen, omdat dat ons menselijker maakt en omdat we daardoor nader tot elkaar komen.'

Myron vertelde haar nog een paar dingen over zijn gesprek met Lex. Toen hij uitgesproken was, zei Terese: 'Klinkt logisch.'

'Ken ik de jouwe?' vroeg hij.

'Myron, weet je nog dat we voor het eerst in die hotelkamer in Parijs waren?'

Stilte. Hij wist het nog goed.

'Dus ja,' zei ze zacht, 'je kent mijn tekortkomingen.'

'Ik neem aan van wel.' Hij ging verzitten en keek in de lens in een poging haar recht in de ogen te kijken. 'Ik vraag me af of jij al de mijne kent.'

'Je tekortkomingen?' vroeg ze, zogenaamd geschokt. 'Wat voor tekortkomingen?'

'Ik durf niet te plassen als er iemand naar me kijkt, bijvoorbeeld.'

'En jij dacht dat ik dat niet wist?'

Hij lachte, iets te hard.

'Myron?'

'Ja?'

'Ik hou van je. Hoe eerder ik je vrouw kan worden, hoe liever. Je bent een goed mens, Myron, en misschien wel de beste man die ik ooit heb gekend. De waarheid verandert daar niets aan. De dingen die je me niet vertelt? Goed, misschien steken die later de kop op, of hoe Lex dat ook noemt. Maar misschien ook niet. Eerlijkheid kan ook overschat worden. Dus kwel jezelf niet. Ik hou hoe dan ook van je.'

Myron leunde achterover. 'Weet je wel hoe geweldig je bent?'

'Dat kan me niet schelen. Vertel me liever nog een keer hoe mooi ik ben. Daar kan ik geen genoeg van krijgen.'

6

Three Downing was de deuren aan het sluiten. Win zag de laatste klanten naar buiten komen, onvast op de benen en knipperend met hun ogen door al het kunstlicht in Manhattan om vier uur 's morgens. Hij wachtte. Na een paar minuten zag hij de grote man die Myron met het stroomstootpistool had bewerkt. De grote man – Kyle – gooide iemand naar buiten alsof het een zak wasgoed was. Win beheerste zich. Hij dacht terug aan de keer, nog niet zo lang geleden, dat Myron wekenlang van de aardbodem verdwenen was geweest en hoogstwaarschijnlijk was gemarteld, een van de weinige keren dat hij, Win, zijn beste vriend niet had kunnen helpen of naderhand had kunnen wreken. Win herinnerde zich nog goed hoe afschuwelijk machteloos hij zich had gevoeld. Een machteloosheid die hij niet meer had ervaren sinds zijn vroege jeugd in de rijke buitenwijken van Philadelphia's Main Line, toen jongens die de pest aan hem hadden om hoe hij eruitzag, hem kwelden en in elkaar sloegen. Win had toen gezworen dat hij zich nooit meer zo zou voelen. En hij had er iets aan gedaan. Als volwassen man hanteerde hij dezelfde principes: als je wordt geslagen, sla je twee keer zo hard terug. Vergelding pur sang. Maar met een doel. Myron was het niet altijd eens met deze doctrine. Dat gaf niet. Ze waren vrienden, heel goede vrienden. Ze zouden een moord voor elkaar doen. Maar ze waren niet hetzelfde.

'Hallo, Kyle,' riep Win.

Kyle keek kwaad.

'Heb je even tijd voor een babbeltje?' vroeg Win.

'Maak je een grapje?'

'Normaliter ben ik een enorme grapjas, een Dom Deluise in het kwadraat, maar nee, Kyle, vannacht maak ik geen grapje. Ik wil je alleen even onder vier ogen spreken.'

Kyle begon bijna te watertanden. 'Geen rare mobiele telefoons deze keer?'

'Nee, en ook geen stroomstootpistolen.'

Kyle keek om zich heen om te zien of de spreekwoordelijke kust veilig was. 'En die smeris is vertrokken?'

'Al lang.'

'Dus alleen jij en ik?'

'Alleen jij en ik,' herhaalde Win. 'Zal ik je eens iets zeggen? Mijn tepels worden hard bij het vooruitzicht.'

Kyle kwam dichterbij. 'Het interesseert me geen barst wat voor connecties jij hebt, mooie jongen,' zei Kyle. 'Ik sla je helemaal verrot.'

Win glimlachte en nodigde Kyle uit hem voor te gaan. 'Ik kan niet wachten.'

Slaap was voor Myron altijd een ontsnappingsmogelijkheid geweest. Maar tegenwoordig niet meer. Hij kon 's nachts urenlang naar het plafond liggen staren, te bang om zijn ogen te sluiten. Want zijn dromen voerden hem vaak terug naar een plek die hij liever wilde vergeten. Hij wist dat hij er iets aan moest doen – naar een psychiater gaan of zoiets – en wist ook dat hij dat waarschijnlijk nooit zou doen. Natuurlijk loste Terese een deel van het probleem op. Wanneer zij naast hem in bed lag, bleven zijn nachtelijke demonen op een afstand.

Myrons eerste gedachte toen de wekker ging en hij in het heden terugkeerde, was dezelfde die hij had gehad toen hij eindelijk in slaap was gevallen: Brad. Dat was vreemd. Er waren dagen, weken en soms zelfs maanden verstreken waarin hij niet aan zijn broer dacht. Hun vervreemding van elkaar had wel iets van een rouwproces. Er wordt ons in tijden van grote ontreddering voorgehouden dat de tijd alle wonden heelt. Dat is larie. In werkelijkheid ben je kapot, je rouwt, je huilt tot je denkt dat je er nooit meer mee zult kunnen ophouden, en dan bereik je een stadium waarin je overlevingsinstinct het roer overneemt. Je houdt op met rouwen en huilen. Je kunt het gewoon niet meer, of je wilt niet meer terug naar 'die plek', omdat het verdriet en de pijn te heftig waren. Je blokkeert het. Je ontkent het. Maar er echt van genezen doe je nooit.

Dat hij Kitty de afgelopen nacht had gezien, had de blokkade omvergeworpen en had Myron onzeker gemaakt. Wat moest hij doen? Het antwoord was doodsimpel: hij moest praten met de twee mensen die hem iets over Kitty en Brad konden vertellen. Hij trok de telefoon naar zich toe en belde naar zijn huis in Livingston, New Jersey. Zijn ouders waren een weekje over uit Boca Raton en ze logeerden daar.

Zijn moeder nam op. 'Hallo?'

'Hoi, ma,' zei Myron. 'Hoe gaat het?'

'Geweldig, jongen. En met jou?'

Haar stem klonk bijna té teder, alsof haar hart in gruzelementen zou vallen als hij een verkeerd antwoord gaf.

'Met mij gaat het ook geweldig.' Hij wilde haar eigenlijk direct naar Brad vragen, maar nee, dat vereiste enige tact. 'Ik wilde jou en pa vanavond op een etentje trakteren, vind je dat leuk?'

'Niet bij Nero's,' zei ze. 'Ik wil niet naar Nero's.'

'Oké.'

'Ik ben niet in de stemming voor Italiaans. Nero's is een Italiaan.'

'Oké. Geen Nero's.'

'Heb jij dat ook wel eens?'

'Wat?'

'Dat je gewoon niet in de stemming bent voor een bepaald soort eten? Vandaag heb ik bijvoorbeeld echt geen trek in Italiaans.'

'Oké, dat heb ik inmiddels begrepen. Waar heb je dan wel trek in?'

'Kunnen we naar de Chinees? Ik vind Chinees in Florida niet lekker. Veel te vet.'

'Prima. Wat dacht je van Baumgart's?'

'Mm, ik ben dol op hun Kip Kung Pao. Maar Myron, wat is dat

nou voor een naam voor een Chinees restaurant, Baumgart's? Dat klinkt als een joodse delicatessenwinkel.'

'Dat was het vroeger ook,' zei Myron.

'O ja?'

Hij had haar de herkomst van de naam al minstens tien keer uitgelegd. 'Ik moet ophangen, ma. Ik kom jullie om zes uur halen. Geef het door aan pa, wil je?'

'Oké. Pas goed op jezelf, jongen.'

Weer dat tedere. Hij zei haar hetzelfde te doen. Nadat hij had opgehangen, besloot hij zijn vader een sms te sturen om de afspraak te bevestigen. Hij voelde zich er schuldig over, alsof hij zijn moeder op de een of andere manier verraadde, maar haar geheugen... tja, ontkennen had weinig zin, toch?

Myron nam snel een douche en kleedde zich aan. Sinds hij uit Angola was teruggekeerd had hij, op dringend advies van Esperanza, er een gewoonte van gemaakt om 's morgens naar kantoor te lopen. Hij liep Central Park in bij Seventy-second Street en sloeg af in zuidelijke richting. Esperanza was dol op lopen, maar Myron vond er nog niet veel aan. Het paste niet bij zijn temperament om zijn hoofd leeg te maken of zijn zenuwen tot bedaren te brengen, of wat het ook moest opleveren wanneer je de ene voet voor de andere zette. Maar Esperanza had hem ervan overtuigd dat het goed was voor de geest en had hem laten beloven dat hij het drie weken zou proberen. Helaas had Esperanza het mis, hoewel hij moest toegeven dat hij het experiment nog niet echt een kans had gegeven. Myron liep liever rond met zijn Bluetooth-headset op om te praten met zijn cliënten en daarbij wild om zich heen te gebaren, zoals de meeste wandelaars in het park deden. Hij voelde zich beter, meer zichzelf, als hij meerdere dingen tegelijk deed. Zodra hij dat bedacht, zette hij de headset op en belde Suzze. Ze nam meteen op.

'Heb je hem gevonden?' vroeg Suzze.

'Ja, maar we zijn hem weer kwijtgeraakt. Heb je wel eens gehoord van een nachtclub die Three Downing heet?'

'Natuurlijk.'

Zij wel. 'Nou, Lex was daar gisteravond.' Myron vertelde haar

dat hij hem in de viproom had aangetroffen. 'Hij begon me te vertellen over sluimerende geheimen en dat jullie niet open tegen elkaar waren.'
'Heb je hem verteld dat die reactie op het net niet waar was?'
'Ja.'
'Wat zei hij daarop?'
'Eh... we werden gestoord.' Myron liep langs de Heckscher Playground, waar kinderen in de fontein speelden. Het was mogelijk dat er op deze zonnige dag elders ter wereld blijere kinderen waren, maar hij achtte die kans niet groot. 'Ik moet je iets vragen.'
'Ik heb het je al gezegd. Het kind is van hem.'
'Nee, dat bedoel ik niet. Gisteravond, toen ik in die nachtclub was, durfde ik te zweren dat ik Kitty heb gezien.'
Stilte.
Myron bleef staan. 'Suzze?'
'Ik ben er nog.'
'Wanneer heb jij Kitty voor het laatst gezien?'
'Hoe lang is het geleden dat ze er met jouw broer vandoor ging?'
'Zestien jaar.'
'Dan is dat het antwoord: zestien jaar geleden.'
'Dus ik heb het me verbeeld dat ik haar herkende?'
'Dat zeg ik niet. Sterker nog, ik durf te wedden dat je het goed hebt gezien.'
'Hoezo?'
'Heb je een computer bij de hand?' vroeg Suzze.
'Nee. Ik ben op weg naar kantoor, lopend, als een dom beest. Over een minuut of vijf ben ik er.'
'Nee, wacht. Kun je een taxi nemen en naar de tennisschool komen? Ik moet je iets laten zien.'
'Hoe laat?'
'Ik ga nu aan een les beginnen. Over een uur?'
'Oké.'
'Myron?'
'Ja?'
'Hoe zag Lex eruit?'

'Goed.'
'Ik heb er een slecht gevoel over. Ik denk dat ik ga instorten.'
'Nee, dat doe je niet.'
'Dat doe ik altijd in dit soort situaties, Myron.'
'Deze keer niet. Dat staat je agent niet toe.'
'Dat staat mijn agent niet toe,' herhaalde ze, en Myron kon haar bijna haar hoofd zien schudden. 'Als iemand anders dit tegen me zou zeggen, zou ik het klinkklare onzin vinden. Maar als jij het zegt... nee, sorry, dan vind ik het nog steeds onzin.'
'Ik zie je over een uur.'
Myron ging sneller lopen, kwam bij het Lock-Horne Building – ja, Wins volledige naam was Windsor Horne Lockwood III, en zoals ze op school altijd zeiden: verzin de rest er zelf maar bij – en nam de lift naar de twaalfde verdieping. Wanneer de liftdeuren opengingen, stond je meteen in de receptie van MB Reps, en soms, als kinderen in de lift op een verkeerde knop hadden gedrukt en de deuren opengingen, slaakten ze kreten van schrik door wat ze daar zagen.

Big Cyndi. Receptioniste extraordinair van MB Reps.
'Goedemorgen, meneer Bolitar!' riep ze met haar hoge, krijsende stem, als een jong meisje dat haar teneridool in levenden lijve zag.

Big Cyndi was een meter drieënnegentig lang en had onlangs een vierdaagse reinigende sapkuur gedaan, zodat ze nu nog maar honderdvijfenvijftig kilo woog. Ze had handen zo groot als tennisrackets. Haar hoofd deed denken aan een zwerfkei.

'Hallo, Big Cyndi.'
Ze stond erop dat hij haar zo noemde, niet alleen Cyndi of eh... Big, en hoewel ze elkaar al heel lang kenden, gaf ze er de voorkeur aan hem formeel 'meneer Bolitar' te blijven noemen. Big Cyndi voelde zich beter vandaag, meende Myron te constateren. Het dieet had haar doorgaans zo zonnige humeur aanzienlijk overschaduwd. Ze had meer gegromd dan gepraat. Haar make-up, die gewoonlijk alle kleuren van de regenboog had, was in die moeilijke dagen beperkt geweest tot een sober zwart-wit en had het midden gehouden

tussen jaren negentig gothic en jaren zeventig Kiss. Maar vandaag was haar make-up weer uitbundig als altijd, alsof ze een doos met vierenzestig kleurkrijtjes had gepakt, die allemaal tegelijk had gebruikt en daarna onder de zonnebank had gelegen.

Big Cyndi veerde overeind, en hoewel Myron de fase van schrikken van wat ze droeg allang voorbij was – minuscule topjes en strakke lycra bodysuits – deinsde hij desondanks achteruit. Het materiaal van haar jurk was waarschijnlijk chiffon, maar het zag eruit alsof ze zich in verjaardagsslingers had gewikkeld. Stroken dun crêpepapier leken het, in roze, oranje en paarse tinten, die boven op haar borsten begonnen, strak om haar bovenlijf en heupen spanden en hoog op haar dijen ophielden. Er zaten scheuren en openingen in de stof, en hier en daar hingen er flarden aan, alsof ze de Hulk was die net uit zijn overhemd was gebarsten. Ze glimlachte naar hem en draaide een pirouette waardoor de aarde een paar graden uit haar baan om de zon raakte. Op haar onderrug, iets boven haar stuitbeen, zat een opening in de vorm van een diamant.

'Mooi?' vroeg ze.

'Eh... ja, ik geloof het wel.'

Big Cyndi keek hem aan, zette haar handen in haar zij en pruilde: 'Dat "gelooft" u?'

'Heel bijzonder.'

'Ik heb hem zelf ontworpen.'

'Je hebt talent.'

'Denkt u dat Terese hem ook mooi zal vinden?'

Myron opende zijn mond, bedacht zich en sloot hem weer. O god.

'Verrassing!' riep Big Cyndi. 'Dit zijn de jurken voor de bruidsmeisjes, zelf ontworpen. Mijn cadeau voor jullie beiden.'

'We hebben nog niet eens een datum geprikt.'

'Echte mode is tijdloos, meneer Bolitar. Ik ben zo blij dat u hem mooi vindt. Ik wilde eerst een zeewiertint kiezen, maar ik vond fuchsia toch warmer. Omdat ik een warmhartig mens ben, begrijpt u? Terese is dat ook, nietwaar?'

'Ja, dat is ze zeker,' zei Myron. 'En ze is dol op fuchsia.'

Langzaam verscheen er een glimlach op haar gezicht – kleine

tandjes in een reusachtige mond – een aanblik die kinderen gillend zou doen wegrennen. Hij glimlachte terug. God, wat hield hij toch zielsveel van deze grote, gekke vrouw.

Myron wees naar de deur aan de linkerkant. 'Is Esperanza er al?'

'Ja, meneer Bolitar. Zal ik haar laten weten dat u er bent?'

'Nee, dank je, dat hoeft niet.'

'Wilt u tegen haar zeggen dat ik haar over vijf minuten kom afspelden?'

'Komt voor elkaar.'

Myron klopte zachtjes op de deur en ging naar binnen. Esperanza zat achter haar bureau. Ook zij droeg de fuchsia jurk en ze voelde zich duidelijk opgelaten, want met de strategisch aangebrachte scheuren zag ze eruit als Raquel Welch in *One Million Years B.C.* Myron probeerde zijn lachen in te houden.

'Eén geestige opmerking,' waarschuwde Esperanza, 'en je gaat eraan.'

'*Moi?*' Myron ging zitten. 'Hoewel ik toch denk dat zeewier je beter staat. Jij bent niet iemand voor warme tinten.'

'We hebben een bespreking om twaalf uur,' zei ze.

'Dan ben ik wel weer terug. En hopelijk heb jij je dan omgekleed. Hebben Lex' creditcards nog hits opgeleverd?'

'Nee, niks.'

Ze keek niet naar hem op en hield haar blik, met net iets te veel concentratie, gericht op de papieren op haar bureau.

'En,' zei Myron quasi-nonchalant, 'hoe laat was je vannacht thuis?'

'Maak je geen zorgen, papa. Ik lag op tijd in mijn bedje.'

'Dat bedoelde ik niet.'

'Natuurlijk wel.'

Myron keek naar de rij clichématige familiefoto's op haar bureau. 'Wil je erover praten?'

'Nee, dokter Phil, dat wil ik niet.'

'Oké.'

'En kijk me niet zo streng aan. Ik heb vannacht alleen maar een beetje geflirt, meer niet.'

'Het gaat me niet aan.'
'Nee, maar je bemoeit je er wel mee. Waar moet je naartoe?'
'Suzzes tennisschool. Heb je Win al gezien?'
'Volgens mij is hij er nog niet.'

Myron nam een taxi naar de Hudson in het westen. De Suzze T Tennisschool was gelegen bij Chelsea Piers, in een bouwwerk dat leek op een reusachtige witte luchtbel, of dat misschien ook wel was. Wanneer je het binnenging en de tennisbanen op liep, was de luchtdruk zo hoog dat je oren meteen dicht zaten. Er waren vier tennisbanen, die allemaal werden bezet door jonge vrouwen, meisjes en tieners, met een instructeur. Suzze, acht maanden zwanger of niet, was bezig op baan één, waar ze twee zongebruinde tieners met een paardenstaart leerde hoe ze naar het net moesten opkomen. Op baan twee werd de forehand getraind, op baan drie de backhand en op baan vier de service. In de uiterste hoeken van het servicevak waren hoelahoepen als mikpunt neergelegd. Suzze zag Myron binnenkomen en mimede dat ze over een minuutje klaar zou zijn.

Myron liep terug naar de lounge die uitzicht bood op de tennisbanen. Hier zaten de moeders te wachten, allemaal in witte tenniskleding. Tennis was de enige sport waarbij de toeschouwers zich net zo kleedden als de spelers, alsof ze elk moment van de tribune de baan op konden worden geroepen. Toch – en Myron was zich ervan bewust dat het politiek incorrect was – had het iets onweerstaanbaars, die moeders in hun korte, witte tennisrokjes. Dus bekeek hij ze. Niet likkebaardend. Daar was hij te beschaafd voor. Maar hij keek wel.

De lustgevoelens, als daar tenminste sprake van was, verdwenen net zo snel als ze waren opgekomen. Want de moeders zaten hun dochters veel te fel op de huid, alsof elke slag van levensbelang was. Myron keek door de glazen wand, zag Suzze lachend in gesprek met een van haar pupillen en moest denken aan Suzzes moeder, die termen als 'gedrevenheid' of 'focussen' had gebruikt om te verdoezelen wat in werkelijkheid nietsontziende wreedheid was. Er zijn mensen die geloven dat deze ouders te ver gaan omdat ze hun kinderen willen geven wat zijzelf als kind niet hebben gehad, maar dat is onzin, want ze zouden voor zichzelf nooit zo bikkelhard zijn geweest. Suzzes moeder had van haar dochter een tennisster willen maken, punt uit. Ze had gekozen voor een aanpak waarin ze al het andere waar haar kind plezier aan beleefde of zelfvertrouwen uit putte uit haar leven te verwijderen, totdat ze volledig afhankelijk was van de wijze waarop ze haar racket hanteerde. Versla je tegenstander en je bent goed. Verlies en je bent een nutteloos wezen. Ze had meer gedaan dan haar dochter alleen liefde onthouden. Ze had al Suzzes pogingen om een gevoel van eigenwaarde te ontwikkelen in de kiem gesmoord.

Myron was opgegroeid in een tijdperk waarin jonge mensen de schuld van al hun problemen bij hun ouders legden. Het waren voor het merendeel zeurpieten, kort gezegd, die het verdomden om in de spiegel te kijken en zichzelf een schop onder de kont te geven. De verwijtgeneratie die iedereen en alles de schuld gaf behalve zichzelf. Maar de situatie van Suzze T was een andere. Myron had de lijdensweg gezien, de jarenlange worsteling, haar rebellie tegen alles wat met tennis te maken had, haar verlangen om ermee op te houden, hoewel ze tegelijkertijd dol was op het spel zelf. De tennisbaan werd zowel haar martelkamer als haar enige ontsnappingsmogelijkheid, en die twee dingen waren moeilijk met elkaar te verenigen. Uiteindelijk leidde dit, vrijwel onvermijdelijk, tot drugsgebruik en destructief gedrag, totdat ook Suzze, die het volste recht had anderen verwijten te maken, in de spiegel keek en haar antwoord vond.

Myron ging zitten en bladerde een tennistijdschrift door. Na vijf minuten liepen de eerste meisjes de baan af. De glimlach verdween van hun gezicht zodra ze het hogedrukgebied binnen de luchtbel uit waren en ze bogen alvast het hoofd om de strenge blik van hun moeder te ontlopen. Suzze kwam als laatste de lounge binnen. Een van de moeders hield haar staande, maar Suzze kapte het gesprek snel af. Zonder te wachten liep ze door naar Myron en gebaarde hem met haar mee te komen. Een bewegend doelwit, dacht Myron. Moeilijker voor de ouder om tegenaan te zeuren.

Ze ging haar kantoor binnen en deed de deur achter Myron dicht.

'Dit werkt niet,' zei Suzze.

'Wat niet?'

'De school.'

'Zo te zien is er genoeg belangstelling,' zei Myron.

Suzze plofte op haar bureaustoel. 'Ik ben hier begonnen met een concept waarvan ik dacht dat het geweldig was: een tennisschool voor topspelers die hun ook de ruimte geeft om adem te halen, te leven en meer mens te worden. Met de nadruk op het voor de hand liggende: dat ze door zo'n aanpak beter aangepaste en gelukkiger mensen zullen worden, én dat ze er op de lange termijn betere tennissers van worden.'

'En?'

'Tja, wie weet wat de lange termijn voor ons in petto heeft? Maar de waarheid is dat het concept niet werkt. Ze wórden geen betere spelers. Kinderen die maar aan één ding denken, die niet geïnteresseerd zijn in kunst, theater en muziek, en zelfs niet in vrienden... dat worden de beste spelers. Kinderen die bereid zijn je de hersens in te slaan, je te slopen en geen greintje mededogen te tonen... zij zijn degenen die uiteindelijk zullen winnen.'

'Geloof je dat echt?'

'Jij niet?'

Myron zei niets.

'En de ouders denken er ook zo over. Hun kinderen zijn hier gelukkiger. Ze zullen niet snel opbranden. Maar de betere spelers worden hier weggehaald en naar de loodzware tenniskampen gestuurd.'

'Dat is kortetermijndenken,' zei Myron.

'Misschien wel. Maar als ze zijn opgebrand tegen de tijd dat ze vijfentwintig zijn, is het kort dag. Ze moeten nu winnen. Wij begrijpen dat toch, waar of niet, Myron? Sportief en atletisch gezien waren we allebei gezegend, maar als je die killersmentaliteit niet hebt, dat ene wat je tot een groot sporter maakt – hoewel niet per se tot een beter mens – wordt het knap moeilijk om je in de top te handhaven.'

'Wil je daarmee zeggen dat wij ook zo waren?' vroeg Myron.

'Ik niet, daar had ik mijn moeder voor.'
'En ik?'
Suzze glimlachte. 'Ik weet nog dat ik je op Duke de NCAA-finale heb zien spelen. Die blik in je ogen... Je zou liever sterven dan dat je die finale verloor.'

Ze bleven enige tijd zwijgen. Myron keek naar de tennistrofeeën, de fonkelende bekers die Suzzes succes symboliseerden. Uiteindelijk vroeg Suzze: 'Heb je Kitty afgelopen nacht echt gezien?'
'Ja.'
'En je broer?'
Myron schudde zijn hoofd. 'Het is mogelijk dat Brad daar was, maar ik heb hem niet gezien.'
'Denk jij hetzelfde als ik?'
Myron verschoof op zijn stoel. 'Dat Kitty dat "niet van hem" heeft geschreven?'
'Het ís een mogelijkheid.'
'Laten we geen overhaaste conclusies trekken. Je zei dat je me iets wilde laten zien. Over Kitty.'
'Dat klopt.' Ze beet op haar onderlip, wat Myron haar in geen jaren had zien doen. Hij wachtte, gaf haar de tijd en de ruimte. 'Gisteren, nadat wij elkaar hadden gesproken, ben ik wat speurwerk gaan doen.'
'Speurwerk naar wat?'
'Dat weet ik niet, Myron,' zei ze, met een lichte irritatie in haar stem. 'Iets. Een aanwijzing. Wat dan ook.'
'Oké.'
Suzze typte iets op het toetsenbord van haar computer. 'Ik ben begonnen met mijn Facebook-pagina, waar iemand die leugen op had gezet. Weet je hoe het werkt op Facebook, hoe mensen vriend van je worden?'
'Je meldt je gewoon aan, dacht ik.'
'Dat klopt. Dus heb ik gedaan wat jij had voorgesteld. Ik ben gaan zoeken naar vroegere vriendjes, oude tennisrivalen en ontslagen muzikanten. Iedereen die een reden zou kunnen hebben om ons een hak te zetten.'

'En?'

Suzze zat nog steeds te typen. 'Dus ben ik begonnen met de mensen die zich recent op mijn Facebook-pagina hebben aangemeld. Ik heb vijfenveertigduizend vrienden, dus je begrijpt dat het enige tijd heeft gekost. Maar uiteindelijk…'

Ze klikte met haar muis en wachtte. 'Oké, hier. Ik stuitte op een profiel van iemand die zich drie weken geleden heeft aangemeld. Ik vond dat nogal vreemd, zeker in het licht van wat je me over afgelopen nacht vertelde.'

Ze wenkte Myron, die opstond en om haar bureau heen liep om te kijken wat er op het beeldscherm stond. Toen hij de naam zag, in vetgedrukte letters boven aan de profielpagina, was hij niet echt verbaasd.

Kitty Hammer Bolitar.

7

Kitty Hammer Bolitar.
Terug in zijn eigen vertrouwde kantoor bekeek Myron de Facebook-pagina nog eens goed. Toen hij de profielfoto zag, was er geen twijfel meer mogelijk: dit was zijn schoonzus. Ouder, uiteraard. Meer getekend door het leven. De gelaatstrekken van het jonge, onbezorgde meisje uit haar tennistijd waren iets verhard, maar het gezicht had nog steeds dat leuke en montere van toen. Myron staarde er enige tijd naar en verzette zich tegen de haat en afkeer die vanzelf bij hem bovenkwamen wanneer hij aan haar dacht.

Kitty Hammer Bolitar.

Esperanza kwam zijn kantoor binnen en ging zonder iets te zeggen naast hem zitten. Je zou denken dat Myron op een moment als dit alleen zou willen zijn. Esperanza wist wel beter. Ze tuurde naar het beeldscherm.

'Onze eerste cliënt,' zei ze.

'Yep,' zei Myron. 'Heb jij haar vannacht in die club gezien?'

'Nee. Ik hoorde dat je haar naam riep, maar toen ik me omdraaide, was ze al weg.'

Myron bekeek de overige informatie. Veel was het niet. Je had mensen die *Mafia Wars* of *Farmville* speelden, of die aan quizzen meededen. Myron zag dat Kitty drieënveertig vrienden had. 'Om te beginnen,' zei hij, 'printen we de lijst van haar vrienden en kijken of er iemand tussen zit die we kennen.'

'Oké.'

Myron klikte op een icoontje van een fotoalbum met de naam

'Brad & Kitty – een liefdesgeschiedenis'. Daarna, met Esperanza aan zijn zijde, nam hij de foto's door. Lange tijd zeiden ze geen van beiden iets. Myron klikte alleen op de foto's, keek ernaar en ging door naar de volgende. Een beeldverslag van een leven. Dat was wat hij zag. Hij had vaak de draak gestoken met sociale netwerken, had gezegd dat hij er niets van begreep, dat hij het allemaal nogal vreemd vond en dat er een exhibitionistisch kantje aan zat, maar wat hij zag, wat er hier klik na klik aan zijn ogen voorbij trok, was niets minder dan een leven. Of in dit geval waren het twee levens.

Dat van zijn broer en dat van Kitty.

Myron zag Brad en Kitty ouder worden. Ze waren gefotografeerd op een woestijnduin in Namibië, bij een ravijn in Catalonië, bij de beelden op Paaseiland, met een primitieve bergstam in Cusco, Peru, tijdens het klifduiken in Italië, met rugzakken trekkend door Tasmanië en bij een archeologische opgraving in Tibet. Op sommige foto's, zoals die met het bergvolk in Myanmar, hadden Kitty en Brad zich in de plaatselijke kledij gehuld. Op de meeste andere foto's droegen ze een cargobroek en een T-shirt. Op vrijwel alle foto's waren rugzakken te zien. Brad en Kitty poseerden vaak wang tegen wang, breed glimlachend zodat de ene glimlach doorliep in de andere. Brads haar was nog steeds een woeste bos donkere krullen, en op sommige foto's was het zo lang dat hij wel een rastafari leek. Hij was niet veel veranderd, zijn broer. Myron concentreerde zich op Brads neus en meende dat die een tikje scheef stond... of misschien wilde hij dat alleen maar zien.

Kitty was afgevallen. Er zat iets in haar fysieke voorkomen wat zowel taai als broos leek. Myron bleef klikken. Het was een feit – en dat zou hem deugd moeten doen – dat Brad en Kitty stralend op elke foto stonden.

Alsof ze zijn gedachten las zei Esperanza: 'Ze zien er verdraaid gelukkig uit.'

'Yep.'

'Maar dit zijn vakantiefoto's. Daar valt niks uit af te leiden.'

'Dit waren geen vakanties,' zei Myron. 'Zo leven ze.'

Kerstmis hadden ze gevierd in Sierra Leone. Thanksgiving in Sitka, Alaska. Ze waren op een of ander festival in Laos geweest. Als haar huidige adres had Kitty 'een van de duistere hoekjes van Moeder Aarde' opgegeven. En achter 'beroep' had ze geschreven: 'voormalig mislukt tenniswonderkind, thans dolgelukkige nomade die de wereld wil verbeteren'. Esperanza wees de tekst aan, stak haar vinger in haar keel en deed alsof ze moest braken.

Toen ze klaar waren met het eerste album, ging Myron terug naar de fotopagina. Er waren nog twee albums; het ene heette 'Mijn familie' en het andere 'Het allerbeste van ons leven - onze zoon Mickey'.

Esperanza vroeg: 'Alles oké met je?'

'Ja, best.'

'Ga door dan.'

Myron opende het album van Mickey en wachtte tot alle *thumbnails* waren geladen. Met zijn hand roerloos op de muis bleef hij enige tijd naar het beeldscherm staren. Esperanza bewoog niet. Toen nam Myron mechanisch klikkend de foto's van de jongen door, beginnend met Mickey als pasgeboren baby, om te eindigen ergens in het recente verleden, toen de jongen een jaar of vijftien was. Esperanza boog zich naar het scherm om de voorbijflitsende foto's beter te kunnen zien en fluisterde: 'Mijn god.'

Myron zei niets.

'Ga terug,' zei ze.

'Naar welke foto?'

'Je weet best welke foto.'

Myron deed wat ze vroeg. Hij ging terug naar de foto waarop Mickey aan het basketballen was. Er waren veel meer foto's waarop Mickey op een basket schoot, in Kenia, Servië en Israël... maar op deze specifieke foto deed Mickey een wijkende sprongshot. Met zijn pols naar achter gebogen en de bal bijna tegen zijn voorhoofd. Zijn tegenstander, die een stuk groter was, sprong op om de shot te blokkeren, maar dat zou hem niet lukken. Want Mickey kon niet alleen hoog springen, hij beheerste ook de kunst van het terugwijken, achteruit bewegen om de bal uit de baan van de opgestoken hand van de tegenstander te halen. Myron kon de subtiele beweging waarmee Mickey de bal losliet bijna voor zich zien, de manier waarop deze met backspin in de basket terecht zou komen.

'Mag ik zeggen wat we allebei al weten?' vroeg Esperanza.

'Ga je gang.'

'Dat was jouw specialiteit. Dit zou een foto van jou kunnen zijn.'

Myron zei niets.

'Nou, afgezien van dat belachelijke permanentje dat je toen had.'

'Dat was geen permanentje.'

'O, nee. Alle krullen zakten spontaan uit je haar toen je tweeëntwintig werd.'

Stilte.

'Hoe oud zou hij nu zijn?' vroeg Esperanza.

'Vijftien jaar.'

'Hij lijkt langer dan jij.'

'Dat zou kunnen.'

'Een echte Bolitar, daar bestaat geen twijfel over. Hij heeft jouw bouw, maar hij heeft de ogen van je vader. Jouw vader heeft mooie ogen, vind ik. Er zit soul in.'

Myron zei niets. Hij staarde naar de foto's van het neefje dat hij nog nooit had ontmoet. Hij probeerde vat te krijgen op alle emoties die als rubberballen door zijn hoofd schoten, maar besloot algauw ze hun gang te laten gaan.

'En?' vroeg Esperanza. 'Wat is onze volgende stap?'

'We gaan ze opsporen.'

'Waarom?'

Myron nam aan dat de vraag retorisch was, of misschien had hij er geen goed antwoord op. Hoe dan ook, hij zei niets. Nadat Esperanza zijn kantoor uit was gelopen, nam hij de foto's van Mickey nog een keer door, langzamer deze keer. Toen hij klaar was klikte hij op de reageerknop. Kitty's profielpagina verscheen weer op het beeldscherm. Hij typte een boodschap voor haar, wiste die en typte er nog een. De formulering was niet goed. Zoals altijd. De boodschap was ook te lang, te verklarend, te rationeel en te vrijblijvend, met veel te vaak 'aan de andere kant' erin. Dus bestond zijn laatste poging uit slechts drie woorden.

VERGEEF ME ALSJEBLIEFT.
Hij keek ernaar, schudde zijn hoofd, en toen, voordat hij van gedachten kon veranderen, klikte hij op 'verzenden'.

Win liet zich die dag niet zien. Hij had zijn kantoor altijd een verdieping hoger gehad, in de hoek van de handelsvloer van Lock-Horne Securities, maar toen Myron lange tijd afwezig was geweest, was hij afgezakt – letterlijk en figuurlijk – naar MB Reps, om Esperanza bij te staan en de cliënten ervan te overtuigen dat ze nog steeds in goede handen waren.

Het was voor Win niet ongebruikelijk dat hij niet kwam opdagen of dat hij zich op een andere manier meldde. Win verdween wel vaker, de laatste tijd niet zo veel, maar als hij verdween, was dat meestal geen goed teken. Myron had de neiging hem te bellen, maar zoals Esperanza hem al diverse malen had ingepeperd, hij was Wins moeder niet, en de hare evenmin.

De rest van de dag besteedde hij aan hun cliënten. Cliënt één was van streek omdat hij een transfer had gekregen. Cliënt twee was van streek omdat hij een transfer wílde. Cliënt drie had de smoor in omdat ze in een gewone Sedan naar een filmpremière moest terwijl haar een verlengde limousine was beloofd. Cliënt vier had de smoor in – let op de tendens – omdat hij in een hotel in Phoenix verbleef en zijn kamersleutel kwijt was. 'Waarom gebruiken ze overal van die stomme pasjes, Myron? Vroeger kreeg je gewoon een sleutel met zo'n grote plastic peer eraan, weet je nog? Die raakte je nooit kwijt. Voortaan logeer ik alleen nog in hotels met dat soort sleutels, oké?'

'Staat genoteerd,' zei Myron.

Een agent droeg vele petten. Hij was bemiddelaar, handelaar, vriend, financieel adviseur (Wins afdeling), makelaar, boodschappenjongen, reisagent, schade-expert, reclameconsultant, chauffeur, kindermeisje en vaderfiguur. Maar wat een cliënt het allermooist vond, was wanneer zijn agent zijn belangen serieuzer nam dan hijzelf. Een jaar of tien geleden, tijdens de moeilijke onderhandelingen met een clubeigenaar, zei een cliënt doodleuk tegen Myron:

'Ik vat wat hij zegt niet persoonlijk op.' Myron had daarop geantwoord: 'Nee, maar je agent wel.' De cliënt had geglimlacht. 'Daarom ga ik nooit bij je weg.'

En dat geeft een redelijk goed beeld van de best mogelijke relatie tussen een cliënt en zijn agent.

Om zes uur draaide Myron de hem zo vertrouwde straat van het paradijselijke voorstadje Livingston, New Jersey, in. Zoals veel van de voorstadjes rondom Manhattan was Livingston boerenland geweest en had men het als achtergebleven gebied beschouwd, totdat iemand in het begin van de jaren zestig tot het briljante inzicht was gekomen dat het amper een uur rijden van de grote stad lag. Algauw rukten de eengezinswoningen op en bezetten die het land. In de afgelopen paar jaar waren ook de McMansions – het antwoord op de vraag: hoe creëer je zo veel mogelijk kubieke meters woonoppervlak op een zo klein mogelijk stukje land? – opgerukt, maar nog niet in Myrons straat. Toen Myron stopte voor het tweede huis van de hoek, waar hij vrijwel zijn hele leven had gewoond, ging de voordeur open en verscheen zijn moeder in de deuropening.

Tot voor kort – een paar jaar geleden – zou zijn moeder over het tuinpad naar de straat zijn gerend om hem te verwelkomen alsof hij als een voormalige krijgsgevangene uit de oorlog was teruggekeerd. Vandaag bleef ze in de deuropening staan. Myron kuste haar op haar wang en sloeg zijn armen om haar heen. Hij voelde haar lichaam licht trillen door de ziekte van Parkinson. Pa stond achter haar, keek toe en wachtte af, zoals hij altijd deed, totdat het zijn beurt was. Myron kuste ook hem op de wang, zoals altijd, omdat ze dat nu eenmaal gewend waren.

Ze waren weer dolblij hem te zien, en nee, op Myrons leeftijd zou dat hem niet meer zo moeten ontroeren, maar dat deed het wel. En wat dan nog? Zes jaar geleden was zijn vader eindelijk met pensioen gegaan en gestopt met werken in de fabriek in Newark. Zijn ouders hadden besloten te verhuizen naar Boca Raton in het zuiden en Myron had zijn ouderlijk huis gekocht. Goed, degenen die thuis zijn in de psychiatrie zullen zich aan de kin krabben en iets mompelen over een haperende ontwikkeling of niet doorgesneden navelstrengen, maar voor Myron was het vooral een praktische oplossing geweest. Zijn ouders kwamen hem vaak opzoeken en ze moesten toch ergens logeren. Het was een goede investering, want Myron bezat geen ander onroerend goed. Hij kon hiernaartoe komen wanneer hij aan de stad wilde ontsnappen, en in het Dakota blijven wanneer dat niet het geval was.

Myron Bolitar, doctorandus in zelfkennis en praktische oplossingen.

Of wat dan ook. Nog niet zo lang geleden had Myron een paar veranderingen in het huis aangebracht. Hij had de badkamers en de keuken laten opknappen en alle muren in een neutrale kleur geschilderd. En het belangrijkste, zodat pa en ma geen trappen meer op en af hoefden: hij had de grote zijkamer op de begane grond ingericht als een slaapkamer voor zijn ouders. Ma's eerste reactie was geweest: 'Drukt dat de verkoopprijs niet?' Maar toen Myron haar had verzekerd dat dit niet zo was – hoewel hij er eigenlijk geen idee van had – was ze er reuze blij mee geweest.

De tv stond aan. 'Waar kijken jullie naar?' vroeg Myron.

'Je vader en ik kijken niet meer naar gewone uitzendingen. We gebruiken dat dvm-apparaat om alles op te nemen.'

'Dat heet dvd,' corrigeerde pa haar.

'Hartelijk dank, meneer de tv-deskundige. Dames en heren, hier is Ed Sullivan. Dvm, dvd, wat maakt het uit? We nemen alles op, Myron, en daarna bekijken we het en slaan we de commercials over. Dat scheelt tijd.' Ze tikte met haar wijsvinger op haar slaap om aan te geven dat ze niet van gisteren was.

'Maar waar kijken jullie nu naar?'

'Ik,' zei pa, met de nadruk op dat ene woord, 'keek nergens naar.'

'Nee, meneer de intellectueel daar kijkt nooit tv. En dat uit de mond van iemand die de box met alle *Carol Burnett Shows* wil aanschaffen en die nog steeds heimwee heeft naar Dean Martin.'

Pa haalde zijn schouders op en zei niets.

'Je moeder,' vervolgde ma, die graag over zichzelf in de derde persoon sprak, 'die een stuk hipper en meer van deze tijd is, kijkt tegenwoordig naar reality shows. Hang me aan de hoogste boom, maar dat is mijn *cup of tea*, of hoe dat ook heet. Ik denk er trouwens over die Kourtney Kardashian een brief te schrijven. Weet je wie dat is?'

'Min of meer.'

'Niks min of meer. Natuurlijk ken je die. Dat is geen schande. Wat wel een schande is, is dat ze nog steeds omgaat met die dronken idioot met zijn pastelkleurige pakken waarin hij eruitziet als een reusachtige paashaas. Zo'n mooi meisje. Die kan toch wel iets beters krijgen, denk je ook niet?'

Myron wreef zich in de handen. 'En? Hebben we al honger?'

Ze reden naar Baumgart's en bestelden de Kip Kung Pao plus drie voorafjes. Myrons ouders hadden altijd gegeten met de gretigheid van rugbyers tijdens een barbecue, maar nu leken ze weinig trek te hebben, namen kleine hapjes en zaten langdurig in stilte te kauwen, alsof het allemaal opeens meer moeite kostte.

'Wanneer krijgen we je verloofde te zien?' vroeg ma.

'Binnenkort.'

'Ik vind dat het een groots huwelijksfeest moet worden. Zoals dat van Khloe en Lamar.'

Myron keek zijn vader vragend aan. Bij wijze van uitleg zei pa: 'Khloe Kardashian.'

'En,' vervolgde ma, 'Kris en Bruce moeten kort voor het huwelijk kennismaken met Lamar, want hij en Khloe kennen elkaar ook nog maar net! Jij kent Terese al – wat? – tien jaar?'

'Ja, zoiets.'

'Waar gaan jullie wonen?' vroeg ma.

'Ellen,' zei pa, op die bekende toon.

'Hou je mond, jij. Nou, waar?'

'Dat weet ik nog niet,' zei Myron.

'Ik wil me nergens mee bemoeien,' begon ma, wat altijd betekende dat ze dat wel ging doen, 'maar jullie moeten het oude huis niet meer aanhouden. Niet daar gaan wonen, bedoel ik. Dat zou ronduit bizar zijn, met al die banden met het verleden en zo. Jullie moeten een plek voor jezelf hebben, iets nieuws.'

'El...' zei pa weer.

'We zien wel, ma.'

'Ik zeg het alleen maar.'

Toen ze klaar waren met eten, reden ze terug naar huis. Ma excuseerde zich, zei dat ze moe was en even moest gaan liggen. 'Praten jullie maar verder.' Myron keek bezorgd zijn vader aan. Pa keek terug met een geruststellende blik. Toen ze de deur achter zich sloot, stak pa zijn vinger op. Even later hoorde Myron een dun stemmetje – van een van de gezusters Kardashian, nam hij aan – dat zei: 'O mijn god, als die jurk nog een graadje – hoe zeg je dat – hoeriger was geweest, hadden ze me met pek en veren overgoten.'

Pa haalde zijn schouders op. 'Ze kan er geen genoeg van krijgen. Maar het kan geen kwaad.'

Ze verhuisden naar de houten veranda aan de achterkant. Het had Myron bijna een jaar gekost om die te bouwen, en het geval was sterk genoeg om een tsunami te kunnen doorstaan. Ze gingen in de tuinstoelen met de verschoten kussens zitten en keken uit over de achtertuin die Myron nog steeds als zijn stadion beschouwde. Brad en hij hadden hier heel wat uurtjes gebasketbald en gehonkbald. De boom met de dubbele stam was het eerste honk, de altijd bruine plek in het gras het tweede en de kei die iets boven de grond uit stak het derde. Als ze de bal heel hard raakten, kwam die terecht in de groentetuin van mevrouw Diamond en kwam zij naar buiten in wat ze toen een duster noemden, om te krijsen dat ze uit haar tuin moesten blijven.

Myron hoorde gelach van een feestje drie huizen verderop. 'Houden de Lubetkins weer eens een barbecue?'

'De Lubetkins zijn vier jaar geleden verhuisd,' zei pa.

'Wie wonen daar nu dan?'

'Weet ik het? Ik woon hier niet meer.'

'Maar toch. Vroeger nodigden ze ons altijd uit op hun barbecues.'

'Dat was toen,' zei zijn vader. 'Toen onze kinderen nog jong waren, ze allemaal naar dezelfde school gingen en op dezelfde sportclubs zaten. Nu is het de beurt aan de anderen. Zo hoort het ook te gaan. Je moet dingen kunnen loslaten.'

Myron fronste zijn wenkbrauwen. 'En jij bent weer de nuance zelve.'

Pa grinnikte. 'Ja, nou, sorry. Maar nu ik toch in mijn nieuwe rol zit, wat is er mis?'

Myron sloeg het 'hoe weet je dat er iets mis is?'-gedeelte over, want dat had toch geen zin. Pa droeg een wit golfshirt, hoewel hij nooit golfde. Zijn grijze borsthaar krulde rijkelijk uit de v-hals. Hij tuurde in de verte, want hij wist dat Myron geen groot liefhebber van direct oogcontact was.

Myron besloot er geen doekjes om te winden. 'Hoor je nog wel eens wat van Brad?'

Als zijn vader al verbaasd was Myron die naam te horen noemen – het was voor het eerst in vijftien jaar dat Myron dat tegen zijn vader had gedaan – liet hij dat niet merken. Hij nam een slokje ijsthee en deed alsof hij nadacht. 'We kregen een e-mail van hem, maar dat is al een maand geleden.'

'Waar was hij?'

'In Peru.'

'En Kitty?'

'Wat is er met Kitty?'

'Was zij bij hem?'

'Ik neem aan van wel.' Nu draaide zijn vader zich om en keek hem aan. 'Waarom vraag je dat?'

'Ik denk dat ik Kitty vannacht in New York City heb gezien.'

Zijn vader leunde weer achterover. 'Dat kan, lijkt me.'

'Zouden ze geen contact met je hebben opgenomen als ze in de buurt waren?'

'Misschien wel. Ik kan hem mailen en het hem vragen.'

'Zou je dat willen doen?'

'Ja, natuurlijk. Maar zou je mij willen vertellen wat er precies aan de hand is?'

Myron hield het vaag. Hij was op zoek geweest naar Lex Ryder toen hij Kitty zag. Zijn vader knikte af en toe terwijl hij zijn verhaal deed. Toen hij uitgesproken was zei pa: 'Ik hoor sporadisch iets van hem. Soms gaan er maanden van stilte overheen. Maar het gaat prima met je broer. Ik had de indruk dat hij gelukkig was.'

'Was?'

'Sorry?'
'Je zei "dat hij gelukkig was". Waarom niet "is"?'
'Zijn laatste paar e-mails,' begon pa, 'die waren... ik weet het niet... anders van toon. Formeler. Zakelijker. Maar aan de andere kant ken ik hem niet echt goed. Begrijp me niet verkeerd. Ik hou zielsveel van je broer. Net zo veel als ik van jou hou. Maar we zijn nooit echt close geweest.'

Zijn vader nam nog een slokje ijsthee.

'Wel waar,' zei Myron.

'Nee, niet echt. Natuurlijk, toen hij jong was waren we allemaal een stuk belangrijker in zijn leven.'

'Wanneer is dat dan veranderd?'

Pa glimlachte. 'Jij denkt dat het door Kitty komt.'

Myron zei niets.

'Willen Terese en jij kinderen?' vroeg pa.

De plotselinge verandering van onderwerp bracht hem van de wijs. Myron wist niet goed wat hij moest antwoorden. 'Dat is een lastige vraag,' zei hij ten slotte. Terese kon geen kinderen meer krijgen. Hij had dit nog niet aan zijn ouders verteld, want hij had het, tót ze de juiste artsen hadden geraadpleegd, zelf nog niet helemaal geaccepteerd. Maar het was nu niet het moment om daarover te beginnen. 'We zijn niet piepjong meer, maar wie weet.'

'Nou, wat het ook wordt, laat me je iets over het ouderschap vertellen, iets wat niet in al die opvoedkundige boeken en tijdschriften staat.' Pa draaide zich om en boog zich naar hem toe. 'Wij ouders denken dat we enorm belangrijk zijn, maar dat is niet zo.'

'Je bent te bescheiden.'

'Nee, dat ben ik niet. Ik weet dat jij denkt dat je moeder en ik de geweldigste ouders van de hele wereld zijn geweest. Daar ben ik blij om. Echt waar. Misschien waren we dat voor jou ook wel, maar je hebt ook een blinde vlek voor een fors aantal minder geslaagde kanten van ons.'

'Zoals?'

'Ik ga nu niet al mijn fouten opbiechten. Daar gaat het ook niet om. Ik neem aan dat we goede ouders zijn geweest. De meeste ouders zijn dat. De meeste ouders doen hun uiterste best, en als ze fouten maken, is dat omdat ze te veel hun best doen. Maar in werkelijkheid zijn ouders niet meer dan, laten we zeggen, een stel automonteurs. We kunnen de motor afstellen en er de juiste vloeistoffen in gieten. We zorgen ervoor dat de motor blijft lopen, controleren het oliepeil en overtuigen ons ervan dat de auto de weg op kan. Maar het is en blijft een auto. Wanneer een auto de garage in komt, is het al een Jaguar, een Toyota of een Prius. En je kunt van een Toyota geen Jaguar maken.'

Myron trok een gezicht. 'Van een Toyota een Jaguar maken?'

'Je begrijpt best wat ik bedoel. Ik weet dat het geen goede vergelijking is, en nu ik erover nadenk snijdt die ook geen hout, want die houdt een waardeoordeel in, alsof een Jaguar beter zou zijn dan een Toyota. Dat is niet zo. Het is alleen een andere auto die aan andere behoeften voldoet. Sommige kinderen zijn verlegen, andere spontaan, je hebt boekenwurmen, je hebt sportgekken, en ga zo maar door. De manier waarop we ze opvoeden, verandert daar niet echt iets aan. Natuurlijk, we brengen ze normen en waarden en dat soort dingen bij, maar we gaan meestal de fout in wanneer we proberen te veranderen wat er al is.'

'Wanneer je,' zei Myron, 'de Toyota in de Jaguar probeert te veranderen?'

'Niet zo bijdehand doen.'

Nog niet zo lang geleden, voordat Terese naar Angola was gegaan en onder heel andere omstandigheden, had zij hem exact dezelfde stelling voorgelegd. De aard van het beestje, had zij het genoemd. Het was voor hem zowel een troost als een kille ontnuchtering geweest, maar in dit geval, hier met zijn vader op de veranda, wilde het er bij Myron niet in.

'Brad was niet voorbestemd om thuis te zitten en zich te settelen,' vervolgde pa. 'Hij heeft nooit rust in zijn kont gehad. Hij moest altijd ergens naartoe. Een geboren nomade, net als zijn voorouders, neem ik aan. Dus hebben je moeder en ik hem laten gaan. Als kind waren jullie allebei uitstekende sporters. Maar jij hield van het wedstrijdelement. Brad niet. Die vond dat vreselijk. Dat maakt hem niet meer of minder, alleen anders. God, wat ben ik moe. Genoeg gekletst. Ik neem aan dat je een heel goede reden hebt om na al die jaren op zoek te gaan naar je broer?'

'Ja.'

'Goed zo. Want ondanks alles wat ik zonet zei, heeft het me altijd veel verdriet gedaan dat jullie elkaar nooit meer zagen. Dus als jij daar iets aan wilt doen, zou ik dat heel fijn vinden.'

Stilte. Die werd verbroken toen Myrons telefoon begon te zoemen. Hij keek op het schermpje en zag tot zijn verbazing dat hij werd gebeld door Roland Dimonte, de smeris van de politie van New York, die hem de afgelopen nacht in Three Downing had geholpen. Dimonte was een vriend annex kwelgeest van een paar jaar geleden. 'Ik moet dit gesprek aannemen,' zei Myron.

Zijn vader gebaarde dat hij dat vooral moest doen.

'Bolitar?' blafte Dimonte. 'Ik dacht dat jullie hadden beloofd dat hij het nooit meer zou doen?'

'Wie?'

'Je weet heel goed wie. Waar hangt je vriend Win de psychopaat verdomme uit?'

'Dat weet ik niet.'

'Nou, dan zou ik maar eens gauw naar hem op zoek gaan.'

'Hoezo? Wat is er loos?'

'We hebben een probleem, dat is er loos. Ga hem zoeken.'

8

Myron keek door het veiligheidsglas in de behandelkamer van Spoedeisende Hulp. Roland Dimonte stond links van hem. De politieman rook naar een combinatie van pruimtabak en minstens een half flesje Hai Karate-aftershave. Ondanks het feit dat hij midden in Hell's Kitchen van Manhattan was geboren en opgegroeid, ging Dimonte door het leven als een soort stadscowboy. Vandaag was hij gekleed in een strak, glimmend shirt met drukknoopjes en een paar laarzen die zo opzichtig waren dat hij ze mogelijk van een cheerleader van de San Diego Chargers had gepikt. Zijn haar zat als een strakke helm om zijn schedel en leek op dat van een voormalige ijshockeyer die nu het sportcommentaar op een lokale tv-zender verzorgde. Myron voelde dat Dimonte naar hem keek.

Op zijn rug op het bed, met zijn ogen wijd open naar het plafond starend en met slangetjes uit minstens drie van zijn lichaamsopeningen, lag Decolleté Kyle, de opperuitsmijter van Three Downing.

'Wat mankeert hem?' vroeg Myron.

'Van alles,' zei Dimonte. 'Maar zijn voornaamste verwonding is een gescheurde nier. De arts zegt dat het trauma is veroorzaakt door – en ik citeer – "diverse, precies gerichte harde slagen in de nierstreek". Ironisch, vind je niet?'

'Hoezo ironisch?'

'Nou, onze vriend hier zal een aanzienlijke tijd bloed piesen. Misschien herinner je je nog wat er vorige nacht is gebeurd. Dat dit exact is wat ons slachtoffer jou wilde aandoen.' Dimonte sloeg zijn armen over elkaar voor het effect.

'Dus jij denkt dat ík dit heb gedaan?'

Dimonte fronste zijn wenkbrauwen. 'Laten we even doen alsof ik geen mentaal compleet gedegenereerde idioot ben, oké?' Hij had een leeg colablikje in zijn hand en spuugde er een straaltje tabakssap in. 'Nee, ik denk niet dat jij dit hebt gedaan. We weten allebei heel goed wie dit heeft gedaan.'

Myron gebaarde met zijn kin naar het bed. 'Wat zegt Kyle zelf?'

'Dat het een overval was. Een stel gasten waren de club binnengedrongen en zijn boven op hem gesprongen. Hij heeft geen gezichten gezien, kan niemand identificeren en wil bovendien geen aangifte doen.'

'Misschien is het wel waar wat hij zegt.'

'En misschien vertelt een van mijn ex-vrouwen me wel dat ze geen alimentatie meer van me wil.'

'Wat wil je dat ik zeg, Rolly?'

'Ik dacht dat jij hem in toom zou houden.'

'Je weet niet of het Win is geweest.'

'We weten allebei dat hij het was.'

Myron deed een stap bij het raam vandaan. 'Laat ik het anders zeggen. Je hebt geen bewijs dat het Win is geweest.'

'Ja zeker wel. We hebben beelden van de beveiligingscamera van een bank vlak bij de club. Die heeft de hele straat in beeld. We zien Win op onze rondborstige vriend af lopen, ze praten even met elkaar en dan gaan ze samen de club binnen.' Dimonte stopte en tuurde in de verte. 'Vreemd.'

'Wat?'

'Win is meestal heel zorgvuldig. Misschien wordt hij slordiger naarmate hij een jaartje ouder wordt.'

Weinig kans, dacht Myron. 'En de beelden van de beveiligingscamera ín de club?'

'Wat is daarmee?'

'Je zei dat Win en Kyle samen de club binnengingen. Dus wat is er op de beelden van de camera's ín de club te zien?'

Dimonte spuugde nog eens in het blikje en deed zijn uiterste best om zijn onzekerheid te verbergen. 'Daar zijn we nog mee bezig.'

'Eh, laten we even doen alsof ik ook geen mentaal compleet gedegenereerde idioot ben.'

'Die zijn verdwenen, oké? Kyle zegt dat de gasten die hem hebben overvallen ze waarschijnlijk hebben meegenomen.'

'Klinkt logisch.'

'Moet je hem zien, Bolitar.'

Myron keek door het raam. Kyle lag nog steeds naar het plafond te staren. Zijn ogen waren vochtig.

'Toen we hem vanochtend vonden, lag het stroomstootpistool waarmee hij jou onder handen had genomen naast hem op de vloer. De accu was leeg. Hij lag nog na te schokken, was nauwelijks bij kennis en had in zijn broek gescheten. Hij heeft twaalf uur lang geen woord kunnen uitbrengen. Toen ik hem een foto van Win liet zien, begon hij zo onbeheerst te snikken dat de arts hem een kalmeringsmiddel moest inspuiten.'

Myron keek naar Kyle en dacht terug aan het pistool, aan de schittering in Kyles ogen toen hij de trekker bleef indrukken. Hij besefte dat het weinig had gescheeld of hij, Myron, had hier zelf in een ziekenhuisbed gelegen. Uiteindelijk draaide hij zich weg van het raam en keek Dimonte aan. Zijn stem klonk monotoon en emotieloos. 'Tjonge. Ik. Heb. Zo. Met. Hem. Te. Doen.'

Dimonte schudde zijn hoofd en zei niets.

Myron vroeg: 'Kan ik nu gaan?'

'Ga je terug naar jullie appartement in het Dakota?'

'Ja.'

'Ik heb daar een van mijn mannen neergezet om Win op te wachten. Als hij thuiskomt, wil ik graag even met hem praten.'

'Goedenavond, meneer Bolitar.'

'Goedenavond, Vladimir,' zei Myron toen hij de portier van het Dakota voorbijliep en het befaamde smeedijzeren hek van de lift opentrok. Voor het gebouw stond een politiewagen met Dimontes man erin. Toen Myron Wins appartement binnenging, waren de lichten gedimd.

Win zat in zijn lederen leesfauteuil met een bel cognac in zijn hand. Myron was niet verbaasd toen hij hem zag. Net als de meeste oude gebouwen met een roemrucht verleden beschikte het Dakota over geheime ondergrondse gangen. Win had ze aan hem laten zien: de ene eindigde in de kelder van een torenflat bij Columbus Avenue en de andere verderop bij Central Park. Vladimir wist dat Win thuis was, daar was Myron van overtuigd, maar die zou geen woord zeggen. Vladimir kreeg zijn kerstbonus immers niet van de politie.

Myron zei: 'En ik maar denken dat jij vannacht de deur uit ging voor een potje zweterige seks. Nu hoor ik dat je weg ging om Kyle een pak slaag te geven.'

Win glimlachte. 'Wie zegt dat ik niet allebei heb gedaan?'

'Het was niet nodig.'

'De seks? Nou, seks is nooit nódig, maar daar laten wij mannen ons niet door weerhouden, of wel soms?'

'Heel grappig.'

Win zette zijn vingertoppen tegen elkaar. 'Denk jij dat je de eerste bent die door Kyle die bruine kamer in is gesleept, of de eerste die is ontkomen zonder zich in een ziekenhuis te laten behandelen?'

'Dus Kyle is een hufter. Nou en?'

'Kyle is een heel gevaarlijke hufter. Alleen al in het afgelopen jaar heeft hij drie slachtoffers gemaakt, en in alle drie de gevallen hebben ze hem niks kunnen maken omdat mensen uit de club voor hem hebben getuigd.'

'Dus heb jij ingegrepen?'

'Zo ben ik nu eenmaal.'

'Het is jouw taak niet.'

'Maar ik geniet er zo van.'

Het had nu geen enkele zin om erop door te gaan. 'Dimonte wil je spreken.'

'Dat zal best. Maar ik wil hem niet spreken. Daarom zal mijn advocaat hem over een half uur bellen en tegen hem zeggen dat er, tenzij hij een arrestatiebevel heeft, niet wordt gepraat. Einde verhaal.'

'Zou het helpen als ik je vertelde dat je het niet had hóéven doen?'

'Wacht,' zei Win, en hij begon zijn gebruikelijke pantomimeact. 'Laat me even mijn luchtviool stemmen voordat je verdergaat.'
'Wat heb je trouwens met hem gedaan?'
'Hebben ze het pistool gevonden?' vroeg Win.
'Ja.'
'Waar?'
'Hoe bedoel je, waar? Naast zijn lichaam natuurlijk.'
'Ernaast?' zei Win. 'O. Nou, dan heeft hij in ieder geval nog íéts voor zichzelf kunnen doen.'
Stilte. Myron trok de koelkast open en haalde er een blikje Yoo-Hoo uit. Op het grote tv-scherm stuiterde het logo van Blu-ray voorbij.
'Hoe zei Kyle het ook alweer?' vroeg Win terwijl hij de cognac liet ronddraaien in zijn glas, en met een lichte blos op zijn wangen. 'Hij zal een tijdje bloed pissen. Misschien een paar botten breken. En hij zal uiteindelijk wel weer de oude worden.'
'Maar hij zal niks zeggen.'
'Nee. Hij zal er nooit een woord over zeggen.'
Myron ging zitten. 'Je bent een beangstigend mens.'
'Ach, ik schep niet graag op,' zei Win.
'Toch was het geen slimme actie.'
'Fout. Het was juist een heel slimme actie.'
'Leg uit.'
'Er zijn drie dingen die je goed moet onthouden. Eén...' Win stak zijn vinger op, '... ik doe nooit onschuldige mensen kwaad, alleen mensen die het verdienen. Kyle behoort tot die laatste categorie. Twee...' nog een vinger, '... ik doe het om ons te beschermen. Hoe banger ik het gajes maak, hoe kleiner de kans dat ze ons iets willen aandoen.'
Myron moest bijna glimlachen. 'Daarom heb je je laten betrappen door die beveiligingscamera op straat,' zei hij. 'Je wilde dat iedereen wist dat jij het was.'
'Nogmaals, ik schep niet graag op, maar inderdaad, dat klopt. Drie,' zei Win, en hij stak een derde vinger op, 'ik doe het altijd om andere redenen dan alleen wraak.'

'Wat dan? Gerechtigheid?'

'Nee. Om informatie los te krijgen.' Win pakte de afstandsbediening en richtte die op de tv. 'Kyle was zo vriendelijk me alle beveiligingstapes van de afgelopen nacht ter beschikking te stellen. Ik heb die het grootste deel van de dag zitten bekijken, om te zien of Kitty of Brad erop staat.'

Wow. Myron keerde zich naar het tv-scherm. 'En?'

'Ik ben nog niet klaar,' zei Win, 'maar wat ik tot nu toe heb gezien, is niet best.'

'Leg uit.'

'Waarom zou ik het uitleggen als je het zelf kunt zien?' Win schonk een tweede bel cognac in en hield die Myron voor. Myron schudde zijn hoofd. Win haalde zijn schouders op, zette het glas naast hem neer en drukte op de afspeelknop van de afstandsbediening. Het stuiterende logo verdween van het scherm. Er verscheen een vrouw in beeld. Win drukte op de pauzeknop. 'Dit is de beste opname van haar gezicht.'

Myron boog zich naar voren. Een van de opmerkelijke dingen van beveiligingsvideo's was dat de beelden altijd afkomstig waren van camera's die hoog hingen, zodat je een gezicht zelden goed in beeld kreeg. Dat leek ondoordacht, maar misschien was het wel de enige manier. Dit beeld, een close-up, was een tikje onscherp en Myron vermoedde dat iemand het eruit had geknipt en had vergroot. Over de identiteit bestond in ieder geval geen twijfel meer.

'Oké, we weten nu zeker dat het Kitty is,' zei Myron. 'En Brad?'

'Nergens te zien.'

'En wat is, om jouw woorden te gebruiken, het "niet best" hieraan?'

Win dacht even na. 'Nou, misschien was "niet best" een onjuiste formulering,' zei hij.

'Wat is dan de juiste formulering?'

Win tikte met zijn wijsvinger op zijn kin. 'Het is erg, heel erg.'

Myron voelde een rilling over zijn rug lopen en richtte zijn aandacht weer op het scherm. Win drukte op een andere knop van de afstandsbediening. De camera zoomde uit. 'Kitty kwam om

22.33 uur de club binnen in het gezelschap van ongeveer tien andere mensen. Lex' entourage, zou je kunnen zeggen.'

Daar was ze, met haar bleke gezicht en haar blauwgroene blouse. Het was zo'n video die elke twee à drie seconden een beeld schoot, zodat alles in schokjes verliep, alsof je je duim langs een stapeltje kort achter elkaar geschoten foto's haalde.

'Dit is om 22.47 uur opgenomen in de kleine kamer naast de vip-room.'

Ongeveer een uur voordat Esperanza en hij waren binnengekomen, bedacht Myron. Win spoelde een stukje door en zette het beeld stil. Ook nu was het camerastandpunt hoog. Kitty's gezicht was moeilijk te zien. Ze was in gezelschap van een andere vrouw en een jongen met lang haar dat in een staartje was gebonden. Myron kende de twee niet. De jongen met het staartje had iets in zijn hand. Een stuk touw of zoiets. Win drukte op de afspeelknop en de acteurs van dit kleine drama kwamen tot leven. Kitty hield haar arm op. Staartje ging voor haar staan, wikkelde... nee, het was geen touw... de rubberen band om haar bovenarm en trok hem strak. Hij tikte met twee vingers op de binnenkant van haar arm en haalde een injectiespuit tevoorschijn. Myrons hart brak toen Staartje met schijnbaar geoefende hand de naald in Kitty's arm stak, de vloeistof inspoot en de band losmaakte.

'Wow,' zei Myron. 'Dat is nieuw, zelfs voor haar.'

'Ja,' zei Win. 'Ze heeft zich van cokesnuiver tot heroïnejunk opgewerkt. Indrukwekkend.'

Myron schudde zijn hoofd. Hij zou geschokt moeten zijn, maar helaas was hij dat niet. Hij dacht aan de fotoalbums op Facebook, aan haar brede glimlach en al haar reizen met Brad. Hij had zich laten misleiden. Het was geen leven dat hij had gezien. Het was een leugen. Neem 'leven' en vervang de 'v' door 'ug'. Een grote, gore leugen. Kitty ten voeten uit.

'Myron?'

'Ja?'

'Dit is nog niet het ergste,' zei Win.

Myron keek zijn oude vriend alleen maar aan.

'Het zal niet gemakkelijk voor je zijn om dit aan te zien.'

Win was niet iemand die overdreef. Myron richtte zijn aandacht weer op het scherm en wachtte tot Win de afspeelknop indrukte. Zonder zijn blik van het scherm af te wenden, zette Myron zijn blikje Yoo-Hoo op een onderzettertje en tastte ernaast met zijn hand. Het glas cognac dat Win eerder voor hem had ingeschonken stond nog op het bijzettafeltje. Myron pakte het, nam een slokje en kneep zijn ogen dicht toen hij de drank in zijn keel voelde branden.

'Ik sla de volgende veertien minuten over,' zei Win. 'Ergo, we beginnen een paar minuten voordat jij haar de viproom ziet binnenkomen.'

Win drukte op de afspeelknop. Het beeld was hetzelfde: de kleine kamer die Myron zonet had gezien. Maar deze keer waren er nog maar twee mensen in de kamer: Kitty en de man met het staartje. Ze zeiden iets tegen elkaar. Myron waagde een korte blik in Wins richting. Zoals altijd viel er van Wins gezicht niets af te lezen. Op het scherm nam Staartje een lok van Kitty's haar en draaide die om zijn vingers. Myron staarde naar het beeld en zei niets. Kitty kuste de man in zijn hals, zakte af naar zijn borst en begon de knoopjes van zijn shirt los te maken. Haar hoofd zakte verder omlaag en verdween uit beeld. De man deed zijn hoofd achterover. Hij had een gelukzalige glimlach om zijn mond.

'Zet uit,' zei Myron.

Win drukte op de knop. Het scherm werd zwart. Myron kneep zijn ogen dicht. Pure droefenis en intense woede stroomden in gelijke mate door zijn aderen. Het bloed klopte in zijn slapen. Hij sloeg zijn handen voor zijn gezicht. Win stond op, kwam bij hem staan en legde zijn hand op Myrons schouder. Win zei niets. Hij wachtte. Na enige tijd opende Myron zijn ogen en ging rechtop zitten.

'We moeten haar vinden,' zei Myron. 'Het kan me niet schelen hoe, maar we moeten haar zien te vinden.'

'Nog geen spoor van Lex,' zei Esperanza.

Na weer een nacht van weinig slaap zat Myron achter zijn bureau. Zijn hele lijf deed pijn. Zijn hoofd bonsde. Esperanza zat tegenover hem. Big Cyndi leunde tegen de deurpost en glimlachte op een manier die iemand met een beperkt gezichtsvermogen bedeesd zou noemen. Ze had zich vandaag in een glimmende paarse Batgirl-outfit geperst, een enkele maten grotere replica van het kostuum dat beroemd was geworden door Yvonne Craig in de vroegere tv-serie. Alle naden van de stof stonden op springen. Big Cyndi had een pen achter haar ene vleermuizenoor gestoken en had het oortje van een Bluetooth-headset in het andere.

'Geen transacties met zijn creditcard,' zei Esperanza. 'Geen mobiel telefoonverkeer. Ik heb onze oude vriend P.T. zelfs een gps-peiling van zijn smartphone laten doen. Die staat uit.'

'Oké.'

'We hebben ook een redelijk goede close-upfoto van die knaap met dat staartje, die zich in Three Downing... eh... die het zo goed met Kitty kon vinden. Big Cyndi gaat straks met de foto naar de club om hem aan het personeel te laten zien.'

Myron keek naar Big Cyndi. Big Cyndi sloeg haar ogen neer. Denk aan twee tarantula's die in de woestijn door het bloedhete zand rollen.

'We hebben ook research naar je broer en Kitty gedaan,' vervolgde Esperanza. 'Niks te vinden in de vs. Geen creditcards, geen rijbewijzen, geen koopaktes, geen hypotheek, geen belastingteruggaven, geen parkeerboetes, geen trouwaktes, geen scheidingen, helemaal niks.'

'Ik heb een ander idee,' zei Myron. 'Laten we Buzz nagaan.'

'Lex' roadie?'

'Hij is meer dan alleen een roadie. Trouwens, Buzz' echte naam is Alex I. Khowaylo. Laten we zijn creditcard en mobiele telefoon natrekken. Misschien staat de zijne wel aan.'

'Pardon,' zei Big Cyndi, 'ik word gebeld.' Big Cyndi bracht haar wijsvinger naar haar oortje en zette haar receptionistenstem op. 'Ja, Charlie? Oké, ja, bedankt.' Charlie, wist Myron, was hun beveiligingsman beneden in de hal. Big Cyndi zette haar headset uit en zei: 'Michael Davis van Shears komt met de lift naar boven.'

'Neem jij 'm?' vroeg Esperanza aan hem.

Myron knikte. 'Stuur 'm maar door.'

Shears was, tezamen met Gillette en Schick, marktleider op het gebied van scheermesjes en -apparaten. Michael Davis was hun hoofd marketing. Big Cyndi wachtte bij de lift om hem te verwelkomen. Gasten en cliënten schrokken zich vaak dood wanneer de liftdeuren opengingen en Big Cyndi voor hun neus stond. Michael niet. Hij liep Big Cyndi voorbij alsof ze er niet stond en liep rechtstreeks door naar Myrons kantoor.

'We hebben een probleem,' zei Michael.

Myron spreidde zijn armen. 'Ik ben een en al oor.'

'Over een maand halen we de Shear Delight Seven van de markt.'

De Shear Delight Seven was een natscheerapparaat, of, als je de afdeling marketing van Shear mocht geloven, het nieuwste op het gebied van scheerinnovatietechnologie, met als bijzonderheden een 'meer ergonomische grip', voor mensen die het ding steeds uit hun handen laten vallen, een 'professionele scheerbladstabilisator' (Myron had geen idee wat dat was), 'zeven dunnere precisiemesjes', omdat alle andere mesjes dik en onnauwkeurig waren, en een 'micropulse powerstand', omdat het ding trilde.

Myrons cliënt, Ricky 'Smooth' Sules, NFL All-Pro defensieve back, trad op in hun reclamecampagne. De kreet was: 'Smooth & Smoother'. Myron begreep die niet helemaal. In de tv-commercial scheert Ricky zich, glimlacht erbij alsof het een seksuele handeling is, zegt vervolgens dat de Shear Delight Seven hem 'het snelste én gladste scheerresultaat' geeft, waarop een of andere mooie meid 'O, Smooth...' koert en met haar hand over zijn wang strijkt. Kortom, dezelfde scheercommercial die alle drie de fabrikanten al sinds 1968 maken.

'Ricky en ik hadden de indruk dat het juist goed ging.'

'Het gaat ook goed,' zei Davis. 'Of het ging goed, kan ik beter zeggen. De respons is ongeëvenaard.'

'Dus?'

'Het gaat té goed.'

Myron keek hem aan en wachtte op uitleg. Toen die niet kwam vroeg hij: 'En wat is het probleem?'

'Wij verkopen scheermesjes.'

'Dat weet ik.'

'Daar verdienen we ons brood mee. Dat verdienen we niet met de bijbehorende scheerapparaten. We geven die dingen verdomme voor bijna niks weg. Wij moeten het hebben van de mesjes.'

'Juist.'

'Dus willen we graag dat de mensen op z'n minst – laten we zeggen – eens per week van mesjes wisselen. Maar die Shear Delights zijn veel beter dan we hadden verwacht. We horen berichten over mensen die wel zes of acht weken met één mesje doen. Dat kunnen we niet hebben.'

'De mesjes mogen niet te goed zijn.'

'Precies.'

'En daarom wil je de hele campagne cancelen?'

'Wat? Nee, natuurlijk niet. We hebben een enorme goodwill voor dit product opgebouwd. De consument loopt ermee weg. Wat wij willen is een nieuw, verbeterd product lanceren. De Shear Delight Seven Plus, met een nieuwe comfortstrip, voor de beste scheerbeurt ooit. We zetten het heel geleidelijk op de markt. Na verloop van tijd heeft de verbeterde Plus de plaats van de Shear Sevens ingenomen.'

Myron onderdrukte een zucht. 'Laten we even checken of ik het goed begrijp. Dus die Plus-mesjes gaan minder lang mee dan die gewone?'

'Maar...' Davis stak zijn vinger op en glimlachte breed, '... de consument krijgt de comfortstrip ervoor in de plaats. Die maakt het scheren comfortabeler dan ooit. Die voelt als een frisse lentebries op je gezicht.'

'Een lentebries die eens per week moet worden vervangen in plaats van één keer per maand.'

'Een absoluut topproduct. Ricky zal het geweldig vinden.'

Myron wilde een moralistisch standpunt innemen, maar dacht toen: ach, waarom eigenlijk? Het was zijn taak om zijn cliënt op de best mogelijke manier te vertegenwoordigen, en in het geval van reclame- en promotieactiviteiten hield dat in dat hij hem zo duur mogelijk moest verkopen. Ja, er moesten ethische afwegingen worden gemaakt. En ja, hij zou Ricky precies vertellen hoe het zat met de nieuwe Plus en het oorspronkelijke mesje. Maar het was Ricky die het besluit nam, en als het hem een smak geld opleverde, bestond er weinig twijfel over wat hij zou kiezen. Men zou een ellenlange klaagzang kunnen houden over de onmiskenbare poging de consument door middel van dit soort reclame te bedotten, maar men zou er ook een hele kluif aan hebben om producten of reclamecampagnes te vinden die niet precies hetzelfde doen.

'Dus je wilt Ricky inhuren om het nieuwe product te promoten,' zei Myron.

'Hoe bedoel je, inhuren?' Davis keek hem verbaasd aan. 'Hij staat al onder contract.'

'Maar jullie willen een nieuwe commercial met hem maken. Voor de nieuwe Plus-mesjes.'

'Ja, natuurlijk.'

'Dus denk ik,' zei Myron, 'dat Ricky daar twintig procent meer voor zou moeten krijgen.'

'Twintig procent van wat?'

'Van wat je hem voor de Shear Delight Seven-commercial hebt betaald.'

'Wat?' riep Davis, en hij greep naar zijn borst alsof hij een hartstilstand had. 'Dat meen je toch niet, hè? De nieuwe commercial is praktisch een kopie van de oude. Onze juristen zeggen dat we contractueel van hem kunnen eisen dat hij de nieuwe commercial doet zonder hem een cent meer te betalen.'

'Je juristen hebben het mis.'

'Ah, kom op nou. Laten we redelijk blijven. We zijn toch altijd goed voor jullie geweest, of niet soms? Daarom zijn we bereid, ook al zijn we dat niet verplicht, hem tien procent extra te geven van wat hij al krijgt.'

'Niet genoeg,' zei Myron.

'Je zit me te stangen. Ik ken je langer dan vandaag. Je bent een echte grapjas, Myron. Je probeert me uit, hè?'

'Ricky is volmaakt tevreden met het mesje zoals het nu is,' zei

Myron. 'Als jullie hem per se een heel nieuw product willen laten aanprijzen door middel van een geheel nieuwe marketingcampagne, dan hoort hij daar meer geld voor te krijgen.'

'Waarom meer? Ben je niet goed bij je hoofd?'

'Hij heeft de Shear's Stoppelverdelgers Man van het Jaar-award gewonnen. Dat verhoogt zijn marktwaarde.'

'Wat?' Uitzinnige woede. 'We hebben hem die award zelf gegeven!'

En zo ging het maar door.

Een half uur later, toen Michael Davis binnensmonds vloekend was vertrokken, kwam Esperanza Myrons kantoor binnen.

'We hebben Lex' vriend Buzz gevonden.'

9

Adiona Island is precies acht kilometer lang en drie kilometer breed, en het is, zoals Win het ooit had geformuleerd, het 'epicentrum van oud geld en blanke aristocratie'. Het eiland ligt een kilometer of zes voor de kust van Massachusetts. Volgens het bevolkingsregister werd het eiland gedurende het hele jaar bewoond door tweehonderdelf mensen. Dat aantal nam toe – het was moeilijk te zeggen met hoeveel, maar in ieder geval met een veelvoud van de oorspronkelijke bevolking – in de zomermaanden, wanneer het blauwe bloed uit Connecticut, Philadelphia en New York per privéjet of ferry naar het eiland trok. Nog niet zo lang geleden was de Adiona Golfclub de top vijfentwintig van 's lands beste golfbanen van *Golf Magazine* binnengedrongen. Dat had de clubleden eerder ontzet dan aangenaam verrast, want Adiona Island was hun privédomein. Men wilde helemaal niet dat je er op bezoek kwam, of dat je zelfs maar wist dat het bestond. Goed, er was een 'publieke' ferrydienst, maar de ferryboot was klein en de dienstregeling volstrekt ondoorgrondelijk, en als je er op de een of andere manier toch in slaagde het eiland te bereiken, waren de stranden en vrijwel al het land bewaakt privéterrein. Er was maar één restaurant op Adiona Island, de Teapot Lodge, waar meer werd gedronken dan gegeten. Er was één markt met levensmiddelen, één winkel voor alle andere zaken en één kerk. Hotels, pensions of andere toeristenverblijven waren er niet. De villa's en landhuizen, die grappig bedoelde namen als Tippy's Cottage, The Waterbury of Triangle House hadden, waren zowel spectaculair als ingetogen. Als je er een wilde kopen, kon je dat doen – het is tenslotte een vrij land – maar de gemeenschap zou je niet verwelkomen, je zou nooit lid worden van 'de club', op de tennisbanen en de stranden werd je evenmin getolereerd en men zou je ontmoedigen om te vaak in de Teapot Lounge te komen. Je moest in deze privé-enclave worden uitgenodigd, of je moest accepteren dat je een buitenstaander zou blijven, en dat wilde vrijwel niemand. De privacy van het eiland werd niet zozeer beschermd door echte bewakers, als wel door de afkeurende blikken van de nazaten van de 'Oude Wereld'.

Maar als er geen echt restaurant was, hoe voedde de elite zich dan? Ze aten maaltijden die door de huishoudster waren klaargemaakt. Daarnaast waren er vooral etentjes, bijna bij toerbeurt: vanavond bij Babs, de avond daarna bij de Fletchers, vrijdag misschien op Conrads jacht en zaterdag op het landgoed van de Windsors. Als je hier zomerde – en het zou een aanwijzing kunnen zijn dat 'zomeren' als werkwoord werd gebruikt – was er een goede kans dat je vader en je grootvader hier ook hadden gezomerd. Naast de geur van verneveld zeewater rook het op het eiland vooral naar Eau de Blauw Bloed.

De beide uiteinden van het eiland werden gevormd door mysterieuze terreinen met hekken eromheen. Het ene bevond zich vlak bij de grastennisbanen en was eigendom van het leger. Niemand wist precies wat daar gebeurde, maar de geruchten over geheime operaties en Roswell-achtige activiteiten waren talrijk.

De andere omheinde enclave bevond zich op het zuidelijke puntje van het eiland. Die was eigendom van Gabriel Wire, de excentrieke, zeer teruggetrokken frontman van HorsePower. Wires perceel was gehuld in een wolk van geheimzinnigheid. Alle acht komma vijf hectares werden beschermd door beveiligingsmensen en het allernieuwste op het gebied van surveillancetechnologie. Wire was de uitzondering op dit eiland. Hij vond het geen probleem om alleen, afgezonderd en een buitenstaander te zijn. Sterker nog, dacht Myron, Gabriel Wire was daar juist naar op zoek geweest.

In de loop der jaren, als je de geruchten mocht geloven, was de teruggetrokken rockster redelijk geaccepteerd door het blauwe bloed op het eiland. Een enkeling beweerde dat hij Gabriel Wire inkopen had zien doen op de markt. Anderen zeiden dat hij vaak ging zwemmen, alleen of in het gezelschap van de een of andere oogverblindende schoonheid, altijd in de namiddag, in zee bij het verlaten strand achter zijn huis. Net als met veel andere zaken die Gabriel Wire betroffen, kon dit niet worden bevestigd.

De enige toegangsweg naar Wires landgoed was een onverhard pad met ongeveer vijfduizend VERBODEN TOEGANG-bordjes en een wachthuisje met een slagboom. Myron negeerde de bordjes omdat hij niets liever deed dan de regels aan zijn laars lappen. Hij was met een privéboot naar het eiland gekomen en had een auto geleend – een bloedmooie Wiesmann Roadster MF5 die meer dan een kwart miljoen kostte – van Baxter Lockwood, Wins neef, die een huis op Adiona Island bezat. Myron had even overwogen om dwars door de slagboom te rijden, maar dat zou de goeie ouwe Bax waarschijnlijk niet leuk vinden.

De bewaker keek op van zijn paperback. Hij had gemillimeterd haar, een pilotenbril en het voorkomen van een militair. Myron stak zijn hand op, bewoog zijn vingers in een Stan Laurel-gebaar en plooide zijn mond in zijn charmantste glimlach. Een jonge Matt Damon ten voeten uit. Volstrekt onweerstaanbaar.

'Omkeren en ophoepelen,' zei de bewaker.

Foutje. Matt Damon deed het alleen goed bij de dames. 'Als je een vrouw was geweest, was je nu in katzwijm gevallen.'

'Door je glimlach? Ah, maar dat deed ik ook bijna. Het scheelde niks. En nu omkeren en ophoepelen.'

'Hoor je niet naar het huis te bellen om te vragen of ik misschien word verwacht?'

'O, momentje.' De bewaker maakte een telefoon van zijn duim en pink en deed alsof hij met iemand sprak. Daarna liet hij zijn hand zakken en zei: 'Omkeren en ophoepelen.'

'Ik kom voor Lex Ryder.'

'Dat dacht ik niet.'

'Mijn naam is Myron Bolitar.'

'Moet ik nu onder de indruk zijn?'

'Ik heb liever dat je gewoon de slagboom omhoog doet.'
De bewaker legde zijn boek neer en kwam langzaam overeind. 'Dat gaat niet gebeuren, Myron.'
Myron had dit wel verwacht. Gedurende de afgelopen zestien jaar, na de dood van een jonge vrouw die Alista Snow heette, was er maar een handvol mensen die Gabriel Wire hadden gezien. In de periode kort na de tragedie hadden de media geen genoeg kunnen krijgen van de foto's van de charismatische frontman. Er gingen geruchten dat hij onder psychiatrische behandeling stond, wat wel het minste was, en dat Gabriel Wire had moeten worden veroordeeld voor dood door schuld. De getuigen hadden zich echter een voor een teruggetrokken, en ten slotte had zelfs Alista Snows vader niet langer op rechtsvervolging gestaan. Wat de reden ook was – of hij van alle blaam was gezuiverd of dat men alles onder het tapijt had geveegd – die geschiedenis had Gabriel Wire voor altijd veranderd. Hij was op reis gegaan, als de geruchten klopten, had de daaropvolgende twee jaar in Tibet en India doorgebracht voordat hij, in een wolk van geheimzinnigheid waar Howard Hughes jaloers op zou zijn geweest, naar de Verenigde Staten was teruggekeerd.
Sindsdien was Gabriel Wire niet meer in het openbaar gezien.
O, geruchten waren er genoeg. Wire had zich aangesloten bij groeperingen die ervan overtuigd waren dat de eerste maanlanding één grote samenzwering was geweest, die wisten wie Kennedy hadden vermoord en die Elvis regelmatig zagen rondlopen. Er waren mensen die zeiden dat hij zich had vermomd, zich vrij door het leven bewoog en in bioscopen, clubs en restaurants kwam. Anderen zeiden dat hij plastische chirurgie had ondergaan, of dat hij zijn fameuze krulhaar had afgeschoren en een geitensikje had laten staan. En er waren ook mensen die beweerden dat hij gewoon hield van de privacy van Adiona Island en dat hij stiekem supermodellen en andere beeldschone liefjes liet overkomen. Dit laatste gerucht werd hardnekkiger toen een boulevardblad zei te beschikken over de opname van een telefoongesprek tussen een bekende glamourgirl en haar moeder, waarin werd gesproken over haar weekend met 'Ga-

briel op Adiona'. Maar velen, onder wie Myron, vermoedden goed getimed bedrog, want door een griezelig toeval werd het gerucht een week voordat de film van genoemde glamourgirl in première zou gaan de wereld in geholpen. Soms werden de paparazzi getipt dat Gabriel ergens zou zijn, maar de foto's die dat opleverde waren nooit echt overtuigend en gingen meestal vergezeld van de kop IS DIT GABRIEL WIRE? Andere geruchten stelden dat Wire al aanzienlijke tijd in een inrichting verbleef, of dat zijn afwezigheid uit doodgewone ijdelheid voortkwam, omdat zijn knappe gezicht was opengesneden tijdens een kroeggevecht in Mumbai.

Gabriel Wires verdwijnact betekende niet het einde van Horse-Power. Integendeel. Het behoeft geen toelichting dat de legende rondom Gabriel Wire alleen maar groter werd. Zouden mensen nog weten wie Howard Hughes was als hij alleen maar steenrijk was geweest? Waren The Beatles geschaad door het gerucht dat Paul McCartney dood was? Excentriciteit verkoopt. Gabriel slaagde erin, met Lex' hulp, hun muziekproductie op niveau te houden, en hoewel er een kleine terugval in populariteit was omdat ze niet meer op tournee gingen, werd die weer ruimschoots goedgemaakt door de cd-verkoop.

'Ik kom niet voor Gabriel Wire,' zei Myron.

'Mooi,' zei de bewaker. 'Want ik weet niet wie dat is.'

'Ik kom voor Lex Ryder.'

'Die ken ik ook niet.'

'Mag ik even bellen?'

'Als je omkeert en ophoepelt,' zei de bewaker, 'mag je wat mij betreft resusaapjes gaan naaien.'

Myron keek de man aan. Er zat iets in zijn manier van doen wat hem bekend voorkwam, maar hij kon er de vinger niet op leggen. 'Jij bent niet zomaar een ingehuurde ex-smeris.'

'Hm.' De bewaker trok een wenkbrauw op. 'Eerst verbijster je me met je glimlach, en nu met vleierij?'

'Ik hou niet van halve maatregelen.'

'Als ik een lekker wijf was, rukte ik nu de kleren van mijn lijf.'

Nee, absoluut geen gewone ingehuurde ex-smeris. Hij had de

blik, de manier van doen en de nonchalante onaantastbaarheid van een professional. Er klopte iets niet.

'Hoe heet je?' vroeg Myron.

'Raad eens? Toe maar, doe een gok.'

'Omkeren en ophoepelen?'

'In één keer goed.'

Myron besloot de confrontatie niet op de spits te drijven. Hij reed achteruit en haalde onopvallend zijn door Win aangepaste spionnen-BlackBerry uit zijn zak. De camera was uitgerust met een zoomlens. Toen hij aan het eind van de oprit kwam, richtte hij de telefoon en maakte snel een foto van de bewaker. Daarna mailde hij de foto naar Esperanza. Zij wist wat ze ermee moest doen. Vervolgens belde hij Buzz, die Myrons naam op zijn schermpje zag, want hij zei: 'Ik ga je niet vertellen waar Lex is.'

'Ten eerste, ik ben ongedeerd,' zei Myron. 'Nog bedankt voor je hulp van de week in de club.'

'Het is mijn taak om Lex te beschermen, niet jou.'

'Ten tweede, je hoeft me niet te vertellen waar Lex is, want dat weet ik al. Jullie zijn allebei in Wires huis op Adiona Island.'

'Hoe ben je dat te weten gekomen?'

'We hebben een gps-peiling van je telefoon gedaan. Sterker nog, ik sta nu bij de slagboom.'

'Wacht, ben je al op het eiland?'

'Yep.'

'Nou, dat maakt ook niet uit. Je komt hier niet binnen.'

'O nee? Ik kan Win bellen. Als we een beetje ons best doen, komen we heus wel binnen.'

'Tering, wat ben jij een lastpak. Luister, Lex wil niet naar huis. Hij heeft het recht dat niet te willen.'

'Daar zit wat in.'

'En jij bent verdomme zijn agent. Je hoort toch zeker voor zijn belangen op te komen?'

'Daar zit ook wat in.'

'Zo is dat. Je bent geen relatietherapeut.'

Misschien wel, misschien niet.

'Ik wil hem alleen even spreken, vijf minuten maar.'
'Hij laat niemand binnen. Ik mag het gastenverblijf niet eens uit.'
'Heeft hij een gastenverblijf?'
'Hij heeft er zelfs twee. De meisjes zitten in het andere. Af en toe laat hij er een naar het huis komen.'
'Meisjes?'
'Wat wil je dan horen, het politiek correcte "jonge vrouwen"? Hé, we hebben het wel over Wire. Ik weet niet hoe oud ze zijn. Trouwens, er mag niemand in de opnamestudio of het huis komen, of alleen via een of andere tunnel. Een rare tent hier, Myron.'
'Ken je mijn schoonzus?'
'Wie is je schoonzus?'
'Kitty Bolitar. Of misschien ken je haar beter als Kitty Hammer. Ze was met jullie in Three Downing.'
'Is Kitty jouw schoonzus?'
'Ja.'
Stilte.
'Buzz?'
'Wacht even.' Na een volle minuut kwam Buzz weer aan de lijn. 'Ken je de Teapot?'
'De pub in het dorp?'
'Ja. Lex ziet je daar over een half uur.'

Myron had verwacht dat de enige pub van het eiland een suffe, chique tent vol oud geld zou zijn, een beetje zoals Wins kantoor, met veel donker hout, leren fauteuils, een antieke wereldbol, drank in kristallen karaffen, kroonluchters, Perzische tapijten en misschien een schilderij van de vossenjacht. Niets was minder waar. De Teapot Lodge zag eruit als een buurtcafé in een van de achterstandswijken van Irvington, New Jersey. Alles wat je zag had zijn beste tijd gehad. Voor alle ramen hingen neonbierreclames. Er lag zaagsel op de vloer en in de hoek stond een popcornautomaat. Er was een kleine dansvloer met een spiegelende discobol erboven. Uit de speakers klonk 'Mack the Knife' van Bobby Darin. De dansvloer was afgeladen. De leeftijden varieerden van 'amper zestien' tot 'met één voet in het graf. De mannen waren gekleed in lichtblauwe shirts met een trui om de schouders geknoopt, of in donkergroene blazers die Myron tot nu toe alleen op het Master-golftoernooi had gezien. De vrouwen, goed verzorgd maar niet chirurgisch of met botox geüpdatet, droegen roze Lilly Pulitzer-jasjes en oogverblindend witte pantalons. De inteelt, verveling en drank straalden van de gezichten af.

God, wat een maf eiland was dit.

Bobby Darins 'Mack the Knife' werd gevolgd door een duet van Eminem en Rihanna, over een geliefde die in brand staat en de heerlijke leugens van genoemde geliefde. Het is een cliché dat blanken niet kunnen dansen, maar hier werd het onomstotelijke bewijs geleverd. De muziek was veranderd, maar de beperkte danspassen waren nog steeds dezelfde. Van ritmegevoel of een gebrek daaraan had men hier nog nooit gehoord. Te veel mannen knipten met hun vingers alsof ze Dean en Frank waren die in Las Vegas optraden.

De barman had een pompadoerkapsel met een wijkende haarlijn, en een argwanende glimlach. 'Wat zal het zijn?' vroeg hij.

'Bier, alsjeblieft' zei Myron.

Pompadoer bleef hem aankijken en deed niets.

'Bier,' zei Myron nog eens.

'Ik heb je wel gehoord. Het is alleen voor het eerst dat ik zo'n bestelling krijg.'

'Wat? Van een biertje?'

'Alleen de aanduiding "bier". Het is de gewoonte dat je er een merk bij noemt. Budweiser of Michelob of weet ik veel.'

'O, wat heb je allemaal?'

De barman begon een lijst van een miljoen merken op te dreunen. Myron onderbrak hem bij Flying Fish Pale Ale, eigenlijk alleen omdat hij de naam wel leuk vond. Het bier bleek buitengewoon lekker te zijn, maar Myron was niet echt een kenner. Hij nam plaats in een houten box naast een groep meisjes, eh, jonge vrouwen. Het was inderdaad moeilijk te zeggen hoe oud ze waren. Ze spraken een taal die Zweeds of Noors zou kunnen zijn, maar Myron wist te weinig van vreemde talen om er meer over te kunnen zeggen. Af en toe kwam er een man met een verhit gezicht naar hun box en werd een van de meisjes de dansvloer op gesleept. Kindermeisjes, concludeerde Myron, of om preciezer te zijn: au pairs.

Na een paar minuten vloog de deur open. Twee grote mannen kwamen de pub binnen alsof ze een bosbrand kwamen blussen. Ze hadden allebei een zonnebril op en waren gekleed in een spijkerbroek en een leren jack, al was het buiten minstens dertig graden. Een zonnebril in een stikdonkere pub... over imponeren gesproken. De ene man deed een stap naar links, de andere een stap naar rechts. De man aan de rechterkant knikte.

Lex kwam binnen, zichtbaar opgelaten door het spektakel met de bodyguards. Myron stak zijn hand op en zwaaide. De bodyguards wilden onmiddellijk naar hem toe lopen, maar Lex hield ze tegen. Dat vonden ze niet leuk, maar ze bleven bij de deur staan. Lex kwam naar Myrons box en ging tegenover hem zitten.

'Gabriels mannen,' zei Lex bij wijze van uitleg. 'Hij stond erop dat ze meekwamen.'

'Waarom?'

'Omdat hij met de dag meer paranoïde wordt, daarom.'

'Wie was trouwens die knaap bij de slagboom?'

'Welke knaap?'

Myron beschreef hem. De kleur trok weg uit Lex' gezicht.

'Stond hij bij de slagboom? Dan heb je zeker een sensor geactiveerd toen je kwam aanrijden. Hij zit meestal binnen.'

'Wat is hij voor iemand?'

'Dat weet ik niet. Maar in ieder geval geen kletskous.'

'Heb je hem wel eens eerder gezien?'

'Niet dat ik weet,' zei Lex, een beetje te snel. 'Hoor eens, Gabriel vindt het niet prettig als ik over zijn beveiliging praat. Zoals ik al zei is hij nogal paranoïde. Laat het zitten; het is niet belangrijk.'

Myron vond het best. Hij was daar niet om de levenswijze van een rockster te bestuderen. 'Wil je wat drinken?'

'Nee, we gaan vanavond werken en het zal zeker laat worden.'

'Waarom verstop je je?'

'Ik verstop me niet. We zijn hier aan het werk. We werken altijd op deze manier. Gabriel en ik sluiten ons op in zijn studio en we maken muziek.' Hij keek achterom naar de lijfwachten. 'Maar wat kom jij hier doen, Myron? Ik heb je al verteld dat alles oké is. Dit gaat jou niet aan.'

'Het gaat niet meer alleen om jou en Suzze.'

Lex zuchtte en leunde achterover. Net als de meeste andere oudere rockers was hij broodmager en hing zijn huid als verweerde boomschors om zijn gezicht. 'Hoezo? Gaat het nu ineens ook om jou?'

'Ik wil weten wat Kitty's rol in het gebeuren is.'

'Luister, vriend, ik ben Kitty's oppasser niet.'

'Vertel me alleen waar ze is, Lex.'

'Ik heb geen idee.'

'Heb je geen adres of telefoonnummer?'

Lex schudde zijn hoofd.

'Maar ze kwam samen met jou Three Downing binnen. Hoe kan dat dan?'

'Niet alleen zij,' zei Lex. 'We waren met een groepje van een man of tien.'

'Die anderen interesseren me niet. Ik wil alleen weten hoe Kitty in jullie groepje terecht is gekomen.'

'Kitty is een oude vriendin van me,' zei Lex, en hij haalde overdreven hoog zijn schouders op. 'Ze belde me zomaar ineens op en zei dat ze toe was aan een avondje uit. Toen heb ik tegen haar gezegd waar ze ons kon vinden.'

Myron keek hem aan. 'Dat meen je toch niet, hè?'

'Wat?'

'Dat ze je na al die jaren ineens opbelt om te zeggen dat ze een avondje uit wil. Doe me een lol.'

'Hoor eens, Myron, vanwaar al die vragen? Waarom vraag je je broer niet waar ze is?'

Stilte.

'Ah, ik begrijp het al,' zei Lex. 'Je doet dit voor je broer.'

'Nee.'

'Je weet dat ik graag de filosoof uithang, toch?'
'Ja.'
'Wat dacht je van deze: relaties kunnen heel gecompliceerd zijn. Zeker wanneer het hartszaken betreft. Je moet mensen hun eigen relatieproblemen laten oplossen.'
'Waar is ze, Lex?'
'Dat heb ik je al gezegd: dat weet ik niet.'
'Heb je haar naar Brad gevraagd?'
'Haar man?' Lex fronste zijn wenkbrauwen. 'Nu is het mijn beurt om te zeggen: dat meen je toch niet, hè?'
Myron gaf hem de foto van de man met het paardenstaartje, een stilstaand beeld van de beveiligingscamera. 'Kitty was met deze jongen in de club. Ken je hem?'
Lex keek naar de foto en schudde zijn hoofd. 'Nee.'
'Hij hoorde bij de groep waarmee jullie binnenkwamen.'
'Nee,' zei Lex, 'dat is niet waar.' Hij zuchtte, pakte een servetje en scheurde er strookjes af.
'Vertel me wat er is gebeurd, Lex.'
'Er ís niks gebeurd. Ik bedoel, niet echt.' Lex keek naar de bar. Een vadsige man in een strak golfshirt probeerde een van de au pairs te versieren. 'Shout' van Tears for Fears werd gedraaid, en vrijwel iedereen in de pub riep op het juiste moment 'Shout'. De mannen op de dansvloer die met hun vingers hadden staan knippen, deden dat nog steeds.
Myron wachtte, gaf Lex de tijd.
'Luister, Kitty belde me,' zei Lex ten slotte. 'Ze zei dat ze me moest spreken. Ze klonk wanhopig. Je weet dat we elkaar van vroeger kennen. Je herinnert je die tijd toch nog wel?'
Het was de tijd dat de rockgoden nog met de tennisnimfen feestten. Myron, net van de universiteit en naarstig op zoek naar cliënten voor zijn kersverse agentschap, had er een deel van meegemaakt. Net als zijn jongere broer Brad, die na de zomer aan zijn eerste jaar op de universiteit zou beginnen en in de vakantie 'stage liep' bij zijn grote broer. De zomer was zo veelbelovend begonnen maar was geëindigd met Myrons grote liefde die zijn hart had gebroken en

Brad die voorgoed uit zijn leven was verdwenen.

'Ja, ik weet het nog,' zei Myron.

'Ik nam aan dat Kitty me gewoon weer eens wilde zien om oude herinneringen op te halen. Ik had altijd met haar te doen gehad, weet je, omdat haar tenniscarrière in rook was opgegaan. Maar ik vermoed dat ik ook nieuwsgierig was. Het was tenslotte een jaar of vijftien geleden dat ze haar racket aan de wilgen had gehangen.'

'Ja, zoiets.'

'Dus Kitty wacht ons op bij de ingang van de club, en ik merk onmiddellijk dat er iets niet goed zit.'

'Op wat voor manier?'

'Ze had de bibbers, en niet zo zuinig ook. Ze keek glazig uit haar ogen en, nou ja, ik herken een junk wanneer ik er een zie. Zelf ben ik lang geleden gestopt. Suzze en ik hadden die strijd allang gevoerd. Maar Kitty, sorry dat ik het zeg, ik zag meteen dat ze nog steeds gebruikte. Ze wás helemaal niet langsgekomen om herinneringen op te halen. Ze was naar me toe gekomen om te scoren. Toen ik haar vertelde dat ik niet meer in die scene zat, vroeg ze om geld. Ook daarop heb ik nee gezegd. Nou, toen is ze een deurtje verder gegaan.'

'Een deurtje verder?'

'Yep.'

'Hoe bedoel je, een deurtje verder?'

'Wat is daar zo onbegrijpelijk aan, man? Een simpele optelsom. Kitty is een junk en wij wilden haar niks geven. Dus gaat ze op zoek naar iemand die haar wel... eh... uit de brand wil helpen.'

Myron hield de foto van Staartje weer op. 'Deze jongen?'

'Dat denk ik.'

'En toen?'

'Toen niks.'

'Ik dacht dat je zei dat Kitty een oude vriendin van je was.'

'Ja, en?'

'Vond je dan niet dat je moest proberen haar te helpen?'

'Hoe?' vroeg Lex, en hij hield zijn beide handen op. 'Had ik een praatgroep in die nachtclub moeten organiseren? Of had ik haar tegen haar wil naar een afkickkliniek moeten slepen?'

Myron zei niets.

'Jij weet niks van junkies.'

'Ik weet dat jij er vroeger een was,' zei Myron. 'Dat Gabriel en jij al jullie geld aan sneeuw en blackjack uitgaven.'

'Sneeuw en blackjack. Leuke titel.' Lex glimlachte. 'Waarom heb jij ons toen dan niet geholpen?'

'Misschien had ik dat moeten doen.'

'Nee, want dat had je niet gekúnd. Mensen moeten er zelf uit zien te komen.'

Myron was daar niet zo zeker van. Hij vroeg zich af of Alista Snow, als ze haar feestje met Gabriel Wire eerder had beëindigd, het misschien zou hebben overleefd. Hij had het bijna gezegd, maar wat had het voor zin?

'Jij wilt dingen altijd oplossen,' zei Lex, 'maar het leven kent nu eenmaal pieken en dalen. Als je je daarmee gaat bemoeien, maak je het alleen maar erger. Het is niet altijd jouw strijd, Myron. Mag ik je een klein voorbeeld uit je eigen verleden geven?'

'Ga je gang,' zei Myron, en hij had spijt van zijn woorden zodra hij ze had uitgesproken.

'Toen ik jou pas kende, al die jaren geleden, had je een vaste vriendin. Jessica Dinges. De schrijfster.'

De spijt kreeg kreeg handen en voeten.

'Er is toen tussen jou en haar iets ergs gebeurd. Wat dat was, weet ik niet. Maar je was toen – wat? – vierentwintig of vijfentwintig jaar oud?'

'Waar wil je naartoe, Lex?'

'Ik was ook een groot basketbalfan, dus ik kende je voorgeschiedenis. Basisspeler in het eerste van de Boston Celtics. Je had alles in je om de volgende superster te worden, de wereld lag aan je voeten en dan, *beng*, blesseer je je knie in een wedstrijd nog voor de competitie was begonnen. Daar ging je carrière, het was over en uit met je.'

Myron trok een gezicht. 'Eh... ja, en?'

'Laat me even uitspreken, oké? Dus je gaat rechten studeren aan Harvard en daarna kom je naar Nicks tenniskampen om jonge spelers in te lijven. Je had geen schijn van kans tegen de grote jongens van IMG en TruPro. Ik bedoel, wie was je nou helemaal? Je kwam net van de universiteit. Toch lukte het je om Kitty, het toptalent, te lanceren, en kort daarna lanceerde je Suzze.'

'Ik begrijp echt niet waar je naartoe wilt.'

'Laat me nou uitpraten. Weet je hoe jij dat voor elkaar hebt gekregen?'

'Ik heb er een neus voor, denk ik.'

'Nee. Je hebt Kitty en Suzze voor je gewonnen, net zoals je dat later, toen je je werkterrein uitbreidde, met mij hebt gedaan. Omdat je een fatsoenlijke kerel bent, Myron. Mensen voelen dat aan. Oké, je hebt een vlotte babbel en, laten we eerlijk zijn, met Win als je financiële expert bied je een heel solide basis. Maar wat jou onderscheidt van de rest is dat je echt om je cliënten geeft. We weten dat jij ons komt redden als we in de problemen zitten. We weten dat je liever een arm kwijtraakt dan dat je ons voor een dollar zou oplichten.'

'Dat is allemaal leuk om te horen,' zei Myron, 'maar ik zie nog steeds niet waar je naartoe wilt.'

'Dus toen Suzze je belde en zei dat wij een probleempje hadden, ben je meteen in actie gekomen. Dat is je werk. Daar word je voor betaald. Maar tenzij je wordt gevraagd je erin te mengen, heb ik hier de volgende filosofie over: de dingen gaan zoals ze gaan.'

'Wow, mag ik dat opschrijven?' Myron deed alsof hij een pen tevoorschijn haalde en het opschreef. '... gaan zoals ze gaan. Geweldig, staat genoteerd.'

'Niet zo bijdehand doen. Wat ik wil zeggen is dat mensen zich er niet mee moeten bemoeien, ook al is het met de beste bedoelingen. Het is riskant en het is een schending van de privacy van de ander. Toen Jessica en jij problemen hadden, zou jij het toen hebben gewaardeerd als wij met z'n allen waren toegesneld met goede raad?'

Myron keek hem met een lege blik aan. 'Vergelijk je mijn problemen met een vriendin met het feit dat jij spoorloos bent terwijl je vrouw hoogzwanger is?'

'Alleen in die zin dat het naïef is, en eerlijk gezegd getuigt van zelfoverschatting om te denken dat jij bij machte zou zijn er iets aan te doen. Wat er tussen Suzze en mij speelt, is jouw zaak niet meer. Dat zou je moeten respecteren.'

'Nu ik je heb gevonden en weet dat alles goed met je is, doe ik dat ook.'

'Mooi zo. Want tenzij je broer of je schoonzus jou om hulp heeft gevraagd, steek je je neus in privézaken, in zaken van het hart. En het hart is een soort oorlogsgebied. Zoals Irak en Afghanistan, waar wij zonodig naartoe moesten. In de veronderstelling dat we helden zijn en hulp bieden, maar in werkelijkheid maken we alles alleen maar erger.'

Myron keek hem weer met een lege blik aan. 'Vergelijk je mijn bezorgdheid om mijn schoonzus met onze oorlogen overzee?'

'Net als de rest van de vs bemoei je je met zaken die je niet aangaan. Het leven is als een rivier, en als je de loop verandert, ben jij verantwoordelijk voor waar die naartoe stroomt.'

Een rivier. Zucht. 'Hou alsjeblieft op.'

Hij glimlachte en stond op. 'Ik kan beter gaan.'

'Dus je hebt geen idee waar Kitty is?'

Hij zuchtte. 'Je luistert niet. Je hebt geen woord begrepen van wat ik zei.'

'Ik luister wel,' zei Myron. 'Maar soms zitten er mensen in de problemen. Soms moeten die mensen worden geholpen. En soms durven die mensen niet zelf om hulp te vragen.'

Lex knikte. 'Je moet je als een soort god voelen,' zei hij, 'als je precies weet wanneer mensen hulp nodig hebben.'

'Ik zit er wel eens naast.'

'Dat kan ook niet anders. Daarom kun je het maar beter laten rusten. Maar ik kan je iets vertellen waar je misschien wat aan hebt. Kitty zei dat ze vanochtend zou vertrekken. Ze gaat terug naar Chili of Peru, of ergens daar in de buurt. Dus als je haar wilt helpen, denk ik dat je aan de late kant bent.'

10

'Met Lex is alles oké,' zei Myron.

Suzze en Lex hadden een penthouse in de hoogbouw op de oevers van de Hudson in Jersey City, New Jersey. Het besloeg de hele bovenste verdieping van het flatgebouw en telde meer vierkante meters dan de gemiddelde vliegtuighangar. Ondanks het feit dat het al laat was – middernacht tegen de tijd dat hij van Adiona Island was teruggekeerd – was Suzze nog aangekleed en zat ze hem op te wachten op het enorme dakterras. Dat terras was op z'n zachtst gezegd overdadig ingericht, met Cleopatra-ligbanken en -tronen, Griekse beelden, Franse waterspuwers en Romeinse bogen, terwijl het enige wat ertoe deed en waar je blik naartoe werd getrokken de spectaculaire skyline van Manhattan was.

Myron was liever doorgereden naar huis. Er viel namelijk niets meer te bespreken nu ze wisten dat Lex in veiligheid was, maar aan de telefoon had Suzze verontrustend kwetsbaar geklonken. Bij sommige cliënten maakte 'pamperen' ook deel uit van je taakomschrijving, hoewel dat met Suzze nooit eerder nodig was geweest.

'Wat heeft Lex allemaal tegen je gezegd?'

'Hij is met Gabriel songs aan het opnemen voor de nieuwe cd.'

Suzze tuurde door de zomernevel naar de skyline. In het glas in haar hand zat iets wat op wijn leek. Myron wist niet of hij er iets van moest zeggen – zwangerschap en wijn – dus schraapte hij alleen veelbetekenend zijn keel.

'Wat is er?' vroeg Suzze.

Myron knikte naar het wijnglas. Subtiel als altijd.

'Eén glas per dag mag van de dokter,' zei ze.
'O.'
'Kijk me niet zo aan.'
'Dat doe ik niet.'
Vanaf de ligbank, met haar handen op haar buik, tuurde ze in de verte. 'We moeten een betere balustrade laten plaatsen. Nu er een baby onderweg is. Ik laat onze vrienden hier niet eens meer komen als ze te veel hebben gedronken.'
'Goed idee,' zei Myron. Ze was tijd aan het rekken. Dat gaf niet. 'Hoor eens,' zei hij, 'ik weet niet wat er precies met Lex aan de hand is. Ik geef toe dat hij zich een beetje vreemd gedraagt, maar hij heeft gezegd dat het mijn zaak niet is. Jij wilde dat ik uitzocht of alles oké met hem is. Dat heb ik gedaan. Ik kan hem niet dwingen thuis te komen.'
'Dat weet ik.'
'Wat kan ik dan verder nog doen? Ik kan proberen uit te zoeken wie die reactie van "niet van hem" heeft geplaatst...'
'Ik weet wie die heeft geplaatst,' zei Suzze.
Dat verbaasde Myron. Hij keek haar aan, maar toen ze verder niets zei vroeg hij: 'Wie dan?'
'Kitty.'
Ze nam een slokje wijn.
'Weet je dat zeker?'
'Ja.'
'Op grond waarvan?'
'Wie zou er anders op deze manier wraak op me willen nemen?' vroeg Suzze.
De warmte en klamheid hingen als een zware deken om Myrons schouders. Hij keek naar Suzzes buik en vroeg zich af hoe het was om in dit weer al dat extra gewicht met je mee te moeten slepen.
'Waarom zou ze wraak op je willen nemen?'
Suzze negeerde de vraag. 'Kitty was een geweldige tennisser, waar of niet?'
'Ja, maar dat was jij ook.'

'Maar niet zoals zij. Kitty was de beste die ik ooit heb zien spelen. Ik werd prof, won een paar toernooien en eindigde vier keer binnen de top tien aan het eind van het seizoen. Maar Kitty? Zij had echt een topper kunnen worden.'

Myron schudde zijn hoofd. 'Daar geloof ik niks van.'

'Waarom niet?'

'Kitty was stuurloos. De drugs, het feesten, de leugens, de manipulatie, het narcisme, de neiging tot zelfdestructie…'

'Ze was jong. Net als ik. We maken allemaal fouten.'

Stilte.

'Suzze?'

'Ja?'

'Waarom wilde je me vanavond spreken?'

'Om het uit te leggen.'

'Wat uit te leggen?'

Ze stond op, kwam naar hem toe en sloeg haar armen om hem heen. Myron drukte haar tegen zich aan en voelde haar warme buik tegen de zijne. Hij vroeg zich af of dat raar was. Maar naarmate de omhelzing voortduurde, werd het een aangenaam gevoel, therapeutisch bijna. Suzze legde haar hoofd tegen Myrons borst en bleef zo staan. Myron hield zijn armen om haar heen.

Ten slotte zei Suzze: 'Lex heeft het mis.'

'Wat?'

'Soms hebben mensen wel hulp nodig. Ik ben het niet vergeten, al die keren dat jij me te hulp bent geschoten. Dan hield je me in je armen, net als nu. Je luisterde. Je velde nooit een oordeel over me. Misschien weet je het niet, maar je hebt me wel honderd keer het leven gered.'

'Ik ben er nog steeds voor je,' zei Myron zacht. 'Vertel me wat er mis is.'

Ze bleef hem vasthouden, drukte haar oor tegen zijn borst. 'Kitty en ik waren allebei bijna zeventien. Ik wilde dat jaar per se het juniorentoernooi winnen. Om in de U.S. Open uit te komen. Kitty was mijn belangrijkste concurrent. Toen ze in Boston van me won, werd mijn moeder gek van woede.'

'Ja, dat weet ik nog,' zei Myron.

'Mijn ouders peperden me in dat je alles moet doen om te winnen. Dat je tot het randje moet gaan. Herinner je je "de slag die de hele wereld over ging"? De homerun van Bobby Thomson in de jaren vijftig?'

De plotselinge verandering van onderwerp verbaasde hem. 'Ja, natuurlijk. Hoezo?'

'Hij speelde vals, zei mijn vader. Thomson. Ik bedoel, iedereen deed het. De mensen denken dat het alleen nu gebeurt, met steroïden en zo. Maar die goeie ouwe New York Giants stalen de rugnummers van hun tegenstanders. Er waren pitchers die de bal bewerkten. En de baas van de Celtics, dezelfde man die jou heeft binnengehaald, stookte de verwarming in de kleedkamer van de tegenstanders extra hoog op. Echt vals spelen is het misschien niet. Het is meer dat ze het randje opzochten.'

'En dat heb jij ook gedaan, het randje opzoeken?'

'Ja.'

'Op welke manier?'

'Ik heb geruchten over mijn tegenstander verspreid. Ik heb gezegd dat ze nog hoeriger was dan iedereen dacht. Ik heb haar concentratie ondergraven door de druk van buitenaf op te voeren. Ik heb jou toen verteld dat haar kind waarschijnlijk niet van Brad was.'

'Jij was niet de enige die dat zei. Bovendien kende ik Kitty zelf ook al langer. Ik zou mijn mening over haar trouwens nooit baseren op wat jij me vertelde. Maar ze was een lastpak, waar of niet?'

'Ik was ook een lastpak.'

'Maar jij bedonderde mijn broer niet. Jij hield hem geen wortel voor terwijl je met talloze andere jongens het bed in dook.'

'Maar ik was maar al te graag bereid jou daarover in te lichten, nietwaar?' Suzze drukte haar hoofd harder tegen zijn borst. 'Maar weet je wat ik je níét heb verteld?'

'Nou?'

'Dat Kitty van je broer hield. Heel oprecht en heel veel. Toen ze uit elkaar waren, ging meteen haar spel achteruit. Ze speelde niet meer met hart en ziel. Ik zei tegen haar dat ze wat vaker moest uitgaan. Ik bleef haar voorhouden dat doordat Brad er niet meer was, ze kon doen waar ze zin in had.'

Myron dacht aan de foto's met de stralende Kitty, Brad en Mickey op de Facebook-pagina en vroeg zich af of het ook anders had kunnen gaan. Hij probeerde die vertederende foto's in gedachten te houden, maar de menselijke geest laat zich niets opdringen. Die wilde op dit moment terug naar andere beelden, naar de video van Kitty en Staartje in het zijkamertje van Three Downing. 'Kitty heeft zelf fouten gemaakt,' zei hij, en hij hoorde hoe verbitterd hij klonk. 'Wat jij toen hebt gezegd of hebt verzwegen maakt geen verschil. Ze heeft over alles tegen Brad gelogen. Over haar drugsgebruik. Over mijn rol in hun kleine drama. Ze heeft zelfs voor hem verzwegen dat ze aan de pil was.'

Terwijl hij deze laatste woorden uitsprak, wist hij dat er iets niet aan klopte. Want Kitty had op het punt gestaan om de nieuwe Martina, Chrissie, Steffi, Serena of Venus te worden, maar wat wordt ze...? Zwanger. Misschien was het, zoals zij beweerde, een ongelukje. Iedereen die op de middelbare school biologie had gehad, wist dat de pil geen honderd procent bescherming biedt. Maar Myron had geen seconde geloofd dat dit de reden was geweest.

'Weet Lex dit allemaal?' vroeg hij.

'Alles?' Ze glimlachte. 'Nee.'

'Hij vertelde me dat dat juist het grote probleem is. Dat mensen geheimen voor elkaar hebben, dat die ineens kunnen opspelen en dat ze dan het wederzijdse vertrouwen schaden. Dat je geen goede relatie kunt hebben zonder totale openheid. Dat je alle geheimen van je partner hoort te kennen.'

'Heeft Lex dat gezegd?'

'Ja.'

'Wat schattig,' zei ze. 'Maar ook dat ziet hij verkeerd.'

'Hoezo?'

'Geen enkele relatie overleeft totale openheid.' Suzze haalde haar hoofd van zijn borst en keek op. Myron zag de tranen op haar wangen en voelde dat zijn shirt vochtig was. 'We hebben allemaal geheimen, Myron. Dat weet jij net zo goed als ik.'

Toen Myron ten slotte terugkeerde in het Dakota, was het drie uur 's nachts. Hij keek of Kitty had gereageerd op zijn bericht, VERGEEF ME ALSJEBLIEFT, maar dat was niet zo. Voor het geval Lex hem de waarheid had verteld, en Kitty Lex de waarheid had verteld – hij gaf beide mogelijkheden weinig kans – stuurde hij Esperanza een e-mail met het verzoek de passagierslijsten van uitgaande vluchten vanaf Newark of JFK naar Zuid-Amerika te checken om te zien of Kitty's naam erop voorkwam. Daarna ging hij het net op in de hoop dat Terese er was. Maar ze was er niet.

Hij dacht aan Terese. Hij dacht aan Jessica Culver, zijn vroegere vriendin die door Lex ter sprake was gebracht. Nadat Jessica jarenlang had volgehouden dat het huwelijk niets voor haar was – gedurende de jaren dat ze met Myron samen was geweest – was ze enige tijd geleden getrouwd met een man die Stone Norman heette. Stone, hoe verzin je het? Wat was dat voor een naam? Zijn vrienden noemden hem waarschijnlijk 'The Stoner' of 'Stone Man'. Terugdenken aan je oude liefdes, vooral die met wie je had willen trouwen, was nooit goed voor je geestelijke gezondheid, en Myron dwong zichzelf aan iets anders te denken.

Een half uur later kwam Win thuis. Hij was in het gezelschap van zijn laatste vriendin, een lange, slanke Aziatische – ze had iets van een fotomodel – die Mei heette. En er was nog iemand bij, een tweede, net zo aantrekkelijke Aziatische vrouw die Myron nog niet eerder had gezien.

Myron keek Win aan. Win liet zijn wenkbrauwen dansen.

'Hoi, Myron,' zei Mei.

'Hallo, Mei.'

'Dit is mijn vriendin Jao.'

Myron onderdrukte een zucht en zei haar gedag. Jao knikte. Toen de twee vrouwen de kamer uit waren, grijnsde Win naar Myron. Myron schudde zijn hoofd en vroeg: 'Jao?'

'Yep.'

Toen Win net samen was met Mei, had hij tot vervelens toe grappen over haar naam gemaakt. *Het is tijd voor Mei... Mei zo geil... ik doe het zo graag met Mei...*

'Jao en Mei?' vroeg Myron.

Win knikte. 'Vind je het niet fantastisch?'

'Nee. Waar heb je de hele nacht uitgehangen?'

Win boog zich samenzweerderig naar hem toe. 'Tussen Jao en Mei...'

'Ja?'

Win glimlachte alleen.

'O.' Myron zuchtte. 'Ik snap 'm. Hij is leuk.'

'Wees blij. Eerst ging het alleen over Mei. Maar op een zeker moment werd dat me te saai. Dus nu gaat het ook over Jao.'

'Eh... over jou en mij, bedoel je?'

'Kijk, je begint al aardig *in the mood* te komen,' zei Win. 'Hoe was je uitstapje naar Adiona Island?'

'Wil je dat nu horen?'

'Jao en Mei kunnen wel even wachten.'

'Wat? De meisjes?'

'Het begint een beetje verwarrend te worden, vind je niet?'

'Om van "ziek" maar te zwijgen.'

'Maak je geen zorgen. Als ik er niet ben, kan Jao zich met Mei vermaken.' Win ging zitten, zette zijn vingertoppen tegen elkaar en vormde een driehoek met zijn handen. 'Vertel me wat je te weten bent gekomen.'

Myron deed verslag. Toen hij uitgepraat was zei Win: 'Mij denken Lex te veel uit nek lullen.'

'Dus dat valt jou ook op?'

'Wanneer iemand zo veel filosofeert, heeft hij iets te verbergen.'

'Plus die laatste opmerking, dat Kitty vanochtend terug zou vliegen naar Chili of Peru.'

'Om jou om de tuin te leiden. Hij wil dat je uit Kitty's buurt blijft.'

'Denk je dat hij weet waar ze is?'

'Het zou me niet verbazen.'

Myron dacht aan wat Suzze tegen hem had gezegd, over openheid en haar overtuiging dat iedereen geheimen had. 'O, en nog iets anders.' Myron haalde de BlackBerry uit zijn broekzak. 'Op de oprit naar Gabriel Wires huis was een slagboom met een bewaker. Hij kwam me bekend voor, maar ik kan me niet herinneren waarvan.'

Hij zocht de foto op en gaf de BlackBerry aan Win. Win keek enige tijd naar het schermpje.

'Ook dit,' zei Win, 'is geen goed nieuws.'

'Ken je hem?'

'Ik heb zijn naam in geen jaren meer gehoord.' Win gaf hem de BlackBerry terug. 'Maar zo te zien is dit Evan Crisp. Een doorgewinterde prof. Een van de besten.'

'Voor wie werkt hij?'

'Crisp is altijd freelancer geweest. De broertjes Ache huurden hem wel eens in als er serieuze problemen waren.'

De gebroeders Ache, Herman en Frank, waren in het oude Amerika twee toonaangevende maffiosi geweest. Totdat de FBI had ingegrepen en hen de mond had gesnoerd. Net als veel van zijn oudere broeders zat Frank Ache zijn straf uit in een maximaal beveiligde gevangenis en was iedereen hem inmiddels vergeten. Herman, die nu een jaar of zeventig moest zijn, was erin geslaagd onder zijn veroordeling uit te komen door zijn hele kapitaal op te offeren voor zijn vrijspraak.

'Een huurmoordenaar?'

'Tot op zekere hoogte,' zei Win. 'Crisp werd ingezet wanneer er spierkracht en een zekere finesse vereist was. Als je iemand nodig had die een hoop stampij maakte of een mitrailleur leegschoot in een of andere tent, was Crisp je man niet. Maar als je iemand dood wilde of van de aardbodem wilde laten verdwijnen zonder argwaan te wekken, dan belde je Crisp.'

'En nu werkt Crisp als beveiligingsman voor Gabriel Wire?'

'Nee, dat lijkt me sterk,' zei Win. 'Het is een klein eiland. Ik denk dat Crisp is gewaarschuwd zodra jij van je boot stapte en dat hij bij Wires huis op je heeft gewacht. Waarschijnlijk wist hij dat je een foto van hem zou maken en dat we hem zouden identificeren.'

'Om ons af te schrikken,' zei Myron.

'Ja.'

'Alleen laten wij ons niet zo snel afschrikken.'

'Nee,' zei Win, en even hief hij zijn ogen ten hemel. 'Daar zijn we veel te macho voor.'

'Goed, dus eerst hebben we die rare reactie op Suzzes Facebookpagina, mogelijk afkomstig van Kitty. Dan hebben we Lex die met Kitty komt aanzetten. En nu hebben we Crisp die bij Wire opduikt. Bovendien heeft Lex zich in Wires huis verschanst en ligt hij waarschijnlijk tegen ons.'

'En als je al die dingen bij elkaar optelt, waar kom je dan uit?'

'Nergens,' zei Myron.

'Geen wonder dat jij hier de leiding hebt.' Win stond op, schonk een bel cognac voor zichzelf in, haalde een blikje Yoo-hoo uit de koelkast en wierp het Myron toe. Myron ving het, maar schudde het niet en maakte het ook niet open. Hij bleef het koude blikje in zijn hand houden. 'Maar alleen het feit dat Lex mogelijk liegt,' vervolgde Win, 'betekent nog niet dat zijn boodschap aan jou onjuist is.'

'Welke boodschap is dat?'

'Dat jij je met zaken van anderen bemoeit. Met de beste bedoelingen weliswaar, maar het blijft inmenging. Wat jouw broer en Kitty op dit moment doormaken, is wellicht jouw zaak niet. Je hebt al heel lang geen deel uitgemaakt van hun leven.'

Myron dacht hierover na. 'Misschien is dat mijn schuld wel.'

'Hè, alsjeblieft,' zei Win.

'Wat?'

'Jouw schuld. Dus toen Kitty aan Brad vertelde dat jij op haar viel, sprak ze de waarheid?'

'Nee.'

Win spreidde zijn armen. 'Dus?'

'Dus misschien was ze uit op wraak. Ik had de vreselijkste dingen over haar gezegd. Dat ze Brad in de val had gelokt en dat ze hem manipuleerde. Dat ik niet geloofde dat het kind van hem was. Dus misschien heeft ze die leugen verteld om zich te verdedigen.'

Win legde zijn luchtviool op zijn schouder en begon erop te spelen. 'Boe-hoe-hoe.'

'Ik praat niet goed wat ze heeft gedaan. Maar misschien heb ik er zelf ook wel een rommeltje van gemaakt.'

'En vertel mij eens, beste vriend, hoe is dat rommeltje ontstaan?'

Myron zei niets.

'Toe maar,' zei Win. 'Ik wacht.'

'Je wilt dat ik zeg: door mijn bemoeienis.'

'Bingo.'

'Misschien is dit dan de kans om het goed te maken.'

Win schudde zijn hoofd.

'Wat nou "nee"?'

'Hoe heb je er in eerste instantie een rommeltje van gemaakt? Door je ermee te bemoeien. Hoe wil je het goedmaken? Door je ermee te bemoeien.'

'Dus ik moet maar gewoon vergeten wat ik op die beveiligingsvideo heb gezien?'

'Dat zou ik doen.' Win nam een flinke slok cognac. 'Maar ik weet ook dat jij dat niet kunt, helaas.'

'Dus wat gaan we nu doen?'

'Wat we altijd doen. Tenminste, morgenochtend. Voor dit moment heb ik andere plannen.'

'En die hebben te maken met Jao en Mei?'

'Ik zou dolgraag "bingo" zeggen, maar ik hou er niet van mezelf te herhalen.'

'Weet je,' zei Myron, en hij koos zijn woorden heel zorgvuldig, 'het is niet aan mij om een moreel oordeel te vellen…'

Win sloeg zijn benen over elkaar. De vouwen in zijn broek bleven perfect op hun plaats. 'Ah, dit gaat buitengewoon interessant worden.'

'Ik erken dat je al langer met Mei samen bent dan met welke vrouw in je leven ook, en het doet me plezier dat je je verlangen naar hoertjes ten minste enigszins hebt weten te beteugelen.'

'Ik geef de voorkeur aan de term "topklasse escorts".'

'Ook goed. In het verleden was jouw hang naar vrouwen, als fulltime schuinsmarcheerder…'

'Liederlijke schuinsmarcheerder,' zei Win met een brede grijns. 'Heb ik altijd een mooi woord gevonden, liederlijk, jij niet?'

'Het past bij je,' zei Myron.

'Maar?'

'Nou, toen we twintigers of zelfs dertigers waren, was het allemaal best – hoe zal ik het zeggen – stoer…'

Win wachtte.

Myron staarde naar het blikje Yoo-hoo. 'Laat maar zitten.'

'Maar nu,' zei Win, 'vind je mijn gedrag, voor iemand van mijn leeftijd, meelijwekkend worden?'

'Zo bedoelde ik het niet.'

'Je bedoelt dat ik een beetje gas moet terugnemen.'

'Het gaat mij om jou, Win.'

Win keek hem verbaasd aan. 'Mei om Jao?'

Myron slaakte een vermoeide zucht. 'Begin je nu weer?'

De liederlijke grijns. 'Neem mij met al mijn fouten.'

'Ik wil gewoon dat je gelukkig bent.'

Win stond op. 'Maak je geen zorgen, oude vriend. Ik bén gelukkig.' Win liep naar de deur van de slaapkamer. Opeens bleef hij staan, sloot zijn ogen en er verscheen een bezorgde trek op zijn gezicht. 'Maar er zit wel iets in, in wat je zonet zei.'

'En dat is?'

'Misschien ben ik niet echt gelukkig,' zei hij, met de gebruikelijke afstandelijke uitdrukking op zijn gezicht, 'en misschien ben jij dat ook niet.'

Myron wachtte en onderdrukte een zucht. 'Toe dan, zeg het maar.'

'Dus misschien is het nu het moment om Jao en Mei gelukkig te maken.'

Hij ging de andere kamer binnen. Myron bleef enige tijd naar zijn blikje Yoo-hoo staren. Geluiden hoorde hij niet. Win was al jaren geleden zo attent geweest de kamer geluiddicht te maken.

Om half acht 's morgens kwam Mei slaperig en gehuld in een badjas de kamer uit en ging ze ontbijt klaarmaken. Ze vroeg Myron of hij ook iets wilde eten. Myron bedankte beleefd.

Om acht uur ging zijn mobiele telefoon. Hij keek naar het schermpje en zag dat het Big Cyndi was.

'Goedemorgen, meneer Bolitar.'

'Goedemorgen, Big Cyndi.'

'Uw drugsdealer met zijn paardenstaartje was gisteravond in de club. Ik heb hem geschaduwd.'

Myron fronste zijn wenkbrauwen. 'In je Batgirl-pakje?'

'Het is daar donker. Ik ga op in de massa.'

Myron zag het voor zich en gelukkig verdween het beeld weer snel uit zijn gedachten.

'Had ik u al verteld dat ik hulp heb gekregen van Yvonne Craig zelf toen ik het maakte?'

'Ken jij Yvonne Craig?'

'O, Yvonne en ik zijn al jaren vriendinnen. Ze vertelde me dat ik stretchstof moest gebruiken die maar één kant op rekt. Hetzelfde materiaal dat ze voor gordeltjes gebruiken. Het is niet zo dun als lycra, maar minder dik dan neopreen. Het was heel moeilijk te vinden.'

'Daar twijfel ik niet aan.'

'Wist u trouwens dat Yvonne die supersexy groene chick in *Star Trek* speelde?'

'Marta, de slavin van Orion,' zei Myron omdat hij het niet kon laten. Hij probeerde het gesprek weer op de rails te krijgen. 'En waar hangt onze drugsdealer nu uit?'

'Hij geeft op dit moment Franse les op de Thomas Jefferson-middenschool in Ridgewood, New Jersey.'

11

De begraafplaats bood uitzicht op het schoolplein. Wie had ooit bedacht om een school vol kinderen, nog maar net in de puberteit, recht tegenover een laatste rustplaats voor de doden te bouwen? Die kinderen liepen er vrijwel dagelijks langs en keken er de hele dag op uit. Vonden ze dat dan niet vervelend? Werden ze niet dagelijks herinnerd aan hun eigen sterfelijkheid, aan de onvermijdelijkheid van het oud worden, totdat ze hun laatste adem zouden uitblazen en daar te ruste zouden worden gelegd? Of, wat waarschijnlijker was, zagen ze de begraafplaats als een abstractie, als iets wat niets met hen te maken had, iets waaraan ze inmiddels zo gewend waren geraakt dat ze er nog nauwelijks aandacht aan besteedden?

School, begraafplaats. Begin- en eindpunt van het leven, als twee boekensteunen.

Big Cyndi, nog steeds in haar Batgirl-pakje, zat geknield bij een grafsteen, met het hoofd gebogen en de schouders gekromd. Van een afstand had ze wel iets van een Volkswagen Kever. Toen Myron naast haar kwam staan, keek ze vanuit haar ooghoeken naar hem op en fluisterde: 'Ik ben undercover.' Daarna ging ze door met snikken.

'Waar is Staartje nu?'

'In de school, lokaal twee-nul-zeven.'

Myron keek naar het schoolgebouw. 'Een drugsdealer die Frans geeft op de middenschool?'

'Daar ziet het naar uit, meneer Bolitar. Het is een schande, vindt u niet?'

'Ja.'

'Zijn naam is Joel Fishman. Hij woont in Prospect Park, niet ver van hier. Getrouwd, twee kinderen, een jongen en een meisje. Hij geeft al meer dan twintig jaar Frans. Geen noemenswaardig strafblad. Eén keer bekeurd voor rijden onder invloed, acht jaar geleden. Heeft zich zes jaar geleden verkiesbaar gesteld voor de gemeenteraad.'

'Een brave burger.'

'Ja, meneer Bolitar, een doodgewoon burgermannetje.'

'Hoe kom je aan al die informatie?'

'Ik heb eerst overwogen hem te verleiden, zodat hij me zou meenemen naar zijn huis. U weet wel, bedgeheimen. Maar ik weet dat u ertegen bent dat ik mezelf op die manier verkwansel.'

'Ik zou niet willen dat je je lichaam voor het kwaad inzette, Big Cyndi.'

'Alleen voor de zonde?'

Myron glimlachte. 'Precies.'

'Dus ben ik hem gevolgd toen hij de club uit kwam. Hij ging met het openbaar vervoer, de laatste metro om zeventien over twee. Hij liep het laatste stukje naar huis, op Beechmore Drive 74, en vervolgens heb ik het adres naar Esperanza doorgebeld.'

Daarna waren er nog maar een paar aanslagen op haar toetsenbord voor nodig om de rest te weten te komen. Welkom in het computertijdperk, jongens en meisjes. 'Verder nog iets?' vroeg hij.

'In de club noemt Joel Fishman zich Crush.'

Myron schudde meewarrig zijn hoofd.

'En die paardenstaart is nep. Dat is een soort extension.'

'Dat meen je niet.'

'Ja, meneer Bolitar, dat meen ik wel. Hij gebruikt het als vermomming, denk ik.'

'Wat doen we nu?'

'Er is geen school vandaag, er zijn alleen rapportbesprekingen met de ouders. Normaliter is de beveiliging hier vrij streng, maar als u doet alsof u een ouder bent, kunt u volgens mij zo naar binnen wandelen.' Ze bracht haar hand naar haar mond en onderdrukte haar gegiechel. 'Zoals Esperanza zou zeggen: met uw spijkerbroek en uw blauwe blazer valt u niet uit de toon.'

Myron wees naar zijn voeten. 'En vergeet mijn Ferragamo-instappers niet.'

Hij stak de straat over en wachtte totdat hij een paar ouders naar de deur zag lopen. Hij haalde ze in en zei gedag alsof hij ze al jaren kende. Zij zeiden hem ook gedag, deden ook alsof ze hem kenden. Myron hield de deur open voor de vrouw, waarna haar man erop stond dat hij na haar naar binnen ging, wat Myron met een volwassen, ouderlijke glimlach deed.

En Big Cyndi dacht dat zij de enige was die in de massa kon opgaan.

Op de balie lag een lijst waarop ze hun naam moesten invullen en erachter stond een bewaker. Myron liep ernaartoe, schreef zich in als David Pepe en zorgde ervoor dat de achternaam moeilijk te lezen was. Hij pakte een naamsticker, schreef er DAVID op en daaronder, in kleinere letters: VADER VAN MADISON. Myron Bolitar, de Man met de Duizend Gezichten, de Grote Onherkenbare.

Er wordt vaak gezegd dat ouderwetse scholen nooit veranderen, dat ze alleen kleiner lijken. Dat ging hier ook op: linoleum op de vloer, plaatstalen kastjes en in de deuren van de lokalen zat een raampje met veiligheidsglas. Hij kwam bij lokaal 207. Op het raampje was een mededeling geplakt, zodat hij niet naar binnen kon kijken. RÉUNION EN COURS. NE PAS DÉRANGER stond erop. Myron sprak niet veel Frans, maar genoeg om te weten dat hem werd verzocht even te wachten.

Hij zocht naar een rooster, een lijst met tijden en namen van ouders. Nergens te zien. Hij vroeg zich af wat hij moest doen. Tegenover de meeste lokalen stonden twee stoelen met een kunststof zitting. Ze zagen er onverwoestbaar en buitengewoon oncomfortabel uit. Myron overwoog op een van de stoelen te gaan zitten wachten, maar wat moest hij doen als de ouders voor het volgende gesprek zich kwamen melden?

Hij besloot de gang in te lopen en de deur van het lokaal in de gaten te houden. Het was 10.20 uur. Myron nam aan dat de gesprekken op het kwart uur of half uur afgelopen zouden zijn. Het was een gok, maar waarschijnlijk geen slechte. Vijftien of dertig minuten per gesprek. Of toch minimaal tien minuten. In alle gevallen betekende dit dat het eerstvolgende gesprek om half elf zou beginnen. Als er om 10.28 uur niemand was komen opdraven, zou hij teruglopen naar het lokaal en om half elf naar binnen gaan.

Myron Bolitar, de meesterplanner.

Maar om 10.25 uur kwamen zich wel andere ouders melden, en daarna nog meer, in een onafgebroken stroom. Om te voorkomen dat ze hem zagen rondhangen en argwanend werden, ging hij naar beneden zodra een gesprek was begonnen, en verstopte hij zich in de wc's of het trappenhuis. Algauw verveelde hij zich stierlijk. Myron zag dat de meeste vaders waren gekleed in een spijkerbroek en een blauwe blazer. Hij moest dringend een nieuwe garderobe aanschaffen.

Uiteindelijk, tegen twaalf uur, leek er een opening te zijn. Myron wachtte bij de deur en glimlachte toen de ouders het lokaal uit kwamen. Tot nu toe had Joel Fishman zich nog niet laten zien. Hij was in het lokaal gebleven terwijl het ene paar ouders het andere afloste. Wanneer die ouders op de deur klopten, had Fishman steeds '*entrez*' geroepen.

Myron klopte op de deur, maar er kwam geen reactie. Hij klopte nog een keer. Opnieuw geen reactie. Myron duwde de deurknop omlaag en opende de deur op een kier. Fishman zat aan zijn bureau een broodje te eten. Op het bureaublad stond een blikje cola en ernaast lag een zakje Frito's. Staartje zag er heel anders uit zonder zijn... staartje. Hij had een lichtgeel shirt met korte mouwen aan en de stof was zo dun dat je kon zien dat hij er een mouwloos T-shirt onder droeg. Hij droeg zo'n Unicef-das die in 1991 helemaal 'in' was geweest. Zijn haar was kort en dicht opeen geplant, met een scheiding aan de zijkant. Hij zag er precies uit als een docent Frans op een middenschool, en helemaal niet als een drugsdealer in een nachtclub.

'Kan ik iets voor u doen?' vroeg Fishman geïrriteerd. 'De oudergesprekken beginnen weer om één uur.'

De zoveelste die in zijn slimme vermomming trapte. Myron wees naar het zakje Frito's. 'Trek in wat hartigs?'

'Pardon?'

'Behoefte aan koolhydraten? Zoals je dat hebt nadat je flink high bent geweest?'

'Pardon?'

'Dat is een verwijzing naar... laat maar zitten. Ik ben Myron Bolitar. Ik wil je graag een paar vragen stellen.'

'Wie?'

'Myron Bolitar.'

Stilte. Myron had bijna zijn armen gespreid en 'Ta-dah!' geroepen, maar hij beheerste zich. Daar voelde hij zich te volwassen voor.

'Ken ik u?' vroeg Fishman.

'Nee.'

'U hebt geen kind in een van mijn klassen. Mevrouw Parsons geeft ook Frans. Misschien moet u haar hebben. Lokaal twee-elf.'

Myron deed de deur achter zich dicht. 'Ik ben niet op zoek naar mevrouw Parsons. Ik ben op zoek naar Crush.'

Fishman verstrakte midden in een kauwbeweging. Myron liep het lokaal door, pakte een van de stoelen, draaide die om en ging er wijdbeens op zitten. Heel macho. Pure intimidatie. 'Bij de meeste mannen riekt een paardenstaartje naar een midlifecrisis. Maar ik moet toegeven dat het jou wel staat, Joel.'

Fishman slikte door wat hij in zijn mond had. Tonijnsalade, zo te ruiken. Op volkorenbrood, zag Myron. Met een blaadje sla en een plakje tomaat. Myron vroeg zich af wie zijn brood voor hem had klaargemaakt, of dat hij dat misschien zelf had gedaan, en meteen daarna vroeg hij zich af waarom hij zich dat soort dingen afvroeg.

Fishmans hand ging naar het blikje cola, bracht het langzaam naar zijn mond, alsof hij tijd probeerde te rekken, en hij nam er een slokje uit. Toen zei hij: 'Ik weet niet waar je het over hebt.'

'Wil je me een plezier doen?' vroeg Myron. 'Een klein pleziertje maar. Kunnen we het stompzinnige ontkennen overslaan? Dat scheelt een hoop tijd en ik wil de ouders, die straks om één uur komen, niet ophouden.'

Myron gooide een van de foto's van de beveiligingscamera in de nachtclub op het bureau.

Fishman keek naar de foto. 'Dat ben ik niet.'

'Ja, Crush, dat ben je wel.'

'Die man heeft een staartje.'

Myron zuchtte. 'Ik vroeg je net of je me een plezier wilde doen.'

'Ben je van de politie?'

'Nee.'

'Als ik dat vraag, ben je verplicht me de waarheid te vertellen,' zei hij. Dat was niet waar, maar Myron vond het niet nodig hem te corrigeren. 'En het spijt me zeer, maar je verwart me met iemand anders.'

Myron wilde met zijn hand over het bureau reiken en de man op zijn voorhoofd meppen, maar hij zei: 'Gisteravond in Three Downing, heb je daar toen een grote vrouw in een Batgirl-outfit gezien?'

Fishman zei niets, maar als pokerspeler zou hij het niet ver schoppen.

'Ze is je naar huis gevolgd. We weten alles van je bezoeken aan de club, dat je daar drugs dealt, dat je...'

Dat was het moment waarop Fishman een pistool uit zijn bureaula pakte.

Het onverwachte van de handeling overrompelde Myron compleet. Een begraafplaats paste net zomin bij een school als een docent Frans die midden in zijn klaslokaal een pistool tevoorschijn tovert. Myron had een fout gemaakt, had te veel vertrouwen gehad in deze setting en had zijn dekking verwaarloosd. Een grove fout.

Fishman boog zich over het bureau en richtte het pistool op Myrons gezicht. 'Eén beweging en ik knal je verdomde kop van je romp.'

Wanneer iemand een pistool op je richt, heeft de hele wereld de neiging ineen te krimpen tot ongeveer het formaat van de opening aan het uiteinde van de loop. Heel even, zeker als het de eerste keer is dat iemand een vuurwapen op je oog richt, is die opening het enige wat je ziet. Dat is jouw wereld. Het besef verlamt je. Ruimte, tijd, dimensies en zintuigen spelen opeens geen enkele rol meer.

Het enige wat nog telt, is die donkere opening.

Verroer je niet, dacht Myron, en wacht af.

De rest speelde zich af in minder dan een seconde.

Eén: de mentale gewaarwording van de vraag: gaat hij de trekker overhalen? Myron keek Fishman langs de loop in de ogen. Die waren groot en vochtig, en zijn gezicht glom van het zweet. En er was het feit dat Fishman het pistool op hem richtte in het klaslokaal van een school waarin zich nog meer mensen bevonden. Zijn hand trilde. Zijn wijsvinger kromde zich om de trekker. Wanneer je al die stukjes in elkaar paste, kwam je tot een simpele conclusie: de man was gestoord en was dus inderdaad in staat je dood te schieten.

Twee: schat je tegenstander in. Fishman was een getrouwde schooldocent met twee kinderen. Dat hij 's nachts in een trendy nachtclub de drugsdealer uithing veranderde daar niets aan. De kans dat hij een echte gevechtstraining had gevolgd leek te verwaarlozen. Bovendien had hij een domme beginnersfout gemaakt, want hij hield het pistool dicht bij Myrons gezicht, zat over zijn bureau gebogen en was daardoor uit evenwicht.

Drie: kies je tegenzet. Zie die voor je. Als je belager minder dichtbij is, aan de andere kant van het vertrek of zelfs een paar meter van je vandaan, dan heb je geen keus. Je kunt hem niet ontwapenen, ook niet met alle karatetrappen en -sprongen die je wel eens in films ziet. Je moet afwachten. Dat was nog steeds optie A. Myron was in staat zich roerloos te houden. Dat werd ook van hem verwacht. Ze bevonden zich tenslotte in een schoolgebouw met mensen, dus je moest wel gek met een hoofdletter G zijn als je hier een pistool afschoot.

Maar als je iemand zoals Myron bent, iemand met de reflexen van een topsporter en de ervaring van jarenlange training, zou je kunnen kiezen voor optie B: het ontwapenen van je tegenstander. Kies je voor optie B, dan mag je geen moment aarzelen. En als je voor B kiest, kun je het maar beter meteen doen, voordat hij beseft dat die optie überhaupt bestaat, argwanend wordt en zich achteruit beweegt. Op dit moment, in de fractie van een seconde dat hij het pistool had getrokken en tegen Myron schreeuwde dat hij zich niet moest verroeren, stond Joel Fishman nog stijf van de adrenaline, wat ons brengt bij...

Vier: de uitvoering.

Het zal u misschien verbazen, of misschien ook niet, maar het is gemakkelijker een man met een vuurwapen te ontwapenen dan een man met een mes. Wanneer je met je hand uithaalt naar een mes, kun je je snijden. Een mes is moeilijk vast te grijpen. Je moet je richten op de pols of de onderarm in plaats van op het wapen zelf. Dat laat heel weinig ruimte voor onnauwkeurigheden.

Voor Myron bestond de aanpak om iemand met een vuurwapen te ontwapenen uit twee stappen. Ten eerste bewoog hij zich, voordat Fishman ook maar iets kon doen, snel uit de vuurlinie. Dat hoefde geen grote beweging te zijn, en bovendien kreeg je daar de kans niet voor. Een korte, pijlsnelle beweging naar rechts, de kant van Myrons sterkste hand, volstond. Vanaf dat moment bestaan er allerlei ingewikkelde technieken die je kunt toepassen, afhankelijk van het soort vuurwapen van je belager. Zo wordt er bijvoorbeeld beweerd dat je je duim achter de hamer moet zien te krijgen om te voorkomen dat een bepaald type wapen wordt afgevuurd. Myron had dat zelf nooit geloofd. Daar had je veel te weinig tijd voor en het vereiste een heel precieze beweging, om nog maar te zwijgen van het feit dat het tijdens je actie vrijwel onmogelijk is om in te schatten of je met een automaat, een halfautomaat of een revolver te maken hebt.

Myron koos voor iets wat veel simpeler was, en nogmaals, jongens en meisjes, als je niet door en door getraind en fysiek begiftigd bent, kun je dit maar beter niet zelf proberen. Met zijn sterke rechterhand greep Myron het pistool vast en trok het opzij. Dat was alles. Alsof je een stout kind een stuk speelgoed afneemt. Met gebruikmaking van zijn superieure kracht, zijn atletische gaven, zijn kennis, de hefboomwerking en het verrassingselement liet hij zijn hand naar voren schieten en greep het wapen vast. Hij trok het los, zwiepte zijn elleboog naar voren en raakte Fishman vol in het gezicht, zodat die achterover in zijn stoel viel.

Myron sprong over het bureau en trapte de stoel omver. Fishman kwam hard op zijn rug terecht. Hij probeerde weg te kruipen van de stoel. Myron dook boven op hem en ging op zijn borstkas zitten. Hij zette zijn knieën op Fishmans biceps en drukte de beide armen tegen de vloer, zoals de grote broer die met de kleine aan het stoeien is. Ouderwets maar doeltreffend.

'Ben je verdomme gek geworden?' vroeg Myron.

Geen antwoord. Myron sloeg Fishman met vlakke hand hard op beide oren. Fishman slaakte een kreet van pijn en probeerde zich weg te draaien, maar hij was hulpeloos en kon geen kant op. Myron dacht aan de video met Kitty, aan Fishmans zelfingenomen grijns, en stompte hem hard in zijn gezicht.

'Het pistool is niet geladen!' riep Fishman. 'Kijk zelf maar. Alsjeblieft.'

Terwijl hij de kronkelende armen van de man tegen de grond bleef drukken, pakte Myron het pistool en keek. Fishman sprak de waarheid. Er zaten geen patronen in. Myron zwiepte het pistool naar de andere kant van het lokaal en balde zijn vuist om Fishman nog een keer op zijn gezicht te slaan. Maar Fishman lag te huilen; het was niet gewoon huilen van pijn of angst, maar een hartverscheurend snikken zoals je een volwassene zelden ziet doen. Myron rolde van hem af, nog steeds op zijn hoede, rekening houdend met een eventuele verrassingsaanval.

Fishman rolde zich op in foetushouding. Hij balde zijn vuisten, drukte ze tegen zijn ogen en bleef maar snikken. Myron deed niets en wachtte.

'Man, het spijt me zo,' stamelde Fishman tussen twee snikken door. 'Ik ben helemaal de weg kwijt. Het spijt me echt heel erg.'

'Je richtte een pistool op me.'

'Ik ben de weg kwijt,' zei hij weer. 'Je begrijpt het niet. Ik wist niet wat ik deed.'

'Joel?'

Hij bleef maar snikken.

'Joel?' Myron pakte een van de andere foto's en schoof die over de vloer naar hem toe. 'Zie je de vrouw op deze foto?'

Hij had zijn handen nog steeds voor zijn gezicht.

'Kijk naar die foto, Joel,' zei Myron op strengere toon.

Langzaam liet Fishman zijn handen zakken. Zijn gezicht glom van de tranen en misschien ook van het snot. Crush, de bikkelharde drugsdealer van Manhattan, veegde met zijn mouw het snot van zijn gezicht. Myron had willen afwachten, maar het duurde hem te lang.

'Een paar avonden geleden was je met deze vrouw in Three Downing,' zei Myron. 'Als je zegt dat je niet weet waar ik het over heb, trek ik mijn schoen uit en sla ik je ermee. Is dat duidelijk?'

Fishman knikte.

'Je weet wie ze is, hè?'

Hij sloot zijn ogen. 'Het is niet wat je denkt.'

'Het maakt niet uit wat ik denk. Weet je hoe ze heet?'

'Ik weet niet of ik dat wel mag zeggen.'

'Mijn schoen, Joel. Ik kan het ook uit je slaan.'

Fishman veegde met zijn hand over zijn gezicht en schudde zijn hoofd. 'Volgens mij is dat jouw stijl niet.'

'Wat bedoel je daarmee?'

'Niks. Ik geloof gewoon niet dat je me nog zult slaan.'

In het verleden, bedacht Myron, zou hij geen seconde hebben geaarzeld. Maar nu, op dit moment... had Fishman inderdaad gelijk. Hij wilde hem niet meer slaan.

Fishman, die Myrons aarzeling zag, vroeg: 'Weet je iets van verslaving?'

O nee. Wat nu weer? 'Ja, Joel, daar weet ik iets van.'

'Proefondervindelijk?'

'Nee. Wil je me vertellen dat je aan drugs verslaafd bent, Joel?'

'Nee. Alhoewel, ik bedoel, ik gebruik wel. Maar daar gaat het nu niet om.' Hij hield zijn hoofd schuin, was opeens weer de bezielde docent. 'Weet je wanneer verslaafden uiteindelijk hulp zoeken?'

'Wanneer ze geen andere keus meer hebben.' Hij grijnsde om zijn eigen antwoord. Myron Bolitar, het slimste jongetje van de klas.

'Precies. Wanneer ze aan het eind van hun Latijn zijn. Dat is wat er onlangs met mij is gebeurd. Dat besef ik nu. Ik weet dat ik een probleem heb en daarom ga ik hulp zoeken.'

Myron had bijna een bijdehante opmerking gemaakt, maar hij

wist zich te beheersen. Wanneer iemand van wie je informatie wilde eenmaal aan het praten was, moest je hem zijn gang laten gaan. 'Dat klinkt als een verstandige zet,' zei Myron, en hij moest zijn best doen niet te kokhalzen.

'Ik heb twee kinderen. En een schat van een vrouw. Hier, kijk zelf maar.'

Toen Fishman zijn hand naar zijn broekzak bewoog, sprong Myron onmiddellijk op om in te grijpen. Fishman knikte, haalde heel langzaam een sleutelbos tevoorschijn en gaf die aan Myron. Het was er zo een met een foto in doorzichtig plastic eraan. Een familiefoto, aan de achtergrond te zien genomen in een Six Flags-avonturenpark. Het gezin Fishman werd aan weerszijden geflankeerd door Bugs Bunny en Tweety. Mevrouw Fishman zag er hartverscheurend lief uit. Joel zat op zijn hurken. Rechts van hem stond een meisje van een jaar of vijf, zes, met blond haar en een stralende glimlach, die zo ontwapenend was dat Myrons mondhoeken onwillekeurig omhoogkrulden. Aan de andere kant van Joel stond een jongetje, zo te zien een jaar of twee jonger dan het meisje. Het jongetje was verlegen en probeerde zijn gezicht achter de schouder van zijn vader te verstoppen.

Hij gaf de sleutelbos terug. 'Prachtige kinderen.'

'Dank je.'

Myron moest denken aan iets wat zijn vader ooit tegen hem had gezegd: dat mensen er verbijsterend goed in zijn een enorme puinhoop van hun leven te maken.

Hardop zei Myron: 'Je bent een stomme hufter, Joel.'

'Ik ben ziek,' protesteerde hij. 'Dat is iets anders. Maar ik wil dolgraag beter worden.'

'Bewijs het maar.'

'Hoe?'

'Door te tonen dat je klaar bent voor het grote genezingsproces en me te vertellen wat je van die vrouw van drie avonden geleden weet.'

'Hoe weet ik dat je haar geen kwaad zult doen?'

'Om dezelfde reden dat je wist dat ik mijn schoen niet zou uittrekken om je ermee op je hoofd te slaan.'

Joel Fishman keek naar de foto aan zijn sleutelbos en begon weer te huilen.

'Joel?'

'Ik wil deze periode afsluiten, echt waar.'

'Dat weet ik.'

'En dat ga ik ook doen. Ik zweer het je. Ik ga hulp zoeken. Ik word de beste vader en echtgenoot van de hele wereld. Het enige wat ik vraag is een kans. Dat begrijp je toch?'

Myron ging bijna over zijn nek. 'Ja.'

'Het is alleen zo... Begrijp me niet verkeerd. Ik hou van het leven dat ik leid. Ik hou van mijn vrouw en van mijn kinderen. Maar achttien jaar lang sta ik 's morgens op en kom ik naar deze school om mijn leerlingen Frans te leren. Maar die hebben maling aan Frans. Ze letten nooit op. Toen ik pas begon, had ik een beeld van hoe het zou gaan. Dat ik ze zou inwijden in die prachtige taal waar ik zo veel van hield. Maar het pakte heel anders uit. Het enige waarin ze geïnteresseerd zijn, is een goed cijfer. Meer niet. De ene klas na de andere, jaar in, jaar uit. We staan op de automatische piloot en gaan maar door. Amy en ik hebben altijd ons best moeten doen om de eindjes aan elkaar te knopen. Maar weet je, het is zo eentonig. Elke dag, jaar na jaar dezelfde saaiheid. En wat zal de dag van morgen brengen? Nou, hetzelfde als vandaag. Elke dag weer, totdat... tot aan mijn dood.'

Hij stopte met praten en tuurde in de verte.

'Joel?'

'Beloof me,' zei Fishman, 'beloof me dat als ik je help, je het niet zult verklikken.' Verklikken. Alsof hij een van zijn leerlingen was die had gespiekt tijdens een proefwerk. 'Geef me die kans, alsjeblieft. Doe het voor mijn kinderen.'

'Als je me alles vertelt wat je over deze vrouw weet,' zei Myron, 'zal ik mijn mond houden.'

'Geef me je woord.'

'Je hebt mijn woord.'

'Ik heb haar drie avonden geleden in de club ontmoet. Ze wilde scoren. Ik heb dat geregeld.'

'Je bedoelt dat je haar drugs hebt gegeven.'
'Ja.'
'Verder nog iets?'
'Nee, niet echt.'
'Heeft ze je verteld hoe ze heet?'
'Nee.'
'En een telefoonnummer? Voor het geval ze meer drugs nodig had?'
'Dat heeft ze me niet gegeven. Dit is het enige wat ik weet. Sorry.'
Myron geloofde er niets van. 'Hoeveel heeft ze je betaald?'
'Pardon?'
'Voor de drugs, Joel. Hoeveel geld heeft ze je gegeven?'
Er veranderde iets op zijn gezicht. Myron zag het. Nu kwam de leugen. 'Achthonderd dollar,' zei Fishman.
'Contant?'
'Ja.'
'Had ze achthonderd dollar bij zich?'
'Ik accepteer geen Visa of MasterCard,' zei hij, met het korte gegrinnik van iemand die loog. 'Natuurlijk had ze geld bij zich.'
'En wáár heeft ze dat aan jou gegeven?'
'In de club.'
'Toen je haar de drugs gaf?'
Zijn ogen vernauwden zich een fractie. 'Ja, natuurlijk.'
'Joel?'
'Ja?'
'Weet je nog, de foto's die ik je net liet zien?'
'Wat is daarmee?'
'Dat zijn beelden van een beveiligingsvideo,' zei Myron. 'Begrijp je wat dat inhoudt?'
Fishmans gezicht verbleekte.
'Kortom,' zei Myron, 'ik heb een heel andere vorm van betalingsverkeer gezien. En dat was niet met geld.'
Joel Fishman begon weer te snikken. Hij vouwde zijn handen alsof hij bidde, en de ketting van zijn sleutelbos bewoog als een rozenkrans tussen zijn vingers door.

'Als je tegen me blijft liegen,' vervolgde Myron, 'heb ik geen reden om me aan mijn woord te houden.'

'Je begrijpt het niet.'

Daar had je hem weer met zijn begrip.

'Wat ik heb gedaan was vreselijk. Daar schaam ik me diep voor. Daarom heb ik het je niet verteld. Omdat het geen verschil maakt. Ik ken haar niet. Ik weet niet hoe je haar kunt bereiken.'

Fishman begon weer in te storten, hield de foto aan de sleutelbos voor zich als een crucifix die hem tegen een vampier moest beschermen. Myron wachtte en dacht na. Toen stond hij op, liep naar de andere kant van het klaslokaal, raapte het pistool op en stak het in zijn zak. 'Ik ga je aangeven, Joel.'

Het huilen hield abrupt op. 'Wat?'

'Ik geloof je niet.'

'Maar ik spreek de waarheid.'

Myron haalde zijn schouders op en pakte de deurknop vast. 'En je helpt me niet verder. Terwijl we dat wel hadden afgesproken.'

'Maar wat kan ik doen? Ik weet niks. Waarom wil je me daarvoor straffen?'

Myron haalde zijn schouders weer op. 'Omdat ik boos en verbitterd ben.' Hij draaide de deurknop om.

'Wacht.'

Myron reageerde niet.

'Luister naar me, oké? Heel even maar.'

'Geen tijd.'

'Beloof je dat je niks zult zeggen?'

'Wat heb je voor me, Joel?'

'Haar mobiele nummer,' zei hij. 'Maar alleen als jij je aan je woord houdt, oké?'

12

'Het is een prepaid,' zei Esperanza door de telefoon. 'Onmogelijk te traceren.'

Verdomme. Myron reed de Ford Taurus het parkeerterrein van de begraafplaats af. Big Cyndi zat naast hem. Ze had zich in de passagiersstoel geperst waardoor het leek alsof de airbag zich al had opgeblazen. Yep, een Ford Taurus. Kleur lak: Atlantis Green Metallic. Wanneer Myron door de stad reed vielen alle supermodellen in katzwijm.

'Gekocht bij een T-Mobile-shop in Edison, New Jersey,' zei Esperanza. 'Contant betaald.'

Myron stopte en reed terug. Het was noodzakelijk om Joel Fishman met nog één bezoekje te vereren. Dat zou hij leuk vinden, die goeie ouwe Crush.

'Nog iets anders,' zei Esperanza.

'Ik luister.'

'Herinner je je dat rare symbool dat bij "niet van hem" stond?'

'Ja.'

'Zoals je had voorgesteld heb ik het op de fansite van HorsePower gezet met de vraag of iemand er iets over wist. Ik heb antwoord gekregen van een vrouw, ene Evelyn Stackman, maar ze wilde het niet over de telefoon zeggen.'

'Waarom niet?'

'Dat wilde ze ook niet zeggen. Ze wil een persoonlijke ontmoeting.'

Myron trok een gezicht. 'Voor dat ene symbooltje?'

'Inderdaad.'

'Kun jij het niet afhandelen?' vroeg Myron.
'Misschien heb je me niet goed verstaan,' zei Esperanza. 'Het is een zij, zei ik, een zij die niet geneigd is met een vrouw te praten.'
'Ah,' zei Myron. 'En toen dacht jij dat ik mijn mannelijke charme wel in de strijd kon werpen om haar te verleiden de informatie uit haar te krijgen?'
'Ja,' zei Esperanza. 'Laten we het daar maar op houden.'
'En als ze lesbisch is?'
'Ik ga ervan uit dat jouw mannelijke charme onweerstaanbaar is voor mensen met welke voorkeur dan ook.'
'Ah, maar natuurlijk. Dat was ik even vergeten.'
'Evelyn Stackman woont in Fort Lee. Ik zal een afspraak maken voor vanmiddag.'
Ze hing op. Myron zette de motor af. 'Kom mee,' zei hij tegen Big Cyndi. 'We gaan doen alsof we de ouders van een scholier zijn.'
'O, leuk.' Daarna aarzelde ze. 'Wacht even, hebben we een zoon of een dochter?'
'Wat heb jij het liefst?'
'Het maakt me niet uit, als het maar gezond is.'
Ze staken de straat over en gingen de school weer binnen. Voor het lokaal stond een ouderpaar te wachten. Big Cyndi toverde onmiddellijk tranen in haar ogen en legde de twee uit dat 'hun kleine Sasha' in een 'Franse noodsituatie' zat en dat ze maar een minuutje nodig hadden. Myron maakte van de afleidingsmanoeuvre gebruik door alleen de klas binnen te gaan. Het was niet nodig Joel de stuipen op het lijf te jagen met Big Cyndi.
Zoals te verwachten viel, was Joel Fishman niet blij hem te zien. 'Wat wil je verdomme nu weer?'
'Ik wil dat je haar opbelt en een ontmoeting met haar regelt.'
'Waarom zouden we elkaar willen ontmoeten?'
'Wat dacht je van... goh, ik weet het niet... dat jij doet alsof je een drugsdealer bent en vraagt of ze nog iets nodig heeft.'
Joel keek bedenkelijk. Hij stond op het punt te protesteren, maar Myron schudde zijn hoofd. Joel maakte een korte afweging en kwam tot de slotsom dat hij het snelst van Myron af was wanneer hij

meewerkte. Hij haalde zijn mobiele telefoon uit zijn zak. Ze stond in zijn contactenlijst als 'Kitty', zonder achternaam. Myron bukte en hield zijn oor zo dicht mogelijk bij de telefoon. Toen hij het behoedzame, nerveuze 'hallo' aan de andere kant van de lijn hoorde, betrok zijn gezicht. Er was geen twijfel mogelijk: dit was de stem van zijn schoonzus.

Fishman speelde zijn rol met het gemak en de perfectie van de meesteroplichter. Hij vroeg of ze ergens konden afspreken. Ze stemde toe. Myron knikte naar Fishman. Fishman zei: 'Oké, cool, ik kom wel naar je huis. Waar woon je?'

'Dat lijkt me geen goed idee,' zei Kitty.

'Waarom niet?'

En toen fluisterde Kitty iets wat bij Myron een rilling over zijn rug deed lopen. 'Mijn zoon is hier.'

Fishman was goed. Hij zei dat hij bereid was op krediet te leveren en alleen een pakketje zou komen brengen, met wat ze maar wilde, maar Kitty was net zo volhardend. Ze spraken ten slotte af bij de draaimolen in de Garden State Plaza Mall in Paramus. Myron keek op zijn horloge. Hij had genoeg tijd om met Evelyn Stackman over het symbool bij de 'niet van hem'-reactie te praten en terug te komen om Kitty te zien.

Myron vroeg zich af wat hij moest doen als het zover was, wanneer hij Kitty werkelijk zou zien. Moest hij tevoorschijn springen en haar confronteren met de situatie? Of moest hij haar voorzichtig een paar vragen stellen? Maar misschien moest hij zich helemaal niet laten zien en haar naderhand naar huis volgen.

Een half uur later parkeerde Myron voor een bescheiden, bakstenen huis aan Lemoine Avenue in Fort Lee. Big Cyndi bleef in de auto zitten en haalde haar iPod tevoorschijn. Myron liep het tuinpad op. Evelyn Stackman deed de deur al open voordat hij kon aanbellen. Ze leek een jaar of vijftig te zijn en had een forse bos krullend haar die Myron deed denken aan Barbra Streisand in *A Star Is Born*.

'Mevrouw Stackman? Ik ben Myron Bolitar. Fijn dat ik u even kan spreken.'

Ze nodigde hem uit binnen te komen. In de woonkamer stonden

een wat oudere groene bank en een piano van kersenhout, en aan de wanden hingen posters van HorsePower-concerten. Een daarvan was van hun eerste grote concert in de Hollywood Bowl van meer dan twintig jaar geleden. De poster was gesigneerd door zowel Lex Ryder als Gabriel Wire. De opdracht – in Gabriels handschrift – luidde: VOOR HORACE EN EVELYN - JULLIE ZIJN GEWELDIG.

'Wow,' zei Myron.

'Iemand heeft me er tienduizend dollar voor geboden. Ik zou het geld best kunnen gebruiken, maar…' Ze maakte haar zin niet af. 'Ik heb je gegoogled. Ik weet weinig van basketbal, dus ik herkende je naam niet.'

'Dat was lang geleden.'

'Maar nu ben je de manager van Lex Ryder?'

'Ik ben zijn agent. Dat is weer iets anders. Maar, inderdaad, ik werk met hem.'

Ze liet het even bezinken. 'Kom maar mee.' Ze ging hem voor, de trap naar het souterrain af. 'Mijn man, Horace, hij was de echte fan.'

Het plafond van het souterrain was zo laag dat Myron niet rechtop kon staan. Op de vloer lag een dunne, grijze matras en er stond een oud model tv op een zwarte, plexiglas poot. De rest van het souterrain… een en al HorsePower. Op een klaptafel, zo een die je gebruikt wanneer de hele familie komt eten en je eettafel niet groot genoeg is, stond een hele verzameling HorsePower-spullen: foto's, elpeehoezen, bladmuziek, aankondigingen van concerten, plectrums, drumstokken, blouses, T-shirts en poppen. Myron bekeek een zwarte blouse met drukknoopjes.

'Gabriel droeg het tijdens een concert in Houston,' zei ze.

Op een geïmproviseerde tafel, vergezeld van twee klapstoeltjes, zag Myron diverse foto's van 'Wire-waarnemingen' uit de boulevardpers.

'Sorry dat het zo'n rommeltje is. Maar na de tragische dood van Alista Snow… had Horace er niet veel zin meer in. Daarvoor deed hij graag onderzoek naar die zogenaamde foto's van Gabriel in de roddelbladen. Want zie je, Horace was een echte techneut. Hij was heel goed in wiskunde en puzzels.' Ze wees naar de bladen. 'Die zijn allemaal nep.'

'Hoe bedoelt u?'

'Horace ontdekte altijd een manier om aan te tonen dat de persoon op de foto niet de echte Gabriel was. Neem deze. Gabriel Wire had een litteken op de rug van zijn rechterhand. Horace spoorde het originele negatief op en vergrootte het uit. Geen litteken te zien. En bij deze heeft hij een of andere rekenkundige formule toegepast – vraag me niet hoe – waarmee hij aantoonde dat de man op de foto schoenmaat 44 had. Gabriel Wire heeft maat 46.'

Myron knikte en zei niets.

'Het klinkt misschien raar, die obsessie van hem.'

'Nou, nee, niet echt.'

'Andere mannen zijn supporter van sportclubs, of ze gaan naar autoraces, of ze verzamelen postzegels. Horace was fan van HorsePower.'

'En u?'

Evelyn glimlachte. 'Ik ook, neem ik aan. Maar niet zo fanatiek als Horace. Het was gewoon iets wat we samen deden. Met slaapzakken voor de deur bivakkeren om kaartjes voor een concert te bemachtigen. Of 's avonds thuis... dan draaiden we hun cd's met het licht uit en probeerden we de verborgen betekenis van de songteksten te ontrafelen. Het klinkt misschien onbenullig, maar ik zou er heel wat voor overhebben om nog zo'n avond te mogen meemaken.'

Er gleed een schaduw over haar gezicht. Myron vroeg zich af of hij erop moest doorgaan en bedacht dat hij dat maar moest doen.

'Wat is er met Horace gebeurd?' vroeg hij.

'Hij is in januari overleden,' zei ze, met een kort, schor kuchje in haar stem. 'Een hartaanval. Terwijl hij de straat overstak. Men dacht eerst dat hij door een auto was aangereden. Maar Horace zakte gewoon midden op het zebrapad in elkaar en overleed. Zomaar. Afgelopen uit. Hij was pas drieënvijftig. We kenden elkaar al sinds de middelbare school. We hebben in dit huis twee kinderen grootgebracht en hadden plannen gemaakt voor later. Ik had net mijn baan op het postkantoor opgezegd, zodat we vaker op reis konden.'

Ze glimlachte alsof ze wilde zeggen: 'Tja, wat doe je eraan?' Ze wendde haar blik af. We hebben allemaal onze littekens, ons verdriet en ons lijden, maar we lopen rond met een glimlach en doen alsof alles oké is. We zijn beleefd tegen onbekenden, we delen de straat met hen, we staan in de rij bij de kassa van de supermarkt en slagen erin onze pijn en wanhoop te verbergen. We werken hard, maken plannen voor later en alles gaat vaker wel dan niet naar de verdommenis.'

'Ik vind het heel erg van uw verlies,' zei Myron.

'Ik had er niet over moeten beginnen.'

'Nee, ik vroeg ernaar.'

'Ik zou al deze rommel moeten wegdoen. Moeten verkopen. Maar ik kan het nog niet.'

Myron, die niet wist wat hij moest zeggen, koos voor het klassieke: 'Ik begrijp het.'

Het lukte haar te glimlachen. 'Maar goed, je wilde iets weten over dat symbool.'

'Als u het niet erg vindt.'

Evelyn Stackman liep naar een archiefkast aan de andere kant van het souterrain. 'Horace heeft geprobeerd uit te zoeken wat het betekende. Hij heeft in het Sanskriet, in het Chinees en zelfs in Egyptische hiërogliefen gezocht. Maar hij heeft nooit iets kunnen vinden.'

'Wanneer hebt u het voor het eerst gezien?'

'Het symbool?' Evelyn zocht in de kast en haalde er iets uit wat op een grote versie van een cd-cover leek. 'Zegt deze cd je iets?'

Myron keek naar de foto. Dit was het artwork, zoals het werd genoemd, voor een cd-cover. Hij had het nooit eerder gezien. Bovenaan, in grote letters, stond LIVE WIRE. Daaronder, in kleinere letters: HORSEPOWER LIVE AT MADISON SQUARE GARDEN. Maar dat was niet wat zijn aandacht trok. Onder de tekst stond een merkwaardige foto van Gabriel Wire en Lex Ryder. Ze stonden beiden tot aan hun middel in beeld, in hun blote bast, rug tegen rug en de armen over elkaar. Lex links, Gabriel rechts, en beiden met het hoofd gedraaid om hun potentiële cd-kopers met een doordringende blik aan te kijken.

'Kort voor het tragische gebeuren met Alista Snow zouden ze een live cd uitbrengen,' zei Evelyn. 'Zat Lex toen al bij jou?'

Myron schudde zijn hoofd. 'Dat was later.'

Myron kon zijn blik niet van de foto losmaken. Gabriel en Lex hadden hun ogen bewerkt met '*guyliner*'. Beiden namen op de foto evenveel ruimte in. Lex had zelfs de beste plek, aan de linkerkant, aangezien je blik daar automatisch het eerst naartoe gaat. Toch merkte je, of je het wilde of niet, dat je blik vrijwel meteen naar Gabriel Wire werd getrokken en dat je eigenlijk alleen hem nog zag, alsof er een of ander hemels licht op die helft van de foto scheen. Wire was – en Myron bedacht dit met het gepaste respect van een hetero – gewoon zo verdomde aantrekkelijk. Zijn blik deed je niet alleen smelten, maar die riep je, eiste je aandacht op en dwong je hem aan te kijken.

Succesvolle musici beschikken over diverse aantoonbare krachten, maar de echte superterren hebben, net als hun gelijken in de sport of de filmindustrie, ook iets wat niet te benoemen is. En het was juist dat wat Gabriel van een muzikant tot een rocklegende transformeerde. Gabriel had een bijna onaards charisma. Op het podium of privé, je ontkwam er niet aan, en zelfs hier, op een coverfoto van een cd die nooit was uitgebracht, voelde je de magie. Dit was meer dan alleen een knap uiterlijk. Je kon je niet onttrekken aan het gevoel, de tragiek, de woede en de intelligentie die uit die ogen straalden. Je wílde naar hem luisteren. Je wilde meer van hem weten.

Evelyn zei: 'Hij is onweerstaanbaar, vind je niet?'

'Ja.'

'Is het waar dat zijn gezicht verminkt is?'

'Dat weet ik niet.'

Naast Gabriel stond Lex, die deed te zeer zijn best op zijn pose. De spieren van zijn over elkaar geslagen armen waren zichtbaar, alsof hij ze had opgewarmd voordat de fotosessie begon. Goed beschouwd had hij een gemiddeld uiterlijk, met onopvallende gelaatstrekken, en misschien, als je bereid was heel goed naar hem te kijken, zou je zien dat Lex van het duo de verstandige was, de betrouwbare en de stabiele... kortom: de saaie. Lex was de aardse yin naast Gabriels hypnotiserende, ongrijpbare yang. Maar nogmaals, had niet elk duo dat langer wilde overleven dat evenwicht nodig?

'Ik zie het symbool niet,' zei Myron.

'Dat heeft de cover niet gehaald.' Evelyn draaide zich weer om naar de archiefkast en haalde er een grote envelop uit. Er zat een lint omheen geknoopt. Ze nam het uiteinde van het lint tussen haar duim en wijsvinger, stopte en keek op. 'Ik weet niet of ik deze wel aan je kan laten zien.'

'Mevrouw Stackman?'

'Evelyn.'

'Evelyn, je weet dat Lex getrouwd is met Suzze T, hè?'

'Natuurlijk weet ik dat.'

'Nou, iemand probeert Suzze kwaad te doen. En Lex ook, vermoed ik. Ik probeer erachter te komen wie dat is.'

'En je denkt dat dit symbool daarvoor een aanwijzing is?'

'Dat zou heel goed kunnen, ja.'

'Je lijkt me iemand met het hart op de juiste plaats.'

Myron zei niets en wachtte af.

'Ik vertelde je zonet dat Horace een fanatiek verzamelaar was. Zijn topstukken waren natuurlijk die exemplaren waar er maar één van bestond. Een paar jaar geleden werd Horace benaderd door Curk Burgess, de fotograaf. Een week voordat Alista Snow verongelukte, maakte Burgess de foto waar je nu naar kijkt.'

'Oké.'

'Maar hij had die dag natuurlijk veel meer foto's gemaakt. Het was een uitgebreide fotosessie. Ik geloof dat Gabriel met het voorstel kwam om foto's te maken die iets gewaagder waren, en toen hebben ze voor een deel ervan naakt geposeerd. Weet je nog dat een paar jaar geleden een particuliere verzamelaar de pornofilm van Marilyn Monroe opkocht, zodat niemand anders die te zien zou krijgen?'

'Ja.'

'Nou, Horace heeft ongeveer hetzelfde gedaan. Hij heeft de negatieven gekocht. We konden het ons eigenlijk niet veroorloven, maar zo ver ging zijn fanatisme.' Ze wees naar de coverfoto in Myrons hand. 'Oorspronkelijk stonden ze ten voeten uit op deze foto, maar er is een uitsnede van gemaakt.'

Ze trok het lint van de envelop, haalde de foto eruit en hield hem op. Myron keek ernaar. Ook hier waren ze en profil gefotografeerd, en ze waren inderdaad naakt, maar er vielen schaduwen op de juiste plekken, zodat die smaakvol, als door een vijgenblad, werden afgedekt.

'Ik zie het nog steeds niet.'

'Zie je dat donkere plekje daar, op Gabriels... eh, bovenbeen, zal ik het maar noemen?'

Evelyn gaf hem een andere foto, een uitvergroting van de vorige. En nu zag hij het, op de rechterdij, heel dicht bij Gabriel Wires legendarische edele delen... een tatoeage.

Een tatoeage die er exact uitzag als het symbool bij de 'niet van hem'-reactie op Suzzes Facebook-pagina.

13

Hij had nog twee uur de tijd voor zijn ontmoeting met Kitty in de Garden State Plaza Mall. Op weg naar de bushalte bij George Washington Bridge praatte hij Big Cyndi bij over wat hij van Evelyn Stackman te weten was gekomen.

'Opmerkelijk,' zei Big Cyndi.

'Wat?'

Big Cyndi probeerde zich om te draaien in haar stoel zodat ze hem kon aankijken. 'Zoals u weet, meneer Bolitar, ben ik jarenlang groupie geweest.'

Dat was nieuw voor Myron. In de gloriedagen van de Fabulous Ladies of Wrestling, op WPIX Channel 11 in New York en omgeving, had Big Cyndi bekendgestaan als Big Chief Mama. Als worstelteam hadden Big Cyndi's Big Chief Mama en Esperanza's Little Pocahontas de intercontinentale kampioenschapstitel gewonnen, wat 'intercontinentaal' in dit geval ook mocht betekenen. Zij waren de publiekslievelingen. Little Pocahontas kwam meestal op voorsprong op basis van haar techniek, totdat haar kwaadaardige tegenstander een of andere vuile streek uithaalde. Die strooide haar zand in de ogen, maakte gebruik van het gevreesde 'onbekende voorwerp', of liet de scheidsrechter afleiden door een teamgenoot terwijl zij zich op Little Pocahontas uitleefde. Dan, uiteindelijk, wanneer het publiek laaiend was en het uitschreeuwde van het gruwelijke onrecht dat hun schaars geklede lekkere ding werd aangedaan, wierp Big Chief Mama zich brullend in de ring om haar kleine, welgevormde teamgenoot uit de handen van de vijand te redden, waarop

Little Pocahontas en Big Chief Mama samen, aangemoedigd door een uitzinnig publiek, de wereldorde herstelden en, natuurlijk, hun intercontinentale kampioenschapstitel heroverden.

Heel onderhoudend.

'Jij? Een groupie?'

'Ja, meneer Bolitar, en niet zo'n kleintje ook.'

Ze keek hem aan en sloeg haar ogen neer. Myron knikte. 'Dat wist ik niet.'

'Ik heb met heel wat rocksterren in bed gelegen.'

'Oké.'

Ze trok haar ene wenkbrauw op. 'Massa's, meneer Bolitar.'

'Juist.'

'Zelfs met enkele van úw idolen.'

'Tjonge.'

'Maar ik heb nooit uit de school geklapt. Ik ben de discretie zelve.'

'Goed om te horen.'

'Maar herinnert u zich uw favoriete gitarist van de Doobie Brothers?'

'Discretie, Big Cyndi. Discretie.'

'Oké. Sorry. Ik wilde alleen maar een voorbeeld geven. Maar ik ben in de voetsporen getreden van Pamela des Barres, Bebe Buell, Sweet Connie Hamzy – weet u nog, van dat liedje van Grand Funk Railroad? – en natuurlijk mijn mentor, Ma Gellan. Kent u die?'

'Nee.'

'Ma Gellan beschouwde zichzelf als rockstercartograaf. Weet u wat dat is?'

Hij deed zijn best niet met zijn ogen te rollen. 'Ik weet dat een cartograaf landkaarten maakt.'

'Precies, meneer Bolitar. En Ma Gellan maakte topografische en geografische landkaarten van het naakte lichaam van rocksterren.'

'Ah, Ma Gellan,' zei Myron, die het nu begreep. Hij had bijna gekreund. 'Komt dat van Maggelaan, de ontdekkingsreiziger?'

'U bent snel van begrip, meneer Bolitar.'

Wie niet?

'Haar kaarten waren echt prachtig... heel nauwkeurig en gedetailleerd. Alles stond erop: littekens, piercings, afwijkingen, lichaamsbeharing, en zelfs of ze kolossaal of teleurstellend waren geschapen.'

'Je meent het.'

'Ja, het is echt waar. Kent u het verhaal van Cynthia de Gipsgieter? Die maakte gipsafdrukken van penissen. Het is trouwens waar wat ze over leadzangers zeggen. Die zijn altijd ruim bemeten. Nou, afgezien van één zanger, die van een heel beroemde Britse band – ik zal geen namen noemen – die had echt een babyslurfje.'

'Heeft dit verhaal nog een pointe?'

'Een heel belangrijke pointe, meneer Bolitar. Want Ma Gellan heeft ooit een topografische kaart van Gabriel Wire gemaakt. De man was beeldschoon, zowel van gezicht als van lichaam. Maar hij had géén tatoeages. Geen enkele, op zijn hele lijf niet.'

Myron dacht hierover na. 'De foto die Evelyn Stackman me liet zien dateert van een paar weken voordat Wire zich totaal van de wereld afzonderde. Dus misschien heeft hij die tatoeage laten zetten nadat zij hem... eh, in kaart heeft gebracht.'

Ze kwamen bij de bushalte.

'Dat zou kunnen,' zei Big Cyndi. Toen ze uitstapte, kreunde de auto en helde die net zo ver over als de auto van Fred Flintstone, wanneer Fred die kolossale mammoetribben erop legde. 'Wilt u dat ik het navraag bij Ma?'

'Ja, graag. Weet je zeker dat je niet met een taxi terug wilt?'

'Ik ga liever met de bus, meneer Bolitar.'

En toen liep ze weg, als een lijnverdediger, nog steeds in haar Batgirl-pakje. Niemand keek haar na. Welkom in het driestatengebied van New York, New Jersey en Connecticut. Toeristen denken vaak dat de plaatselijke bevolking ongeïnteresseerd en kil is. In werkelijkheid zijn de mensen juist beangstigend beleefd. Wanneer je in een dichtbevolkt gebied woont, leer je je medemens de ruimte te geven en zijn privacy te respecteren. Je kunt hier omringd zijn door mensen en toch het idee hebben dat je alleen bent.

De Garden State Plaza Mall bestond uit bijna twee vierkante kilometer winkelgebied vlak bij het epicentrum van winkelstad Paramus in New Jersey. De naam Paramus, afkomstig van de Lenape-indianen, betekent of 'vruchtbare bodem', of 'maak plaats voor nóg een *megastore*'. Paramus claimt dat er daar meer winkels zijn dan waar ook in de hele Verenigde Staten, en Myron vermoedde dat dit zelfs een understatement was.

Hij reed het parkeerterrein op en keek hoe laat het was. Nog een uur voordat Kitty zou komen. Zijn maag knorde. Hij bekeek wat er te eten was en voelde zijn aderen al dichtslibben: Chili's, Johnny Rockets, Joe's American Bar & Grill, Nathan's Famous Hotdogs, KFC, McDonald's, Sbarro, en zowel een Blimpie als een Subway, waarvan Myron altijd had gedacht dat ze een en hetzelfde restaurant waren. Hij koos uiteindelijk voor California Pizza Kitchen. Hij weerstond de poging van de opgewekte ober om hem een voorafje aan te smeren, en nadat hij de lijst van internationale pizzatoppings had doorgenomen – Jamaicaans rundvlees, Thaise kip, Japanse taugé – koos hij ten slotte voor de oude vertrouwde pepperoni. De ober keek teleurgesteld.

Malls zijn malls. Deze was gigantisch, maar wat malls pas echt deprimerend maakt, is dat je overal dezelfde winkels tegenkomt. Gap, Old Navy, Banana Republic, JCPenney, Nordstrom, Macy's, Brookstone, AMC-bioscopen en ga zo maar door. Er waren ook van die merkwaardige supergespecialiseerde speciaalzaakjes, zoals die waar alleen kaarsen werden verkocht, of, winnaar van de meest stupide, snobistische naam van allemaal: 'De Kunst van het Scheren'. Hoe hielden ze daar in hemelsnaam het hoofd boven water? Wat Myron opviel waren de kleine winkelkiosken die in het midden van de looproutes stonden. Zo had je het Parfumpaleis en de Piercingpagode. En er waren er minstens vier waar op afstand bestuurd vliegend speelgoed werd verkocht, met in de deuropening een of andere idioot die een helikopter expres vlak langs je hoofd liet zoeven. Echt waar, vier stuks. En heb je in het echte leven wel eens een kind met zo'n ding zien spelen?

Terwijl Myron zijn weg naar de draaimolen vervolgde, stuitte hij op de weerzinwekkendste, oneerlijkste, aalgladde kiosk van allemaal: die van de zogenaamde talenten- en modellenscouts, die vrijwel iedereen aanhielden met grote ogen van enthousiasme en belegen openingszinnen als: 'Wow! Jij bent precies wat we zoeken. Heb je wel eens aan modellenwerk gedacht?' Myron bleef staan en zag hoe de commissiebeluste oplichters – voornamelijk aantrekkelijke jonge vrouwen van begin twintig – zich als wolven op de massa stortten. Ze waren niet zozeer op zoek naar een bepaalde look, als wel naar – vermoedde Myron – een litteken van een lobotomie, teneinde iemand te vinden die naïef genoeg was om zich te laten opnemen in hun scoutingprogramma en voor vierhonderd dollar een 'fotoportfolio' aan te schaffen waarmee ze onmiddellijk aan het werk konden voor de grote catalogi en tv-commercials.

Juist. En hun honorarium zou worden overgemaakt door een Nigeriaanse bank?

Myron wist niet precies wat hij deprimerender vond: het feit dat deze jonge droomfabrikanten er niet voor terugdeinsden het verlangen van de mensen naar roem te misbruiken, of dat hun slachtoffers zo wanhopig waren dat ze er nog intrapten ook.

Genoeg. Myron wist dat dit zijn manier van tijdrekken was. Over een kwartier zou Kitty er zijn. Hij overwoog de resterende tijd door te brengen in Spencer's Gifts, zijn en Brads favoriete winkel toen ze opgroeiden in Livingston, New Jersey, met zijn bierpullen met grappen erop, röntgenbrillen, onschuldige seksuele speeltjes en rare fluorescerende posters achterin. Dat deed hem weer denken aan de laatste keer dat hij Brad en Kitty had gezien. En aan wat hij had gedaan. Hij dacht aan de verwarde, gekwetste blik in Brads ogen. Aan het bloed dat tussen Kitty's vingers door druppelde.

Hij zette alles uit zijn hoofd en zocht dekking om te voorkomen dat ze hem zag. Myron had even overwogen een krant te kopen om zijn gezicht achter te verbergen, maar had algauw bedacht dat je in een mall juist heel erg opvalt als je er de krant staat te lezen.

Vijftien minuten later, toen Myron de draaimolen observeerde vanachter een etalagepop in Foot Locker, kwam Kitty aanlopen.

14

Wins privéjet landde op de enige landingsbaan van Fox Hollow Airport. Naast de baan stond een zwarte limousine te wachten. Win kuste zijn stewardess Mei vluchtig op de wang en liep de trap af.

De limousine bracht hem naar de United States Penitentiary in Lewisburg, Pennsylvania, het thuis van de 'slechtste aller slechteriken' als het om federale gevangenen ging. Win werd verwelkomd door een bewaker en door de zwaarbeveiligde gevangenis meegenomen naar Blok G, dat beter bekendstond als de maffiavleugel. John Gotti had hier zijn straf uitgezeten. Net als Al Capone.

Win ging de bezoekerskamer van het complex binnen.

'Neemt u plaats, alstublieft,' zei de bewaker.

Win ging zitten.

'De regels zijn als volgt,' zei de bewaker. 'Er worden geen handen geschud. U raakt hem niet aan. Geen lichamelijk contact in welke vorm ook.'

'Ook geen tongzoen?' vroeg Win.

De bewaker fronste zijn wenkbrauwen, maar daar bleef het bij. Win had deze afspraak snel voor elkaar gekregen. Dat hield in, had de bewaker daaruit opgemaakt, dat de man een serieuze vinger in de pap had. In Lewisburg werd gedetineerden van afdeling 1 en 2 alleen bezoek met contact via videoschermen toegestaan. Gedetineerden van afdeling 3 was bezoek zonder contact toegestaan. Alleen gedetineerden van afdeling 4 – en het was onduidelijk hoe je die status bereikte – hadden recht op zogenaamd contactbezoek van vrouw en kinderen. Men had Frank Ache, de voormalige maffiabaas van Manhattan, speciaal voor Wins bezoek een afdeling 3-status verleend. Win vond het prima. Hij had niet de behoefte de man aan te raken.

De zware stalen deur zwaaide open. Toen Frank Ache in zijn feloranje gevangenisoverall en met geboeide enkels de bezoekerskamer in kwam schuifelen, was zelfs Win verbaasd. In zijn glorietijd, die meer dan twintig jaar had geduurd, was Frank een meedogenloze maffiabaas van de oude stempel geweest. Hij was toen een indrukwekkende verschijning. Een grote man met een borstkas als een regenton, gekleed in sweatsuits – velours met polyester biezen – waarmee je je nog niet op een monstertruckrally durfde te vertonen. Het gerucht ging dat Martin Scorsese een film over zijn leven wilde maken en dat Frank voor een deel model had gestaan voor het personage van Tony Soprano, met dit verschil dat Frank geen liefhebbende familie had en dat het hem ook aan de min of meer menselijke trekjes van Tony ontbrak. Frank Aches naam zaaide pure angst. Hij was een levensgevaarlijke killer, iemand die talloze mensen had vermoord en daar nooit enige wroeging over had gehad.

Maar gevangenissen hebben de neiging iemand ineen te doen schrompelen. Ache was binnen deze muren zeker vijfentwintig tot dertig kilo afgevallen. Hij zag er uitgeblust uit, als een dor twijgje, breekbaar. Frank Ache knipperde met zijn ogen toen hij zijn bezoeker zag en probeerde te glimlachen.

'Windsor Horne Lockwood de Derde,' zei hij. 'Wat kom jij hier verdomme doen?'

'Hoe gaat het, Frank?'

'Alsof jou dat iets kan schelen.'

'Zeg dat niet. Ik ben altijd geïnteresseerd geweest in je welzijn.'

Frank Ache lachte, te hard en te lang. 'Je mag van geluk spreken dat ik je nooit onder handen heb genomen. Dat heeft mijn broer me altijd verboden, wist je dat?'

Win wist het. Hij keek in de donkere ogen en zag niets.

'Ik slik tegenwoordig Zoloft,' zei Frank, alsof hij Wins gedachten raadde. 'Niet te geloven, toch? Ze hebben me op zelfmoordbewaking gezet. Geen idee waarom. Jij?'

Win wist niet of hij de antidepressiva of zijn zelfmoordneigingen bedoelde, of hun poging om hem daarvan te weerhouden. Het maakte ook niet uit. 'Ik kom je om een gunst vragen,' zei Win.

'Zijn wij ooit vrienden geweest?'

'Nee.'

'Dus?'

'Een gunst,' herhaalde Win. 'Zoals in "jij doet iets voor mij, ik doe iets voor jou".'

Frank Ache zweeg en dacht na. Hij haalde zijn neus op en wreef met zijn ooit zo kolossale hand over zijn gezicht. Zijn wijkende haar was inmiddels helemaal verdwenen en alleen rondom zijn oren zaten nog wat pluisjes. Zijn donkere gezichtshuid was zo grauw geworden als een achterbuurtstraat na een regenbui.

'Wie zegt jou dat ik behoefte aan een gunst heb?'

Win gaf geen antwoord. Hij had geen zin om daarop in te gaan. 'Hoe is jouw broer onder zijn veroordeling uit gekomen?'

'Is dát wat je wilt weten?'

Win zei niets.

'En wat maakt het voor verschil?'

'Verras me eens, Frank.'

'Je kent Herman. Hij was altijd het heertje. En ik... ik was de ordinaire spaghettivreter.'

'Gotti had dat ook, die klasse.'

'Dat mocht hij willen. Gotti was een goedkope patser in een duur pak.'

Frank Ache wendde zijn blik af en zijn ogen werden vochtig. Hij bracht zijn hand naar zijn gezicht. Hij haalde zijn neus weer op en vervolgens verkrampte het gezicht van de grote, ooit zo angstaanjagende man. Hij begon te huilen. Win wachtte tot hij weer tot zichzelf was gekomen. Maar Ache huilde nog even door.

Uiteindelijk vroeg hij: 'Heb je een tissue of zoiets?'

'Gebruik je oranje mouw maar,' zei Win.

'Weet je hoe het is om hier te zijn?'

Win zei niets.

'Ik zit alleen in een cel van twee bij tweeënhalve meter. Drieentwintig uur per dag zit ik daar. In mijn eentje. Ik eet daar. Ik schijt daar. En als ik één uur per dag mag luchten, is er verder niemand buiten. Er gaan dagen voorbij dat ik geen stem hoor. Soms probeer ik met de cipiers te praten. Maar die zeggen niks terug, geen woord. Dag in, dag uit. In mijn eentje. Niemand om mee te praten. En zo zal het zijn tot aan mijn dood.' Hij begon weer te snikken.

Win kwam in de verleiding om zijn luchtviool op zijn schouder te leggen, maar hij beheerste zich. De man praatte, had daar behoefte aan, blijkbaar. Dat was goed. Desondanks vroeg hij: 'Hoeveel mensen heb je vermoord, Frank?'

Ache stopte even met huilen. 'Ikzelf bedoel je, of die ik door anderen heb laten doen?'

'Zeg jij het maar.'

'Geen idee. Zelf heb ik er – hoeveel zullen het er zijn? – twintig tot dertig koud gemaakt.'

Alsof hij het over parkeerbonnen had. 'Ik begin met de minuut meer medelijden met je te krijgen,' zei Win.

Als Frank zich al beledigd voelde, liet hij dat niet merken. 'Hé, Win, zal ik je eens iets leuks vertellen?'

Hij bleef vooroverleunen terwijl hij aan het woord was, zo wanhopig was hij op zoek naar conversatie of contact. Het is verbazingwekkend hoezeer mensen, zelfs keiharde boeven als Frank Ache, als ze lang genoeg alleen worden gelaten, behoefte hebben aan andere mensen. 'Het podium is voor jou, Frank.'

'Ken je Bobby Fern nog, een van mijn mannen?'

'Hm, misschien.'

'Een grote, dikke kerel. Hij liet minderjarige meisjes tippelen bij de vleesverwerkingsfabriek.'

Win wist het weer. 'Wat is er met hem?'

'Jij ziet me hier nu huilen, oké? Ik doe niet eens meer moeite me in te houden. Ik bedoel, waarom zou ik? Je begrijpt wel wat ik bedoel. Ik zit te huilen. Nou en? De waarheid is dat ik altijd heb gehuild. Dan trok ik me terug en zat ik in mijn eentje een potje te janken. Vroeger ook. Geen idee waarom. Mensen pijn doen gaf me een goed gevoel, dus dat was het niet, maar op andere momenten... Zoals die ene keer toen ik naar *Family Ties* zat te kijken. Ken je die serie nog? Met die jongen die nu die bibberziekte heeft?'

'Michael J. Fox.'

'Ja, die. Geweldige serie. Dat zusje Mallory was een lekker ding. Dus ik zit naar *Family Ties* te kijken, volgens mij was het het laatste seizoen, en de vader in de serie krijgt een hartaanval. Dat was natuurlijk heel vervelend, want zie je, zo was mijn ouwe heer ook aan zijn eind gekomen. Het stelt verder niks voor, want, ik bedoel, het is maar een stomme tv-serie, maar voordat ik het in de gaten heb, zit ik te janken als een klein kind. En zo gebeurde dat wel vaker. Dan excuseerde ik me en trok ik me snel terug. Zodat niemand het zag. Want je weet hoe het gaat in mijn milieu, ja?'

'Ja.'

'Dus op een dag, toen het weer zover was en ik me had teruggetrokken, komt Bobby ineens binnen en ziet hij me huilen.' Frank glimlachte. 'Nu kenden Bobby en ik elkaar al heel lang. Zijn zusje was het eerste meisje dat me mijn hand in haar broekje liet steken. In de zesde klas. Fenomenaal was het.' Hij keek weg, genoot opnieuw van dit bijzondere moment. 'Maar goed, Bobby komt binnen terwijl ik zit te huilen en, man, je had zijn gezicht moeten zien. Hij wist zich geen raad. Bobby bezwoer me dat hij tegen niemand iets zou zeggen, dat ik me nergens zorgen over hoefde te maken, want, shit, hij zat zelf ook voortdurend te janken. Ik was dol op Bobby. Een goeie vent. Alsof hij familie van me was. Dus ik dacht, je weet wel, ik laat het zitten.'

'Je hebt altijd een groot hart gehad,' zei Win.

'Ja, nou, ik heb het geprobeerd. Maar zie je, vanaf dat moment, elke keer als ik met Bobby was voelde ik me – hoe zal ik het zeggen? – beschaamd, of niet op mijn gemak in ieder geval. Hij deed niks, hij zei er niks over, maar hij gedroeg zich opeens zo nerveus als hij in mijn buurt was. Hij durfde me niet meer recht in de ogen te kijken, dat soort dingen. En Bobby lachte graag, weet je, hij had een brede glimlach en een harde lach. Maar nu, als hij glimlachte of hardop lachte, dacht ik dat hij me uitlachte, begrijp je wat ik bedoel?'

'Dus heb je hem vermoord,' zei Win.

Frank knikte. 'Met een wurgkoord van vislijn. Dat gebruik ik niet vaak. Bobby's kop werd bijna van zijn romp gesneden. Maar ik bedoel, kun je het me kwalijk nemen?'

Win spreidde zijn armen. 'Kan íemand dat?'

Frank lachte weer te hard. 'Leuk dat je op bezoek bent.'

'Ach ja, heerlijk, die herinneringen.'

Frank lachte nog wat meer.

Hij wil gewoon met iemand praten, dacht Win voor de zoveelste keer. Eigenlijk was het zielig. Ooit een reus van een kerel, nu geknakt en wanhopig, en daar kon hij dus gebruik van maken. 'Je zei zonet dat Herman altijd het heertje was. Dat hij minder op een crimineel leek dan jij.'

'Ja, en?'

'Kun je dat uitleggen?'

'Je bent er zelf bij geweest. Je weet hoe het zat met Herman en mij. Herman lonkte met de legaliteit. Hij wilde naar chique feestjes en golfen bij gerenommeerde clubs zoals die van jou, en hij huurde een mooi kantoor in het centrum van de stad. Hij wilde zwart geld in echte zaken steken, alsof het geld daar op de een of andere manier minder smerig van werd. Op het laatst wilde Herman alleen nog het gokken en de woekerleningen doen. Weet je waarom?'

Win zei: 'Er wordt minder geweld bij gebruikt?'

'Dat in ieder geval niet, want er komt juist meer geweld bij kijken, met het incasseren en zo.' Frank Ache boog zich over de tafel en Win kon zijn slechte adem ruiken. 'Gokken en woekerleningen gaven hem het idee dat hij legaal bezig was. In casino's kun je gokken en die zijn legaal. Banken lenen geld uit en die zijn ook legaal. Dus waarom zou Herman dat dan niet mogen doen?'

'En jij?'

'Ik deed de rest. Hoeren en drugs en zo. En ik zal je dit zeggen: als die Zoloft-pillen geen drugs zijn en je wordt er niet minstens even high van als van weed, dan pijp ik een hyena. En met die onzin dat hoeren illegaal zijn hoeven ze helemaal niet aan te komen. Het is het oudste beroep van de wereld. Trouwens, als je erover nadenkt, welke man betaalt uiteindelijk niet voor de seks die hij krijgt?'

Win sprak hem niet tegen.

'Maar waarom ben je hier eigenlijk?' Frank glimlachte, wat een beangstigende aanblik bleef. Win vroeg zich af hoeveel mensen uit het leven waren gestapt terwijl die glimlach het laatste was wat ze zagen. 'Of misschien moet ik vragen: in wiens reet heeft Myron zijn vinger nu weer gestoken?'

Tijd om ter zake te komen. 'In die van Evan Crisp.'

Daar keek Frank van op. 'Wow.'

'Inderdaad.'

'Myron is Crisp tegen het lijf gelopen?'

'Ja, dat klopt.'

'Crisp is bijna net zo dodelijk als jij,' zei Frank.

'Je vleit me.'

'Man, jij tegen Crisp. Dat zou ik wel eens willen zien.'

'Ik zal je de dvd sturen.'

Franks gezicht betrok. 'Evan Crisp,' zei hij langzaam, 'is een van de redenen dat ik hier zit.'

'Hoe dat zo?'

'Kijk, een van ons, Herman of ik, moest eraan. Je weet hoe die gasten van de FBI zijn. Die hadden een zondebok nodig.'

Zondebok, dacht Win. De man wist niet eens hoeveel mensen hij eigenhandig had vermoord, onder wie iemand die hem alleen maar had zien huilen. Maar híj was de zondebok.

'Dus het was of Herman, of ik. Crisp werkte voor Herman. Opeens waren al Hermans belastende getuigen van de aardbodem verdwenen of ze waren hun geheugen verloren. De mijne niet. Einde verhaal.'

'Dus jij moest boeten voor alle misdaden?'

Frank boog zich weer naar voren. 'Ik ben voor de leeuwen gegooid.'

'En ondertussen gaat Herman vrolijk en legaal door,' zei Win.

'Yep,' zei Frank.

Ze bleven elkaar even aankijken. Frank knikte net zichtbaar naar Win.

'Evan Crisp,' zei Win, 'werkt nu voor Gabriel Wire. Ken je die?'

'Wire? Natuurlijk ken ik die. Zijn muziek is pure, honderd procent, eersteklas bullshit. Was Myron niet zijn agent?'
'Nee, van zijn partner.'
'Lex Dinges, hè? Ook zo'n talentloos sujet.'
'Enig idee waarom Crisp nu mogelijk voor Gabriel Wire werkt?'
Frank glimlachte. Hij had kleine tandjes die op TicTacs leken. 'In de goeie ouwe tijd deed Gabriel Wire alles was God had verboden. Blowen, hoertjes… maar vooral gokken.'
Win trok een wenkbrauw op. 'Ga door.'
'De gunst?'
'Die staat.'
Verder werd er niet onderhandeld. Dat was niet nodig.
'Wire was Herman een hoop geld schuldig,' zei Frank. 'Op een zeker moment – en dan heb ik het over lang voordat hij zijn Howard Hughes-act begon, zo'n vijftien, twintig jaar geleden – was het bedrag opgelopen tot meer dan een half miljoen dollar.'
Win dacht hier even over na. 'Het gerucht gaat dat iemand Wires gezicht heeft opengesneden.'
'Niet Herman,' zei Frank, en hij schudde zijn hoofd. 'Zo stom is hij niet. Wire mag dan voor geen meter kunnen zingen, maar met die glimlach van hem laat hij op dertig meter afstand een behasluiting openspringen. Dus nee, Herman zou zo'n klantenlokker nooit iets doen.'
Buiten de kamer, op de gang, schreeuwde een man. De bewaker bij de deur verroerde zich niet. Frank evenmin. Het schreeuwen ging door, klonk luider en hield toen abrupt op alsof iemand een knop had omgezet.
Win vroeg: 'Heb jij enig idee waarom Crisp nu voor Wire zou werken?'
'O, ik betwijfel ten zeerste dat hij voor Wire werkt,' zei Frank. 'Als ik moest gokken? Ik denk dat hij daar voor Herman is. Dat hij een oogje in het zeil houdt om er zeker van te zijn dat meneer de rockster zijn schulden betaalt.'
Win leunde achterover en sloeg zijn benen over elkaar. 'Dus jij gelooft dat je broer Gabriel Wire nog steeds in de tang heeft?'

'Waarom zou Crisp hem anders in de gaten houden?'

'Wij dachten dat Evan Crisp misschien ook het rechte pad op was gegaan. Dat hij alleen uit verveling een simpel bewakingsbaantje had aangenomen.'

Frank glimlachte weer. 'Ja, ik kan me voorstellen dat je dat denkt.'

'Maar ik heb het mis?'

'Mensen als wij gaan het rechte pad nooit op, Win. We worden alleen grotere hypocrieten. Het is oog om oog, tand om tand in deze wereld. Je eet of je wordt gegeten. Zelfs jouw grote vriend Myron zou honderd mensen vermoorden als hij moest opkomen voor de twee of drie die hem echt dierbaar zijn, en iedereen die je vertelt dat dat niet zo is, liegt dat hij barst. We doen het allemaal op de een of andere manier, elke dag van ons leven. Zullen we die prachtige schoenen kopen of gebruiken we dat geld om een heel stel hongerige kindertjes in Afrika het leven te redden? En uiteindelijk kiezen we altijd voor de schoenen. Zo is het leven. We laten allemaal mensen doodgaan zolang we denken dat het gerechtvaardigd is. Een man heeft een gezin dat omkomt van de honger. Als hij een andere man doodt, kan hij diens brood pikken en zijn kinderen van de hongerdood redden. Doodt hij de man niet, dan heeft zijn gezin niks te eten en gaan ze dood. Dus vermoordt hij de man. Elke keer weer. Maar rijke mensen hoeven niet te moorden om aan een brood te komen, dus die zeggen: "Moorden is fout." En daarna maken ze regels die moeten voorkomen dat iemand hen kwaad doet of zich vergrijpt aan de miljoenen broden die ze voor zichzelf en hun dikke gezinnen bewaren. Begrijp je wat ik bedoel?'

'Moraliteit is subjectief,' zei Win, terwijl hij deed alsof hij een geeuw moest onderdrukken. 'Ik wist niet dat jij zo filosofisch was aangelegd, Frank.'

Frank grinnikte. 'Ik krijg niet veel bezoek. Ik geniet van ons gesprek.'

'Dat doet me deugd. Maar vertel me eens, wat zijn Crisp en je broer van plan?'

'De waarheid? Ik weet het niet. Maar het zou kunnen verklaren waar Herman zijn geld vandaan heeft. Want toen we die gasten van

fbi op onze nek kregen, hebben ze al onze tegoeden bevroren. Herman moet ergens een melkkoe hebben gehad om zijn advocaat en Crisp te betalen. Waarom zou Gabriel Wire dat niet kunnen zijn?'
'Zou je dat eens willen vragen?'
'Aan Herman?' Frank schudde zijn hoofd. 'Die komt niet zo vaak op bezoek.'
'Ach, wat vervelend voor je. Jullie waren altijd zo close.'
Op dat moment voelde Win zijn mobiele telefoon trillen. Twee keer kort achter elkaar, het signaal dat ze voor noodgevallen hadden afgesproken. Hij haalde het toestel uit zijn zak, las de tekst op het schermpje en sloot zijn ogen.
Frank Ache keek hem aan. 'Slecht nieuws.'
'Ja.'
'Moet je gaan?'
Win stond op. 'Ja.'
'Hé, Win? Kom nog eens langs, oké? Ik vond het leuk om met je te praten.'
Maar ze wisten allebei dat hij dat niet zou doen. Zielig, hoor. Drieëntwintig uur per dag alleen in je cel. Dat zouden ze een mens niet moeten aandoen, dacht Win, zelfs de ergste slechterik niet. Die kon je beter meenemen naar het veldje achter het complex, een pistool in zijn nek zetten en twee kogels in zijn hoofd schieten. En voordat je de trekker overhaalde, zou de man, zelfs als hij zo geknakt was als Frank, smeken om zijn leven. Zo was het nu eenmaal. Het overlevingsinstinct won het altijd. Mensen – alle mensen – smeekten om hun leven wanneer ze de dood in de ogen keken. Terwijl het toch goedkoper, verstandiger en uiteindelijk humaner was om het beest meteen af te maken.
Win knikte naar de bewaker en haastte zich terug naar zijn privéjet.

15

Myron zag Kitty angstig en onzeker door de mall lopen, alsof de grond elk moment onder haar voeten kon wegzakken. Haar gezicht was bleek. De sproetjes van vroeger waren vervaagd, maar niet op een gezonde manier. Om de paar seconden knipperde ze met haar ogen en kromp ze ineen alsof iemand haar een klap wilde geven en ze zich schrap zette.

Myron verroerde zich niet en terwijl de geluiden van de mall in zijn oren gonsden, gingen zijn gedachten terug naar Kitty's eerste tennisjaren, toen ze zo zelfverzekerd en vol van vertrouwen was dat je gewoon wíst dat ze ooit een heel grote zou zijn. Myron herinnerde zich dat hij Suzze en Kitty een keer had meegenomen naar een mall als deze, in Albany, toen het tennistoernooi nog moest beginnen. De twee bevriende, aanstaande tennisgrootheden hadden er rondgelopen alsof ze tienermeisjes waren, hadden de hun opgedrongen volwassenheid tijdelijk van zich af gezet, gebruikten stopwoordjes als 'nou ja' en 'weet je' in vrijwel elke zin, praatten te hard en lachten om de domste dingen, precies zoals twee tienermeisjes dat horen te doen.

Was het een cliché om je af te vragen waar het allemaal zo vreselijk fout was gegaan?

Kitty's blik schoot van links naar rechts. Ze trok met haar rechterbeen. Myron moest een beslissing nemen. Moest hij haar voorzichtig benaderen? Of moest hij blijven wachten en haar naderhand naar haar auto volgen? Moest hij voor de directe confrontatie kiezen of moest hij het subtieler aanpakken?

Toen ze hem haar rug toekeerde, liep hij op haar af. Hij versnelde zijn pas, was bang dat ze zich zou omdraaien, hem zou zien en het op een lopen zou zetten. Hij liep in een boog om haar snelste ontsnappingsroute te blokkeren, en naderde de doorgang tussen Macy's en Wetzel's Pretzels. Hij was Kitty tot twee stappen genaderd toen hij zijn BlackBerry voelde trillen. Alsof ze voelde dat hij eraan kwam, draaide Kitty zich naar hem om.

'Goed je weer te zien, Kitty.'

'Myron?' Ze deinsde achteruit alsof ze een klap in haar gezicht had gekregen. 'Wat doe jíj hier?'

'We moeten praten.'

Haar mond viel open. 'Wat… hoe heb je me gevonden?'

'Waar is Brad?'

'Wacht, hoe wist je dat ik hier zou zijn? Ik begrijp het niet.'

Myron ging sneller praten, wilde dit achter de rug hebben. 'Ik heb Crush gevonden, heb hem opgedragen jou te bellen en hier met je af te spreken. Waar is Brad?'

'Ik moet gaan.' Kitty wilde langs hem heen lopen. Myron ging voor haar staan. Ze deed een stap naar rechts. Myron pakte haar bij de arm.

'Laat me los.'

'Waar is mijn broer?'

'Waarom wil je dat weten?'

De vraag overviel hem. Hij wist niet precies wat hij moest antwoorden. 'Ik wil met hem praten.'

'Waarom?'

'Hoe bedoel je, waarom? Brad is mijn broer.'

'En hij is mijn man,' zei ze, opeens weer assertief. 'Wat wil je van hem?'

'Wat ik al zei. Ik wil gewoon even met hem praten.'

'Om hem nog meer leugens over mij te vertellen?'

'Leugens over jou? Jij was degene die heeft gezegd dat ik…' Zinloos. Hij riep zichzelf tot de orde. 'Luister, het spijt me van alles. Van wat ik ook heb gezegd of gedaan. Ik wil er een punt achter zetten. Ik wil het goedmaken.'

Kitty schudde haar hoofd. Achter haar kwam de draaimolen weer in beweging. Er zaten ongeveer twintig kinderen op. Sommige kinderen werden begeleid door hun ouders. Die stonden naast de paardjes, om er zeker van te zijn dat ze er niet af zouden vallen. Maar het merendeel keek van een afstandje toe, bewoog het hoofd mee met de draaimolen zodat ze hun kind – en uitsluitend hun kind – geen moment uit het oog verloren. En elke keer als het kind langskwam, lichtte het gezicht van de ouders opnieuw op.

'Alsjeblieft,' zei Myron.

'Brad wil je niet meer zien.'

Ze klonk als een nukkige tiener, maar toch staken de woorden hem. 'Heeft hij dat gezegd?'

Ze knikte en hij probeerde haar in de ogen te kijken, maar haar blik schoot alle kanten op, behalve naar hem. Myron deed een stapje achteruit en probeerde zijn emoties uit te schakelen. Vergeet het verleden. Vergeet wat er is gebeurd. Probeer haar aan de praat te krijgen.

'Ik wou dat ik het kon terugnemen,' zei Myron. 'Je hebt geen idee hoezeer het me spijt wat er is gebeurd.'

'Het maakt niet meer uit. Ik moet gaan.'

Maak contact, dacht hij. Je moet proberen tot haar door te dringen. 'Heb jij wel eens spijt van iets, Kitty? Ik bedoel, zou jij niet willen dat je terug in de tijd kon gaan en één piepklein dingetje anders kon doen waardoor alles, je hele leven, anders zou zijn gelopen? Zoals wanneer je voor een stoplicht staat en in plaats van linksaf rechtsaf gaat. Als jij die tennisracket niet had opgepakt toen je – wat? – drie jaar oud was. Als ik die knieblessure niet had opgelopen en daarna geen sportmakelaar was geworden en jij Brad misschien nooit had ontmoet? Denk je wel eens na over dat soort dingen?'

Misschien was het afgezaagd, of een truc om haar aan het praten te krijgen, maar dat betekende nog niet dat het niet waar was. Myron was opeens doodmoe. Even stonden ze zwijgend tegenover elkaar, allebei in hun eigen verstilde wereldje, terwijl het drukke leven in de mall gewoon doorging.

Toen Kitty uiteindelijk antwoord gaf, klonk haar stem zacht. 'Zo werkt het niet.'

'Zo werkt wat niet?'

'Iedereen heeft wel eens spijt,' zei ze, en ze wendde haar blik af. 'Maar toch wil je niet terug naar toen. Als ik rechtsaf was gegaan in plaats van linksaf, of als ik die racket niet had opgepakt, zou ik Brad nooit hebben ontmoet. En dan zouden we Mickey niet hebben gehad.' Haar ogen werden vochtig toen ze de naam van haar zoon uitsprak. 'Wat er verder ook is gebeurd, ik zou nooit terug willen en dat missen. Als ik ook maar iets zou veranderen – als ik in groep zes een negen in plaats van een zeven voor wiskunde had gehaald – krijg je misschien een kettingreactie waardoor één spermatozoïde of één eitje van richting of van plek veranderde en was Mickey er niet geweest. Begrijp je dat dan niet?'

Myron had zijn neefje nog nooit ontmoet en toen hij Mickeys naam weer hoorde noemen, werd de riem om zijn hart harder aangetrokken. Hij probeerde te voorkomen dat zijn stem haperde. 'Wat is hij voor iemand, Mickey?'

Even verdwenen de drugsverslaafde en de tennisspeelster naar de achtergrond en kwam er wat kleur op haar gezicht. 'Het geweldigste kind van de hele wereld.' Ze glimlachte, maar Myron zag de aftakeling die erachter zat. 'Hij is zo slim en sterk en lief. Hij weet me elke dag weer te verbazen. Hij is dol op basketbal.' Er ontsnapte een minuscuul lachje aan haar lippen. 'Brad zegt dat hij misschien beter wordt dan jij.'

'Ik zou hem graag eens willen zien spelen.'

Haar lichaam verstijfde en haar gezicht sloot zich als een deur die werd dichtgegooid. 'Dat gaat niet gebeuren.'

Hij raakte haar weer kwijt, tijd om van tactiek te veranderen, om haar weer uit haar evenwicht te brengen. 'Waarom heb je "niet van hem" geschreven op Suzzes Facebook-pagina?'

'Waar heb je het over?' antwoordde ze, maar zonder veel overtuiging in haar stem. Ze ritste haar tas open en stak haar hand erin. Myron keek mee en zag twee half verfrommelde pakjes sigaretten. Ze haalde er een sigaret uit, stak die tussen haar lippen en keek hem aan alsof ze hem uitdaagde er iets van te zeggen. Hij zei niets.

Ze liep naar de uitgang. Myron liep met haar mee.

'Kom op, Kitty. Ik weet dat jij het was.'
'Ik moet roken.'
Ze namen de doorgang tussen twee restaurants: Ruby Tuesday en McDonald's. In de box bij het raam van McDonald's zat de meest afzichtelijke Ronald McDonald-pop die Myron ooit had gezien. De kleuren waren veel te fel, hij grijnsde breed en het leek wel of hij naar hen knipoogde toen ze voorbijliepen. Myron vroeg zich af of kinderen nachtmerries van hem zouden krijgen, want als Myron niet wist wat zijn volgende stap moest zijn, gingen zijn gedachten wel vaker zo'n soort kant op.

Kitty had haar aansteker al in haar hand. Ze stak de sigaret op, inhaleerde diep, met gesloten ogen, en blies een lange rookpluim uit. Auto's reden langzaam voorbij en zochten naar een parkeerplek. Kitty nam nog een trek. Myron wachtte.

'Kitty?'

'Ik had dat niet moeten schrijven,' zei ze.

Daar had je het. De bevestiging. 'Waarom heb je het gedaan?'

'Uit pure, ordinaire wraakzucht, denk ik. Toen ik in verwachting was, had ze tegen mijn man gezegd dat het kind niet van hem was.'

'Dus besloot jij hetzelfde te doen?'

Puf-puf. 'Op dat moment leek het een goed idee.'

Om 3.17 uur 's nachts. De rest liet zich raden. 'Hoe high was je?'

'Wat?'

Foutje. 'Laat maar zitten.'

'Nee, ik heb je wel verstaan.' Kitty schudde haar hoofd, gooide de half opgerookte sigaret op de stoep en trapte hem uit. 'Dit is jouw zaak niet. Ik wil niet dat je je met ons leven bemoeit. Brad ook niet.' De blik in haar ogen veranderde weer. 'Ik moet gaan.'

Ze wilde zich omdraaien en de mall weer in lopen, maar Myron legde zijn handen op haar schouders.

'Wat is er nog meer gaande, Kitty?'

'Haal je handen van me af.'

Myron deed het niet. Hij keek haar aan en zag dat hun contact, hoe beperkt ook, nu helemaal was verbroken. Ze zag eruit als een opgejaagd dier. Als aangeschoten wild, tot alles in staat.

'Laat. Me. Los.'

'Ik geloof geen seconde dat Brad het hiermee eens is.'

'Waarmee? We willen jou niet in ons leven. Je bent zeker vergeten wat je ons hebt aangedaan.'

'Luister even naar me, wil je?'

'Haal die handen weg. Nu!'

Er viel niet met haar te praten. Haar onredelijkheid maakte hem woedend. Myron voelde dat zijn bloed kookte. Hij dacht aan alle vreselijke dingen die ze had gedaan, aan hoe ze had gelogen en hoe ze hem zijn broer had afgenomen. Hij dacht aan de shot die ze zich in de nachtclub had laten geven en aan hoe ze met Joel Fishman bezig was geweest.

Zijn stem had een scherpe klank gekregen. 'Heb je echt al zo veel van je hersencellen om zeep geholpen, Kitty?'

'Waar heb je het over?'

Hij boog zich naar haar toe tot zijn gezicht vlak bij het hare was. Tussen zijn opeengeklemde tanden door zei hij: 'Ik heb je gevonden via je dealer. Je hebt Lex aangeschoten in de hoop dat je drugs bij hem kon scoren.'

'Heeft Lex dat tegen je gezegd?'

'Ach, hou toch op,' zei Myron, niet langer in staat zijn walging te verbergen. 'Moet je jezelf zien. Wil je me echt wijsmaken dat jij geen drugs gebruikt?'

De tranen sprongen haar in de ogen. 'Wie denk je dat je bent, mijn therapeut?'

'Denk nu eens na over hoe ik je heb gevonden.'

Met samengeknepen ogen van verwarring keek ze hem aan. Myron wachtte. En toen begreep ze het. Hij knikte.

'Ik weet wat je in die nachtclub hebt gedaan,' zei Myron, in een poging de druk op de ketel te houden. 'Ik heb het zelfs op videotape.'

Ze schudde haar hoofd. 'Je weet helemaal niks.'

'Ik weet wat ik heb gezien.'

'Smerige schoft die je bent. Nu heb ik je door.' Ze veegde de tranen uit haar ogen. 'Je wilt het aan Brad laten zien, hè?'

'Wat? Nee.'
'Ik kan mijn oren niet geloven. Heb je me gefilmd?'
'Ik niet. De camera van de nachtclub. Ik heb het over de beveiligingsvideo.'
'En die heb jij opgevraagd? Vuile viespeuk.'
'Hé,' riep Myron, 'ik ben niet degene die in een nachtclub een kerel heeft gepijpt voor een shot heroïne.'

Ze wankelde achteruit alsof hij haar had geslagen. Dom, dom, dom. Hij had zijn eigen waarschuwing genegeerd. Met onbekenden wist hij wel wat hij moest zeggen, hoe hij die moest uithoren. Maar met je eigen familie ga je altijd de fout in.

'Ik bedoelde het niet... Hoor eens, Kitty, ik wil je echt helpen.'
'Leugenaar. Spreek nou eens één keer de waarheid.'
'Ik spreek de waarheid. Ik wil je helpen.'
'Niet dat.'
'Wat bedoel je dan?'

Kitty's glimlach was onecht en nerveus, typisch die van de junk die dringend een shot nodig heeft. 'Wat zou je tegen Brad zeggen als je hem weer zag? En spreek de waarheid.'

Goeie vraag. Want wat kwam hij hier eigenlijk doen? Win had hem altijd op het hart gedrukt zijn oog op de bal te houden. Doelgericht te blijven. Eén: Suzze had hem gevraagd Lex op te sporen. Dat had hij gedaan. Twee: Suzze had willen weten wie 'niet van hem' op haar Facebook-pagina had geplaatst. Dat wist hij nu.

Had Kitty, mentaal aangetast door haar drugsgebruik en de rest, niet een beetje gelijk? Wat zou hij tegen Brad zeggen als hij hem zag? Natuurlijk, hij zou zich verontschuldigen en proberen het goed te maken. Maar daarna?

Moest hij voor Brad geheimhouden wat hij op de videobeelden had gezien?

'Dat dacht ik al.' Kitty's gezichtsuitdrukking was zo sluw en triomfantelijk dat hij haar het liefst recht in het gezicht had gespuugd. 'Je zou hem vertellen dat ik een snol ben, waar of niet?'

'Dat hoef ik hem niet te vertellen, Kitty. De beelden spreken voor zich, denk je ook niet?'

Ze sloeg hem hard in zijn gezicht. De drugs hadden de reflexen van de voormalig tennisster nog niet aangetast. De klap deed pijn en het geluid echode door de mall. Kitty probeerde weer van hem weg te lopen. Met een gloeiende wang van de klap stak Myron zijn hand uit, greep haar elleboog vast en deed dat misschien een beetje te ruw. Ze probeerde zich los te rukken. Hij zette meer kracht en draaide de arm om. Ze kromp ineen en riep: 'Au, dat doet pijn!'

'Is alles in orde met u, mevrouw?'

Myron draaide zich om. Achter hem stonden twee mannen van de beveiligingsdienst. Myron liet Kitty's elleboog los. Kitty liep van hem weg, de mall weer in. Myron wilde haar achternagaan, maar de mannen van de beveiliging blokkeerden hem de weg.

'Dit is niet wat het lijkt,' zei Myron tegen de mannen.

Ze waren te jong om hun ogen ten hemel te heffen op de wereldwijze manier die een opmerking als deze verdiende, maar ze probeerden het wel. 'Sorry, meneer, maar we...'

Geen tijd om het uit te leggen. Als een halfback zwenkte Myron naar rechts en schoot langs hen heen. 'Hé, blijf staan!'

Myron weigerde te gehoorzamen. Hij rende de mall in. De mannen van de beveiliging kwamen hem achterna. Hij minderde vaart bij het pleintje met de draaimolen, keek naar links naar Spencer's Gifts, recht vooruit naar Macy's, en naar rechts naar Starbucks.

Niets te zien.

Kitty was verdwenen. Opnieuw. Maar misschien was dat wel beter. Misschien was het tijd om de gebeurtenissen te evalueren en te bepalen wat hij nu moest doen. De beveiligingsmannen haalden hem in. De ene zag eruit alsof hij Myron met een vliegende tackle omver wilde kegelen, maar Myron stak in een gebaar van overgave zijn handen op.

'Rustig aan, jongens. Ik ga al.'

Ze hadden onderweg gezelschap gekregen van nog acht man van de beveiliging, maar niemand was uit op een scène. Ze brachten hem naar de uitgang van de mall. Myron stapte in zijn auto. Knap werk, jongeman, dacht Myron. Dat heb je buitengewoon slim aangepakt. Aan de andere kant: hoe had hij het anders moeten doen?

Hij had zijn broer willen terugzien, maar was het nodig geweest om dat te forceren? Hij had zestien jaar gewacht. Hij kon nog wel wat langer wachten. Vergeet Kitty. Hij kon proberen Brad te bereiken via dat e-mailadres dat hij had, of misschien wist zijn vader wel een manier.

Myrons telefoon trilde. Hij stak zijn hand op naar de vriendelijke jongens van de beveiligingsdienst en haalde het toestel uit zijn zak. LEX RYDER, meldde het schermpje.

'Hallo?'
'O, god...'
'Lex?'
'Alsjeblieft... schiet op.' Hij begon te snikken. 'Ze rijden haar naar buiten.'
'Lex, beheers je.'
'Mijn schuld. O mijn god. Suzze...'
'Wat is er met Suzze?'
'Je had je er niet mee moeten bemoeien.'
'Is Suzze oké?'
'Waarom heb je het niet laten rusten?'

Lex ging weer snikken. Myron voelde een ijzige angst in zijn borstkas. 'Lex, alsjeblieft, luister naar me. Probeer te kalmeren en vertel me wat er aan de hand is.'

'Schiet op.'
'Waar ben je?'
Het gesnik ging door.
'Lex? Ik moet weten waar je bent.'
Een schor gekreun, gevolgd door meer gesnik, en toen drie woorden: 'In de ambulance.'

Het was ondoenlijk om meer informatie uit Lex los te krijgen.

Myron kwam te weten dat Suzze in een ambulance naar St. Anne's Medical Center werd gebracht. Dat was het enige. Myron sms'te Win en belde Esperanza. 'Ik ga erachteraan,' zei Esperanza. Myron probeerde de naam van het ziekenhuis op zijn gps in te toetsen, maar zijn hand trilde te erg en bovendien duurde het veel te lang, en toen hij eenmaal reed, kon hij door die verdomde beveiliging helemaal niets meer intoetsen.

Hij kwam vast te zitten in het verkeer op de New Jersey Turnpike, leunde op de claxon en zat als een gek te gebaren dat iedereen uit de weg moest gaan. De meeste automobilisten negeerden hem. Anderen, zag hij, pakten hun mobiele telefoon en belden waarschijnlijk de politie om te melden dat een van de weggebruikers krankzinnig was geworden.

Myron belde Esperanza. 'Nog nieuws?'

'Het ziekenhuis weigert telefonisch informatie te geven.'

'Oké. Bel me zodra je iets weet. Ik ben daar over pakweg tien, vijftien minuten.'

Het werden er vijftien. Hij reed het overvolle en onoverzichtelijke parkeerterrein van het ziekenhuis op. Hij reed een paar rondjes zonder een plek te vinden en dacht: krijg de pest maar. Hij parkeerde dubbel, sloot iemand in en liet zijn sleutels in het contactslot zitten. Hij rende naar de ingang, langs het groepje stiekeme rokers in operatiekleding, ging naar binnen en zocht de Spoedeisende Hulp. Bij de balie waren er drie mensen voor hem en stond hij van zijn ene voet op de andere te wippen als een jongetje van zes dat nodig moest plassen.

Uiteindelijk was hij aan de beurt. Hij vertelde waarom hij hier was. De vrouw achter de balie keek hem aan met een onverstoorbaar 'ik ben door de wol geverfd'-gezicht.

'Bent u familie?' vroeg ze op een toon waarin alleen met behulp van zeer geavanceerde technologische hulpmiddelen een molecuul bezorgdheid te ontdekken viel.

'Ik ben haar agent en een goede vriend.'

Een geoefende zucht. Dit, wist Myron, ging te veel tijd kosten. Hij liet zijn blik door de receptie gaan, zocht naar Lex of Suzzes moeder of iemand anders die hij kende. Tot zijn verbazing zag hij in de verre hoek Loren Muse, inspecteur van de plaatselijke politie. Myron had Muse leren kennen toen hij enige jaren geleden op zoek was naar een tienermeisje dat Aimee Biel heette. Muse had haar notitieboekje in haar hand. Ze was in gesprek met iemand die achter haar stond en maakte aantekeningen.

'Muse?'
Ze draaide zich met een ruk om. Myron ging een stukje naar rechts. Jezus. Nu zag hij dat ze met Lex had staan praten. Lex zag er meer dan afschuwelijk uit, had een krijtwit gezicht, staarde met holle ogen in het niets en hing lusteloos tegen de muur. Muse deed haar boekje dicht en kwam Myrons kant op. Ze was klein van stuk, amper een meter vijftig, en Myron was een negentig. Ze kwam voor hem staan en keek naar hem op. Wat Myron in haar ogen zag, beviel hem helemaal niet.

'Hoe is het met Suzze?' vroeg Myron.

'Suzze is dood,' zei Muse.

16

Het was een overdosis heroïne geweest. Muse vertelde wat er was gebeurd terwijl Myron naast haar stond met de tranen in zijn ogen en onophoudelijk nee schuddend met zijn hoofd. Toen hij uiteindelijk weer kon praten vroeg hij: 'En het kind?'

'Dat is in leven,' zei Muse. 'Ter wereld gebracht met een keizersnede. Een jongetje. Zo te zien kerngezond, maar hij ligt in de couveuse op de kraamafdeling.'

Myron probeerde een soort opluchting te voelen bij het horen van dit nieuws, maar de verbijstering en verslagenheid wonnen het ruimschoots. 'Suzze zou nooit zelfmoord plegen, Muse.'

'Misschien was het een ongelukje.'

'Ze gebruikte niet.'

Muse knikte zoals politiemensen dat doen wanneer ze niet met je in discussie willen gaan. 'Dat zullen we onderzoeken.'

'Ze was clean.'

Weer zo'n neerbuigend hoofdknikje.

'Muse, ik weet het honderd procent zeker.'

'Wat wil je dat ik zeg, Myron? We zullen het nagaan, maar op dit moment wijzen alle sporen in de richting van een overdosis. Er was geen braakschade. Er zijn geen sporen van een worsteling gevonden. En ze had een nogal kleurrijk verleden van drugsgebruik.'

'Precies, in het verleden. Vroeger. Ze was zwanger.'

'Hormonen,' zei Muse. 'Die zetten ons soms aan tot rare daden.'

'Kom op, Muse. Hoeveel vrouwen ken jij die zelfmoord plegen als ze acht maanden in verwachting zijn?'

'En hoeveel drugsverslaafden ken jij die stoppen en de rest van hun leven clean blijven?'

Hij dacht aan zijn lieve schoonzus Kitty, ook een gebruikster die het niet was gelukt om clean te blijven. De vermoeidheid was voelbaar tot in zijn botten. Het was vreemd – of misschien ook niet – maar hij moest aan zijn verloofde denken. Aan de beeldschone Terese. Hij wilde hier opeens weg, nu meteen, wilde niets meer met de zaak te maken hebben. De waarheid kon hem gestolen worden. En gerechtigheid ook. Kitty en Brad en Lex en wie weet wie nog meer zochten het maar uit; Myron wilde in het eerste vliegtuig naar Angola stappen om bij de enige persoon te zijn die hem deze waanzin kon doen vergeten.

'Myron?'

Hij concentreerde zich weer op Muse.

'Mag ik haar zien?' vroeg hij.

'Suzze, bedoel je?'

'Ja.'

'Waarom?'

Dat wist hij niet precies. Misschien was het de aloude behoefte om zeker te weten dat het echt waar was, om het – god, wat haatte hij die term – een plek te geven. Hij dacht aan Suzzes dansende paardenstaart toen ze nog tenniste. Hij dacht aan de hilarische fotosessie die ze voor de La-La-Latte-advertenties had gedaan, aan haar spontane lach, aan de kauwgom die ze kauwde wanneer ze op de tennisbaan stond, aan de blik in haar ogen toen ze hem vroeg of hij de peetvader van haar kind wilde zijn.

'Dat ben ik haar verschuldigd,' zei hij.

'Ga je hier onderzoek naar doen?'

Myron schudde zijn hoofd. 'Ik laat de zaak aan jou over.'

'Het is nog geen zaak. Ze is overleden aan een overdosis drugs.'

Ze liepen de gang in en bleven in de expeditievleugel voor een deur staan. 'Wacht hier,' zei Muse.

Ze ging naar binnen. Toen ze de gang weer op kwam zei ze: 'De patholoog van het ziekenhuis is nu bij haar. Hij heeft haar... eh, schoongemaakt, je weet wel, vanwege de keizersnede.'

'Oké.'

'Ik doe dit alleen,' zei Muse, 'omdat je nog iets van me te goed hebt.'

Hij knikte. 'Dan is je schuld nu volledig ingelost.'

'Ik wil geen volledig ingeloste schuld. Ik wil dat je eerlijk tegen me bent.'

'Oké.'

Ze opende de deur en ging hem voor naar binnen. De man naast de sectietafel – de patholoog, nam Myron aan – had operatiekleding aan en stond stokstijf stil. Suzze lag op haar rug. De dood heeft niet tot gevolg dat je er jonger of ouder of vredig of juist geagiteerd uitziet. De dood maakt je tot een leeg, hol omhulsel waaruit alles verdwenen lijkt, als een huis dat opeens door zijn bewoners is verlaten. De dood verandert het lichaam in een ding: een stoel, een dossierkast of een rotsblok. Tot stof zult ge wederkeren, toch? Myron was bereid akkoord te gaan met alle clichés, dat het leven doorging, dat de echo van Suzze zou voortleven in haar kind op de kraamafdeling verderop in de gang, maar het hielp allemaal niets.

'Ken je iemand die haar dood wilde?' vroeg Muse.

Myron koos voor het gemakkelijke antwoord. 'Nee.'

'De echtgenoot is zwaar aangeslagen, maar ik heb echtgenoten meegemaakt die tot indrukwekkende acteerprestaties in staat waren nadat ze hun vrouw om zeep hadden geholpen. Maar goed, Lex beweert dat hij per privéjet is overgekomen van Adiona Island. Op het moment dat hij thuiskwam, werd ze op de brancard naar buiten gereden. We kunnen zijn doen en laten van de afgelopen dagen nagaan.'

Myron zei niets.

'Ze zijn eigenaar van de flat waar ze hun penthouse hebben... Lex en Suzze,' vervolgde Muse. 'We hebben geen meldingen gekregen van iemand die naar binnen ging of naar buiten kwam, maar de beveiliging daar stelt niet veel voor. We kunnen er nog eens goed naar kijken als we denken dat dat nodig is.'

Myron liep naar de tafel met het stoffelijk overschot. Hij legde zijn hand op Suzzes wang. Voelde niets. Alsof je je hand op een stoelleuning of een tafel legde. 'Wie heeft het gemeld?'

'Dat deel is een beetje merkwaardig,' zei Muse.

'Hoe dat zo?'

'De melding kwam van een man met een Spaans accent, die de telefoon in haar penthouse gebruikte. Toen de ambulancebroeders daar binnenkwamen, was hij er niet meer. We vermoeden dat hij illegaal in het gebouw aan het werk was en dat hij niet in de problemen wilde komen.' Daar geloofde Myron niets van, maar hij hield zijn mond. Muse vervolgde: 'Of misschien was het iemand die met haar meedeed en die geen problemen wilde. Het kan zelfs haar dealer geweest zijn. Nogmaals, we zullen ernaar kijken.'

Myron wendde zich tot de patholoog. 'Mag ik haar armen zien?'

De patholoog keek naar Muse. Ze knikte. De patholoog sloeg het laken terug. Myron bekeek de aderen van beide armen. 'Waar heeft ze zich geïnjecteerd?' vroeg hij.

De patholoog wees naar een piepkleine bloeduitstorting aan de binnenkant van haar elleboog.

'Bent u oude naaldsporen tegengekomen?' vroeg Myron.

'Ja,' zei de patholoog. 'Maar die waren heel oud.'

'Geen recente sporen?'

'Nee, niet op de armen.'

Myron keek Muse aan. 'Omdat ze in geen jaren drugs had gebruikt.'

'Mensen vinden allerlei plekjes om zich te injecteren,' zei Muse. 'In haar toptijd, toen ze die weinig verhullende tennispakjes droeg, ging zelfs het gerucht dat Suzze zich op... eh, minder zichtbare plekken inspoot.'

'Laten we dat dan controleren.'

Muse schudde haar hoofd. 'Waarom?'

'Omdat ik je wil laten zien dat ze al jaren geen drugs heeft gebruikt.'

De patholoog schraapte zijn keel. 'Dat is niet nodig,' zei hij. 'Ik heb al een eerste onderzoek van het stoffelijk overschot gedaan. Ik heb inderdaad oude sporen gevonden, bij de tatoeage op haar heup, maar geen recente.'

'Geen recente,' herhaalde Myron.

'Dat bewijst nog steeds niet dat ze zichzelf niet heeft ingespoten,' zei Muse. 'Misschien had ze besloten nog één keer een flinke dosis te nemen, Myron. Misschien was ze inderdaad clean en heeft ze te veel gespoten, of misschien heeft ze met opzet een overdosis genomen.'

Myron spreidde zijn armen en keek haar ongelovig aan. 'Als je acht maanden zwanger bent?'

'Oké, jij je zin. Maar vertel jij mij dan eens wie er een reden had om haar te vermoorden. En als we het daar toch over hebben, hoe heeft hij dat dan gedaan? Zoals ik al zei zijn er geen sporen van een worsteling gevonden. En ook geen braaksporen. Noem me íets wat tegenspreekt dat dit geen zelfmoord of onopzettelijke overdosis was.'

Myron wist niet wat hij hierop moest zeggen. 'Ze had een bericht op haar Facebook-pagina gezet,' begon hij. Maar hij stopte weer net zo snel. Een ijskoude vinger volgde het spoor van zijn ruggengraat. Muse zag het.

'Wat is er?' vroeg ze.

Myron wendde zich tot de patholoog. 'U zei dat ze zich bij haar tatoeage had ingespoten?'

Weer keek de patholoog eerst naar Muse.

'Wacht even,' zei Loren Muse. 'Wat zei je over een bericht op Facebook?'

Myron wachtte niet. Opnieuw hield hij zichzelf voor dat dit Suzze niet was, maar desondanks sprongen de tranen hem in de ogen. Suzze had zo veel meegemaakt, ze had alles overleefd en was er uiteindelijk goed uit gekomen, en net nu er voor haar betere tijden leken aan te breken... nou, Myron was niet van plan haar te laten barsten. Geen excuses. Suzze en hij waren bevriend geweest. Ze was naar hem toe gekomen om hem om hulp te vragen. Hij was het haar verschuldigd.

Voordat Muse kon protesteren trok hij het laken weg. Zijn blik ging naar haar heup, en inderdaad, daar stond hij. De tatoeage. Hetzelfde symbool dat bij het bericht van 'niet van hem' had gestaan. Dezelfde tatoeage die Myron op de foto van Gabriel Wire had gezien.

'Wat is er aan de hand?' vroeg Muse.

Myron staarde naar de heup van Suzze. Gabriel Wire had dezelfde tatoeage. Wat dat inhield, lag voor de hand.

Muse vroeg: 'Wat stelt die tatoeage voor?'

Myron probeerde zijn tollende gedachten tot staan te brengen. Het symbool had bij het bericht op Facebook gestaan. Maar hoe was het dan mogelijk dat Kitty ervan wist? Waarom had zij het bij haar reactie gezet? En natuurlijk de grote vraag: zou Lex niet moeten weten dat zijn vrouw en zijn muzikale partner dezelfde tatoeage hadden? Geen wonder dat Lex zich rot was geschrokken toen hij het bericht zag.

'Waar is Lex?' vroeg Myron.

Muse sloeg haar armen over elkaar. 'Ben je echt van plan dingen voor me te verzwijgen?'

'Het heeft waarschijnlijk niks te betekenen. Is hij bij het kind?'

Ze fronste haar wenkbrauwen en wachtte.

'Bovendien mag ik er niks over zeggen,' zei Myron. 'Of in ieder geval niet nu.'

'Waar heb je het over?'

'Omdat ik advocaat ben. Ik werk zowel voor Lex als voor Suzze.'

'Je bent hun agent.'

'Maar ik ben ook jurist.'

'O, nee. Ga nu niet met je Harvard-juristenbul lopen zwaaien. Niet nu. Niet nadat ik voor je heb geregeld dat je haar mocht zien.'

'Dat is helaas onmogelijk, Muse. Ik moet eerst met mijn cliënt praten.'

'Je cliënt?' Muse ging voor hem staan en wees naar het stoffelijk overschot van Suzze. 'Ga je gang, maar ik denk niet dat je antwoord krijgt.'

'Doe niet zo leuk. Waar is Lex?'

'Je meent het?'

'Ja.'

'Jij was degene die stelde dat het hier mogelijk om een moord gaat,' zei Muse. 'Beantwoord deze vraag dan eens: als Suzze inderdaad is vermoord, wie is dan mijn hoofdverdachte?'

Myron zei niets. Muse maakte een kommetje van haar hand en hield die bij haar oor. 'Ik hoor niks, meneer de jurist. Kom op, je weet best dat het antwoord in dit geval altijd hetzelfde is: de echtgenoot. De echtgenoot is altijd de hoofdverdachte. Hoe ga je dat dan aanpakken, Myron? Als je ene cliënt je andere cliënt heeft vermoord?'

Myron wierp nog een laatste blik op Suzze. Dood. Hij voelde zich mat en verdoofd, alsof zijn bloedsomloop tot stilstand was gekomen. Suzze, dood. Hij kon het niet bevatten. Het liefst zou hij zich op de grond laten vallen, om er met zijn vuisten op te bonken en keihard te janken. Hij liep het vertrek uit en volgde de pijlen naar de kraamafdeling. Muse kwam hem achterna.

'Wat zei je zonet over die Facebook-pagina?' vroeg ze.

'Niet nu, Muse.'

Hij volgde de pijl naar links. De kraamafdeling was aan de linkerkant van de gang. Hij bleef staan en keek door het grote raam naar binnen. Achter het glas, op een rij, lagen zes pasgeboren baby's in kunststof schommelwiegjes, in piepkleine hansopjes en ingepakt in een witkatoenen dekentje met roze of blauwe streepjes. Het zag eruit alsof ze voor inspectie lagen uitgestald. Alle wiegjes waren voorzien van een indexkaartje, in roze of lichtblauw, met daarop de naam en het tijdstip van de geboorte.

Achterin, achter een wand van plexiglas, was de prenatale afdeling. Er was daar maar één volwassene aanwezig. Lex zat in een schommelstoel, maar de stoel bewoog niet. Hij had een geel operatieschort aan. Zijn zoontje lag op zijn rechter onderarm en hij ondersteunde het hoofdje met zijn linkerhand. Lex' gezicht was nat van de tranen. Myron keek naar hem en verroerde zich niet. Muse kwam naast hem staan.

'Wat is er verdomme aan de hand, Myron?'

'Dat weet ik nog niet.'

'Heb je enig idee wat de pers hiermee zal gaan doen?'

Alsof dat hem iets kon schelen. Hij liep naar de deur. Een verpleegster hield hem tegen en liet hem zijn handen wassen. Daarna trok ze hem een geel operatieschort aan en bond hem een mondkapje voor. Myron duwde met zijn rug de deur open. Lex keek niet op toen hij binnenkwam.

'Lex?'

'Niet nu.'

'Ik denk dat we moeten praten.'

Uiteindelijk keek Lex op. Zijn ogen waren bloeddoorlopen. Toen zei hij, met heel zachte stem: 'Ik had je gevraagd het te laten rusten, waar of niet?'

Stilte. Later, wist Myron, zouden die woorden hem pijn doen. Later, als hij zich van de klap had hersteld en 's avonds in bed lag, zou het schuldgevoel zijn borstkas binnendringen en zijn hart fijnknijpen als een plastic beker. 'Ik heb haar tatoeage gezien,' zei hij. 'Het was hetzelfde symbool als bij dat bericht op haar Facebook-pagina.'

Hij sloot zijn ogen. 'Suzze was de enige vrouw van wie ik ooit heb gehouden. En nu is ze er niet meer. Ze is voor altijd verdwenen. Ik zal Suzze nooit meer zien. Ik zal haar nooit meer in mijn armen houden. Dit jongetje – jouw peetzoon – zal zijn moeder nooit kennen.'

Myron zei niets. Er begon iets te trillen in zijn borstkas.

'We moeten praten, Lex.'

'Niet vanavond.' Zijn stem klonk verrassend vriendelijk. 'Vanavond wil ik hier alleen zitten en mijn zoontje beschermen.'

'Beschermen waartegen, Lex?'

Hij gaf geen antwoord. Myron voelde zijn telefoon trillen. Hij wierp een korte blik op het schermpje en zag dat het zijn vader was. Hij liep de intensive care af en hield het toestel tegen zijn oor. 'Pa?'

'Ik hoorde het van Suzze op de radio. Is het waar?'

'Ja. Ik ben nu in het ziekenhuis.'

'Wat afschuwelijk voor je.'

'Bedankt voor je medeleven, pa. Maar ik heb het op dit moment nogal druk...'

'Als je straks klaar bent, denk je dat je dan naar je huis kunt komen?'
'Vanavond nog?'
'Als dat mogelijk is.'
'Is er iets mis?'
'Ik moet iets met je bespreken,' zei pa. 'Het maakt niet uit hoe laat je komt. Ik blijf op.'

17

Voordat Myron uit het ziekenhuis vertrok, hing hij de advocaat uit en waarschuwde Loren Muse dat ze niet met zijn cliënt Lex Ryder mocht praten zonder het bijzijn van diens raadsman. Ze reageerde met iets wat leek op 'gaat heen en vermenigvuldigt u', zij het niet in die woorden. Bij de receptie werd hij opgewacht door Win en Esperanza. Win lichtte hem in over zijn gesprek met Frank Ache in de gevangenis. Myron wist niet goed wat hij daarvan moest denken.

'Misschien,' zei Win, 'moeten we met Herman Ache gaan praten.'

'Of misschien,' zei Myron, 'kunnen we beter met Gabriel Wire gaan praten.' Hij wendde zich tot Esperanza. 'En we moeten het doen en laten van onze vriend de docent Frans nagaan, kijken waar Crush uithing op het tijdstip van Suzzes dood.'

'Oké,' zei Esperanza.

'Ik breng je wel thuis,' zei Win.

Maar Myron sloeg het aanbod af. Hij wilde alleen zijn om na te denken. Hij moest even een stapje terug doen. Misschien had Muse gelijk. Misschien was de doodsoorzaak een overdosis drugs. De avond daarvoor, op het dakterras met uitzicht op Manhattan, met al hun gepraat over geheimen, over al die schuldgevoelens jegens Kitty en het verleden... misschien had dat bij Suzze wel oude demonen wakker geschud. Zo simpel zou het antwoord kunnen zijn.

Myron stapte in zijn auto en ging op weg naar Livingston. Hij belde zijn vader om te zeggen dat hij eraan kwam. 'Rij voorzichtig,' zei pa. Myron had gehoopt dat zijn vader zou zeggen waarover hij hem wilde spreken, maar dat deed hij niet. Op de autoradio werd al gepraat over de dood van de 'voormalige tennissensatie annex probleemkind' Suzze T, en niet voor het eerst vroeg Myron zich af of harteloosheid een voorwaarde was om bij de media te mogen werken.

Het was donker tegen de tijd dat Myron bij zijn vertrouwde huis aankwam. Boven brandde licht, zag Myron, in de slaapkamer die hij met Brad had gedeeld toen ze jong waren. Hij herkende de contouren van de verbleekte raamsticker van Tot Finder, die de brandweer van Livingston had uitgedeeld toen Jimmy Carter pas president was. De afbeelding op de sticker was van een stoere brandweerman, een en al vastberadenheid en met de kin vooruit, die een meisje met lang haar in veiligheid bracht. Nu was dit Myrons werkkamer.

De lichten van zijn auto gleden over het bord met TE KOOP in de voortuin van de Nussbaums. Myron had op de middelbare school gezeten met hun zoon Steve, die door iedereen of 'Nuss' of 'Baum' werd genoemd, een aardige jongen met wie Myron om de een of andere reden nooit veel was opgetrokken. De Nussbaums werden gezien als een van de 'oude' gezinnen, die hun huis hadden gekocht toen veertig jaar geleden op dit stuk boerenland de eerste huizen waren opgeleverd. De Nussbaums hadden het hier altijd erg naar hun zin gehad. Ze waren dol op tuinieren en waren altijd bezig geweest in hun schuurtje of in de groentetuin achter het huis. Als ze tomaten overhadden, kregen de Bolitars die, en als je nog nooit een zomertomaat uit New Jersey hebt geproefd, dan mis je echt wat. Nu hielden zelfs de Nussbaums het hier voor gezien.

Myron parkeerde op de oprit. Hij zag iets bewegen achter het raam. Pa, de immer aanwezige, zwijgzame wachtpost, had zeker op de uitkijk gestaan. Toen Myron tiener was, had er voor hem nooit een avondklok gegolden, omdat, had pa hem een keer uitgelegd, hij zelf zo veel verantwoordelijkheidsgevoel toonde dat hij die gewoon niet nodig had. Al Bolitar was een buitengewoon slechte slaper en Myron kon zich niet herinneren dat, hoe laat hij ook thuiskwam, zijn vader niet op hem zat te wachten. Zijn vader wilde graag dat alles en iedereen veilig was voordat hij zijn ogen sloot. Myron vroeg zich af of dat nog steeds zo was, en of dat slechte slapen was begonnen toen zijn jongste zoon met Kitty van huis wegliep en nooit was teruggekomen.

Hij zette de motor uit. Suzze was dood. Hij was nooit sterk in ontkennen geweest, maar nu had zijn geest toch de nodige moeite om dit te kunnen bevatten. Ze had op de drempel van een groot, nieuw hoofdstuk van haar leven gestaan: het moederschap. Hij had vaak geprobeerd zich voor te stellen hoe zíjn ouders ooit op die drempel hadden gestaan, toen zijn vader zich afbeulde in de fabriek in Newark en zijn moeder hoogzwanger was. Dan zag hij El-Al voor zich, jong, hand in hand zoals ze dat altijd hadden gedaan, op het tuinpad van dit huis, om ernaar te kijken en ten slotte te besluiten: ja, dit wordt de plek waar ons nieuwe gezin zal wonen en waar al onze dromen zullen uitkomen. Nu vroeg hij zich af als ze terugkeken op hun leven, hoeveel van die dromen er waren uitgekomen en van welke beslissingen ze spijt hadden.

Over niet al te lange tijd zou Myron ook getrouwd zijn. Terese kon geen kinderen krijgen. Dat wist hij. Zijn hele leven lang had Myron verlangd naar zijn eigen Amerikaanse droomgezin: het huis, de garage voor twee auto's, de twee punt vier kinderen, de barbecue in de achtertuin, de basketbalring boven de garagedeur... kortom, hetzelfde gezinsleven als de Nussbaums, de Browns, de Lyons, de Frontera's en de El-Al Bolitars. Het was blijkbaar niet voor hem weggelegd.

Ma, eigengereid als ze was, had er goed aan gedaan het huis te verkopen. Je kunt niet eeuwig aan dingen blijven vasthouden. Myron wenste dat Terese thuis was, bij hem, waar ze hoorde, want uiteindelijk kan alleen je grote liefde al het andere naar de achtergrond dringen. En ja, hij wist hoe klef dat klonk.

Myron liep het betonnen tuinpad op, met zijn gedachten er niet bij, en dat was waarschijnlijk de reden dat hij het gevaar niet aan voelde komen totdat het toesloeg. Of misschien was zijn belager heel goed en geduldig, en zat hij gehurkt in het duister te wachten tot Myron hem dicht genoeg was genaderd, of te zeer was afgeleid om zijn aanwezigheid op te merken.

Het begon met het licht dat aansprong. Twintig jaar geleden had pa lampen met bewegingssensoren aan de voorkant van het huis laten installeren. Voor zijn ouders was dit een grote openbaring geweest, te vergelijken met de uitvinding van elektriciteit of kabeltelevisie. Wekenlang hadden El-Al hun nieuwe speeltje getest, hadden ze geprobeerd erlangs te lopen of zelfs te kruipen, om te zien of ze de bewegingssensoren konden bedotten. Of pa en ma kwamen van verschillende kanten aanlopen, de een sneller dan de ander, en barstten uit in luidkeels gelach wanneer het licht aansprong, wat elke keer gebeurde. De simpele genoegens van het leven.

Degene die uit het groen tevoorschijn sprong, werd ook opgemerkt door de bewegingssensor. Myron zag het licht aanspringen, hoorde een geluid, het zachte geruis van een korte windvlaag, en misschien een paar gemompelde woorden. Hij draaide zich om en zag de vuist recht op zijn gezicht af komen.

Geen tijd om weg te duiken of om de slag af te weren met zijn onderarm. De vuist zou doel treffen. Myron draaide mee. Een simpele basisregel. Beweeg met de slag mee, niet ertegenin. Het meedraaien verminderde de impact, maar het bleef een harde slag, duidelijk afkomstig van een sterke man, dus die kwam flink aan. Even zag Myron sterretjes. Hij schudde zijn hoofd om weer duidelijk te kunnen zien.

Een nijdige stem snauwde: 'Laat ons met rust.'

Een tweede vuist kwam op Myrons hoofd af. De enige manier om eraan te ontkomen, zag Myron, was achterovervallen. Dat deed hij, en de knokkels schampten de bovenkant van zijn schedel. Toch deed het pijn. Myron wilde wegrollen, wilde zich uit de gevarenzone begeven om zich te herpakken, toen hij een ander geluid hoorde. Iemand opende de voordeur van het huis. En daarna een stem, in paniek. 'Myron!'

Verdomme. Het was pa.

Myron wilde naar zijn vader roepen dat hij moest blijven waar hij was, dat alles in orde was met hem, dat hij naar binnen moest gaan en de politie moest bellen, of dat hij, wat hij ook van plan was, vooral niet naar buiten moest komen.

Volstrekt zinloos.

Voordat Myron zijn mond kon openen, had pa zijn sprint al ingezet.

'Smerige schoft!' riep zijn vader.

Myron vond zijn stem terug. 'Pa, nee! Niet doen!'

Zinloos. Zijn zoon was in gevaar, dus schoot pa, zoals hij dat altijd had gedaan, hem te hulp. Myron, die nog steeds op zijn rug lag, keek op naar het silhouet van zijn belager. Een grote kerel, met zijn handen tot vuisten gebald, die echter de fout maakte dat hij zich liet afleiden door het geluid van de aanstormende Al Bolitar. Zijn lichaamshouding veranderde abrupt en op een verrassende manier. Hij ontspande zijn handen. Myron aarzelde geen moment. Hij strekte zijn benen en nam de rechterenkel van de man in een schaar. Maar op het moment dat hij zich wilde omrollen, met de enkel tussen zijn onderbenen geklemd, om die te breken of in ieder geval alle pezen af te scheuren, zag hij zijn vader – vierenzeventig jaar oud – in een snoekduik op zijn belager af vliegen. Maar Myrons belager was groot. Pa had geen schijn van kans en waarschijnlijk wist hij dat. Maar dat kon hem niet schelen.

Myrons vader strekte zijn armen als een lijnverdediger die een quarterback tackelt. Myron klemde zijn benen vaster om de enkel, maar de grote man stak zelfs geen hand op om zich te verdedigen en liet zich gewoon door Al Bolitar uit evenwicht brengen.

'Blijf met je poten van mijn zoon af,' riep pa terwijl hij zijn armen om de belager sloeg en ze samen tegen de grond gingen.

Myron reageerde onmiddellijk. Hij kwam overeind en bracht zijn hand omhoog voor een karateslag op de neus of het strottenhoofd. Pa had zich in het gevecht gemengd, dus was er geen tijd te verliezen. Hij moest zijn belager zo snel mogelijk buiten gevecht stellen. Hij greep het haar van de man vast, trok hem tevoorschijn uit het duister en ging boven op zijn borstkas zitten. Myron balde zijn vuist. Hij wilde net een rechtse op de neus plaatsen toen het licht op het gezicht van zijn belager viel. Wat Myron zag, deed hem een fractie van een seconde aarzelen. Het hoofd van de belager was naar links gedraaid en keek met een bezorgde blik naar Myrons vader. Het gezicht, de gelaatstrekken... ze kwamen hem verdomd bekend voor.

Toen hoorde Myron de man – of eigenlijk was het nog maar een jongen – dat ene woord zeggen. 'Opa?'

De stem klonk jong, niet meer snauwend.

Pa ging rechtop zitten. 'Mickey?'

Myron keek neer op zijn neef, die op hetzelfde moment naar hem opkeek. Hun blikken kruisten elkaar en de kleur van de ogen was dezelfde als de zijne. Later zou Myron zweren dat er een schok van herkenning door hem heen was gegaan. Mickey Bolitar, Myrons neef, trok Myrons hand uit zijn haar en rolde zich om. 'Ga verdomme van me af,' zei hij.

Pa was buiten adem.

Myron en Mickey lieten elkaar los en wilden pa overeind helpen. Pa's gezicht was rood van inspanning. 'Niks aan de hand,' zei hij met een grimas. 'Laat me los.'

Mickey draaide zich om. Myron was een meter negentig en Mickey was ongeveer net zo groot. Hij had brede schouders en een krachtige lichaamsbouw – wie ging er vandaag de dag niet naar de sportschool? – maar hij was nog maar een jongen. Hij zette zijn wijsvinger op Myrons borstbeen.

'Blijf uit de buurt van mijn ouders.'

'Waar is je vader, Mickey?'

'Ik zei...'

'Ik heb je wel verstaan,' zei Myron. 'Waar is je vader?'

Mickey deed een stap achteruit en keek naar Al Bolitar. Toen hij 'het spijt me, opa' zei, klonk zijn stem opeens heel jong.

Pa zat gehurkt, met zijn handen op zijn knieën. Myron wilde hem overeind helpen, maar pa schudde hem van zich af. Hij ging rechtop staan en op zijn gezicht was iets te zien wat op trots leek. 'Het geeft niet, Mickey. Ik begrijp het.'

'Hoe bedoel je, "ik begrijp het"?' Myron wendde zich weer tot Mickey. 'Wat moet dit verdomme voorstellen?'

'Laat ons gezin met rust.'

Dat hij zijn neef voor de allereerste keer zag – en in deze situatie – was zowel surrealistisch als indrukwekkend. 'Hoor eens, waarom gaan we niet naar binnen? Dan kunnen we erover praten.'

'Waarom loop jij niet naar de hel?'

Mickey wierp een laatste bezorgde blik in de richting van zijn grootvader. Al Bolitar knikte alsof hij wilde zeggen dat alles oké was. Na een laatste boze blik op Myron rende Mickey de donkere straat in. Myron wilde hem achternagaan, maar pa legde zijn hand op Myrons onderarm. 'Laat hem gaan.' Al Bolitar had een rood gezicht en hij hijgde nog steeds, maar tegelijkertijd glimlachte hij. 'Alles in orde met je, Myron?'

Myron bracht zijn vingers naar zijn mond. Zijn lip bloedde. 'Ik overleef het wel. Wat sta je te lachen?'

Pa keek naar de straat waar Mickey in het duister was verdwenen. 'Die jongen heeft ballen.'

'Dat meen je toch niet, hè?'

'Kom,' zei pa. 'Laten we naar binnen gaan, dan kunnen we praten.'

Ze gingen naar de tv-kamer op de begane grond. Sinds Myrons vroegste jeugd had pa een Barcalounger gehad, een stoel waarin alleen híj mocht zitten, een soort oermodel van de tv-fauteuil, die uiteindelijk met tape bij elkaar werd gehouden. Tegenwoordig had je de vijfdelige set die de Multiplex II werd genoemd, bestaande uit twee fauteuils, twee bijzettafeltjes en een salontafel, voor het eten en drinken tijdens het tv-kijken. Myron had de set aangeschaft bij Bob's Discount Furniture, hoewel hij daarvoor de nodige schroom had moeten overwinnen omdat Bobs radiocommercials meer dan ranzig waren.

'Ik vind het heel erg voor je van Suzze,' zei pa.

'Dank je.'

'Weet je wat er is gebeurd?'

'Nee, nog niet. Ik ben ermee bezig.' Pa's gezicht was nog steeds rood van inspanning. 'Weet je zeker dat alles in orde met je is?'

'Ja.'

'Waar is ma?'

'Op stap met tante Carol en Sadie.'

'Ik zou wel een glas water lusten,' zei Myron. 'Jij ook?'
'Graag. En doe wat ijs op je lip, dan wordt hij niet dik.'
Myron liep de drie treden naar de keuken op, pakte twee glazen en schonk ze vol uit zijn peperdure waterkoeler. In de vriezer lagen pakjes ijs. Hij haalde er een uit en liep terug naar de tv-kamer. Hij gaf pa zijn glas water en ging in de fauteuil aan de rechterkant zitten.

'Ik kan nauwelijks geloven wat er zonet is gebeurd,' zei Myron. 'De allereerste keer dat ik mijn neef zie en dan springt hij boven op me.'

'Geef hem eens ongelijk,' zei pa.

Myron ging rechtop zitten. 'Pardon?'

'Kitty heeft me gebeld,' zei pa. 'Ze heeft me verteld over jullie ontmoeting in de mall.'

Myron had het kunnen weten. 'Je meent het?'

'Ja.'

'En daarom is Mickey boven op me gesprongen?'

'Had je niet gezegd dat zijn moeder iets...' Pa aarzelde, zocht naar het juiste woord maar kon het niet vinden. '... iets slechts was?'

'Dat is ze ook.'

'En als iemand dat over jouw moeder had gezegd? Hoe zou jij dan hebben gereageerd?'

Pa glimlachte weer. Hij was nog steeds in een soort roes van de adrenaline, zijn tackle en misschien ook van de trots op zijn kleinzoon. Al Bolitar kwam uit een arm gezin en was opgegroeid in de achterbuurten van Newark. Toen hij net elf was, werkte hij al voor een slager in Mulberry Street. Het grootste deel van zijn volwassen leven werkte hij in een fabriek waar onderkleding werd gemaakt, in Newarks North Ward bij de rivier de Passaic. Zijn kantoor, als je het zo mocht noemen, bevond zich een paar meter boven de werkvloer met de lopende banden en was aan drie kanten van glas, zodat hij al zijn ondergeschikten kon zien en zij hem. Tijdens de rellen van 1967 had hij geprobeerd de fabriek te redden toen oproerkraaiers die in brand hadden gestoken, maar hoewel pa er uiteindelijk in was geslaagd de zaak weer op te bouwen en weer aan het werk te gaan, had hij nooit meer met dezelfde ogen naar zijn personeel of naar de stad gekeken.

'Denk er maar eens over na,' zei pa. 'Denk aan wat je tegen Kitty hebt gezegd. Stel je voor dat iemand dat tegen jouw moeder had gezegd.'

'Kitty is mijn moeder niet.'

'Denk je dat dat voor Mickey iets uitmaakt?'

Myron schudde zijn hoofd. 'Waarom zou Kitty hem vertellen wat ik tegen haar heb gezegd?'

'Wat? Moet een moeder dan liegen tegen haar kind?'

Toen Myron acht jaar was, raakte hij verzeild in een knokpartij met Kevin Werner voor de deur van de Burnet Hill-basisschool. Zijn ouders moesten op school komen en kregen een veeg uit de pan van meneer Celebre, het schoolhoofd, over hoe vreselijk slecht vechten was. Toen ze naderhand thuiskwamen, was ma zonder iets te zeggen naar boven gegaan. Pa was bij hem komen zitten in deze zelfde kamer. Myron had een flinke uitbrander verwacht. In plaats daarvan had zijn vader zich over de tafel gebogen en hem recht aangekeken. 'Je zult van mij nooit straf krijgen omdat je hebt gevochten,' had hij gezegd. 'Als het nodig is om met iemand naar buiten te gaan en iets af te handelen, ga ik ervan uit dat je de situatie juist hebt beoordeeld. Als het nodig is, vecht je. Je loopt er niet voor weg. Je geeft nooit toe.' Want hoe verrassend dit advies ook mag klinken, Myron was in de jaren daarna inderdaad een paar keer zo 'verstandig' geweest zich niet tot een gevecht te laten verleiden, en had zelf gemerkt – door zijn vrienden omschreven als de voorboden van zijn heldencomplex – dat geen enkel pak slaag hem meer pijn had gedaan dan de keren dat hij ervoor was weggelopen.

'Is dit wat je met me wilde bespreken?' vroeg Myron.

Pa knikte. 'Je moet me beloven dat je ze met rust laat. En, ook al weet je dat al, je had die dingen niet tegen de vrouw van je broer mogen zeggen.'

'Ik wilde Brad spreken, dat is alles.'

'Brad is er niet,' zei pa.

'Waar is hij dan?'

'Hij is bezig met een of ander liefdadigheidsproject in Bolivia. Kitty wilde me de details niet vertellen.'

'Misschien zitten ze in de problemen.'

'Brad en Kitty?' Pa nam een slokje water. 'Misschien wel. Maar dat gaat ons niet aan.'

'Maar als Brad in Bolivia is, wat doen Kitty en Mickey dan hier?'

'Ze zijn van plan weer in de vs te komen wonen en ze twijfelen tussen deze omgeving en Californië.'

Ook een leugen, daar was Myron van overtuigd. Stoer hoor, Kitty, een oude man manipuleren. Zorg ervoor dat Myron ons met rust laat en we komen misschien bij jou in de buurt wonen. Doe je dat niet en blijft hij ons lastigvallen, dan gaan we aan het andere uiteinde van de vs wonen. 'Waarom nu? Waarom zijn ze na al die jaren nu ineens teruggekomen?'

'Dat weet ik niet. Dat heb ik niet gevraagd.'

'Pa, ik weet dat je je kinderen hun privacy gunt, maar ik denk dat je je *laisser faire* nu iets te ver doordrijft.'

Daar moest pa om grinniken. 'Je moet ze de ruimte geven, Myron. Ik heb jou bijvoorbeeld ook nooit verteld hoe ik over Jessica dacht.'

Zijn oude vriendin werd weer eens tevoorschijn getoverd. 'Wacht, ik dacht dat jij Jessica wel mocht.'

'Jessica was een rampenplan,' zei pa.

'Maar dat heb je nooit tegen me gezegd.'

'Dat was niet aan mij.'

'Misschien had je dat wel moeten doen,' zei Myron. 'Dan had je me wellicht een gebroken hart kunnen besparen.'

Pa schudde zijn hoofd. 'Ik zou alles doen om je te beschermen...' Heel even ging zijn blik naar buiten, waar hij een paar minuten geleden het bewijs had geleverd. '... maar het is beter om je je eigen fouten te laten maken. Een leven zonder fouten is de moeite niet waard.'

'Dus ik moet het maar laten lopen?'

'Ja, voorlopig wel. Brad weet nu dat je contact met hem zoekt, want dat zal Kitty hem zeker vertellen. En ik heb het hem gemaild.

Als hij ook contact wil, zul je zeker van hem horen.'

Myron had weer een flashback: Brad, zeven jaar oud, werd gepest in het zomerkamp. Myron herinnerde zich dat Brad in zijn eentje bij het oude softbalveld zat. Hij had drie slag gekregen en de pestkoppen hadden zich en masse op hem gestort. Myron was bij hem gaan zitten, maar Brad bleef maar huilen en zei tegen Myron dat hij moest weggaan. Het was een van die keren dat je je zo hulpeloos voelt dat je bereid bent een moord te plegen om een eind aan de pijn te maken. Hij herinnerde zich een andere keer, toen de hele familie Bolitar in de februarivakantie naar Miami was gegaan. Brad en hij hadden in het hotel een kamer gedeeld en op een avond, na een heerlijke, zonnige dag in de Parrot Jungle, had Myron hem gevraagd hoe het op school ging. Brad was in tranen uitgebarsten, had gezegd dat hij het vreselijk vond op school, dat hij helemaal geen vriendjes had, en Myrons hart was in duizend stukken gebroken. De dag daarna, toen ze buiten bij het zwembad zaten, had Myron aan pa gevraagd wat hij kon doen om Brad te helpen. Pa's advies was heel simpel geweest: 'Breng het niet ter sprake. Maak hem nu niet verdrietig. Laat hem gewoon van zijn vakantie genieten.'

Brad was een verlegen, onzeker kind geweest, een beetje een nerd, die later pas tot bloei zou komen. Of misschien kwam het wel doordat hij in Myrons schaduw had moeten opgroeien.

'Ik had verwacht dat je juist graag zou willen dat Brad en ik het goedmaakten,' zei Myron.

'Dat wil ik ook. Maar je kunt het niet forceren. Geef ze de ruimte.'

Zijn vader zat nog steeds te hijgen van de inspanning van zojuist. Het was niet nodig om hem nu aan het schrikken te maken. Dat kon tot de ochtend wachten. Desondanks zei Myron: 'Kitty gebruikt drugs.'

Pa trok een wenkbrauw op. 'Dat weet je zeker?'

'Ja.'

Pa wreef over zijn kin en liet deze nieuwe informatie tot zich doordringen. Toen zei hij: 'Toch moet je ze met rust laten.'

'Meen je dat echt?'

'Wist je dat je moeder ooit verslaafd is geweest aan pijnstillers?'
Myron zei niets, was met stomheid geslagen.
'Het is al laat,' zei pa, en hij wilde opstaan uit zijn fauteuil. 'Is alles goed met je?'
'Wacht. Je laat eerst de bom barsten en dan ga je naar bed?'
'Het stelde niet zo veel voor. Dat wil ik ermee zeggen. We hebben er een oplossing voor gevonden.'
Myron wist niet wat hij moest zeggen. Hij vroeg zich ook af hoe pa zou reageren als Myron hem vertelde over Kitty's seksvoorstelling in de nachtclub, maar hij hoopte van harte dat pa dat niet zou doen door nóg een vergelijkbare anekdote uit ma's verleden te vertellen.

Laat het rusten tot morgen, dacht Myron. Het is niet nodig om de dingen te overhaasten. Er zal niets meer gebeuren totdat de zon opkomt. Ze hoorden een auto op de oprit stoppen en er werd een portier dichtgeslagen.

'Dat zal je moeder zijn.' Al Bolitar kwam voorzichtig overeind uit zijn fauteuil. Myron stond ook op. 'Zeg maar niks over vanavond. Ik wil niet dat ze zich zorgen maakt.'

'Oké. Hé, pa?'
'Ja?'
'Mooie tackle daarstraks.'

Pa onderdrukte een glimlach. Myron keek naar zijn doorleefde gezicht. Hij werd overvallen door dat weemoedige gevoel, wanneer je beseft dat je ouders oud worden. Hij wilde meer zeggen, wilde hem bedanken, maar hij wist dat zijn vader dat allang wist en dat alle extra woorden over dat onderwerp ongepast of overbodig waren. Laat het gebeurde voor wat het is. Laat het rusten.

18

Om half drie 's nachts ging Myron naar boven, naar de jongenskamer die hij ooit met Brad had gedeeld, die met de Tot Finder-sticker op het raam, en hij zette de computer aan.

Hij logde in op Skype. Even later verscheen Tereses gezicht in beeld. Zoals altijd begon zijn bloed sneller te stromen en voelde hij dat zijn hart een sprongetje maakte.

'God, wat ben je toch mooi,' zei hij.

Terese glimlachte. 'Mag ik vrijuit spreken?'

'Ga je gang.'

'Je bent de meest sexy man die ik ooit ben tegengekomen, en als ik je alleen maar zie, klim ik bijna in de gordijnen van verlangen.'

Myron ging rechtop zitten en maakte zich een fractie breder. 'Ik moet me tot het uiterste beheersen om niet te glunderen,' zei hij. 'En ik weet niet eens hoe je dat doet.'

'Mag ik doorgaan met vrijuit spreken?' vroeg ze.

'Ga door.'

'Ik zou bereid zijn iets... eh, via de camera met je te doen, maar ik weet niet goed hoe dat moet. Jij?'

'Ik moet je bekennen dat ik het ook niet weet.'

'Zijn we dan oud en ouderwets? Ik heb nooit iets begrepen van computerseks of telefoonseks en dat soort dingen.'

'Ik heb een keer telefoonseks geprobeerd,' zei Myron.

'En?'

'Ik heb me nog nooit zo opgelaten gevoeld. Ik schoot in de lach op een buitengewoon ongelegen moment.'

'Oké, dus we zijn het eens?'
'Yep.'
'Je zegt dat niet alleen voor mij? Omdat we, je weet wel, ik bedoel, we zijn zo ver weg van elkaar...'
'Nee, daarom zeg ik het niet.'
'Goed dan,' zei Terese. 'En? Wat is er daar allemaal gaande?'
'Hoeveel tijd heb je?' vroeg Myron.
'Ongeveer twintig minuten.'
'Kunnen we nog tien minuten doorgaan met wat we nu doen en daarna vertel ik het je? Vind je dat goed?'
Zelfs via een computerscherm keek Terese hem aan alsof hij de enige man ter wereld was. Al het andere verdween. Ze waren de enige twee mensen op deze aardbol. 'Is het zo erg?' vroeg ze.
'Ja.'
'Oké, mooie man. Jij leidt, ik volg je.'
Maar van dat plan kwam niets terecht. Hij vertelde haar meteen over de dood van Suzze. Toen hij uitgepraat was vroeg Terese: 'Wat ga je nu doen?'
'Ik wil niks meer met het hele gedoe te maken hebben. Ik ben het helemaal zat.'
Ze knikte.
'Ik wil in het vliegtuig stappen en naar Angola komen. Ik wil met je trouwen en gewoon daar blijven.'
'Dat wil ik ook,' zei ze.
'Ik voel een maar aankomen.'
'Nee, geen maar,' zei Terese. 'Er is niks wat me gelukkiger zou maken. Je hebt geen idee hoe graag ik bij je wil zijn.'
'Maar?'
'Maar je kunt daar niet weg. Zo zit jij niet in elkaar. Om te beginnen kun je Esperanza en de zaak niet zomaar in de steek laten.'
'Ik kan mijn aandeel aan haar verkopen.'
'Nee, dat kun je niet. En zelfs als dat kon, wil jij weten wat er werkelijk met Suzze is gebeurd. Je wilt uitzoeken wat er met je broer gaande is en je wilt een oogje op je ouders houden. Jij kunt dat niet allemaal achterlaten en hiernaartoe komen.'

'En jij kunt niet naar huis komen,' zei Myron.
'Nee, nog niet.'
'Wat houdt dat in?'
Terese haalde haar schouders op. 'Dat we allebei met de gebakken peren zitten. Maar niet zo lang meer. In de tussentijd kun je uitzoeken wat er met Suzze is gebeurd en alles rechtzetten.'
'Je lijkt zeker van je zaak.'
'Ik ken je. Jij gaat dat allemaal doen. En daarna, als alles is opgelost, nou, dan kom je hiernaartoe en blijf je heel lang. Heb ik gelijk?'
Ze trok haar ene wenkbrauw op en glimlachte naar hem. Hij glimlachte ook. Hij voelde hoe de spieren in zijn schouders zich ontspanden.
'Je hebt helemaal gelijk,' zei hij.
'Myron?'
'Ja?'
'Doe het snel.'

De volgende ochtend belde Myron Lex. Geen antwoord. Hij belde Buzz. Ook geen antwoord. Maar inspecteur Loren Muse – Myron had haar mobiele nummer bewaard na hun vorige ontmoeting – was er wel. Hij slaagde erin met haar af te spreken bij het penthouse van Suzze en Lex, de plaats delict van de overdosis drugs.
'Als het helpt de zaak op te lossen,' zei ze, 'doe ik met je mee.'
'Dank je.'
Een uur later wachtte Muse hem op in de lobby van het flatgebouw. Ze stapten in de lift en lieten zich naar de bovenste verdieping brengen.
'Volgens de voorlopige uitslag van de autopsie,' zei Muse, 'is Suzze T overleden aan zuurstofgebrek, veroorzaakt door een overdosis heroïne. Ik weet niet hoeveel je van overdoses van opiaten weet, maar in grote lijnen komt het erop neer dat de drugs de ademhaling van de gebruiker belemmeren totdat die er helemaal mee ophoudt. Het slachtoffer heeft dan nog wel een hartslag en kan nog enkele minuten overleven zonder adem te halen. Ik vermoed dat dát het leven van het kind heeft gered, maar ik ben geen arts. Er zijn

geen andere drugs in haar bloedsomloop gevonden. Niemand heeft haar een dreun op haar hoofd gegeven of zoiets... er zijn geen sporen van een worsteling aangetroffen.'

'Kortom,' zei Myron, 'niks nieuws.'

'Nou, misschien toch wel. Ik heb dat bericht gevonden waar jij het gisteravond over had. Op Suzzes Facebook-pagina. Die reactie van "niet van hem".'

'En wat denk je ervan?'

'Ik denk,' zei Muse, 'dat het misschien waar is.'

'Suzze bezwoer me dat het niet waar was.'

Muse hief haar ogen ten hemel. 'Gossie, en vrouwen liegen nooit over wie de vader van hun kind is. Denk nou eens na. Stel dat het kind niet van Lex Ryder is. Misschien voelde ze zich vreselijk schuldig. Of misschien was ze bang dat het zou uitkomen.'

'Je zou een vaderschapstest op het kind kunnen laten doen,' zei Myron. 'Dan weet je het zeker.'

'Dat zóú ik kunnen doen, als dit een moordzaak was. Als ik een moordonderzoek deed, zou ik een gerechtelijk bevel kunnen vragen. Maar zoals ik al zei: dit ís geen moordzaak. Ik geef je een reden waarom een vrouw mogelijk een overdosis drugs zou hebben genomen. Dat is alles; einde verhaal.'

'Misschien is Lex wel bereid je die test toch te laten doen.'

De lift stopte en Muse zei: 'Wel, wel, wel.'

'Wat?'

'Je weet het niet.'

'Wat weet ik niet?'

'Ik dacht dat jij Lex' vlijmscherpe advocaat was.'

'En daarmee bedoel je?'

'Daarmee bedoel ik dat Lex er al met het kind vandoor is,' zei Muse.

'Hoe bedoel je, "ervandoor"?'

'Deze kant op.' Ze liepen de wenteltrap naar het dakterras op.

'Muse?'

'Zoals jij als rijzende ster binnen de advocatuur ongetwijfeld weet, heb ik geen reden om Lex Ryder hier te houden. Vanochtend vroeg heeft Lex, tegen de wil van de artsen, zijn pasgeboren kind laten uitschrijven bij het ziekenhuis, wat zijn goed recht is. Hij heeft zijn vriend Buzz hier achtergelaten en heeft een verpleegster ingehuurd om voor het kind te zorgen.'

'Waar zijn ze naartoe?'

'Aangezien het hier niet om een moord gaat en er op niemand ook maar enige verdenking rust, had ik geen reden om hem naar zijn bestemming te vragen.' Muse ging het dakterras op. Myron volgde haar. Ze liep door naar de Cleopatra-achtige ligbank bij de Romeinse boog. Muse bleef staan, boog het hoofd en wees naar de bank.

Ze klonk doodserieus. 'Hier.'

Myron keek naar het gladde marmer van de bank. Geen bloed, geen krasje, geen spoor van de dood. Je zou denken dat een meubelstuk iets moest prijsgeven van wat erop had plaatsgevonden. 'Hier hebben ze haar gevonden?'

Muse knikte. 'De spuit lag op de grond. Ze was buiten kennis en reageerde nergens op. De enige vingerafdrukken op de spuit zijn die van haar.'

Myron tuurde door de Romeinse boog. In de verte lonkte de skyline van Manhattan. Het water van de rivier was rimpelloos. De lucht had grijze en paarse tinten. Hij sloot zijn ogen en ging in gedachten twee avonden terug. Toen er een windvlaag over het dakterras trok, kon hij Suzzes stem bijna horen zeggen: *Soms hebben mensen wel hulp nodig... Misschien weet je het niet, maar je hebt me wel honderd keer het leven gered.*

Maar deze keer niet. Deze keer had hij op Lex' aandringen een stapje terug gedaan, nietwaar? Hij had gedaan wat ze had gevraagd – ze wisten wie 'niet van hem' op haar Facebook-pagina had geplaatst en ze wisten waar Lex was – en daarna had Myron zich teruggetrokken en Suzze aan haar lot overgelaten.

Myron bleef naar de skyline turen. 'Je zei dat iemand met een Spaans accent het alarmnummer heeft gebeld?'

'Ja. Met een van hun draadloze telefoons. Het toestel lag beneden op de grond. Hij heeft het waarschijnlijk neergegooid toen hij op de vlucht sloeg. We hebben het op vingerafdrukken gecontroleerd, maar wat erop zat, was nogal een rommeltje. We hebben die van Lex en van Suzze geïdentificeerd maar daar houdt het mee op. Toen de ambulancebroeders arriveerden, stond de deur nog open. Ze zijn binnengekomen en hebben haar hier gevonden.'

Met een felle beweging stopte Myron zijn handen in zijn zakken. Een windvlaag trof hem in het gezicht. 'Je beseft toch wel dat jouw theorie over een illegale immigrant of een schoonmaker nergens op slaat, hè?'

'Waarom niet?'

'Een schoonmaker of weet ik veel wie komt langslopen, ziet de deur op een kier staan, loopt het hele penthouse door en gaat dan een kijkje op het dakterras nemen?'

Muse dacht hierover na. 'Daar zit wat in.'

'Het lijkt me een stuk waarschijnlijker dat degene die heeft gebeld erbij was toen het misging.'

'Ja, en?'

'Hoe bedoel je, "en"?'

'Zoals ik al eerder heb gezegd, ben ik hier voor de misdaad die eventueel is gepleegd, en niet om alleen mijn nieuwsgierigheid te bevredigen. Als ze haar shot nam in het bijzijn van een vriend of vriendin en die is de deur uit gerend, kan ik daar niet mee naar de rechter. Als het haar drugsdealer was... oké, dan zou ik naar die persoon op zoek kunnen gaan en kunnen proberen te bewijzen dat hij haar die drugs heeft verkocht, maar zeg nu zelf, wat heb ik verder aan die informatie?'

'Ik was eergisteravond bij haar, Muse.'

'Dat weet ik.'

'Hier, op ditzelfde dakterras. Ze was van streek, maar zeker niet suïcidaal.'

'Dat heb je me verteld,' zei Muse. 'Maar denk eens na... van streek maar niet suïcidaal. Zo ver ligt dat niet uit elkaar. En trouwens, ik heb niet beweerd dat ze suïcidaal was. Maar ze was dus van streek, akkoord? Misschien heeft dat tot een terugval geleid, en misschien was die terugval een beetje te hevig.'

De wind trok weer aan. Suzzes stem – was dit het laatste wat ze tegen hem had gezegd? – werd erdoor meegevoerd. *We hebben allemaal geheimen, Myron.*

'Er is nog iets om over na te denken,' zei Muse. 'Als het hier om moord gaat, is het wel de domste moord die ik ooit heb meegemaakt. Stel dat jij Suzze dood wilt hebben. Stel dat je haar op de een of andere manier zover krijgt dat ze zónder fysieke dwang haar shot heroïne neemt. Misschien door haar een pistool op het hoofd te zetten of zoiets. Kun je me volgen?'

'Ja. Ga door.'

'Nou, als je haar dood wilt hebben, waarom vermoord je haar dan niet gewoon? Waarom bel je dan het alarmnummer en neem je het risico dat ze nog in leven is als de ambulancebroeders hier arriveren? Of waarom nam je haar, met die hoeveelheid drugs in haar lijf, niet mee onder die boog door en gaf je haar een zetje, zodat ze van het dak af kukelde? Wat je in ieder geval níét doet, is een ambulance bellen, of de deur op een kier laten staan zodat een schoonmaker of iemand anders kan binnenkomen. Begrijp je wat ik bedoel?'

'Ja,' zei Myron.

'Klinkt het logisch wat ik zeg?'

'Ja.'

'Heb je er iets tegen in te brengen?'

'Nee, niks,' zei Myron terwijl hij in zijn hoofd alle feiten nog eens op een rij zette. 'Dus als jij gelijk hebt, heeft ze gisteren haar dealer benaderd. Heb je enig idee wie dat was?'

'Nee, nog niet. We weten wel dat ze gisteren ergens naartoe is gereden. Haar auto is gesignaleerd door het E-ZPass-tolwegsysteem op de Garden State Parkway ter hoogte van Route 82. Mogelijk was ze op weg naar Newark.'

Myron dacht daarover na. 'Hebben jullie haar auto doorzocht?'

'Haar auto? Nee. Waarom?'

'Vind je het goed als ik het doe?'

'Heb je de sleutels?'

'Ja.'

'Agenten...' Muse schudde haar hoofd. 'Ga je gang. Ik moet terug naar het bureau.'

'Nog één vraag, Muse.'

Muse zei niets en wachtte.

'Waarom laat je me dit allemaal zien nadat ik me gisteravond achter mijn advocatenprivileges heb verscholen?'

'Omdat ik nog steeds geen moordzaak heb,' zei ze. 'En als ik op de een of andere manier iets over het hoofd heb gezien – iets wat het wél tot een moordzaak maakt – maakt het uit niet wie jij vertegenwoordigt of verdedigt. Jij gaf om Suzze. Jij laat haar moordenaar heus niet vrijuit gaan.'

Zonder iets te zeggen gingen ze met de lift naar beneden. Muse stapte uit op de begane grond. Myron ging door naar de parkeergarage. Hij drukte op het knopje van de automatische deurvergrendeling en luisterde waar de piep vandaan kwam. Suzze had een Mercedes s63 AMG. Hij opende het portier en ging op de passagiersstoel zitten. Hij rook een vleugje bloemenparfum waardoor hij weer aan Suzze moest denken. Hij opende het handschoenenkastje en vond de kentekenregistratie, de verzekeringspapieren en de handleiding van de auto. Hij zocht onder de stoelen, zonder te weten waarnaar. Een aanwijzing. Het enige wat hij vond was wat wisselgeld en twee pennen. Sherlock Holmes zou er waarschijnlijk genoeg aan hebben gehad om te weten waar Suzze naartoe was gegaan, maar Myron niet.

Hij startte de auto en zette de gps in het dashboard aan. Hij koos voor 'eerdere bestemmingen' en kreeg een lijst van de adressen die Suzze in haar gps had ingetoetst. Daar heb je niet van terug, hè, Sherlock Holmes? Het meest recente adres was in Kasselton, New Jersey. Hm. Om daar te komen, moest je de Garden State Parkway nemen tot voorbij afslag 146, waar het E-ZPass-systeem actief was.

Het voorlaatste adres was een kruispunt in Edison, New Jersey. Myron haalde zijn BlackBerry uit zijn zak, toetste beide adressen in en mailde ze naar Esperanza. Zij kon ze opzoeken op internet en kijken of er iets belangrijks in de buurt was. Er stonden geen data achter de adressen vermeld, dus het was evengoed mogelijk dat

Suzze haar gps weinig had gebruikt en dat ze de twee adressen maanden geleden had bezocht.

Desondanks wees alles erop dat Suzze onlangs, of misschien wel op de dag van haar dood, naar Kasselton was gereden. Het was de moeite waard om daar eens rond te gaan kijken.

19

Het adres in Kasselton was een rijtje van vier winkels, met als laatste een Kings-supermarkt. De overige drie waren Renato's Pizzeria, IJssalon SnowCap, waar je je eigen ijsjes mocht maken, en een ouderwetse kapperszaak die Sal & Shorty Joe's Hair-Clipping heette, waar zo'n klassieke rood met witte paal aan de voorgevel hing.

Wat had Suzze hier te zoeken gehad?

Natuurlijk waren er supermarkten, ijssalons en pizzeria's dichter in de buurt van haar huis, en om de een of andere reden betwijfelde Myron ten zeerste dat Sal of Shorty Joe Suzzes haar had gedaan. Dus waarom was ze hiernaartoe gereden? Myron bleef staan en wachtte tot het antwoord zich aandiende. Er gingen twee minuten voorbij. Het antwoord kwam niet, dus besloot Myron het een handje te helpen.

Hij begon met de Kings-supermarkt. Omdat hij niet goed wist wat hij anders zou moeten doen, liet hij iedereen in de supermarkt de foto van Suzze T zien en vroeg of iemand haar had gezien. De ouderwetse aanpak. Net zoals Sal en Shorty Joe hun winkel dreven. Een paar mensen herkenden Suzze van haar tennistijd. Sommigen hadden haar in het late nieuws van de afgelopen avond gezien en namen aan dat Myron van de politie was, een misverstand dat Myron niet rechtzette. Maar uiteindelijk had niemand haar in de supermarkt gezien.

Poging één.

Myron ging weer naar buiten. Zijn blik bleef rusten op het parkeerterrein. De beste mogelijkheid? Suzze was hiernaartoe gereden om heroïne te kopen. Drugsdealers, zeker in de grotere steden, maakten vaak gebruik van openbare parkeerterreinen. Je parkeert je auto naast die van de dealer, draait allebei je raampje open, de een gooit geld in de andere auto en de ander gooit een zakje drugs in die van de ene.

Hij probeerde het voor zich te zien. Suzze, de vrouw die hem twee avonden geleden over geheimen had verteld, en over te competitief zijn, die acht maanden in verwachting was, de vrouw die een paar dagen daarvoor zijn kantoor was binnengekomen en zei dat ze zo verdomde gelukkig was... diezelfde Suzze was naar een parkeerterrein bij een stel winkels gereden en had genoeg heroïne gekocht om zich van kant te maken?

Nee, sorry hoor, daar geloofde Myron niets van.

Misschien had ze op dit parkeerterrein niet haar drugsdealer maar iemand anders ontmoet. Misschien, maar misschien ook niet. IJzersterk speurwerk tot nu toe. Oké, aan de slag dan maar weer. Renato's Pizzeria was dicht. De kapperszaak was wel open. Myron keek door de winkelruit en zag de twee ouwe baasjes met elkaar bekvechten, op de grappige manier die typerend is voor oudere mannen, en waaraan je kon zien dat ze het juist prima met elkaar konden vinden. Hij richtte zijn aandacht op IJssalon SnowCap. Iemand hing net een bord voor de winkelruit: HOERA, LAUREN IS JARIG! Een stoet meisjes, zo te zien acht à negen jaar oud, allemaal met een verjaardagscadeautje in de hand, werden door hun moeder naar binnen gedirigeerd. Alle moeders zagen er zowel doodmoe en gejaagd als gelukkig uit.

Suzzes stem: *Ik ben zo verdomde gelukkig.*

Dit, dacht Myron terwijl hij naar de moeders keek, had Suzzes toekomst moeten zijn. Zo zou haar leven eruit hebben gezien. Dit was wat Suzze had gewild. Mensen doen domme dingen. Ze gooien hun geluk te grabbel alsof het de krant van gisteren is. Zo zou het gebeurd kunnen zijn... Suzze, nog maar één stap verwijderd van het ware geluk, had er op het laatste moment alsnog een puinhoop van gemaakt.

Hij keek door de winkelruit naar binnen en zag hoe de meisjes zich losmaakten van de moeders en elkaar vol enthousiasme begroetten en omhelsden. De ijssalon was een werveling van kleuren en beweging. De moeders trokken zich terug bij de koffieautomaat in de hoek. Myron probeerde Suzze voor zich te zien, hier, waar ze thuishoorde, toen hij zag dat de man achter de counter naar hem stond te kijken. De man was al wat ouder, een jaar of vijfenzestig, met een buikje en dunnend haar dat dwars over zijn schedel was gekamd. Hij staarde Myron aan door een iets te modieuze bril die je eerder zou verwachten van een of andere hippe stadsarchitect, en die hij steeds op zijn neus omhoog moest duwen.

De baas van de tent, dacht Myron. Waarschijnlijk stond hij altijd zo naar buiten te kijken, om een oogje op zijn territorium te houden, en was hij iemand die weinig ontging. Dat kwam goed uit. Met Suzzes foto in de aanslag liep Myron naar de deur van de ijssalon. Toen hij daar aankwam, hield de man die al voor hem open.

'Kan ik iets voor u doen?'

Myron hield de foto op. De man keek ernaar en kneep zijn ogen dicht.

'Hebt u onlangs deze vrouw gezien?' vroeg Myron.

De stem van de man leek van heel ver weg te komen. 'Ik heb haar gisteren gesproken.'

Hij ziet er niet uit als een drugsdealer, bedacht Myron. 'Waarover?' vroeg hij.

De man slikte en wilde zich omdraaien. 'Over mijn dochter,' zei hij. 'Ze kwam naar mijn dochter vragen.'

'Kom mee,' zei de man.

Ze liepen langs de counter met de bakken ijs. De jonge vrouw achter de counter zat in een rolstoel. Met een beeldschone glimlach noemde ze voor een klant alle rare namen van de smaken ijs op en hoe je die met elkaar kon combineren. Myron keek naar links. Het verjaardagsfeestje was in volle gang. Om de beurt mochten de meisjes hun favoriete smaken aanwijzen en zo hun eigen ijscreaties samenstellen. Ze werden geholpen door twee wat oudere meisjes, van een jaar of vijftien, van wie de ene het ijs opschepte en de andere de

creaties bestrooide met Reese's Pieces, koekkruimels, Oreo's, Sprinkles, gombeertjes, nootjes, chocoladevlokken en hagelslag.
'Houdt u van ijs?' vroeg de man.
Myron spreidde zijn armen. 'Wie houdt er nou niet van ijs?'
'Niet veel mensen, en laat ik dat afkloppen.' Hij klopte op het formica tafeltje waar ze langsliepen. 'Welke smaak kan ik u aanbieden?'
'Dank u, maar ik hoef nu geen ijs.'
Maar daar wilde de man niet van horen. 'Kimberly?'
De jonge vrouw in de rolstoel keek op.
'Maak een SnowCap Melter voor onze gast hier.'
'Komt eraan.'
Overal in de ijssalon was het SnowCap-logo te zien. Dat had hem op een idee moeten brengen. SnowCap. Snow. Myron keek nog eens goed naar het gezicht van de man. De afgelopen vijftien jaren waren niet een vriend, noch een vijand van de man geweest – hij was gewoon ouder geworden – maar nu vielen voor Myron de puzzelstukjes in elkaar.
'U bent Karl Snow,' zei hij. 'De vader van Alista.'
'Bent u van de politie?' vroeg de man.
Myron aarzelde.
'Het maakt trouwens niet uit. Ik heb u niks te zeggen.'
Myron besloot hem een duwtje in de goede richting te geven. 'Helpt u mee een tweede moord onder het tapijt te vegen?'
Myron had schrik of boosheid verwacht, maar Karl Snow schudde alleen zijn hoofd. 'Ik lees de kranten. Suzze T is overleden aan een overdosis.'
Misschien een wat harder duwtje. 'Ja, en uw dochter is gewoon per ongeluk van het dak gevallen.'
Myron had spijt van zijn woorden zodra hij ze had uitgesproken. Te veel, te snel. Hij wachtte op de woede-uitbarsting. Die kwam niet. Karl Snows gezicht betrok. 'Ga zitten,' zei hij, 'en vertel me wie u bent.'
Myron nam tegenover Snow plaats en stelde zich voor. Achter Snows rug was Laurens verjaarspartijtje al een dolle boel aan het

worden. Myron dacht aan de wrede ironie van het gebeuren – een meisje vierde haar verjaardag met als gastheer een man die zijn eigen dochter had verloren – maar hij zette de gedachte van zich af.

'In het nieuws zeiden ze dat het een overdosis was,' zei Karl Snow. 'Is dat waar?'

'Dat weet ik niet zeker,' zei Myron. 'Daarom doe ik er onderzoek naar.'

'Dat begrijp ik niet. Waarom u? Waarom niet de politie?'

'Kunt u me niet gewoon vertellen waarom Suzze hier was?'

Karl Snow leunde achterover en schoof zijn bril hoger op zijn neus. 'Laat me u eerst iets vragen voordat ik daar antwoord op geef. Hebt u bewijs, hoe gering ook, dat Suzze T is vermoord... ja of nee?'

'Om te beginnen,' zei Myron, 'is het een feit dat ze acht maanden zwanger was en dat ze zich verheugde op het moederschap.'

Hij leek niet onder de indruk. 'Als bewijs stelt dat niet veel voor.'

'Misschien niet,' zei Myron. 'Maar wat ik zeker weet is het volgende: Suzze is gisteren hiernaartoe gereden, ze heeft met u gepraat en een paar uur later was ze dood.'

Hij keek achterom. De jonge vrouw in de rolstoel kwam hun kant op met een kolossale ijscoupe. Myron wilde opstaan om haar te helpen, maar Karl Snow schudde zijn hoofd. Myron bleef zitten.

'Eén SnowCap Melter,' zei de vrouw, en ze zette het ijsje voor Myron neer. 'Eet smakelijk.'

De Melter paste maar net in de kofferbak van een auto. Myron zou niet raar hebben opgekeken als het tafeltje door zijn poten was gezakt. 'Is dit voor één persoon?' vroeg hij.

'Yep,' zei ze.

Hij keek haar aan. 'Krijg je er gratis een dotterbehandeling of voor een week insuline bij?'

Ze hief haar ogen ten hemel. 'Tjonge, die kenden we nog niet.'

Karl Snow zei: 'Meneer Bolitar, mag ik u voorstellen aan mijn dochter Kimberly?'

'Aangenaam kennis met u te maken,' zei Kimberly, en ze beloonde hem met een glimlach die zelfs de grootste cynicus in het hiernamaals zou doen geloven. Ze praatten een paar minuten – zij bestierde de ijssalon en Karl was alleen eigenaar van het pand – en toen reed ze terug naar haar plek achter de counter.

Karl zat nog naar zijn dochter te kijken toen hij zei: 'Ze was twaalf toen Alista...' Hij stopte met praten alsof hij niet wist welk woord hij moest kiezen. 'Hun moeder was twee jaar daarvoor aan borstkanker overleden. Daar ben ik niet goed mee omgegaan. Ik ben gaan drinken. Kimberly werd geboren met een beschadiging aan het zenuwstelsel. Ze had constant verzorging nodig. Ik neem aan dat Alista... nou ja, dat ze zich achtergesteld voelde en dat ze het niet meer aankon.'

Alsof het zo geregisseerd was, barstte er achter hem, onder de feestvierders, een hard gelach los. Myron keek naar Lauren, het jarige meisje. Ook zij lachte, met een kring van chocolade om haar mond.

'Ik ben er niet op uit om u of uw dochter te kwetsen,' zei Myron.

'Als ik nu met u praat,' zei Karl Snow ten slotte, 'moet u me beloven dat u nooit meer terugkomt. We willen niet weer door de pers worden lastiggevallen.'

'Dat beloof ik.'

Karl Snow wreef met zijn handen over zijn gezicht. 'Suzze stelde vragen over de dood van Alista.'

Myron wachtte tot hij meer zou zeggen. Toen Snow dat niet deed vroeg hij: 'Wat wilde ze weten?'

'Ze wilde weten of Gabriel Wire mijn dochter had vermoord.'

'Wat hebt u geantwoord?'

'Ik heb tegen haar gezegd dat ik, na een gesprek onder vier ogen met meneer Wire, niet langer geloofde dat hem iets te verwijten viel. Ik heb haar verteld dat het uiteindelijk een tragisch ongeluk bleek te zijn en dat ik bereid was die uitleg te accepteren. Ik heb ook tegen haar gezegd dat de regeling die we hebben getroffen vertrouwelijk is, dus dat ik daar verder niets over kon zeggen.'

Myron staarde hem aan en zei niets. Karl Snow had op vlakke toon gesproken, alsof hij het van een briefje oplas. Myron wachtte tot Snow hem aankeek. Dat deed hij niet. In plaats daarvan schudde

Snow zijn hoofd en zei: 'Ik kan niet geloven dat ze dood is.'

Myron wist niet of hij het over Suzze of over Alista had. Karl Snow knipperde met zijn ogen en keek naar Kimberly. Die aanblik leek hem kracht te geven. 'Hebt u ooit een kind verloren, meneer Bolitar?'

'Nee.'

'Ik zal u de clichés besparen. Sterker nog, ik zal u de rest ook besparen. Ik weet best wat de mensen van me denken: de harteloze vader die een grote som geld heeft aangenomen en die in ruil daarvoor de moordenaar van zijn dochter vrijuit laat gaan.'

'En dat was niet zo?'

'Soms moet je de liefde voor je kind voor je houden. En soms moet je je verdriet voor je houden.'

Myron begreep niet goed wat hij daarmee bedoelde, dus zei hij niets en wachtte.

'Neem een hapje ijs,' zei Snow, 'anders ziet Kimberly het. Dat meisje heeft ogen in haar achterhoofd.'

Myron pakte de lepel en nam een hap van de slagroom en de bovenste laag van de vele lagen ijs. Het smaakte heerlijk.

'Lekker?'

'Goddelijk,' zei Myron.

Karl glimlachte weer, maar er sprak niet veel vreugde uit. 'De Melter is een uitvinding van Kimberly.'

'Ze is een genie.'

'Ze is een goede dochter. En ze is dol op onze winkel. Met Alista ben ik tekortgeschoten. Ik zal dezelfde fout niet nog een keer maken.'

'Is dat wat u tegen Suzze hebt gezegd?'

'Voor een deel. Ik heb haar geprobeerd uit te leggen wat mijn positie toentertijd was.'

'En wat was die?'

'Alista was fan van HorsePower, en zoals ieder jong meisje was ze helemaal weg van Gabriel Wire.' Er gleed een schaduw over zijn gezicht. Hij wendde zijn blik af, maakte een verloren indruk. 'Alista's verjaardag kwam eraan. Ze werd zestien. Ik had geen geld om een groots feest voor haar te organiseren, maar ik wist dat Horse-Power een concert in Madison Square Garden zou geven. Ze gaven niet vaak concerten, blijkbaar – ik wist dat allemaal niet – maar ik wist wel dat de kaartverkoop in het souterrain van Marshalls Department Store aan Route 4 was. Ik ben 's morgens om vijf uur opgestaan, ben ernaartoe gereden en ben daar in de rij gaan staan. U had me moeten zien. Er was daar niemand van boven de dertig, maar ik stond er dus tussen, meer dan twee uur te wachten, om kaartjes voor dat concert te kopen. Toen ik aan de beurt was, keek de vrouw achter het loket in de computer, en eerst zei ze dat alles was uitverkocht, maar meteen daarna: "Nee, wacht, ik heb er nog net twee over." Ik ben in mijn leven nog nooit zo blij geweest dat ik iets kon kopen. Het leek wel alsof ik hulp van boven kreeg, begrijpt u? Alsof het zo moest zijn.'

Myron knikte en zei niets.

'Maar goed, ik kom thuis en Alista's verjaardag is pas over een week, dus ik moet een week geduld hebben. Ik vertel wel aan Kimberly wat ik heb gedaan. En we kunnen geen van beiden wachten. Ik bedoel, die kaartjes branden in mijn zak. Kent u dat? Dat je voor iemand iets hebt gekocht dat zo bijzonder is dat je het onmiddellijk wilt geven?'

'Ja,' zei Myron zacht.

'Nou, zo verging het Kimberly en mij ook. Dus uiteindelijk rijden we naar Alista's school. Ik parkeer de auto, help Kimberly in haar rolstoel en als Alista naar buiten komt, zitten we allebei gluiperig te grijnzen, als twee katten die de kanarie hebben verslonden. Alista ziet het, trekt een gezicht op die typische tienermeisjesmanier, en zegt: "Wat nou?" Ik laat haar de kaartjes zien en Alista...' Hij stopte met praten, was in gedachten terug in de tijd. 'Ze schreeuwde het uit van blijdschap, wierp haar armen om mijn nek en kneep me bijna fijn...'

Zijn stem stierf weg. Hij trok een servetje uit de houder en wilde het naar zijn ogen brengen, maar hij deed het niet. Hij bleef naar het tafelblad staren.

'Maar goed, Alista ging met haar beste vriendin naar het concert.

Na afloop zouden ze naar het huis van haar vriendin gaan. Alista zou daar blijven slapen. Maar zover is het nooit gekomen. De rest van het verhaal kent u.'

'Ik vind het heel erg voor u.'

Karl Snow schudde zijn hoofd. 'Het is lang geleden.'

'Maar u zag Gabriel Wire niet als de schuldige?'

'Schuldige?' Hij zweeg en dacht na. 'De waarheid is dat ik Alista niet genoeg aandacht heb gegeven nadat haar moeder was overleden. Dus voor een deel, ik bedoel, als ik eerlijk en objectief ben... de roadie die haar in het publiek zag staan? Die kende haar niet. De beveiligingsman die haar achter het podium heeft gelaten? Die kende haar niet. Gabriel Wire kende haar ook niet. Ik was haar vader en ik had niet goed op haar gepast. Kon ik dan van die anderen verwachten dat zij dat wel deden?'

Karl Snow knipperde met zijn ogen en wierp weer snel een blik naar rechts.

'En dit is wat u aan Suzze hebt verteld?'

'Ik heb tegen haar gezegd dat er geen bewijs was dat Gabriel Wire haar iets had aangedaan, of dat de politie in ieder geval niets kon bewijzen. Dat is me diverse keren duidelijk gemaakt. Ja, Alista was in Wires hotelsuite geweest. Ja, ze had op zijn dakterras gestaan... en ja, ze is tweeëndertig verdiepingen naar beneden gevallen. Maar om van a naar b te komen, om op grond van de feiten tot een aanklacht tegen een machtige beroemdheid te komen, om nog maar te zwijgen van een reële kans op een veroordeling...' Hij haalde zijn schouders op. 'Ik had nog een dochter voor wie ik moest zorgen. Ik had geen geld. Weet u hoe zwaar het is om een gehandicapt kind groot te brengen? Hoeveel geld dat kost? SnowCap heeft nu een paar filialen. Hoe denkt u dat ik aan het startgeld ben gekomen?'

Myron deed zijn uiterste best het te begrijpen, maar zijn stem klonk scherper dan hij had gewild. 'Van de moordenaar van uw dochter?'

'U begrijpt het niet. Alista was dood. Dood is dood. Ik kon niets meer voor haar doen.'

'Maar u kon nog wel iets voor Kimberly doen. Is dat het?'

'Ja. Maar het is niet zo harteloos als het lijkt. Stel dat ik het geld niet had aangenomen? Dan was Wire vrijuit gegaan en was Kimberly er nog steeds slecht aan toe. Op deze manier kon ik tenminste voor Kimberly zorgen.'

'Het spijt me dat ik het moet zeggen, maar ik vind dat wel degelijk harteloos klinken.'

'Voor een buitenstaander zal dat misschien zo zijn, neem ik aan. Maar ik ben een vader. En een vader heeft maar één taak: zijn kind beschermen. Meer niet. En toen ik daar één keer in had gefaald, toen ik mijn dochter naar dat concert had laten gaan en niet goed op haar had gepast… kon niets dat ooit nog goedmaken.' Hij stopte en veegde een traan uit zijn oog. 'Maar goed, u wilt weten wat Suzze hier kwam doen. Ze wilde weten of ik dacht dat Gabriel Wire Alista had vermoord.'

'Heeft ze gezegd waaróm ze dat wilde weten? Ik bedoel, na al die jaren?'

'Nee.' Hij knipperde met zijn ogen en wendde zijn blik af.

'Wat is er?'

'Niks. Ik had tegen haar moeten zeggen dat ze het moest laten rusten. Ik bedoel, Alista was te dicht in de buurt van Gabriel Wire gekomen… en moet je zien wat er nu is gebeurd.'

'Wilt u daarmee zeggen…?'

'Ik zeg niks. In het nieuws zeiden ze dat ze een overdosis heroïne heeft genomen. Ze leek van streek toen ze hier wegging, dus ik was niet al te verbaasd toen ik dat hoorde.'

Achter hem begon een van Laurens vriendinnetjes te huilen… iets over een verkeerd zakje met speeltjes dat ze had gekregen. Karl Snow hoorde de commotie. Hij haastte zich naar de meisjes, die allemaal de dochter van iemand waren, meisjes die snel groot zouden worden en dan zouden vallen op rocksterren. Maar voorlopig waren ze nog hier, vierden ze de verjaardag van hun vriendinnetje en waren ze alleen geïnteresseerd in een lekker ijsje en het juiste zakje met speeltjes.

20

Win wist hoe je een snelle afspraak met Herman Ache moest regelen. Windsor Horne Lockwood III was, net als Windsor Horne Lockwood II en Windsor Horne Lockwood I, geboren met een zilveren golfclub in zijn mond. Zijn ouders en grootouders waren lid geweest van de Merion Golf Club in Ardmore, even buiten Philadelphia. Win was ook lid van Pine Valley, gewoonlijk gezien als de nummer één golfbaan ter wereld, ongeacht het feit dat die vlak bij een waterrijk, derderangs toeristisch gebied was gesitueerd. Voor de paar keer per jaar dat hij in de omgeving van New York op een behoorlijke golfbaan wilde spelen, was hij lid geworden van de Ridgewood Golf Club, een door A.W. Tillinghast ontworpen paradijs van tweeëntwintig holes dat werd gezien als een van de allerbeste golfbanen ter wereld.

Herman Ache, de 'voormalige' maffiabaas, hield meer van golf dan van zijn kinderen. Dat klonk misschien overdreven, maar uit Wins recente bezoek aan de federale strafgevangenis was gebleken dat Herman Ache in ieder geval meer van golf hield dan van zijn broer Frank. Dus had Win die ochtend Hermans kantoor gebeld en hem uitgenodigd voor een paar holes op Ridgewood diezelfde dag. Zonder een seconde te aarzelen had Herman Ache ingestemd.

Herman Ache was uitgekookt genoeg om te weten dat Win een bedoeling met zijn uitnodiging had, maar dat kon hem niet schelen. Dit was zijn kans om op Ridgewood te spelen, een gelegenheid die zich zelden voordeed, zelfs voor de rijkste en machtigste maffiabazen van de Verenigde Staten. Hij was bereid met open ogen in een FBI-val te lopen of zich te laten afluisteren als dat inhield dat hij een balletje kon slaan op een van Tillinghasts legendarische golfbanen.

'Nogmaals bedankt voor de uitnodiging,' zei Herman.

'Het genoegen is geheel aan mijn kant.'

Ze waren op de eerste tee, die bekendstond als One East. Mobiele telefoons waren hier niet toegestaan, maar Win had Myron gesproken voordat hij hiernaartoe was gereden en hij was bijgepraat over Myrons gesprek met Karl Snow. Win wist niet goed wat hij ervan moest denken. Hij maakte zijn geest leeg en liep op de bal toe. Hij ademde langzaam uit en spleet de fairway in tweeën met een drive van tweehonderdnegentig meter.

Herman Ache, wiens swing lelijker dan een apenoksel was, was aan de beurt. Zijn bal vloog over de bomen aan de linkerkant en kwam bijna op Route 17 terecht.

Herman fronste zijn wenkbrauwen. Hij keek boos naar zijn golfclub alsof die er de schuld van was. 'Zal ik je eens iets vertellen? Ik heb Tiger Woods op deze plek dezelfde bal zien slaan tijdens de Barclay Open.'

'Ja,' zei Win. 'Op de tee zijn Tiger en jij praktisch inwisselbaar.'

Herman Ache lachte zijn veel te witte caps bloot. Ondanks het feit dat hij al een heel eind in de zeventig was, ging hij gekleed in een geel Nike Dri-Fit-golfshirt en, volgens de laatste, door een zieke geest bedachte trend in golfmode, een witte vormcorrigerende broek met wijd uitlopende pijpen en een brede zwartleren riem met een zilveren gesp ter grootte van een putdeksel.

Ache vroeg om een Mulligan – in feite een tweede poging, wat Win nooit zou doen als hij bij iemand te gast was – en legde een andere bal op de tee. 'Mag ik je iets vragen, Win?'

'Natuurlijk. Ga je gang.'

'Zoals je weet ben ik al een jaartje ouder.'

Ache glimlachte weer. Hij probeerde de vriendelijke opa te spelen, maar door die caps had hij eerder iets van een grijnzende mummie. Herman Ache had een gelaatskleur die meer naar oranje dan naar bruin neigde, en het volle, keurig gekapte grijze haar dat je alleen met veel geld kunt kopen, kortom, een eersteklas toupet. Zijn gelaat was geheel vrij van rimpels, en van bewegingen. Botox. Liters. De huid had een olieachtige glans, waardoor hij eruitzag als iets wat Madame Tussaud op een van haar mindere dagen had gemaakt. Hij werd verraden door zijn hals. Die was slap, zat vol plooien en zwabberde heen en weer als het scrotum van een oude man.

'Daar ben ik me van bewust,' zei Win.

'En zoals je waarschijnlijk weet, ben ik eigenaar en zakelijk leider van een omvangrijk, gevarieerd imperium van legale bedrijven.'

Als iemand het nodig vindt je te vertellen dat zijn bedrijven legaal zijn, kun je er donder op zeggen dat ze dat niet zijn.

Win mompelde iets wat van alles kon betekenen.

'Ik vroeg me af of jij bereid zou zijn me voor te dragen als lid van deze golfclub,' zei Herman Ache. 'Als jij, met jouw naam en je connecties, dat zou doen, denk ik dat ik een goede kans maak.'

Win moest zijn uiterste best doen niet bleek weg te trekken. Ook slaagde hij erin niet naar zijn hart te grijpen en achteruit te wankelen, maar het kostte hem moeite. 'Daar valt over te praten,' zei hij.

Herman ging achter de bal staan, kneep zijn ogen tot spleetjes en bestudeerde de fairway alsof hij de Nieuwe Wereld had gevonden. Hij deed een stapje naar de bal toe, ging ernaast staan en deed vier pijnlijk langzame oefenswings. De caddies keken elkaar aan. Hermans blik richtte zich weer op de fairway. Als dit een film zou zijn, zou je het volgende zien: de wijzers van de klok draaiden razendsnel rond, de kalenderblaadjes met de dagen van het jaar werden omgeblazen door de wind, boombladeren werden bruin, het begon te sneeuwen, de zon liet zich zien en alles werd weer groen.

Wins golfregel 12: het is volslagen acceptabel om te staan klungelen tijdens het golfen, maar het is volmaakt onacceptabel als je dat te langzaam doet.

Uiteindelijk deed Herman zijn slag… en vloog de bal weer als een lamme eend naar links. De bal raakte een boom en ketste terug op de fairway. De caddies slaakten een zucht van opluchting. Win en Ache werkten zich door de eerste twee holes, waarbij alleen over volstrekt onbenullige zaken werd gekletst. Want in beginsel is golf een spel waarin je heerlijk kunt opgaan. Je denkt aan je score en verder aan niets. Dat kan heel prettig zijn, op diverse manieren, maar interessante conversatie levert het niet op.

Bij de tee van de derde hole, de befaamde par 5-hole, tuurden ze beiden in de verte, in de volmaakte rust en het fluisterende geruis van het groen. De aanblik was adembenemend. Even bleven ze doodstil staan en zeiden ze niets. Win ademde geluidloos in en uit, en bijna had hij zijn ogen gesloten. Een golfbaan is een heiligdom. Er worden veel grappen over golf gemaakt, en inderdaad, al waren de intelligentste geesten eraan verslingerd, het bleef een ronduit stompzinnige bezigheid. Maar als Win op een dag als deze op de baan was, wanneer hij zijn blik over het golvende, rustgevende groen liet gaan, dan voelde zelfs hij, als overtuigd agnosticus, zich een gezegend mens.

'Win?'

'Ja?'

'Dank je,' zei Herman Ache. Er ontsnapte een traantje aan zijn oog. 'Bedankt voor dit mooie moment.'

Win keek de man aan. De betovering werd verbroken. Dit was niet de persoon met wie hij een ervaring als deze wilde delen. Maar, dacht Win, het bood hem wel een opening. 'Over dat lidmaatschap...'

Met een bijna kinderlijk verlangen keek Herman Ache op naar Win. 'Ja?'

'Wat moet ik de ballotagecommissie vertellen over je... eh, zakelijke bezigheden?'

'Dat heb ik je al verteld. Die zijn tegenwoordig volstrekt legaal.'

'Ah, maar ze zullen ook willen weten wat je vroeger hebt gedaan.'

'Dat was toen, om te beginnen. Bovendien lag dat niet aan mij. Laat me je iets vragen, Win. Wat is het verschil tussen de Herman Ache van nu en die van vijf jaar geleden?'

'Vertel jij het me maar.'

'Dat zal ik doen. Het grote verschil is dat er nu geen Frank Ache meer rondloopt.'

'Ik begrijp het.'

'Al die criminele zaken en al dat geweld... dat was ik niet. Dat was mijn broer Frank. Je kent hem, Win. Frank is tuig van de richel. Hij is grofgebekt en gewelddadig. Ik heb mijn best gedaan om hem in toom te houden. Hij was het die alle problemen heeft veroorzaakt. Dát kun je aan de commissie vertellen.'

Je eigen broer verkwanselen voor het lidmaatschap van een golfclub. Een nobel mens.

'Ik betwijfel of je broer voor de leeuwen gooien wel zo goed zal vallen bij de commissie,' zei Win. 'Ze hechten veel waarde aan familiebanden.'

Een kentering in zijn blik, en in zijn reactie. 'O, maar ik gooi hem niet voor de leeuwen. Hoor eens, ik hou van Frank. Hij is mijn kleine broertje. Dat zal altijd zo blijven. Ik zorg goed voor hem. Je weet dat hij nu zijn straf uitzit, hè?'

'Dat heb ik gehoord, ja,' zei Win. 'Ga je wel eens bij hem op bezoek?'

'Natuurlijk, zo vaak ik kan. Het grappige is dat Frank het daar prima naar zijn zin heeft.'

'In de gevangenis?'

'Je kent Frank. Hij runt inmiddels de hele tent daar. Ik zal eerlijk tegen je zijn. Ik wilde niet dat hij er alleen voor opdraaide, maar Frank... tja, hij stond erop. Hij wilde dit per se doen, voor de hele familie, dus zeg nu zelf, het minste wat ik kan terugdoen is ervoor zorgen dat het hem aan niets ontbreekt.'

Win observeerde het gezicht en de lichaamstaal van de oude man. Er was niets aan hem te zien. De meeste mensen gaan ervan uit dat je op de een of andere manier aan iemand kunt zien wanneer hij tegen je liegt, dat er zichtbare tekenen van bedrog bestaan en dat je, als je die leert herkennen, met zekerheid kunt zeggen of iemand liegt of dat hij de waarheid spreekt. Mensen die deze onzin geloven, zullen in hun leven nog vaak voor de gek worden gehouden. Herman Ache was een psychopaat. Hij had hoogstwaarschijnlijk meer mensen vermoord – of laten vermoorden, om preciezer te zijn – dan Frank ooit zou kunnen. Met Frank Ache wist je waar je aan toe was. Die kende maar één aanpak, de frontale aanval, waartegen je je kon verweren. Herman Ache opereerde meer als de slang in het lange gras, als de wolf in schaapskleren, en daarom was hij veel gevaarlijker.

De tees van de zevende hole stonden vandaag vrij hoog, dus ruilde Win zijn driver om voor zijn 3-wood. 'Mag ik je iets vragen over een van je zakelijke bezigheden?'

Herman Ache keek Win met een scherpe blik aan, en nu wist de slang zich niet goed verborgen te houden.

'Vertel me eens iets over jouw connectie met Gabriel Wire.'

Zelfs een psychopaat kan verbaasd kijken. 'Waarom zou jij dat willen weten?'

'Myron vertegenwoordigt zijn partner.'

'Nou en?'

'Ik weet dat hij in het verleden gokschulden bij je had.'

'Dus dan zal het wel illegaal zijn, denk je dat? Als de overheid staatsloten verkoopt, kraait er geen haan naar. Als je in Las Vegas of Atlantic City of bij een stel indianen een weddenschap afsluit, hoor je daar niemand over. Maar als een eerlijke zakenman als ik dat doet, is het ineens een misdaad?'

Win deed erg zijn best niet te geeuwen. 'Dus Wire gokt nog steeds bij jou?'

'Dat zijn jouw zaken niet. Wire en ik hebben een legitieme zakelijke overeenkomst met elkaar. Dat is het enige wat je hoeft te weten.'

'Een legitieme zakelijke overeenkomst?'

'Ja, dat klopt.'

'Maar dan begrijp ik iets niet,' zei Win.

'En dat is?'

'Wat kan die legitieme zakelijke overeenkomst zijn als Evan Crisp op Adiona Island Wires huis bewaakt?'

Ache, die de driver nog in zijn hand had, verstrakte. Hij gaf de driver terug aan de caddie en trok met een ruk de witte handschoen van zijn linkerhand. Hij ging dichter bij Win staan. 'Luister naar me,' zei hij zacht. 'Dit is iets waar Myron en jij je maar beter niet mee kunnen bemoeien. Geloof me. Ken je Crisp?'

'Alleen van reputatie.'

Ache knikte. 'Dan weet je dat dat heel onverstandig is.'

Herman keek Win nog eens doordringend aan en wendde zich daarna tot zijn caddie. Hij trok zijn handschoen aan en vroeg om zijn driver. De caddie gaf die aan hem en ging alvast op weg naar het bos aan de linkerkant omdat Herman Aches ballen een voorkeur voor dat terrein leken te hebben.

'Ik ben er niet op uit om jouw zaken te schaden,' zei Win. 'En die van Gabriel Wire trouwens ook niet, mocht je dat willen weten.'

'Wat wil je dan wel?'

'Ik wil weten wat er met Suzze T is gebeurd. Ik wil weten wat er met Alista Snow is gebeurd. En ik wil weten op welke manier Kitty Bolitar daarbij betrokken is.'

'Ik weet niet waar je het over hebt.'

'Wil je mijn theorie horen?'

'Waarover?'

'Laten we zestien jaar teruggaan,' zei Win. 'Gabriel Wire heeft een substantiële som geld aan gokschulden bij jou openstaan. Hij is verslaafd aan drugs, is een plooirokjesjager...'

'Plooirokjes?'

'Hij heeft ze graag jong,' legde Win uit.

'Ah, nu begrijp ik het. Plooirokjes.'

'Fijn om te horen. Gabriel Wire is ook – en dat is voor jou interessant – een dwangmatig gokker. Kortom, Wire is een stumper, maar wel een heel lucratieve. Hij heeft geld, zijn inkomstenprognoses zijn fenomenaal, met andere woorden: die jongen is een regelrechte goudmijn. Kun je me tot nu toe volgen?'

Herman Ache zei niets.

'Dan, op een dag, gaat Wire de fout in. Na een concert in Madison Square Garden neemt hij Alista Snow, een naïef meisje van zestien, mee naar zijn hotelsuite. Wire geeft haar rohypnol en cocaïne en wat hij verder nog heeft liggen, en het eind van het liedje is dat het meisje van het dakterras valt. Hij raakt in paniek. Of misschien, omdat Wire zo'n belangrijke bron van inkomsten is, heb je al iemand ter plekke. Misschien is dat Crisp wel. Je laat de rommel opruimen.

Je intimideert de getuigen en je koopt zelfs de vader van het meisje af... je doet alles wat nodig is om je goudmijn te beschermen. Want nu staat hij nog veel meer bij je in het krijt. Ik weet niet wat voor "legitieme zakelijke overeenkomst" je met hem hebt gesloten, maar ik stel me zo voor dat Wire jou – wat zal het zijn? – de helft van al zijn inkomsten betaalt. Dan hebben we het over minstens een paar miljoen per jaar.'

Herman Ache keek hem alleen maar aan en moest zijn uiterste best doen om niet te exploderen van woede. 'Win?' zei hij.

'Ja?'

'Ik weet dat Myron en jij denken dat jullie heel wat mans zijn,' zei Ache, 'maar geen van jullie is kogelvrij.'

'Ah, gossie.' Win spreidde zijn armen. 'Waar is meneer Legaal gebleven? Meneer de legitieme zakenman?'

'Je bent gewaarschuwd.'

'Trouwens, ik heb je broer opgezocht in de gevangenis.'

Hermans mond viel open.

'Je moet de groeten van hem hebben.'

21

Terug op kantoor werd Myron opgewacht door Big Cyndi.

'Ik heb informatie over de tatoeage van Gabriel Wire voor u, meneer Bolitar.'

'Laat maar horen.'

Big Cyndi was vandaag helemaal in het roze en ze had genoeg rouge op haar wangen om een minibusje over te spuiten. 'Volgens Ma Gellans diepgaande research had Gabriel Wire één tatoeage. Die zat op zijn linkerheup, niet op de rechter. Dat klinkt misschien vreemd, dus luistert u even naar me, alstublieft.'

'Ik ben een en al oor.'

'De tatoeage stelde een hartje voor. Het hartje was een permanente tatoeage, maar wat Wire erin zette, was tijdelijk.'

'Ik geloof niet dat ik je kan volgen.'

'U weet hoe Gabriel Wire eruitziet, nietwaar?'

'Ja.'

'Hij was een wereldberoemde rockster en een lekkerbekje van de bovenste plank, maar hij had één kleine afwijking.'

'En die was?'

'Hij viel op minderjarige meisjes.'

'Was hij pedofiel?'

'Nee, dat geloof ik niet. De meisjes van zijn doelgroep waren volledig ontwikkeld. Maar ze waren jong. Hooguit zestien, zeventien jaar oud.'

Net als Alista Snow, bijvoorbeeld. En nu hij erover nadacht, ook Suzze T, toentertijd.

'Maar zelfs Gabriel Wire, als bloedmooie rockster, moest een jong meisje er soms van overtuigen dat ze echt iets voor hem betekende.'
'Ik zie nog niet hoe die tatoeage in het verhaal past.'
'Het was een rood hartje.'
'Ja, en?'
'En de binnenkant was vrijgelaten. Alleen een rood hartje. Dus wat deed Gabriel Wire? Hij pakte een fineliner en schreef de naam van het meisje op wie hij zijn pijlen had gericht dwars door het hartje. Vervolgens deed hij alsof hij de tatoeage speciaal voor haar had laten zetten.'
'Wow.'
'Precies.'
'Over duivelse slimheid gesproken.'
Big Cyndi zuchtte. 'U moest eens weten hoe ver sommige mannen bereid zijn te gaan om ons, mooie meiden, in hun bed te krijgen.'
Myron moest deze informatie even verwerken. 'Maar hoe pakte hij het precies aan?'
'Dat hing ervan af. Als Gabriel meteen spijkers met koppen wilde slaan, nam hij het meisje nog dezelfde avond mee naar een tatoeagesalon. Dan vroeg hij haar in de wachtkamer te blijven zitten, ging zelf naar achteren en schreef daar de naam in het hartje. Of hij had de tatoeage zogenaamd laten aanbrengen voor hun tweede afspraakje.'
'Zijn manier om te zeggen: "ik geef zo veel om je dat ik je naam op mijn lijf heb laten tatoeëren; kijk zelf maar"?'
'Precies.'
Myron schudde zijn hoofd.
'U zult moeten toegeven,' zei Big Cyndi, 'dat het redelijk geniaal is.'
'Ik dacht meer aan redelijk gestoord.'
'Ah, dat maakt er volgens mij ook deel van uit,' zei Big Cyndi. 'Gabriel Wire kon alle meisjes krijgen die hij maar wilde... ook de jongere. Dus vroeg ik mezelf af: waarom al die moeite doen? Waar-

om niet gewoon het ene meisje dumpen en aan het volgende beginnen?'

'En?'

'En ik denk dat hij, net als veel andere mannen, er zeker van wilde zijn dat het meisje echt voor de volle honderd procent voor hem viel. Hij hield van jonge meisjes. Dus ik vermoed dat hij wat ontwikkeling betreft op de een of andere manier is geremd, dat hij is blijven steken in het stadium waarin een jongen zich heel bijzonder voelt wanneer hij het hart van een meisje breekt. Zoals vroeger, op de middelbare school.'

'Dat zou kunnen.'

'Het is maar een theorie,' zei Big Cyndi.

'Oké. Dit is allemaal heel interessant, maar wat heeft het te maken met die andere tatoeage, die Suzze ook had?'

'Bij die andere tatoeage gaat het om een origineel, speciaal gemaakt ontwerp,' zei Big Cyndi. 'Ma Gellan had de theorie dat Suzze en Gabriel minnaars waren. Suzze had de tatoeage en toen heeft Gabriel – om haar te imponeren of te misleiden – die ook laten zetten.'

'Maar dat was dus een tijdelijke?'

'Dat kunnen we onmogelijk met zekerheid zeggen,' zei Big Cyndi, 'maar op grond van zijn verleden zou dat heel goed kunnen.'

Esperanza stond in de deuropening. Myron zag haar en vroeg: 'Heb jij hier ideeën over?'

'Alleen de voor de hand liggende,' zei Esperanza. 'Suzze en Gabriel hadden iets met elkaar. Iemand plaatst een bericht over het vaderschap van haar kind en zet er een afbeelding bij van de tatoeage die ze allebei hebben of hebben gehad.'

'Kitty heeft toegegeven dat zij dat bericht heeft geplaatst,' zei Myron.

'Dat zou in de rest van het plaatje passen,' zei Esperanza.

'Hoe dat zo?'

De kantoortelefoon ging. Big Cyndi liep naar haar bureau, nam op en zei met suikerzoete stem: 'MB Reps.' Ze luisterde even, keek op naar Myron en Esperanza, schudde haar hoofd en wees op zichzelf. Zij kon het afhandelen.

Esperanza gebaarde Myron dat hij moest meekomen naar haar kantoor. 'Ik heb de belstaten van Suzzes mobiele telefoon.'

In politieseries op tv doen ze vaak alsof het opvragen van de belstaten heel moeilijk is, en dat het, afhankelijk van de plot, dagen of weken kan duren voordat je ze hebt. In werkelijkheid kost het je maar een paar minuten. In dit geval zelfs nog minder. Net als die van veel andere cliënten liepen al Suzzes betalingen via MB Reps. Dat hield in dat ze al haar gegevens hadden: telefoonnummers, adres, wachtwoorden en sofinummer. Esperanza kon haar belstaten net zo gemakkelijk op internet opzoeken als die van haar eigen telefoon.

'Haar laatste telefoontje was naar Lex' mobieltje, maar hij nam niet op. Het is mogelijk dat hij toen in het vliegtuig hiernaartoe zat. Maar Lex had haar zelf eerder op de dag gebeld. Meteen daarna – op de ochtend van de dag dat ze is gestorven – heeft Suzze naar een ontraceerbaar prepaid mobieltje gebeld. Ik heb het sterke vermoeden dat de politie zal denken dat ze haar dealer heeft gebeld voor drugs.'

'Maar dat was niet zo?'

Esperanza schudde haar hoofd. 'Het nummer komt overeen met dat wat onze vriend Crush jou van Kitty heeft gegeven.'

'Wow.'

'Inderdaad,' zei Esperanza. 'En misschien is Suzze zo aan de drugs gekomen.'

'Van Kitty?'

'Ja.'

Myron schudde zijn hoofd. 'Ik kan het nog steeds niet geloven.'

'Wat kun je niet geloven?'

'Van Suzze. Je hebt haar hier gezien. Ze was in verwachting. Ze was gelukkig.'

Esperanza leunde achterover en bleef hem een paar seconden aankijken. 'Weet je nog dat Suzze de US Open had gewonnen?'

'Natuurlijk. Wat heeft dat er nou mee te maken?'

'Ze had haar leven gebeterd. Ze had zich helemaal op haar tennis gefocust en *kaboem*, meteen wint Suzze een belangrijk toernooi.

Ik heb nog nooit iemand gezien die dat zó graag wilde. Ik zie het nog voor me: de laatste, beslissende cross-court forehand, de blik van pure, ongeremde vreugde op haar gezicht, en toen gooide ze haar racket in de lucht, draaide zich om en wees naar jou.'

'Naar ons,' zei Myron.

'Niet van dat correcte, alsjeblieft. Jij bent altijd haar agent en haar vriend geweest, maar je hebt je ogen niet in je zak. Want ik wil dat je denkt aan wat er daarná gebeurde.'

Myron dacht eraan terug. 'We hebben een groot feest georganiseerd. Suzze had de beker meegebracht. We hebben er champagne uit gedronken.'

'En daarna?'

Myron knikte, begreep waar Esperanza naartoe wilde. 'Ze stortte in.'

'En niet zo'n beetje ook.'

Vier dagen na de grootste zege van haar tenniscarrière – nadat ze haar opwachting had gemaakt in de *Today Show*, de *Late Show* van David Letterman en nog een heel stel andere veelbekeken programma's – had Myron Suzze om twee uur 's middags huilend in haar bed aangetroffen. Ze zeggen dat niets erger is dan een droom die uitkomt. Suzze had gedacht dat haar US Open-titel haar het grote geluk zou brengen. Ze had gedacht dat haar ontbijt haar 's morgens beter zou smaken, dat de zon aangenamer zou aanvoelen op haar huid, dat ze in de spiegel zou kijken en iemand zou zien die begeerlijker en intelligenter was, iemand van wie iedereen meer zou houden.

Ze had gedacht dat de zege haar zou veranderen.

'Net toen alles voor haar beter ging dan ooit,' zei Esperanza, 'begon ze weer te gebruiken.'

'En jij denkt dat dat nu weer is gebeurd?'

Esperanza bracht haar ene hand omhoog en daarna de andere. 'Gelukkig, depressief. Gelukkig, depressief.'

'En haar bezoek aan Karl Snow na al die jaren? Denk je dat dat toeval was?'

'Nee. Maar ik denk wel dat het een hoop emoties heeft losgemaakt. Dat pleit voor de verklaring dat ze weer is gaan gebruiken, en niet ertegen. In de tussentijd heb ik gekeken naar de adressen van Suzzes gps, die jij me had gegeven. Het eerste... nou, dat weet je al, was Karl Snows ijssalon. Voor de rest van de adressen is ook een verklaring denkbaar, maar alleen van het tweede kan ik niks maken.'

'Die kruising in Edison, New Jersey?' En even daarna: 'Wacht eens. Zei je niet dat Kitty's prepaid telefoon bij een T-Mobile Shop in Edison was gekocht?'

'Ja, dat klopt.' Esperanza deed iets op haar computer. 'Hier heb je de satellietfoto van Google Earth.'

Myron keek. Een ShopRite. Een Best Buy. Een stel andere winkels. Een benzinestation.

'Geen T-Mobile Shop,' zei Esperanza.

Nee, dacht Myron, maar wel een bezoekje waard.

22

De Bluetooth-set in Myrons auto was aangesloten op zijn mobiele telefoon. Het daaropvolgende half uur belde hij met cliënten. Het leven laat zich niet stoppen door de dood. Als je daarvan een bewijs wil, ga weer aan het werk en merk het zelf.

Een paar minuten voordat hij op zijn bestemming aankwam, belde Win.

'Ben je gewapend?' vroeg Win.

'Je hebt Herman Ache boos gemaakt, neem ik aan?'

'Ja.'

'Dus hij heeft Gabriel Wire in de tang?'

'Daar lijkt het wel op, ja. Maar er is iets wat me niet lekker zit.'

'En dat is?' zei Myron.

'Ik heb hem onze theorie voorgelegd, over Wire die gokschulden bij hem had en dat hij Wire nu chanteert.'

'Ja?'

'Al na enkele minuten,' zei Win, 'gaf meneer Ache toe dat onze theorie juist was.'

'En dat houdt in?'

'Herman Ache zou nog liegen over wat hij als lunch had gegeten,' zei Win.

'Dus hij houdt iets voor ons achter.'

'Ja. Zorg er in de tussentijd voor dat je gewapend bent.'

'Zodra ik terug ben zal ik een pistool bij me steken,' zei Myron.

'Niet nodig om zo lang te wachten. Er ligt een .38 onder je stoel.'

Geweldig. Myron tastte onder zijn stoel en voelde de klomp

staal. 'Zijn er nog meer dingen die ik zou moeten weten?'

'Ik heb de laatste hole een birdie geslagen. Tot dan toe had ik steeds twee onder par gespeeld.'

'Dus daar ging je voorsprong.'

'Ik heb me ingehouden.'

'Ik denk,' zei Myron, 'dat er een moment komt waarop we met Gabriel Wire zelf zullen moeten gaan praten.'

'Dat betekent dat we de burcht moeten bestormen,' zei Win. 'Of in ieder geval zijn landgoed op Adiona Island.'

'Denk je dat je ons door zijn beveiliging kunt loodsen?'

'Ik zal doen alsof ik dat niet heb gehoord.'

Toen Myron bij de kruising in Edison aankwam, zette hij zijn auto op het parkeerterrein bij een rijtje winkels. Hij keek of er daar ook een ijssalon was – want dan zou hij daar beginnen – maar nee, zo te zien was het hier allemaal wat zakelijker. Een typisch Amerikaans winkelstraatje met een Best Buy, een Staples en een schoenenwinkel die DSW heette, die de afmetingen van een klein Europees hertogdom had.

Maar wat had ze hier te zoeken gehad?

Hij ging de chronologie van de afgelopen dag nog eens na. Eerst was Suzze gebeld door haar man Lex Ryder. Dat gesprek had zevenenveertig minuten geduurd. Een half uur daarna had Suzze naar het prepaid mobieltje van Kitty gebeld. Dat gesprek was veel korter geweest en had vier minuten gekost. Oké, en toen? Er volgde een gat in de tijd, maar vier uur daarna had Suzze de ijssalon van Karl Snow bezocht om Karl naar de dood van zijn dochter Alista te vragen.

Dus moest hij proberen die vier uur in te vullen.

Als Myron afging op de informatie van de gps in haar auto, was Suzze, ergens tussen haar vier minuten durende gesprek met Kitty en haar bezoek aan Karl Snow, hiernaartoe gereden, naar deze kruising in Edison, New Jersey. Suzze had geen specifiek adres op haar gps ingetoetst, net zoals ze dat met Karl Snows ijssalon niet had gedaan. Alleen deze kruising. Aan de ene kant was het rijtje winkels. Aan kant twee een benzinestation. Aan kant drie een Audi-dealer.

En aan kant vier was niets, die weg liep het bos in.

Waarom was ze hier geweest? En waarom had ze geen adres ingevoerd?

Aanwijzing één: Suzze was hiernaartoe gereden meteen nadat ze Kitty had gesproken. Gezien de langdurige en complexe relatie die de twee met elkaar hadden gehad, leek een telefoontje van vier minuten erg kort. Mogelijke conclusie: Suzze en Kitty hadden elkaar slechts lang genoeg gesproken om ergens met elkaar af te spreken. Tweede mogelijke conclusie: ze hadden hier afgesproken, op deze kruising.

Myron keek om zich heen, zocht naar een restaurant of koffietent, maar hij vond geen van beide. Het leek hem hoogst onwaarschijnlijk dat de twee voormalige tennisgrootheden hiernaartoe waren gekomen om schoenen, kantoorartikelen of elektronica te kopen, dus daarmee viel het winkelstraatje af. Hij liep de kruising op en tuurde naar links en naar rechts. En toen zag Myron, een eindje voorbij de Audi-dealer, een chic ogend bord dat zijn aandacht trok. De tekst, in een oud-Engels lettertype, luidde: LENDALE MOBILE ESTATES.

Het was, zag Myron toen hij de kruising was overgestoken, een trailerpark. Zelfs trailerparken maakten tegenwoordig gebruik van spindoctors en hanteerden de Madison Avenue-stijl, in de hoop dat je je, door dat chique bord en het gebruik van het woord 'estates', in een van de betere buurten van Newport, Rhode Island, zou wanen. De trailers stonden aan weerszijden van grindpaden met namen als Garden Mews en Old Oak Drive, hoewel er nergens een siertuin of eik te bekennen was, laat staan een oude eik. En wat een 'mew' was, wist Myron evenmin.

Al vanaf de weg kon Myron diverse borden met TE HUUR zien staan. Nieuwe conclusie: Kitty en Mickey woonden hier. Misschien had Suzze het exacte adres niet geweten. Of misschien zou de gps de namen Garden Mews en Old Oak Drive niet herkennen, en had Kitty haar naar de dichtstbijzijnde kruising verwezen.

Myron had geen foto van Kitty om mee langs de deuren te gaan, en bovendien zou hij dan te veel argwaan wekken. Hij kon ook niet alle trailers stuk voor stuk afgaan. Uiteindelijk koos hij voor het aloude 'schaduwen op afstand'. Hij liep terug naar zijn auto en parkeerde die naast het kantoortje van de parkbeheerder, waar hij een goed zicht op het merendeel van de trailers had. Maar hoe lang kon hij hier blijven staan zonder te worden opgemerkt? Eén, hooguit twee uur. Hij belde zijn oude vriendin Zorra, de voormalige Mossad-agent die altijd wel in was voor een klusje als dit. Zorra ging akkoord en zei dat ze hem over twee uur kwam aflossen.

Myron maakte het zich gemakkelijk en gebruikte de tijd om zijn cliënten te bellen. Chaz Landreaux, zijn oudste NBA-speler en voormalige All-Star, hoopte zijn carrière als prof nog een jaar te kunnen verlengen. Myron had al met diverse clubs gebeld en geprobeerd een proefcontract voor hem in de wacht te slepen, maar niemand had interesse getoond. Chaz was ontroostbaar. 'Ik kan het nu nog niet missen,' zei hij tegen Myron. 'Begrijp je wat ik bedoel?'

Myron begreep het maar al te goed. 'Blijf trainen,' zei hij. 'Er is heus wel iemand die je een kans wil geven.'

'Bedankt, man. Ik weet dat ik een jong team vooruit kan helpen.'

'Dat weet ik ook. Mag ik je iets anders vragen? Als we uitgaan van het slechtst denkbare scenario en de NBA is niet meer aan de orde, voel je er dan iets voor om een jaartje in China of in Europa te gaan spelen?'

'Nee, dat denk ik niet.'

Myron keek door de voorruit naar buiten en zag de deur van een van de trailers opengaan. En het was zijn neef Mickey die naar buiten kwam. Myron ging rechtop zitten. 'Chaz, ik blijf eraan werken. Ik spreek je morgen, oké?'

Hij beëindigde het gesprek. Mickey stond voor de trailer en hield de deur open. Hij keek nog een keer naar binnen voordat hij die liet dichtvallen. Hij was, zoals Myron de vorige avond had gezien, flink groot voor zijn leeftijd: een meter negentig en hij woog zo te zien ruim honderd kilo. Mickey liep met zijn schouders naar achteren en met geheven hoofd. Dat was, besefte Myron, de Bolitar-loop. Myrons vader had altijd zo gelopen. Net als Brad. En Myron liep zelf ook zo.

'Aan je genen valt niet te ontkomen, knul.'

Wat nu?

Het was mogelijk, hoewel Myron dat niet echt geloofde, dat Suzze hier met Mickey had afgesproken. Maar nee, dat leek hem niet waarschijnlijk. Hij kon beter in de auto blijven zitten. Hij kon beter wachten tot Mickey was doorgelopen en dan naar de trailer gaan, in de hoop dat Kitty daar nog was. Zo niet, als Kitty er niet was en hij alsnog achter Mickey aan moest gaan, dan zou dat weinig problemen opleveren. Mickey had een rood poloshirt met een Stapleslogo aan. Myron kon er met een gerust hart van uitgaan dat Mickey naar zijn werk ging.

Hadden ze bij Staples zulke jonge mensen in dienst?

Myron vroeg het zich af. Hij deed de zonneklep omlaag. Door de spiegelende voorruit, wist hij, was het voor Mickey vrijwel onmogelijk om hem te zien. Toen zijn neef dichterbij kwam, kon Myron het naamplaatje op zijn polo zien. BOB stond erop.

Het werd alsmaar vreemder.

Hij wachtte tot Mickey bij de kruising was voordat hij uit de auto stapte. Hij ging hem achterna en keek om de hoek. Ja hoor, Mickey liep recht op de ingang van Staples af. Myron maakte rechtsomkeert, ging het trailerpark in en liep door naar Garden Mews. Het park was schoon en goed onderhouden. Voor sommige trailers stonden tuinstoelen. Bij andere waren plastic bloemen en molentjes in de grond gestoken. Windgongen zongen in het zachte briesje. Een breed assortiment aan beeldjes sierde de voortuintjes, met de Maria met Kind als veruit de populairste.

Myron kwam bij de trailer en klopte op de deur. Geen reactie. Hij klopte nog een keer, harder. Nog steeds niets. Hij probeerde door het raam naar binnen te kijken, maar de gordijntjes waren dicht. Hij liep om de trailer heen. Hoewel het midden op de dag was, waren alle gordijntjes dicht. Hij liep terug naar de deur en voelde aan de deurknop. Op slot.

Het slot was een veerslot en waarschijnlijk al wat ouder. Myron was geen expert in inbreken, maar, wist hij, een oud veerslot 'flipperen' was een fluitje van een cent. Myron keek om zich heen om te zien of er niemand in de buurt was. Jaren geleden had Win hem geleerd hoe hij een slot moest forceren met een speciale, extra dunne creditcard. Het kaartje zat altijd in zijn portefeuille, tot nu toe ongebruikt, als een puber die zonder hoopvolle vooruitzichten een condoom bij zich heeft. Hij haalde het eruit, checkte nog eens of er niemand in de buurt was, stak het in de kier naast het slot en oefende er druk op uit in de hoop de schoot terug te duwen en daarmee de deur te openen. Als de trailer een cilinderslot, een klavierslot of zelfs een ordinair tuimelslot had gehad, zou het zinloos zijn geweest. Gelukkig voor hem was het slot goedkoop en gemakkelijk te forceren.

De deur zwaaide open.

Myron ging naar binnen en deed de deur weer snel achter zich dicht. Er brandden geen lampen en alle gordijntjes waren dicht, dus het was halfdonker in de trailer.

'Hallo?'

Geen antwoord.

Hij deed het licht aan. De gloeilampen knipperden en kwamen tot leven. Het interieur zag eruit zoals je dat van een huurtrailer kunt verwachten. Er was zo'n uit afdankertjes samengestelde entertainmenthoek, overal te koop voor nog geen honderd dollar, met een tiental beduimelde paperbacks, een kleine tv en een oud model laptop. Er stond een salontafel voor een slaapbank die sinds de eerste maanlanding geen stofzuiger had gezien. Myron wist dat het een slaapbank was omdat er een kussen en twee opgevouwen dekens op lagen. Waarschijnlijk sliep Mickey hier, en had zijn moeder de slaapkamer geclaimd.

Op het bijzettafeltje naast de bank stond een foto. Myron knipte de lamp aan en pakte de foto op. Mickey in basketbaltenue, met zijn haar door de war en een paar krullende lokken die op zijn bezwete voorhoofd zaten geplakt. Naast hem stond Brad, met zijn arm in een vriendschappelijke houdgreep om de nek van zijn zoon geklemd. Vader en zoon glimlachten breed. Brad keek met zo'n liefdevolle blik naar zijn zoon dat Myron bijna zijn blik afwendde door de intimiteit van het beeld. Brads neus, zag Myron, stond iets uit het lood.

Maar wat veel meer opviel, was dat Brad er ouder uitzag, dat zijn haarlijn was opgeschoven. En iets in dat beeld, de vele jaren die waren verstreken en alles wat ze hadden gemist, brak Myrons hart opnieuw.

Myron hoorde iets achter zich. Snel draaide hij zich om. Het geluid was afkomstig uit de slaapkamer. Hij sloop naar de deur en gluurde door de kier naar binnen. Het woonvertrek zag er redelijk netjes uit. De slaapkamer oogde alsof er een orkaan had huisgehouden. En daar, in het oog van de orkaan, op haar rug, slapend – of in een toestand die ernstiger was – lag Kitty.

'Hallo?'

Ze verroerde zich niet. Ze ademde in korte, schorre stootjes. Het rook naar volle asbak en iets wat bierzweet zou kunnen zijn. Myron deed een stap naar het bed toe. Hij besloot eerst wat rond te neuzen voordat hij haar wakker maakte. Haar prepaid telefoon lag op het nachtkastje. Hij pakte het toestel op en checkte de gesprekkenlijst. Hij herkende de nummers van Suzze en Joel 'Crush' Fishman, en daaronder stonden nog drie of vier gesprekken, waarvan enkele zo te zien vanuit het buitenland waren gevoerd. Hij toetste de nummers op zijn BlackBerry in en mailde ze naar Esperanza. Hij keek in Kitty's tas en vond de paspoorten van haar en van Mickey. Er stonden tientallen stempels in, van landen in alle werelddelen. Myron bekeek ze stuk voor stuk en probeerde een soort chronologie te ontdekken. Maar veel wijzer werd hij er niet van. Toch leek het erop dat Kitty acht maanden geleden vanuit Peru was teruggekomen naar de Verenigde Staten.

Hij deed de paspoorten terug in de tas en keek wat er nog meer in zat. Verder vond hij geen verrassende zaken, totdat hij zijn vingertoppen langs de voering liet gaan en – hallo daar – een verdikking voelde. Hij wrong zijn vingers achter de voering en vond een plastic zakje met een kleine hoeveelheid bruin poeder.

Heroïne.

Bijna was hij ontploft van woede. Hij wilde net een schop tegen het bed geven om haar wakker te maken, toen hij iets op de vloer zag liggen. Even geloofde hij zijn ogen niet. Maar daar lag het, op de vloer onder Kitty's hoofd, achteloos neergelegd op de plek waar je een boek of tijdschrift zou neerleggen voordat je in slaap valt. Myron bukte zich om het beter te bekijken. Hij wilde het niet aanraken, wilde niet dat zijn vingerafdrukken erop zouden komen.

Het was een pistool.

Hij keek om zich heen, zag een T-shirt op de vloer liggen en gebruikte het om het pistool naar zich toe te trekken. Een .38. Eenzelfde wapen als Myron, met dank aan Win, achter zijn broekband had zitten. Waar was ze verdomme mee bezig? Even had hij de neiging haar bij de kinderbescherming aan te geven en af te wachten wat die hiervan vond.

'Kitty?'

Zijn stem klonk nu harder en dwingender. Geen reactie. Dit was geen gewone slaap. Ze was knock-out. Hij gaf een trap tegen het bed. Niets. Hij overwoog een glas water in haar gezicht te gooien. Maar in plaats daarvan sloeg hij haar zachtjes op de wang. Hij boog zich over haar heen en rook haar zurige adem. Zijn gedachten flitsten weer terug naar vroeger, toen ze als onweerstaanbaar tienermeisje had geregeerd op de tennisbaan, waardoor hij weer moest denken aan zijn favoriete Jiddische gezegde: 'De mens probeert, God lacht.'

Maar het was deze keer geen vriendelijke lach.

'Kitty?' zei hij weer, nu nog wat harder.

Opeens gingen haar ogen open. Ze rolde zich op haar zij, waar Myron op zijn beurt van schrok, totdat hij besefte wat ze van plan was.

Ze wilde het pistool van de vloer pakken.

'Zoek je dit?'

Hij hield het pistool voor haar op. Hoewel er nauwelijks licht in de kamer was, knipperde ze met haar ogen en hield ze haar hand erboven om ze af te schermen. 'Myron?'

23

'Wat doe jij verdomme met een geladen pistool?' Kitty sprong uit bed, deed het gordijn een stukje opzij en keek naar buiten. 'Hoe heb je me gevonden?' Haar ogen puilden bijna uit haar hoofd. 'Mijn god, ben je gevolgd?'
'Wat? Nee.'
'Weet je het zeker?' Totale paniek. Ze schoot door het kamertje en keek uit het andere raam. 'Hoe heb je me gevonden?'
'Probeer eerst te kalmeren.'
'Ik wil helemaal niet kalmeren! Waar is Mickey?'
'Ik zag hem naar zijn werk lopen.'
'Nu al? Hoe laat is het?'
'Eén uur 's middags.' Myron probeerde ter zake te komen. 'Heb je Suzze gisteren gezien?'
'Heb je me via haar gevonden? Ze had beloofd dat ze niks zou zeggen.'
'Dat ze wat niet zou zeggen?'
'Alles niet. Maar zeker niet waar ik woonde. Ik had het haar uitgelegd.'
Hou vol, dacht Myron. 'Wat had je haar uitgelegd?'
'Het gevaar. Maar dat begreep ze al.'
'Kitty, praat tegen me. In wat voor gevaar verkeer je?'
Ze schudde haar hoofd. 'Ik kan het niet geloven dat Suzze me heeft verraden.'
'Dat heeft ze niet gedaan. Ik heb je gevonden met behulp van haar gps en de belstaten van haar telefoon.'

'Wat? Hoe doe je dat dan?'

Maar Myron was niet van plan die weg in te slaan. 'Hoe lang heb je liggen slapen?'

'Dat weet ik niet. Ik ben gisteravond uit geweest.'

'Waarnaartoe?'

'Dat gaat je niks aan.'

'Om je vol te spuiten?'

'Sodemieter op!'

Myron deed een stap achteruit en stak zijn handen op om te laten zien dat hij geen kwaad in de zin had. Hij moest haar niet te hard aanpakken. Waarom gaan we altijd in de fout als het onze familie betreft? 'Weet je het van Suzze?'

'Ze heeft me alles verteld.'

'Wát heeft ze je verteld?'

'Dat is geheim. Ik heb haar beloofd dat ik er niks over zou zeggen. En zij heeft het mij beloofd.'

'Kitty, Suzze is dood.'

Even dacht Myron dat ze hem misschien niet had gehoord. Kitty keek recht voor zich uit, voor het eerst met een heldere blik in de ogen. Toen schudde ze haar hoofd weer.

'Een overdosis drugs,' zei Myron. 'Gisteravond.'

Ze bleef haar hoofd schudden. 'Nee.'

'Waar denk je dat ze de drugs vandaan heeft gehaald, Kitty?'

'Dat zou ze nooit doen. Ze was in verwachting.'

'Heb jij die aan haar gegeven?'

'Ik? Mijn god, waar zie je me voor aan?'

Hij dacht bij zichzelf: voor een vrouw die een geladen pistool naast haar bed heeft liggen. Een vrouw die heroïne in de voering van haar tas verstopt. Een vrouw die in een nachtclub vreemde mannen pijpt om een shot te scoren. Maar hij zei: 'Ze is hier gisteren geweest, hè?'

Kitty gaf geen antwoord.

'Waarom was ze hier?'

'Ze had me gebeld,' zei Kitty.

'Hoe kwam ze aan je nummer?'

'Ze had gemaild naar mijn Facebook-account. Net zoals jij hebt gedaan. Ze schreef dat het dringend was. Dat ze iets met me moest bespreken.'

'En toen heb jij haar je mobiele nummer gemaild.'

Kitty knikte.

'En toen Suzze je belde, heb jij gezegd dat ze hiernaartoe moest komen.'

'Niet hier,' zei Kitty. 'Ik was nog niet helemaal overtuigd. Ik wist niet of ik haar kon vertrouwen. Ik was bang.'

Nu begreep Myron het. 'Dus in plaats van haar dit adres te geven, heb je met haar op de kruising afgesproken.'

'Precies. Ik heb tegen haar gezegd dat ze haar auto bij Staples moest parkeren. Dan kon ik haar eerst observeren. Om er zeker van te zijn dat ze alleen was en dat ze niet werd gevolgd.'

'En wie zou haar volgens jou moeten volgen?'

Kitty schudde haar hoofd. Ze was duidelijk te bang om die vraag te beantwoorden. Dit was niet de juiste manier om meer uit haar los te krijgen. Myron koos weer voor de oude, wat voorzichtiger manier. 'Dus Suzze en jij hebben gepraat?'

'Ja.'

'Waarover?'

'Dat heb ik je gezegd. Dat was geheim, tussen haar en mij.'

Myron deed een stapje naar haar toe. Hij moest zijn uiterste best doen om niet te laten blijken dat hij deze vrouw tot in het merg van haar botten verafschuwde. Hij legde zijn hand licht op haar schouder en keek haar rustig aan. 'Alsjeblieft, luister even naar me, goed?'

Met een glazige blik keek Kitty hem aan.

'Suzze is gisteren naar jou toe gekomen,' zei Myron langzaam, alsof hij het tegen een kind met een leerachterstand had. 'Daarna is ze naar Kasselton gereden en heeft ze met Karl Snow gepraat. Weet je wie dat is?'

Kitty sloot haar ogen en knikte.

'Vervolgens is ze naar huis gegaan en heeft ze zichzelf genoeg drugs ingespoten om een eind aan haar leven te maken.'

'Dat zou ze nooit doen,' zei Kitty. 'Dat zou ze haar kind niet aandoen. Ik ken Suzze. Ze is vermoord. Zij hebben haar vermoord.'
'Wie?'
Weer dat 'ik zeg niks'-hoofdschudden.
'Kitty, help me nou uit te zoeken wat er is gebeurd. Waar hebben Suzze en jij het over gehad?'
'We hebben elkaar geheimhouding beloofd.'
'Maar ze is nu dood. Dan gelden beloften niet meer. Je breekt je belofte niet aan haar. Wat heeft ze tegen je gezegd?'
Kitty zocht in haar tas en haalde er een pakje sigaretten uit. Even hield ze het pakje alleen in haar hand en staarde ernaar. 'Ze wist dat ik degene was geweest die die reactie van "niet van hem" had geplaatst.'
'Was ze boos op je?'
'Juist het tegenovergestelde. Ze kwam me om vergiffenis vragen.'
Myron dacht daarover na. 'Omdat zij hetzelfde gerucht had verspreid toen jij in verwachting was?'
'Dat dacht ik eerst ook. Ik dacht dat ze zich kwam verontschuldigen omdat ze toen had lopen rondbazuinen dat ik met iedereen het bed in dook en dat ons kind niet van Brad was.' Kitty keek op naar Myron. 'Dat heeft ze je verteld, hè?'
'Ja.'
'En daardoor dacht jij dat ik een of andere sloerie was? Heb je Brad daarom verteld dat het kind waarschijnlijk niet van hem was?'
'Niet alleen daarom, nee.'
'Maar het heeft eraan bijgedragen?'
'Ik denk het,' zei hij, terwijl hij zijn woede onderdrukte. 'Je wilt me toch niet wijsmaken dat Brad in die tijd de enige was met wie je het deed, of wel soms?'
Fout. Myron zag het meteen in.
'Had het wat uitgemaakt wat ik toen had gezegd?' vroeg ze. 'Jij was bereid het ergste te geloven. Dat heb je altijd gedaan.'
'Ik wilde Brad alleen op de mogelijkheid wijzen, dat is alles. Ik was zijn grote broer. Ik moest op hem letten.'
'Edelmoedig van je,' zei ze, met een stem vol verbittering.

Hij begon haar weer kwijt te raken. Ze dwaalden af. 'Dus Suzze kwam zich bij jou verontschuldigen voor de geruchten die ze indertijd had verspreid?'

'Nee.'

'Maar je zei net...'

'Ik zei dat ik dat dácht. Aanvankelijk. En ze verontschuldigde zich ook. Ze gaf toe dat haar competitieve karakter met haar op de loop was gegaan. Toen heb ik tegen haar gezegd: "Het was je competitieve karakter niet. Het was die bitch van een moeder van je." Voor haar gold alleen de eerste plaats. De dood of de gladiolen. Aan krijgsgevangenen doen we niet. Die vrouw was gestoord. Herinner je je haar?'

'Ja, nou en of.'

'Maar ik wist toen nog niet hoe gestoord dat mens was. Herinner je je die knappe kunstrijdster in de jaren negentig – hoe heette ze ook alweer – die werd mishandeld door de ex van haar grote rivaal?'

'Nancy Kerrigan.'

'Ja, die. Ik achtte Suzzes moeder tot hetzelfde in staat, om iemand in te huren om mijn benen te breken met een stuk ijzer of zoiets. Maar Suzze zei dat het haar moeder niet was geweest. Ze zei dat haar moeder haar misschien wel onder druk had gezet totdat ze het uiteindelijk niet meer aankon, maar dat zíj het had gedaan, niet haar moeder.'

'Dat ze wat had gedaan?'

Kitty keek op en wendde haar blik af. Er kwam een vaag glimlachje om haar mond. 'Zal ik je eens iets grappigs vertellen, Myron?'

Myron wachtte af en zei niets.

'Ik hield van tennis. Van het spel zelf.' Ze had nu die verre, afwezige blik in haar ogen, en Myron dacht terug aan hoe ze toen was geweest, hoe ze als een panter heen en weer over de tennisbaan was geschoten. 'In vergelijking met de andere meisjes was ik niet eens zo fanatiek. Natuurlijk wilde ik winnen. Maar in werkelijkheid, aangezien ik nog zo jong was, hield ik vooral van het spel zelf. Ik begreep mensen niet die alleen maar wilden winnen. Ik heb vaak gedacht dat het wel heel akelige mensen moesten zijn, zeker in de tennissport. Weet je waarom?'

Myron schudde zijn hoofd.

'Aan een tennismatch doen twee mensen mee. Uiteindelijk wint de een en verliest de ander. En ik denk dat voor de meesten het plezier niet voortkomt uit het beter spelen dan de ander. Volgens mij komt het voort uit het versláán van hun tegenstander.' Er kwam een bijna kinderlijke verwarring op haar gezicht. 'Waarom is dat iets waarvoor we zo veel bewondering hebben? We noemen ze winnaars, maar als je erover nadenkt, krijgen ze hun eigenlijke kick van het feit dat ze een ander hebben laten verliezen. Waarom is dat zo bewonderenswaardig?'

'Goeie vraag.'

'Ik wilde proftennisser worden omdat... ik bedoel, kun je je iets mooiers voorstellen dan je brood verdienen met het spel waar je zo veel van houdt?'

Myron hoorde Suzzes stem weer: *Kitty was een geweldige tennisser, waar of niet?*

'Nee,' zei hij, 'dat kan ik niet.'

'Maar als je echt goed bent, als je echt talent hebt, probeert iedereen het spel minder leuk voor je te maken. Waarom doen ze dat?'

'Dat weet ik niet.'

'Waarom is het zo dat ze, zodra blijkt dat we talent hebben, al het mooie van het spel halen en ons inpeperen dat het alleen om winnen gaat? Ze stuurden ons naar die bespottelijke trainingskampen. Ze weekten ons los van onze vrienden. Want succes hebben was niet genoeg... je moest ook al je vrienden dumpen. Suzze legde me dit uit alsof ik het zelf niet allang wist. Ik, die mijn hele tenniscarrière in rook had zien opgaan. Ze wist beter dan wie ook wat tennis voor me betekende.'

Myron hield zich muisstil, was bang dat hij de betovering zou verbreken. Hij wachtte tot Kitty zou doorgaan, maar dat deed ze niet. 'Dus Suzze kwam je zeggen dat het haar speet.'

'Ja.'

'Wat zei ze tegen je?'

'Ze zei...' Kitty keek weer langs hem heen, naar het dichtgetrokken gordijntje. '... ze zei dat het haar speet dat ze mijn carrière had geruïneerd.'

Myron probeerde zijn gezicht in de plooi te houden. 'Op welke manier had ze jouw carrière geruïneerd?'

'Jij wilde me indertijd niet geloven, Myron.'

Myron zei niets.

'Jij dacht dat ik met opzet zwanger was geworden. Om je broer in de val te lokken.' De glimlach om haar mond was nu ronduit angstaanjagend. 'Zo oerdom, als je erover nadenkt. Waarom zou ik dat doen? Ik was pas zeventien. Ik wilde proftennisser worden, niet de moeder van een kind. Waarom zou ik me met opzet zwanger laten maken?'

Had Myron zich onlangs niet hetzelfde afgevraagd? 'Dat spijt me,' zei hij. 'Ik had beter moeten weten. De pil biedt geen honderd procent bescherming. Ik bedoel, dat leerden we in de eerste week van biologie in groep zeven.'

'Maar toch geloofde jij me niet, hè?'

'Toen niet, nee. En dat spijt me.'

'Alweer een excuus,' zei ze hoofdschuddend. 'En alweer te laat. Bovendien heb je het mis.'

'Wat?'

'Over de pil die zijn werk niet zou hebben gedaan. Want zie je, dat is wat Suzze me kwam vertellen. Ze zei dat het was begonnen als een practical joke. Maar als je erover nadenkt... Suzze wist dat ik gelovig was en dat ik nooit een abortus zou laten doen. En wat is dan de beste manier om je grootste rivaal uit te schakelen?'

Suzzes stem van twee dagen geleden: *Mijn ouders peperden me in dat je alles moet doen om te winnen. Dat je tot het randje moet gaan.*

'Mijn god,' zei Myron.

Kitty knikte alsof ze zijn gedachten wilde bevestigen. 'Dat was wat Suzze me hier kwam vertellen. Dat ze mijn anticonceptiepillen had omgeruild voor andere. Daarom ben ik in verwachting geraakt.'

Het klonk plausibel. Op een verbijsterende manier, maar het paste in elkaar. Myron nam even de tijd om het te laten bezinken. Suzze was van streek geweest toen ze twee dagen geleden op het dakterras hadden zitten praten. Hij begreep nu waarom... wat ze had gezegd over schuldgevoel, over de gevaren van het té competitief zijn, over de spijt die ze had van dingen die in het verleden waren gebeurd... het werd hem nu allemaal een stuk duidelijker.

'Ik wist het echt niet,' zei Myron.

'Dat weet ik. Maar dat verandert niks aan de feiten, of wel soms?'

'Nee, ik neem aan van niet. Heb je het haar vergeven?'

'Ik heb Suzze haar zegje laten doen,' vervolgde Kitty. 'Ik heb haar laten praten en haar alles tot in de details laten vertellen. Ik heb haar niet één keer onderbroken en heb geen enkele vraag gesteld. En toen ze was uitgepraat, ben ik opgestaan, hier in deze kamer, ben naar haar toe gelopen en heb mijn armen om haar heen geslagen. Ik heb haar stevig tegen me aan gedrukt. Zo zijn we lange tijd blijven staan. En toen heb ik gezegd: "Bedankt."'

'Waarvoor?'

'Dat vroeg zij ook. En als je een buitenstaander bent is het misschien ook moeilijk te begrijpen. Maar kijk wat er van me is geworden. Hoe, moet je je afvragen, zou mijn leven er nu uitzien als zij die pillen niet had omgeruild? Misschien was ik doorgegaan met tennissen en de kampioen geworden die iedereen in me zag, had ik talloze grote toernooien gewonnen en was ik in luxe privéjets de hele wereld over gereisd. Brad en ik zouden wel of niet bij elkaar zijn gebleven en misschien hadden we kinderen gehad nadat ik een punt achter mijn carrière had gezet en leefden we nu als een gelukkig gezinnetje. Misschien. Maar wat ik zeker weet, het énige wat ik zeker weet, is dat als Suzze mijn pillen niet had omgeruild, ik Mickey niet had gehad.'

De tranen stonden in haar ogen.

'Wat er ook allemaal is gebeurd en welke narigheid ik ook heb moeten doormaken, Mickey maakt alles goed, en niet één keer maar in het tienvoudige. Het is een feit dat, wat Suzzes motieven ook waren, Mickey er is dankzij haar. Het grootste geschenk dat God me heeft gegeven, heb ik te danken aan wat zij heeft gedaan.

Daarom heb ik het haar niet alleen vergeven, maar heb ik haar ook bedankt, want elke dag, ongeacht de puinhoop die ik van mijn leven heb gemaakt, dank ik God op mijn blote knieën voor die beeldschone, volmaakte jongen van me.'

Myron wist niet wat hij moest zeggen. Kitty liep langs hem heen, naar de woonkamer en het keukentje daarachter. Ze opende de koelkast. Veel stond er niet in, maar het zag er netjes en schoon uit. 'Mickey is boodschappen gaan doen,' zei ze. 'Wil je iets drinken?'

'Nee, dank je.' Toen vroeg hij: 'En wat heb jij aan Suzze opgebiecht?'

'Niks.'

Kitty loog. Ze ontweek zijn blik weer.

'Waarom is ze dan vanaf hier naar de ijssalon van Karl Snow gereden?'

'Dat weet ik niet,' zei Kitty. Ze schrok toen ze buiten het geluid van een auto hoorde. 'O mijn god.' Ze smeet de deur van de koelkast dicht, liep naar het raam en gluurde door de gordijntjes naar buiten. De auto reed door, maar Kitty ontspande niet. Haar ogen waren weer groot van angst. Ze deinsde achteruit tot in de hoek en keek om zich heen alsof het meubilair haar elk moment kon bespringen. 'We moeten onze koffers pakken.'

'En waar gaan jullie dan naartoe?'

Ze opende de deur van de kast. Mickeys kleren... alles aan hangertjes en de shirts in stapeltjes op de plank. Tjonge, wat was die jongen netjes. 'Ik wil mijn pistool terug.'

'Kitty, wat is er aan de hand?'

'Als jij ons hebt gevonden, zijn we hier niet veilig.'

'Hoezo niet veilig? Waar is Brad?'

Kitty schudde haar hoofd, trok een koffer onder de bank vandaan en pakte Mickeys kleren in. De aanblik van deze doorgedraaide heroïnejunk – een vriendelijker term kon hij er niet voor bedenken – bracht Myron tot een vreemd maar voor de hand liggend besef.

'Brad zou zijn gezin nooit zoiets aandoen,' zei hij.

Ze stopte abrupt met wat ze aan het doen was.

'Wat er verder ook aan de hand is – en ik vraag me serieus af of je echt in gevaar bent of dat je je hersens door je drugsgebruik in een staat van op niks gebaseerde paranoia hebt gebracht, Kitty – maar ik ken mijn broer. Hij zou jou en zijn zoon nooit op deze manier aan hun lot overlaten, met jou als psychisch wrak en doodsbang voor het leven, of dat nu reëel is of ingebeeld.'

Haar gezicht schrompelde ineen, stukje bij beetje, steeds verder. Met de stem van een verongelijkt kind zei ze: 'Het is zijn schuld niet.'

Ho, wacht even. Myron wist dat hij nu voorzichtig moest zijn. Hij deed een half stapje naar haar toe en zei, met alle vriendelijkheid die hij kon opbrengen: 'Dat weet ik.'

'Ik ben zo bang.'

Myron knikte.

'Maar Brad kan ons niet helpen.'

'Waar is Brad?'

Haar lichaam verstijfde en ze schudde haar hoofd. 'Dat kan ik niet zeggen. Alsjeblieft. Dat kan ik niet zeggen.'

'Oké.' Hij stak zijn handen op. Rustig aan, Myron. Zet haar vooral niet te veel onder druk. 'Maar misschien kan ik je helpen.'

Ze keek hem argwanend aan. 'Hoe dan?'

Eindelijk... een opening, al was het een kleine. Hij wilde voorstellen dat ze afkickte. Hij kende een prima kliniek niet ver van zijn huis in Livingston. Daar wilde hij haar naartoe brengen zodat ze schoon schip kon maken. En terwijl zij in de kliniek verbleef, kon Mickey bij hem logeren, totdat ze Brad hadden getraceerd en hem hiernaartoe hadden gehaald.

Maar er klopte iets niet aan zijn gedachtegang, want Brad zou ze nooit op deze manier aan hun lot overlaten. Dat kon twee dingen betekenen. Eén: Brad wist niet hoe slecht zijn vrouw eraan toe was. Of twee: om de een of andere reden was het voor hem onmogelijk om ze te helpen.

'Kitty,' zei hij behoedzaam, 'is Brad in gevaar? Ben je daarom zo bang?'

'Binnenkort komt hij terug.' Ze begon haar onderarmen te krabben, hard, alsof er mieren onder haar huid zaten. Haar blik schoot weer alle kanten op. O jee, dacht Myron.

'Alles in orde?'
'Ik moet even naar de badkamer. Waar is mijn tas?'
Ja, ja.
Ze rende de slaapkamer in, griste haar tas van het bed en sloot zich op in de badkamer. Myron klopte op zijn achterzak. Het zakje met heroïne zat er nog in. Algauw hoorde hij een panisch gestommel in de badkamer.

Myron riep: 'Kitty?'
Hij schrok op toen hij voetstappen op de treden bij de voordeur hoorde. Met een ruk draaide hij zijn hoofd in de richting van het geluid. Vanuit de badkamer riep Kitty: 'Wie is daar?' Door haar paniek trok Myron zijn pistool en richtte het op de deur. De deurknop werd omgedraaid en Mickey kwam binnen. Snel liet Myron het pistool zakken.

Mickey staarde zijn oom aan. 'Wat krijgen we nou...?'
'Hallo, Mickey.' Myron wees naar het naamplaatje op zijn poloshirt. 'Of moet ik Bob zeggen?'
'Hoe heb je ons gevonden?'
Mickey was ook bang. Myron hoorde het aan zijn stem. Hij hoorde boosheid, dat ook, maar vooral angst.
'Waar is mijn moeder?' wilde Mickey weten.
'In de badkamer.'
Hij liep met grote stappen naar de deur en legde zijn hand erop. 'Mam?'
'Alles is oké, Mickey.'
Mickey leunde met zijn hoofd tegen de deur en sloot zijn ogen. Hartverscheurend teder vroeg hij: 'Mam, kom eruit. Alsjeblieft.'
'Ze komt zo,' zei Myron.
Mickey draaide zich naar hem om en balde zijn handen tot vuisten. Vijftien jaar oud en klaar om het tegen de hele wereld op te nemen. Of in ieder geval tegen zijn oom. Mickey had een donker uiterlijk en brede schouders, en hij had dat broeierige, dat gevaarlijke waar meisjes slappe knieën van krijgen. Myron vroeg zich af van wie hij dat had, maar na een blik op de badkamerdeur dacht hij dat hij het antwoord wel wist.

'Hoe heb je ons gevonden?' vroeg Mickey weer.
'Dat doet er niet toe. Ik moest je moeder een paar vragen stellen.'
'Waarover?'
'Waar is je vader?'
'Niet zeggen!' riep Kitty vanuit de badkamer.
Mickey keerde zich weer naar de deur. 'Mam? Kom er nou uit.'
Weer gestommel van haar – zoals Myron allang wist – zinloze zoektocht. Kitty begon te vloeken. Mickey keek Myron aan en zei: 'Ga weg.'
'Nee.'
'Wat?'
'Jij bent pas vijftien. Ik ben volwassen. Het antwoord is nee.'
Kitty huilde. Ze hoorden het allebei. 'Mickey?'
'Ja, mam.'
'Hoe ben ik gisteravond thuisgekomen?'
Mickey wierp een vluchtige blik in Myrons richting. 'Ik heb je opgehaald.'
'Heb jij me in bed gestopt?'
Mickey vond het zichtbaar niet leuk om dit gesprek in het bijzijn van Myron te voeren. Hij ging zachter praten, probeerde door de deur heen te fluisteren, in de hoop dat Myron het niet zou horen. 'Ja.'
Myron schudde zijn hoofd en zei niets.
Kitty vroeg, met een bijna koortsachtige paniek in haar stem: 'Heb je iets uit mijn tas gehaald?'
Dat was een vraag voor Myron. 'Nee, Kitty, dat heb ik gedaan.'
Mickey draaide zich om en keek zijn oom recht aan. Myron haalde het zakje heroïne uit zijn achterzak. De deur van de badkamer ging open. Kitty kwam wankelend naar buiten en zei: 'Geef hier.'
'Weinig kans.'
'Wie denk je verdomme wel dat je bent om...'
'Ik weet genoeg,' zei Myron. 'Jij bent verslaafd aan heroïne. Mickey is minderjarig. Jullie komen allebei met mij mee.'
'Jij vertelt ons niet wat wij moeten doen,' zei Mickey.
'Ja, Mickey, dat doe ik wel. Ik ben je oom. Of je het nu leuk vindt

of niet, ik laat jou niet achter bij een verslaafde moeder die zich platspuit in het bijzijn van haar eigen kind.'

Mickey bleef tussen Myron en zijn moeder in staan. 'We redden ons heus wel.'

'Nee, jullie redden het niet. Jij werkt illegaal bij Staples, onder een valse naam. Je moet haar 's nachts uit bars ophalen omdat ze niet meer op haar benen kan staan en je moet haar zelfs in bed stoppen. Jij bent degene die deze trailer enigszins op orde houdt. Je koopt eten en legt het in de koelkast terwijl zij op haar nest ligt en zich volspuit.'

'Je kunt geen van die dingen bewijzen.'

'Dat kan ik wel degelijk, maar dat maakt nu niet uit. Wat er gaat gebeuren is het volgende, en als het je niet bevalt, heb je pech gehad. Kitty, ik breng jou naar een afkickkliniek. Een prima instituut met aardige mensen. Ik weet niet of ze je daar kunnen helpen – of wie dat anders zou kunnen – maar het is het proberen waard. En Mickey, jij gaat met mij mee.'

'Om de dooie dood niet.'

'Jawel, jij gaat met mij mee. En als je niet bij mij wilt logeren, dan kun je bij je grootouders in Livingston wonen. Ondertussen kickt je moeder af. We nemen contact op met je vader en laten hem weten wat er gaande is.'

Mickey bleef zijn geknakte moeder afschermen met zijn lichaam. 'Je kunt ons niet dwingen.'

'Ja, dat kan ik wel.'

'Denk je dat ik bang voor je ben? Als opa me niet had getackeld...'

'Deze keer,' zei Myron, 'spring je me niet vanuit het donker op mijn nek.'

Mickey forceerde een grijns. 'Ik kan je heus wel aan.'

'Nee, Mickey, dat kun je niet. Je bent sterk, je bent moedig, maar je hebt geen schijn van kans. Het maakt trouwens niet uit, want als jullie niet doen wat ik zeg, bel ik de politie. Die kan je moeder op z'n minst arresteren wegens verwaarlozing van haar kind. Daar kan ze gevangenisstraf voor krijgen.'

Kitty riep: 'Nee!'

'Vanaf nu is de keus niet meer aan jullie. Vertel op. Waar is Brad?'

Kitty kwam achter haar zoon vandaan. Ze dwong zichzelf rechtop te staan en even zag Myron de sportvrouw die ze ooit was geweest. Mickey zei: 'Mam?'

'Hij heeft gelijk,' zei Kitty.

'Nee...'

'We hebben hulp en bescherming nodig.'

'We kunnen voor onszelf zorgen,' zei Mickey.

Ze nam het gezicht van haar zoon in haar beide handen. 'Het komt allemaal goed,' zei ze tegen hem. 'Hij heeft gelijk. Ik moet me laten helpen. En jij hebt bescherming nodig.'

'Bescherming tegen wat?' vroeg Myron voor de zoveelste keer. 'Luister, ik heb er nu echt genoeg van. Ik wil weten waar mijn broer is.'

'Dat willen wij ook,' zei Kitty.

'Mam?' zei Mickey weer.

Myron deed een stap naar haar toe. 'Hoe bedoel je, wij ook?'

'Brad is drie maanden geleden verdwenen,' zei Kitty. 'Daarom zijn we op de vlucht. We zijn geen van drieën veilig.'

24

Terwijl zij hun weinige bezittingen inpakten, belde Myron Esperanza en vroeg of ze voor Kitty een opname in de Coddington Ontwenningskliniek wilde regelen. Daarna belde hij zijn vader.

'Is het goed als Mickey een tijdje bij jullie komt wonen?'
'Natuurlijk,' zei pa. 'Wat is er aan de hand?'
'Veel.'

Pa luisterde zonder hem te onderbreken. Myron vertelde hem over Kitty's drugsprobleem, over het feit dat ze alleen voor Mickey moest zorgen en over Brad die werd vermist. Toen hij uitgepraat was zei pa: 'Je broer zou zijn gezin nooit zomaar in de steek laten.'

Precies wat Myron had gedacht. 'Dat weet ik.'
'Dus dit houdt in dat hij in de problemen zit,' zei pa. 'Ik weet dat jullie vroeger woorden hebben gehad, maar...'

Meer zei hij niet. Zo deed pa het meestal. Toen Myron jong was, had pa hem altijd een duwtje in de goede richting gegeven zonder hem ooit te veel onder druk te zetten. Hij was trots op wat zijn zoon had bereikt, maar iets bereiken was nooit een voorwaarde geweest om trots op hem te zijn. Dus vroeg pa hem verder niets, en dat was ook niet nodig.

'Ik vind hem wel,' zei Myron.

Tijdens de autorit naar de kliniek vroeg Myron naar de bijzonderheden over Brads vermissing. Kitty zat voorin naast hem. Mickey, op de achterbank, negeerde hen. Hij zat naar buiten te staren met de witte dopjes van zijn iPod in zijn oren en speelde de rol van de weerbarstige tiener die hij, besefte Myron, in feite ook was.

Tegen de tijd dat ze bij de Coddington Ontwenningskliniek aankwamen, was hij het volgende te weten gekomen: acht maanden geleden – wat overeenkwam met het stempel in Kitty's paspoort – waren Brad, Kitty en Mickey Bolitar naar Los Angeles gekomen. Drie maanden geleden was Brad voor een 'urgent geheim project' – Kitty's woorden – naar Peru vertrokken en had hij hun op het hart gedrukt er tegen niemand iets over te zeggen.

'Wat bedoelde Brad ermee dat jullie er niets over mochten zeggen?'

Kitty beweerde dat ze dat niet wist. 'Hij zei alleen dat we ons over hem geen zorgen hoefden te maken en dat we tegen niemand iets mochten zeggen. En hij zei dat we voorzichtig moesten zijn.'

'Voorzichtig – waarom?'

Kitty haalde haar schouders op en zei niets.

'Weet jij dat, Mickey?' De jongen reageerde niet. Myron vroeg het nog een keer, nu zo hard als hij kon. Maar Mickey hoorde hem niet of weigerde antwoord te geven. Myron wendde zich weer tot Kitty en zei: 'Ik dacht dat jullie in het ontwikkelingswerk zaten.'

'Dat is ook zo.'

'Dus?'

Ze haalde haar schouders weer op. Myron stelde nog een paar vragen, maar veel meer kwam hij niet te weten. Er waren een paar weken voorbijgegaan en ze hadden geen woord van Brad gehoord. Op een zeker moment had Kitty het gevoel gekregen dat ze in de gaten werden gehouden. Dan belde er iemand op en werd er meteen opgehangen. En op een avond, op het parkeerterrein van een mall, was iemand Kitty op de nek gesprongen, maar was het haar gelukt te ontsnappen. Daarom had ze besloten met Mickey ergens anders te gaan wonen en zich gedeisd te houden.

'Waarom heb je me dit niet eerder verteld?'

Kitty keek hem aan alsof hij haar had uitgenodigd voor een potje bestiale seks. 'Aan jou? Je maakt zeker een grapje.'

Myron vond dit niet het moment om over hun oude grieven te beginnen. 'Of aan iemand anders,' zei hij. 'Brad is nu drie maanden

spoorloos. Hoeveel langer had je nog willen wachten?'
'Dat heb ik je al verteld. Brad had ons op het hart gedrukt tegen niemand iets te zeggen. Dan zouden we ons alle drie in gevaar brengen.'

Myron kon het nog steeds niet geloven, of niet alles in ieder geval – het leek hem zo onwaarschijnlijk – maar toen hij verder aandrong, klapte Kitty dicht en begon ze te huilen. Kort daarna, toen ze zeker wist dat Mickey niet meeluisterde – en Myron ervan overtuigd was dat hij dat wel deed – smeekte Kitty hem haar het zakje heroïne terug te geven: 'Alsjeblieft, voor één laatste shot.' Met als argument dat het, nu ze dan toch ging afkicken, geen kwaad meer kon.

CODDINGTON ONTWENNINGSKLINIEK, stond er op het kleine bord langs de weg. Myron passeerde de slagboom van de beveiliging en reed het privéterrein op. Aan de buitenkant zag de kliniek eruit als een uit formica opgetrokken logement in nep-victoriaanse stijl. Binnen, of in ieder geval bij de receptie, zag je een interessante combinatie van een luxehotel en een gevangenis. Uit de speakers in het plafond klonk zachte klassieke muziek. Er hing een kroonluchter aan het plafond en voor de gebeeldhouwde boogramen zaten tralies.

Op het naamplaatje van de receptioniste stond dat ze CHRISTINE SHIPPEE heette, maar Myron wist dat ze veel meer was dan alleen receptioniste. Christine was zelfs de oprichter van de kliniek. Ze begroette hen vanachter een ruit die waarschijnlijk van kogelvrij glas was, hoewel er niet echt sprake was van 'begroeten'. Christine had een gezicht als van een wassen beeld. Haar leesbril hing aan een kettinkje om haar hals. Ze bekeek hen een voor een, zag dat ze iets van haar wilden en slaakte een zucht. Ze legde de papieren op een draaischijf die je ook wel bij bankloketten ziet.

'Formulieren invullen en dan terugkomen,' zei ze bij wijze van introductie.

Myron pakte de papieren en liep naar de hoek. Hij wilde Kitty's naam invullen maar ze hield hem tegen. 'Gebruik de naam Lisa Gallagher. Dat is mijn schuilnaam. Ik wil niet dat ze me hier vinden.'

Opnieuw vroeg Myron haar wie 'ze' waren, en opnieuw beweerde zij dat ze dat niet wist. Het had geen zin daar nu verder op aan te dringen. Hij vulde de formulieren in en bracht ze terug naar de receptioniste. Ze pakte ze van de draaischijf, zette haar leesbril op en bekeek ze. Kitty's tremor werd steeds erger. Mickey sloeg zijn armen om zijn moeder heen en probeerde haar gerust te stellen. Het hielp niet. Kitty zag er klein en heel kwetsbaar uit.

'Heb je bagage bij je?' vroeg Christine haar.

Mickey hield de koffer op.

'Laat die maar hier staan. We controleren de inhoud voordat we hem naar je kamer brengen.' Christine wendde zich tot Kitty. 'Je kunt nu afscheid nemen. Daarna ga je bij die deur staan, en als je de zoemer hoort, doe je die open.'

'Wacht,' zei Mickey.

Christine Shippee draaide haar hoofd om en keek hem aan.

'Mag ik mee naar binnen?' vroeg hij.

'Nee.'

'Maar ik wil haar kamer zien,' zei Mickey.

'En ik wil een partijtje modderworstelen met Hugh Jackman. Geen van beide gaat gebeuren. Neem afscheid en ga naar huis.'

Mickey gaf niet op. 'Wanneer mag ik haar komen opzoeken?'

'We zullen zien. Je moeder moet eerst ontgiften.'

'Hoe lang duurt dat?' vroeg Mickey.

Christine keek Myron aan. 'Waarom ben ik met een kind in discussie?'

Kitty stond nog steeds te beven als een riet. 'Ik ga twijfelen.'

Mickey zei: 'Als je niet naar binnen wilt...'

'Mickey,' onderbrak Myron hem, 'daar help je je moeder niet mee.'

Op boze fluistertoon zei hij: 'Zie je dan niet hoe bang ze is?'

'Ik weet dat ze bang is,' zei Myron. 'Maar zo help je haar niet. Laat de mensen hier hun werk doen.'

Kitty klemde zich aan haar zoon vast en zei: 'Mickey?'

Aan de ene kant had Myron erg met Kitty te doen. Aan de andere kant – die veel groter was – had hij haar dolgraag losgerukt van haar zoon en haar met een trap onder haar egocentrische kont door de glazen deur geschopt.

Mickey keek om naar Myron. 'Er moet een andere manier zijn.'
'Die is er niet.'
'Ik laat haar hier niet achter.'
'Ja, Mickey, dat doe je wel. Anders bel ik de politie of de kinderbescherming of welke andere instantie ook.'
Maar op dat moment besefte Myron dat het niet alleen Kitty was die bang was. Mickey was ook bang. Hij was, bracht Myron zichzelf in herinnnering, nog maar een kind. Myrons gedachten gingen terug naar het gelukkige gezinnetje op de familiefoto's die hij had gezien: pa, ma en hun enige zoon. Mickeys vader was inmiddels spoorloos verdwenen ergens in de jungle van Zuid-Amerika, en zijn moeder zou zo meteen via een dikke veiligheidsdeur de bikkelharde solowereld van het ontgiften en het afkicken binnengaan.
'Maak je geen zorgen,' zei Myron zo vriendelijk als hij maar kon. 'Wij passen wel op je.'
Mickey trok een gezicht. 'Ben je niet goed snik? Denk je dat ik op jouw hulp zit te wachten?'
'Mickey?'
Het was Kitty. Hij draaide zich naar haar om en opeens was de rolverdeling weer zoals die hoorde te zijn, met Kitty als de moeder en Mickey als haar kind. 'Ik red het wel,' zei ze met alle vastberadenheid die ze kon opbrengen. 'Ga nou maar. Ga bij je grootouders logeren en zodra het kan, kom je me hier opzoeken.'
'Maar...'
Ze nam zijn gezicht weer in haar handen. 'Het is oké. Echt waar. Ik beloof je dat je me gauw kunt komen opzoeken.'
Mickey boog zijn hoofd en liet het op haar schouder rusten. Kitty bleef hem even vasthouden en keek langs hem heen naar Myron. Myron knikte om haar ervan te verzekeren dat ze goed voor Mickey zouden zorgen. Het leek haar weinig troost te bieden. Uiteindelijk liet Kitty haar zoon los en liep zonder nog iets te zeggen naar de deur. Ze wachtte tot de receptioniste op de knop drukte, duwde hem open en ging naar binnen.
'Het komt weer helemaal goed met haar,' zei Christine Shippee tegen Mickey, eindelijk met iets van empathie in haar stem.

Mickey draaide zich om en beende naar buiten. Myron liep hem achterna. Hij haalde de remote key uit zijn zak en drukte op de knop van de deurvergrendeling. Mickey wilde het achterportier openen. Myron drukte nog een keer op de knop, zodat het portier weer op slot ging.

'Wat nou weer?'

'Ga voorin zitten,' zei Myron. 'Ik ben je chauffeur niet.'

Mickey nam op de passagiersstoel plaats. Myron startte. Hij draaide zich om naar Mickey, maar de jongen had de dopjes van zijn iPod alweer in zijn oren geramd. Myron tikte hem op de schouder.

'Haal die dingen uit je oren.'

'O ja, Myron? Maak jij voortaan de dienst uit?'

Maar na een paar minuten deed Mickey wat hem was gezegd. Hij staarde uit het zijraampje, zodat Myron tegen zijn achterhoofd aan keek. Het was maar tien minuten rijden naar het huis in Livingston. Myron had hem nog meer willen vragen, had graag gewild dat Mickey wat openhartiger tegen hem was, maar misschien was het wel genoeg geweest voor vandaag.

Zonder zijn hoofd om te draaien zei Mickey: 'Waag het niet haar te veroordelen.'

Myron hield zijn handen op het stuur en bleef naar de weg kijken. 'Ik wil alleen maar helpen.'

'Ze is niet altijd zo geweest.'

Myron had wel duizend vragen over dat onderwerp in voorraad, maar hij gaf de jongen de tijd en de ruimte. Toen Mickey ten slotte iets zei, klonk hij weer defensief. 'Ze is een geweldige moeder.'

'Dat geloof ik onmiddellijk.'

'Niet zo sarcastisch, Myron.'

Daar zat iets in. 'Wat is er gebeurd?'

'Hoe bedoel je?'

'Je zei dat ze niet altijd zo is geweest. Niet altijd een junkie, bedoel je?'

'Noem haar niet zo.'

'Zeg mij dan maar hoe ik haar wel moet noemen.'

Geen reactie.

'Vertel me wat je bedoelt met "ze is niet altijd zo geweest",' zei Myron. 'Wat is er fout gegaan?'

'Hoezo, fout gegaan?' Hij draaide zijn hoofd een kwartslag en staarde door de voorruit naar de weg. 'Het kwam door mijn pa. Je kunt haar niet de schuld geven.'

'Ik geef niemand de schuld.'

'Ze was zo gelukkig voordat het gebeurde. Je hebt geen idee. Ze liep altijd te stralen. Toen vertrok papa en...' Hij viel stil, knipperde met zijn ogen en slikte. 'En toen stortte ze in. Jij weet niet wat ze voor elkaar betekenden. Jij denkt dat opa en oma een hecht koppel vormen, maar die hadden vrienden, buren en andere familie. Mijn pa en ma hadden alleen elkaar.'

'En ze hadden jou.'

Hij fronste zijn wenkbrauwen. 'Ik hoor dat sarcastische ondertoontje weer.'

'Sorry.'

'Jij begrijpt het niet. Als je ze samen had gezien, zou je het pas begrijpen. Als je zó verliefd op elkaar bent...' Mickey stopte met praten, alsof hij niet wist hoe hij moest doorgaan. 'Sommige stellen kúnnen gewoon niet los van elkaar functioneren. Die worden een en dezelfde persoon. Als je de een bij de ander weghaalt...' Hij maakte zijn zin niet af.

'Wanneer is ze drugs gaan gebruiken?'

'Een paar maanden geleden.'

'Nadat je vader vermist was geraakt?'

'Ja. Daarvoor was ze clean, vanaf mijn geboorte, dus voordat je erover begint... ja, ik weet dat ze vroeger drugs heeft gebruikt.'

'Hoe ben je daar achter gekomen?'

'Ik weet meer dan je denkt,' zei Mickey. Er kwam een glimlach om zijn mond die zowel sluw als bedroefd was. 'Ik weet wat jij hebt gedaan. Ik weet dat je hebt geprobeerd ze uit elkaar te halen. Dat je tegen mijn vader hebt gezegd dat ze van iemand anders zwanger was. Dat ze met iedereen het bed in dook. Dat hij niet van school moest gaan om met haar te trouwen.'

'Hoe weet je dat allemaal?'
'Van mama.'
'Heeft je moeder dat gezegd?'
Mickey knikte. 'Mijn moeder zou nooit tegen me liegen.'
Tjonge, wat een openbaring. 'Wat heeft ze je nog meer verteld?'
Hij sloeg zijn armen over elkaar. 'Ik ben niet van plan de afgelopen vijftien jaar met je door te nemen.'
'Heeft ze je verteld dat ik op haar viel?'
'Wat? Nee. Gadver. Was dat zo?'
'Nee. Maar dat heeft ze wel aan je vader verteld om ons tegen elkaar op te zetten.'
'O, man, daar geloof ik geen barst van.'
'En je vader? Wat heeft hij je verteld?'
'Hij zei dat jij je van ons had afgekeerd.'
'Dat is nooit mijn bedoeling geweest.'
'Maakt het iets uit wat jouw bedoeling was? Je hebt het wel gedaan.' Mickey slaakte een diepe zucht. 'Je hebt ze allebei laten barsten en nu hebben we dit.'
'En met "dit" bedoel je?'
'Wat denk je zelf?'
Wat hij bedoelde was dat zijn vader werd vermist. En dat zijn moeder aan de heroïne was. Hij bedoelde dat hij de schuld bij Myron legde en dat hij zich afvroeg hoe het leven van de drie eruit zou hebben gezien als Myron indertijd wat meegaander was geweest.
'Ze is een goede moeder,' zei Mickey weer. 'De beste die ik me kan wensen.'
Yep, een heroïnejunkie als Moeder van het Jaar. Myrons eigen vader had een paar dagen geleden nog gezegd dat kinderen de neiging hebben al het slechte te negeren. Maar in dit geval ging dat wel erg ver. Maar hoe moest je beoordelen of een ouder zijn werk goed had gedaan? Als je Kitty beoordeelde op wat ze uiteindelijk voor elkaar had gekregen, op het eindresultaat, zo je wilt, nou, moest je die jongen zien! Mickey was een geweldenaar. Hij was moedig, sterk en intelligent, en hij was bereid om voor zijn ouders in de bres te springen.

Dus misschien had Kitty, ook al was ze een doorgedraaide, leugenachtige heroïnejunk, toch iets goed gedaan.

Nadat er weer een minuut stilte was verstreken, besloot Myron het gesprek een wat losser karakter te geven. 'Ik heb gehoord dat je de basket lekker weet te raken.'

Lekker weet te raken? Ai.

'Myron?'

'Ja?'

'Als je probeert vriendjes met me te worden, vergeet het maar.'

Mickey deed zijn oordopjes in, schroefde het volume op tot een ongetwijfeld ongezond niveau en staarde weer uit het zijraampje. De rest van de rit vond in stilte plaats. Toen ze voor het oude huis in Livingston stopten, zette Mickey zijn iPod uit en keek naar buiten.

'Zie je dat raam op de eerste verdieping?' vroeg Myron. 'Dat met die sticker erop?'

Mickey keek omhoog en zei niets.

'Toen we jong waren, was dat de slaapkamer van je vader en mij. We speelden er altijd basketbal, met een spons, we ruilden basketbalplaatjes uit en hadden een soort ijshockeyspel uitgevonden met een tennisbal en de kastdeur als doel.'

Mickey wachtte een paar seconden. Toen keek hij zijn oom aan en zei: 'En de hele buurt kwam kijken.'

Over wijsneuzen gesproken.

Ondanks alle afschuwelijke gebeurtenissen van de afgelopen vierentwintig uur – of misschien juist daardoor – moest Myron grinniken. Mickey stapte uit en liep hetzelfde tuinpad op waar hij Myron de vorige avond op zijn nek was gesprongen. Myron ging hem achterna en even kwam hij in de verleiding zijn neef voor de grap te tackelen. Grappig wat er op de vreemdste momenten door je hoofd kan gaan.

Ma verscheen in de deuropening. Ze omhelsde Mickey het eerst, en op de manier waarop alleen ma dat kon. Wanneer ma iemand omhelsde, legde ze haar hele ziel erin en gaf ze zich voor de volle honderd procent. Mickey sloot zijn ogen en liet het over zich heen komen. Myron wachtte tot de jongen zou gaan huilen, maar Mickey was blijkbaar niet het type voor waterlanders. Ten slotte liet ma hem los en vloog ze Myron om de nek. Daarna deed ze een stap achteruit, ging midden in de deuropening staan en keek hen allebei met een strenge blik aan.

'En wat is er met jullie twee aan de hand?' vroeg ma.

Myron zei: 'Hoe bedoel je?'

'Kom niet bij me aan met "hoe bedoel je?" Je vader vertelt me net dat Mickey hier een tijdje blijft wonen. Verder niks. Begrijp me niet verkeerd, Mickey: ik vind het geweldig dat je bij ons komt logeren. Dat heeft al veel te lang geduurd, als je het mij vraagt, met al dat rare gedoe van jullie in het buitenland. Hier hoor je thuis. Bij ons. Bij je familie.'

Mickey zei niets.

'Waar is pa?' vroeg Myron.

'In het souterrain, om jouw oude kamer voor Mickey klaar te maken. Nou, vertel op, wat is er aan de hand?'

'Kunnen we niet beter op pa wachten en er dan over praten?'

'Mij best, maar…' zei ma, en ze zwaaide dreigend met haar vinger als een heuse moeder, '… geen geintjes.'

Geintjes?

'Al? De kinderen zijn er.'

Ze gingen naar binnen. Ma deed de voordeur dicht.

'Al?'

Geen antwoord.

Ze keken elkaar aan en niemand verroerde zich. Ten slotte kwam Myron in actie. De deur naar het souterrain, Myrons oude slaapkamer die nu door Mickey in gebruik zou worden genomen, stond wijd open. 'Pa?' riep hij naar beneden.

Nog steeds geen antwoord.

Myron keek om naar zijn moeder. Haar gezicht stond vooral verbaasd. Paniek zocht zich een weg omhoog in Myrons borstkas. Hij verzette zich ertegen en stormde met drie treden tegelijk de trap af. Mickey kwam hem achterna.

Onder aan de trap bleef Myron abrupt staan. Mickey botste tegen hem op en duwde hem bijna voorover. Maar Myron voelde het niet. Hij keek recht voor zich uit terwijl zijn hele wereld ineenstortte.

25

Toen Myron tien was en Brad vijf, had pa hen meegenomen naar Yankee Stadium voor een wedstrijd tegen de Red Sox. De meeste jongens hebben wel een herinnering als deze: met je vader naar een belangrijke honkbalwedstrijd, op een prachtige dag in juli, dat adembenemende moment dat je uit een van de tunnels komt en voor het eerst van je leven het honkbalveld ziet, met gras zo groen dat het wel geverfd lijkt, de zon die schijnt als op de eerste dag van de schepping, en je helden die in hun tenues het veld op komen om zich met het achteloze gemak van de expert in te slaan voor de wedstrijd.

Alleen zou deze wedstrijd anders verlopen.

Pa had kaartjes gekocht voor de bovenste ring, waar de lucht zo ijl was dat je moest oppassen dat je geen bloedneus kreeg, maar op het allerlaatste moment had hij van een collega twee kaartjes voor de derde rij achter de bank van de Red Sox gekregen. Om de een of andere merkwaardige reden – en tot afschuw van de rest van de familie – was Brad een Red Sox-fan. Of eigenlijk was dat niet eens zo heel vreemd, want Brads allereerste honkbalplaatje was dat van Carl 'Yaz' Yastrzemski. Dat lijkt misschien een futiliteit, maar Brad was zo'n jongen die extreem loyaal was aan zijn eerste onderwerpen van bewondering.

Toen ze hun plaatsen in de bovenste ring hadden ingenomen, haalde pa met de flair van een goochelaar de andere kaartjes uit zijn zak en liet ze aan Brad zien. 'Verrassing!'

Hij gaf de kaartjes aan Myron. Pa zou bovenin blijven zitten en hij stuurde zijn twee zoons naar de plaatsen achter de box van de

Red Sox. Myron hield Brads trillende hand vast toen ze de trappen af liepen. Beneden aangekomen kon Myron nauwelijks geloven hoe dicht ze op het veld zaten. De plaatsen waren in één woord fantastisch.

Toen Brad op enkele meters afstand Yaz zag staan, spleet zijn gezicht in tweeën in een glimlach die Myron, als hij zijn ogen sloot, ook nu nog voor zich kon zien en kon voelen. Onmiddellijk ging Brad als een gek juichen. En toen Yaz in de box van de slagmannen plaatsnaam, had Brad het helemaal niet meer. 'Yaz! Yaz! Yaz!'

De man die een rij voor hen zat draaide zich om en keek Brad met gefronste wenkbrauwen aan. Hij was een jaar of vijfentwintig en had een pluizige baard. Dat was ook iets wat Myron nooit zou vergeten. Die baard.

'Zo is het genoeg,' zei de man tegen Brad. 'Hou je gedeisd.'

De man met de baard richtte zijn aandacht weer op het veld. Brad zag eruit alsof iemand hem een klap in zijn gezicht had gegeven.

'Niks van aantrekken,' zei Myron. 'Je mag hier juichen zo veel je wilt.'

Vanaf dat moment ging alles mis. De man met de baard draaide zich om en greep Myron – tien jaar oud, groot voor zijn leeftijd maar desondanks pas tien – bij zijn T-shirt. Hij nam de dunne stof van Myrons Yankees-T-shirt in zijn grote knuist, draaide die een halve slag om en trok Myron naar zich toe totdat Myron de zure stank van bier in zijn adem rook.

'Mijn vriendin krijgt koppijn van hem,' zei de man met de baard. 'Dus hij houdt nú zijn mond dicht.'

Myron was verbijsterd. Er drongen tranen achter zijn ogen, maar hij weigerde ze door te laten. Zijn borstkas verkrampte van angst en, vreemd genoeg, ook van schaamte. De man bleef Myrons T-shirt nog even vasthouden en duwde hem toen terug op zijn zitplaats. De man richtte zijn aandacht weer op het speelveld en sloeg zijn arm om de schouders van zijn vriendin. Bang dat hij alsnog in tranen zou uitbarsten, pakte Myron Brads hand vast, en samen gingen ze terug naar de bovenste ring. Hij zei niets over het incident, eerst niet althans, maar pa had zijn ogen niet in zijn zak, en jongetjes van vijf en tien zijn niet de beste acteurs van de wereld.

'Wat is er aan de hand?' vroeg pa.

Ondanks de druk op zijn borst, nog steeds door die combinatie van angst en schaamte, slaagde Myron erin zijn vader te vertellen over de man met de baard. Al Bolitar hoorde het aan en probeerde zijn kalmte te bewaren. Hij legde zijn hand op Myrons schouder en knikte, maar Myron voelde dat de hand trilde. Pa's gezicht werd rood. Toen Myron vertelde dat de man hem bij zijn T-shirt had gegrepen, vond er een kleine explosie in Al Bolitars ogen plaats en werden ze twee tinten donkerder.

Met toonloze, geforceerd ingehouden stem zei pa: 'Ik ben zo terug.'

Wat volgde zag Myron door de verrekijker die ze hadden meegebracht.

Vijf minuten later schoof pa de derde rij in en nam achter de man met de baard plaats. Hij zette zijn handen aan weerskanten van zijn mond en begon te schreeuwen zo hard hij kon. Zijn gezicht, dat al rood was, begon paars aan te lopen. Maar pa bleef schreeuwen. De man met de baard draaide zich niet om. Pa boog zich naar voren totdat de toeter van zijn handen nog maar vijf tot tien centimeter van het oor van de man verwijderd was.

En hij bleef schreeuwen.

Uiteindelijk draaide de man met de baard zich om, en dat was het moment waarop pa iets deed wat Myron naar adem liet happen. Hij gaf de man met de baard een harde duw, met beide handen. Baardmans spreidde zijn armen alsof hij wilde zeggen: wat nou? Pa gaf hem nog een duw, en nog een, en daarna wees hij met zijn duim naar de uitgang om hem voor te stellen het buiten het stadion uit te vechten. Toen de baard dat weigerde, gaf pa hem nóg een duw.

De toeschouwers hadden inmiddels in de gaten dat er iets aan de hand was. Talloze mensen waren al opgestaan. Twee mannen van de beveiliging, in gele windjacks, haastten zich de treden af. Zelfs de spelers keken toe, onder wie Yaz. De mannen van de beveiliging haalden de twee uit elkaar. Daarna begeleidden ze pa de treden op.

De toeschouwers juichten hem toe. Pa glimlachte en zwaaide zelfs een keer naar hen.
Tien minuten later was pa terug in de bovenste ring. 'Ga maar weer beneden zitten,' zei pa. 'Van hem zullen jullie geen last meer hebben.'
Maar Myron en Brad schudden allebei het hoofd. Ze bleven liever hier zitten, aan weerszijden van hun échte held.
Nu, dertig jaar later, lag die held op de vloer van het souterrain voor zijn leven te vechten.

Uren gingen voorbij.
In de wachtkamer van Saint Barnabas Hospital zat ma voor- en achteruit te wiegen op haar stoel. Myron zat naast haar en probeerde kalm te blijven. Mickey ijsbeerde door het vertrek.
Ma ging praten en vertelde dat pa de hele dag al kortademig was geweest, 'al sinds gisteravond, om precies te zijn.' Ze had er zelfs een grapje over gemaakt: 'Al, wat loop je nou te hijgen als een vieze man?' Pa had geantwoord dat er niets aan de hand was, en zij had gezegd dat hij de dokter moest bellen. Maar je weet hoe koppig je vader is; met hem is er nooit iets aan de hand, en god o god, had ze er nou maar op gestaan dat hij de dokter belde.
Toen ma zei dat pa al sinds de vorige avond kortademig was, bleef Mickey staan en keek hij alsof hij een stomp in zijn maag had gekregen. Myron knikte geruststellend naar hem, maar de jongen draaide zich met een ruk om en rende de gang op.
Myron stond op om hem achterna te gaan, maar op dat moment kwam de arts de wachtkamer in. MARK Q. ELLIS, stond er op zijn naamplaatje, en hij was gehuld in lichtblauwe operatiekleding met een roze schort. Zijn mondkapje was losgeknoopt en bungelde onder zijn kin. Ellis' ogen waren troebel en roodomrand, en hij had zich al een dag of twee niet geschoren. Het hele wezen van de man straalde dodelijke vermoeidheid uit. Bovendien zag hij eruit alsof hij van Myrons leeftijd was, wat hem veel te jong maakte om een eersteklas cardioloog te zijn. Myron had Win gebeld en gevraagd de beste cardioloog van de vs voor hem op te sporen en die zonodig

met een pistool op zijn hoofd hiernaartoe te brengen.

Dokter Ellis zei: 'Uw vader heeft een zware attaque gehad.'

Een hartinfarct. Myron voelde zijn knieën week worden. Ma kreunde zacht. Mickey was terug en kwam bij hen staan.

'Hij ademt weer, maar we zijn nog niet uit de gevarenzone. Er zit een ernstige verstopping in de hartslagader. Zo meteen weten we meer.'

Toen hij zich omdraaide en wilde weglopen zei Myron: 'Dokter?'

'Ja?'

'Ik denk dat ik misschien weet hoe mijn vader zich overbelast heeft.' Niet 'ik weet', maar heel misschien dénk ik dat ik weet... kortom, het gebazel van een angstig kind. 'Gisteravond...' Myron wist niet goed hoe hij het moest zeggen. '... hadden mijn neef hier en ik een soort handgemeen.' Hij legde uit hoe pa naar buiten was komen rennen en een eind aan de confrontatie had gemaakt. Terwijl hij het vertelde, voelde hij dat zijn ogen begonnen te branden. Gevoelens van schuld en – jawel, hij was weer tien jaar oud – schaamte laaiden in hem op. Vanuit zijn ooghoek zag hij ma. Ze zat naar hem te staren met een blik die hij nooit eerder bij haar had gezien. Ellis luisterde, knikte, zei 'Bedankt voor de informatie', en liep de gang in.

Ma zat nog steeds naar hem te staren. Haar laserblik ging van hem naar Mickey en weer terug. 'Hebben jullie gevochten?'

Bijna had Myron naar Mickey gewezen en geroepen: 'Hij is begonnen!' In plaats daarvan boog hij het hoofd en knikte. Mickey gaf geen krimp – die knul gaf een nieuwe betekenis aan het woord 'stoïcijns' – maar alle kleur was uit zijn gezicht weggetrokken. Ma bleef naar Myron kijken.

'Ik begrijp het niet. Heb je je vader bij jullie knokpartij betrokken?'

Mickey zei: 'Het was mijn schuld.'

Ma draaide haar hoofd om en keek Mickey aan. Myron wilde iets ter verdediging van de jongen zeggen, maar hij wilde niet liegen. 'Hij reageerde op iets wat ik had gedaan,' zei Myron. 'Dus het is ook mijn schuld.'

Ze wachtten allebei tot ma iets zou zeggen. Dat deed ze niet, wat veel en veel erger was. Ze wendde haar blik af en leunde achterover op haar stoel. Ma bracht haar trillende hand – van de Parkinson of van bezorgdheid? – naar haar gezicht en moest erg haar best doen niet in tranen uit te barsten. Myron wilde naar haar toe gaan maar bedacht zich. Dit was niet het goede moment. Zijn gedachten gingen weer naar de scène die hij altijd voor zich zag, die waarin pa en ma voor het eerst op het tuinpad voor het huis in Livingston staan, met hun eerste kind in aantocht, en besluiten aan hun grote El-Allevensreis te beginnen. Onwillekeurig vroeg hij zich af of ze nu aan het laatste hoofdstuk waren begonnen.

Mickey was aan de andere kant van de wachtkamer gaan zitten en staarde naar de tv aan de muur. Myron ijsbeerde nog wat door het vertrek. Hij voelde zich zo verdomde koud vanbinnen. Hij sloot zijn ogen en begon deals te sluiten met alle hogere machten die hij kon bedenken... wat hij zou doen of laten, zou inleveren, accepteren of opofferen, als het leven van zijn vader maar gespaard bleef. Na twintig minuten kwamen Win, Esperanza en Big Cyndi binnen. Win vertelde Myron dat dokter Mark Ellis een uitstekende reputatie had, maar dat Wins vriend, de befaamde cardioloog Dennis Callahan van het New York-Presbyterian, onderweg was. Ze trokken zich terug in een privéwachtkamer, met uitzondering van Mickey, die alleen wilde zijn. Big Cyndi hield ma's hand vast en huilde theatraal met haar mee. Ma scheen er iets van op te knappen.

Het daaropvolgende uur verstreek in bijna sadistische slow motion. Je houdt rekening met elke mogelijkheid. Je aanvaardt het, doet dat juist niet, bent tot alles bereid en huilt het van je af. Je zit in een emotionele mangel die je geen moment met rust laat. Om het kwartier kwam er een verpleegster binnen om te zeggen dat er nog geen nieuws was.

Iedereen hulde zich in een vermoeid stilzwijgen. Myron stond op de gang toen Mickey naar hem toe kwam rennen.

'Wat is er?'

'Is Suzze T dood?' vroeg Mickey.

'Wist je dat niet?'

'Nee,' zei Mickey. 'Ik zag het net op tv.'
'Daarom kwam ik je moeder opzoeken,' zei Myron.
'Wacht eens even, wat heeft mijn moeder daarmee te maken?'
'Suzze is bij haar op bezoek geweest, in jullie trailer, een paar uur voordat ze stierf.'
Mickey schrok en deinsde een stapje achteruit. 'Denk je dat mam haar die drugs heeft gegeven?'
'Nee. Ik bedoel, dat weet ik niet. Je moeder ontkent het. Ze zei dat Suzze en zij een lang, openhartig gesprek met elkaar hadden.'
'Een openhartig gesprek waarover?'
Myron dacht opeens aan iets anders wat Kitty over Suzzes overdosis had gezegd. *Dat zou ze nooit doen. Ze was in verwachting.* Achter in Myrons geest klikte er iets.
'Je moeder lijkt er zeker van te zijn dat Suzze is vermoord.'
Mickey zei niets.
'En toen ik haar over de overdosis vertelde, werd ze nog banger dan ze al was.'
'Dus?'
'Dus is de grote vraag: houden al deze dingen verband met elkaar, Mickey? Dat jullie op de vlucht zijn. Dat Suzze overlijdt. Dat je vader wordt vermist.'
Hij haalde iets te geforceerd zijn schouders op. 'Ik zou niet weten hoe.'
'Jongens?'
Ze draaiden zich allebei om. Myrons moeder was de gang op gekomen. De tranen stroomden over haar wangen. Ze had een prop tissues in haar hand en ze bette haar ogen ermee. 'Ik wil weten wat er aan de hand is.'
'Aan de hand? Waarmee?'
'Doe niet alsof ik gek ben,' zei ze, op een toon die alleen een moeder zich tegen haar zoon kan veroorloven. 'Jij en Mickey gaan met elkaar op de vuist, en dan komt hij opeens bij ons wonen. Waar zijn zijn ouders? Ik wil weten wat er gaande is. Alles. Nu meteen.'
Dus vertelde Myron het haar. Ze luisterde, beefde en snikte af en toe. Hij hield niets voor haar achter. Hij vertelde haar ook dat Kitty

nu in een afkickkliniek zat en zelfs dat Brad werd vermist. Toen hij was uitgepraat, kwam ma dichter bij hen staan. Eerst wendde ze zich tot Mickey, die haar recht aankeek. Ze pakte zijn hand vast.
'Het is jouw schuld niet,' zei ze tegen hem. 'Begrepen?'
Mickey knikte en sloot zijn ogen.
'Je grootvader zou het je nooit verwijten. Ik verwijt het je niet. Met die verstopping in zijn hartslagader heb je hem misschien wel het leven gered. En jij...' ze keerde zich naar Myron, '... hou op met kniezen en ga aan het werk. Ik bel je wel als er nieuws is.'
'Ik kan nu toch niet weggaan?'
'Ja, dat kun je wel.'
'Stel dat pa bij kennis komt.'
Ze ging recht voor hem staan en deed haar hoofd achterover om hem aan te kijken. 'Je vader heeft je opgedragen je broer op te sporen. Het kan me niet schelen hoe ernstig hij eraan toe is. Je doet wat je vader zegt, begrepen?'

26

Dus wat nu?' Myron nam Mickey apart. 'Ik zag in jullie trailer een laptop. Hoe lang hebben jullie die al?'
'Een jaar of twee. Hoezo?'
'Is dat jullie enige computer?'
'Ja. En dan vraag ik je weer: hoezo?'
'Als je vader hem heeft gebruikt, staat er misschien iets in.'
'Papa is niet zo goed met computers.'
'Ik weet dat hij een e-mailadres had. Hij mailde wel eens met je grootouders, toch?'
Mickey haalde zijn schouders op. 'Ik geloof het wel.'
'Weet je zijn wachtwoord?'
'Nee.'
'Oké. Wat hebben jullie nog meer van hem?'
De jongen knipperde met zijn ogen en beet op zijn onderlip. Myron hield zichzelf opnieuw voor hoe Mickeys leven er op dit moment uit moest zien: je vader wordt vermist, je moeder zit in een afkickkliniek, je grootvader heeft net een hartaanval gehad, wat misschien jouw schuld is. En dat allemaal als je pas vijftien jaar oud bent. Myron wilde hem troosten, maar Mickey verstrakte en deinsde achteruit.
'We hebben niks.'
'Oké.'
'We geloven niet in materieel bezit,' zei Mickey defensief. 'We zijn vaak op reis. We hebben nooit veel bagage bij ons. Wat zouden we verder nog nodig hebben?'

Myron stak zijn handen op. 'Oké, oké, het was maar een vraag.'
'Papa had trouwens gezegd dat we niet naar hem op zoek moesten gaan.'
'Dat is al enige tijd geleden, Mickey.'
Hij schudde zijn hoofd. 'Je moet je er niet mee bemoeien.'
Het had geen zin om hierover in discussie te gaan met een jongen van vijftien, bovendien had Myron daar geen tijd voor. 'Zou je me een plezier willen doen?'
'Wat?'
'Ik zou graag willen dat je je grootmoeder de komende paar uur gezelschap houdt. Wil je dat doen?'
Mickey nam niet de moeite antwoord te geven. Hij liep de wachtkamer in, pakte een stoel en ging tegenover ma zitten. Myron gebaarde Win, Esperanza en Big Cyndi de gang op te komen. Ze moesten contact opnemen met de Amerikaanse ambassade in Peru en informeren of er geruchten over Brads vermissing waren. Ze moesten Buitenlandse Zaken bellen en de opsporing van Brad Bolitar in gang zetten. Ze hadden een whizzkid nodig om in Brads e-mails te komen of zijn wachtwoord te kraken. Esperanza ging terug naar New York. Big Cyndi bleef in het ziekenhuis om ma bij te staan en om te proberen meer informatie van Mickey los te krijgen.
'Ik kan heel charmant en overtuigend zijn,' zei Big Cyndi.
Toen Myron alleen was met Win, belde hij Lex' nummer weer. Nog steeds geen antwoord.
'Op de een of andere manier grijpt het allemaal in elkaar,' zei Myron. 'Eerst raakt mijn broer vermist. Kitty wordt bang, ze slaat op de vlucht en komt terug naar de vs. Ze plaatst die reactie van "niet van hem" en zet er een afbeelding bij van een tatoeage die zowel Suzze als Gabriel Wire heeft. Ze ziet Lex. Suzze gaat eerst bij haar langs en vervolgens bij de vader van Alista Snow. Er moet een verband tussen al die dingen bestaan.'
'Dat hoeft niet per se,' zei Win, 'maar Gabriel Wire komt wel elke keer in het verhaal voor. Is jou dat ook opgevallen? Hij was erbij toen Alista Snow omkwam. Het staat vast dat hij een verhouding

met Suzze T heeft gehad. En hij werkt nog steeds samen met Lex Ryder.'

'We moeten hem spreken,' zei Myron.

Win zette zijn vingertoppen tegen elkaar. 'Je bedoelt dat we een bezoekje moeten brengen aan een mensenschuwe, zwaarbeveiligde, zeer bemiddelde rockster die zich op een eilandje heeft teruggetrokken?'

'Daar schijnen de antwoorden te vinden te zijn.'

'Eitje,' zei Win.

'Hoe pakken we het aan?'

'Een eitje dat echter enige planning vergt,' zei Win. 'Geef me een paar uur de tijd.'

Myron keek op zijn horloge. 'Oké. In de tussentijd rij ik terug naar de trailer om de laptop te checken. Misschien is er iets in te vinden.'

Win bood Myron een auto met chauffeur aan, maar Myron wilde liever zelf rijden, in de hoop dat zijn hoofd er een beetje van opklaarde. Hij had weinig geslapen de afgelopen nachten, dus hij moest zich wakker houden met muziek. Hij plugde zijn iPod in de autostereo en speelde zijn verzameling soft pop op een oorverdovend volume af. De Weepies zongen iets over een wereld die maar 'als een gek bleef doordraaien'. Keane wilde ervandoor met die ene speciale persoon naar een plek die alleen zij kenden. Snow Patrol, treurend om een verloren liefde, had het over 'losgaan in de derde bar'.

Het zal wel, dacht Myron.

Toen Myron jong was, zette zijn vader de radio altijd op de middengolf als hij reed. Dan lagen zijn polsen losjes op het stuur en floot hij de deuntjes mee. 's Morgens, als hij zich stond te scheren, luisterde hij altijd naar het nieuws.

Myron bleef maar wachten tot zijn telefoon zou overgaan. Voordat hij uit het ziekenhuis wegging, had hij zich nog bijna bedacht. Stel, had hij tegen zijn moeder gezegd, dat pa nog maar één laatste keer bij kennis komt. Stel dat Myron de laatste kans om iets tegen zijn vader te zeggen zou missen.

Ma had op nuchtere toon geantwoord: 'Wat zou je tegen hem moeten zeggen wat hij niet allang weet?'

Touché. Het ging uiteindelijk om de wens van zijn vader. Wat zou pa liever hebben gewild: dat Myron snikkend in de wachtkamer bleef zitten, of dat hij op pad ging om zijn broer op te sporen? Als je de vraag zo stelde, was het antwoord evident.

Myron reed het trailerpark binnen. Hij stopte bij de trailer van Kitty en zette de motor af. Hij voelde de vermoeidheid tot in zijn botten. Moeizaam stapte hij uit en wreef zich in de ogen. Hij kwam bij de deur van de trailer. Die zat weer op slot. Was hij echt vergeten Mickey om de sleutel te vragen? Hoofdschuddend trok hij zijn portefeuille en haalde de extradunne creditcard eruit.

De deur liet zich net zo gemakkelijk openen als de eerste keer. De laptop stond in het woonvertrek, bij Mickeys slaapbank. Hij zette hem aan en terwijl het apparaat opstartte, doorzocht hij de trailer. Mickey had gelijk. Veel bezittingen hadden ze niet. Alle kleding was al ingepakt. Het tv'tje hoorde waarschijnlijk bij de trailer. In een la vond hij wat papieren en foto's. Hij had het net op de bank gelegd toen de laptop met een *ping* aangaf dat hij klaar was voor gebruik.

Myron ging naast de papieren zitten, nam de laptop op schoot en klikte de browsergeschiedenis aan. Facebook stond ertussen. Twee zoekopdrachten voor Google: nachtclub Three Downing in Manhattan en de Garden State Plaza Mall. Plus een website waarop je kon zien hoe je er kon komen. Verder niets. Brad was drie maanden geleden naar Peru teruggekeerd. De geschiedenis van de laptop ging niet verder in het verleden dan een paar dagen.

Zijn telefoon ging over. Het was Win.

'Het is geregeld. Over twee uur vliegen we vanaf Teterboro naar Adiona Island.'

Teterboro was een privévliegveldje in het noorden van New Jersey. 'Oké. Ik zie je zo.'

Myron borg zijn telefoon op en richtte zijn aandacht weer op de laptop. De browsergeschiedenis leverde hem geen noemenswaardige aanwijzingen op. Wat nu?

Probeer de andere toepassingen, zei hij tegen zichzelf. Hij opende ze een voor een. Van de agenda en het adresboek had nooit iemand gebruikgemaakt, want beide waren leeg. In PowerPoint vond hij een paar schoolpresentaties van Mickey, de meest recente over de geschiedenis van de Maya's. De PowerPoint-presentatie had onderschriften in het Spaans. Knap werk, zo te zien, maar daar had hij nu geen tijd voor. Hij opende Word. Weer een stel documenten die er als schoolprojecten uitzagen. Myron wilde het net opgeven toen hij een document van acht maanden geleden met de titel 'ontslagbrief' tegenkwam. Hij klikte het aan en las:

Aan: De Abeona Shelter

Beste Juan,

Het is met pijn in het hart, mijn goede vriend, dat ik mijn functie bij jouw prachtige organisatie neerleg. Kitty en ik zullen die altijd blijven steunen. We geloven oprecht in de zaak en hebben er heel wat in gestopt. We hebben zo veel teruggekregen van de jonge mensen die we hebben geholpen. Jij begrijpt wat ik bedoel. We zullen je er altijd dankbaar voor blijven.
Toch is het voor de Bolitars, als wereldreizigers, nu tijd om zich ergens definitief te vestigen. Ik heb in Los Angeles een vaste baan aangenomen. Kitty en ik hielden van het nomadenbestaan, hoewel we nooit ergens lang genoeg konden blijven om er wortel te schieten. Onze zoon Mickey heeft daar wel behoefte aan. Hij heeft nooit om dit leven gevraagd. Hij is bijna zijn hele leven op reis geweest, heeft vrienden gemaakt om die vervolgens weer te verliezen, en hij heeft nooit een echt thuis gehad. Hij heeft nu behoefte aan een normaal leven en een kans om zich te ontplooien, met name op het gebied van basketbal. Dus na lang wikken en wegen hebben Kitty en ik besloten om ten minste drie jaar op één plek te blijven wonen, zodat hij zijn middelbare school kan afmaken en daarna aan de universiteit kan gaan studeren.

Wat er daarna gebeurt, wie zal het zeggen? Ik heb mezelf nooit een normaal, statisch leven zien leiden. Mijn vader bezigde vaak een Jiddisch gezegde: de mens plant, God lacht. Kitty en ik hopen op een dag terug te keren. Ik weet dat de Abeona Shelter altijd in ons bloed zal blijven zitten. Wat ik van je vraag is veel, dat besef ik. Maar ik hoop dat je er begrip voor kunt opbrengen. In de tussentijd zullen we alles doen om de overgang soepel te laten verlopen.

Voor altijd je broeder,

Brad

Abeona Shelter. Kitty had haar reactie van 'niet van hem' geplaatst onder de naam Abeona S. Myron opende Google en typte 'Abeona Shelter' in. Geen hits. Hm. Daarna zocht hij op alleen Abeona en kwam te weten dat de naam afkomstig was van een vrij onbekende Romeinse godin die bescherming bood aan kinderen wanneer ze het voor het eerst zonder de zorg van hun ouders moesten stellen. Myron begreep niet helemaal wat dat betekende, áls het al iets betekende. Brad zou altijd voor non-profitorganisaties hebben gewerkt. Was de Abeona Shelter er dan een van?

Hij belde Esperanza. Hij gaf haar het adres van Juan en de naam Abeona Shelter. 'Probeer met hem in contact te komen. Misschien weet hij iets.'

'Oké. Myron?'

'Ja?'

'Ik hou echt heel veel van je vader.'

Hij glimlachte. 'Ja, dat weet ik.'

Stilte.

Toen zei Esperanza: 'Je kent de uitdrukking dat het nooit een goed moment is voor slecht nieuws, hè?'

O jee. 'Wat is er loos?'

'Ik hink op twee gedachten,' zei ze. 'Ik kan wachten tot alles weer oké is en het je dan vertellen. Of ik kan het op de grote hoop gooien, bij al het andere wat er is gebeurd, zodat het minder erg lijkt.'

'Gooi het maar op de grote hoop.'

'Thomas en ik gaan scheiden.'

'Ah, shit.' Hij moest meteen denken aan de foto's in haar kantoor, die gelukkige gezinsplaatjes met Esperanza, Thomas en de kleine Hector. Zijn hart kreeg opnieuw een dreun te verduren. 'Ik vind het erg dat te moeten horen.'

'Hopelijk komen we er op een harmonieuze manier uit,' zei Esperanza. 'Maar dat denk ik niet. Thomas beweert dat ik niet deug als moeder, door mijn duistere verleden en de vele uren die ik werk. Hij gaat het volledige voogdijschap over Hector eisen.'

'Dat krijgt hij niet,' zei Myron.

'Alsof jij dat voor het zeggen hebt.' Ze maakte een geluid dat een grimmig lachje zou kunnen zijn. 'Maar ik vind het heerlijk als je zulke stellige uitspraken doet.'

Myron dacht aan een van zijn vorige stellige uitspraken, tegen Suzze.

'Ik heb er een slecht gevoel over. Ik denk dat ik ga instorten.'

'Nee, dat doe je niet.'

'Dat doe ik altijd in dit soort situaties, Myron.'

'Deze keer niet. Dat staat je agent niet toe.'

Hij zou niet toestaan dat ze instortte. En nu was ze dood.

Myron Bolitar, de stoere bink met zijn stellige uitspraken.

Voordat hij zijn woorden kon terugnemen zei Esperanza: 'Ik ga erachteraan', en ze hing op.

Even bleef hij naar de telefoon staren. Het gebrek aan slaap begon zijn tol te eisen. Zijn hoofd bonsde zo erg dat hij zich afvroeg of Kitty misschien een potje Tylenol in het medicijnkastje had laten staan. Hij wilde opstaan om er te gaan kijken toen iets zijn aandacht trok.

Het was de stapel papieren en foto's naast hem op de bank. Rechts onderaan stak er een hoekje uit. Een donkerblauw hoekje. Myron keek nog eens goed. Hij trok het uit de stapel.

Een paspoort.

De vorige dag had hij de paspoorten van Kitty en Mickey in Kitty's tas gevonden. Brad was volgens Kitty voor het laatst in Peru gesignaleerd, dus daar zou zijn paspoort zich ook moeten bevinden. Dus rees de vraag: wiens paspoort was dit?

Myron sloeg het open. Daar, op de eerste bladzijde, was de foto van zijn broer, die hem recht aankeek. Hij voelde de verbijstering weer toeslaan, en zijn bonzende hoofd ging duizelen.

Myron vroeg zich af wat hij hiermee aan moest toen hij de fluisterende stemmen hoorde.

Op sommige momenten loont het als je overgevoelige zenuwuiteinden hebt. Dit was zo'n moment. In plaats van af te wachten of te bedenken vanwaar en van wie het gefluister afkomstig was, reageerde Myron meteen. Hij vloog overeind en griste de papieren en de foto's van de bank. Achter hem werd de deur van de trailer ingetrapt. Myron liet zich op de vloer vallen en rolde achter de bank.

Twee mannen kwamen met een pistool in de aanslag de trailer binnenstormen.

Ze waren allebei jong en broodmager, met een bleek gezicht, duidelijk onder invloed van iets, en met een voorkomen dat in modekringen 'heroin chic' wordt genoemd. De ene had een grote, ingewikkelde tatoeage die boven het kraagje van zijn T-shirt uitstak en als vlammend vuur zijn hals op kroop. De andere droeg het geitensikje van de stoere bink.

Die met het sikje zei: 'Wat krijgen we verdomme... we zagen hem toch naar binnen gaan?'

'Dan moet hij in de slaapkamer zijn. Ik dek je.'

Myron, plat op de vloer achter de bank, was blij dat Win erop had aangedrongen dat hij een pistool bij zich stak. Veel tijd had hij niet. De trailer was maar klein. Over een paar tellen zouden ze Myron vinden. Even overwoog hij tevoorschijn te springen en 'Geen beweging!' te roepen. Maar ze waren allebei gewapend en hij kon onmogelijk inschatten hoe ze zouden reageren. Ze zagen er geen van beiden bijzonder zelfverzekerd uit, dus er was een grote kans dat ze in paniek raakten en het vuur op hem zouden openen.

Nee, het was beter om ze in het ongewisse te laten. En ze te verrassen.

Myron nam een besluit. Hij hoopte dat het het juiste besluit was, een rationeel en geen emotioneel besluit, want in het laatste geval zou hij ze pijn willen doen omdat zijn vader misschien stervende was, en omdat zijn broer... Hij dacht aan Brads paspoort en besefte dat hij geen idee had waar zijn broer uithing, wat hij aan het doen was en of hij al dan niet in gevaar verkeerde.

Maak je geest leeg. Handel rationeel.

Geitensikje deed twee stappen in de richting van de slaapkamerdeur. Zonder zich te laten zien kroop Myron naar de hoek van de bank. Hij wachtte een tel, richtte op de knie van Geitensikje en haalde zonder een waarschuwing te roepen de trekker over.

De knie spatte uiteen.

Geitensikje slaakte een kreet en sloeg tegen de grond. Zijn pistool kletterde over de vloer naar de andere kant van de trailer. Maar daar schonk Myron geen aandacht aan. Hij maakte zich klein, bleef uit het zicht en wachtte op de reactie van Vlammennek. Als hij zou schieten, was Myron in het voordeel. Maar dat deed Vlammennek niet. Ook hij slaakte een kreet en – zoals Myron had gehoopt – raakte in paniek.

Vlammennek draaide zich om en stormde de trailer uit. Myron kwam razendsnel in actie. Hij sprong op en kwam achter de bank vandaan. Geitensikje rolde over de vloer van de pijn. Myron hurkte naast hem neer, greep zijn haar vast, dwong de man hem aan te kijken en zette de loop van het pistool tegen zijn voorhoofd.

'Hou op met schreeuwen of ik schiet je dood.'

Geitensikje dempte zijn geschreeuw tot een zacht, dierlijk gejank.

Myron griste het pistool van de vloer, ging bij het raam staan en keek naar buiten. Vlammennek sprong in een auto. Myron keek naar de nummerplaat. De staat New York. Hij toetste cijfers en letters in zijn BlackBerry en stuurde ze naar Esperanza. Geen tijd om het uit te leggen. Hij ging weer bij Geitensikje staan.

'Voor wie werk je?'

Nog steeds jankend en met een kinderstemmetje zei hij: 'Je hebt op me geschoten!'

'Ja, dat weet ik. Voor wie werk je?'
'Loop naar de hel.'
Myron ging op zijn hurken zitten. Hij zette de loop van het pistool op de andere knie van de man. 'Ik heb echt heel weinig tijd.'
'Alsjeblieft,' zei Geitensikje, en zijn stem klonk twee octaven hoger dan zonet. 'Ik weet het niet.'
'Hoe heet je?'
'Wat?'
'Je naam. Alhoewel, laat maar zitten. Luister, Geitensikje, wat er gaat gebeuren is het volgende. Ik ga je nu door je andere knie schieten. En daarna begin ik aan je ellebogen.'
Geitensikje huilde. 'Nee, alsjeblieft.'
'Uiteindelijk zul je me vertellen wat ik wil weten.'
'Ik weet het niet! Ik zweer het.'
Er was een grote kans dat iemand in het park het pistoolschot had gehoord. Of dat Vlammennek terugkwam met versterking. Kortom, Myron had maar heel weinig tijd. Hij moest de man laten zien dat het hem ernst was. Met een lichte zucht kromde hij zijn vinger om de trekker – zo ver was hij inmiddels heen – toen zijn gezonde verstand hem uit zijn roes wekte. Want zelfs als hij ertoe in staat was om een ongewapende, gewonde man door zijn knie te schieten, dan zou het resultaat niet zijn wat hij voor ogen had gehad. Het meest waarschijnlijke was dat Geitensikje door de pijn buiten westen of in een shocktoestand raakte, in plaats van wat spraakzamer te worden.

Myron wist nog steeds niet wat hij moest doen toen hij zei: 'Je laatste kans.'

Gelukkig schoot Geitensikje hem te hulp. 'Bert! Hij heet Bert. Dat is het enige wat ik weet.'
'Achternaam?'
'Dat weet ik niet. Kevin heeft het geregeld.'
'Wie is Kevin?'
'Die gast die me zonet heeft laten barsten, man.'
'En wat moesten jullie doen van Bert?'
'Jou volgen, man. Vanaf het ziekenhuis. Hij zei dat jij ons bij Kitty Bolitar zou brengen.'

Godver, nu wist Myron echt dat hij uit vorm was. Die twee sufkoppen hadden de hele tijd achter hem aan gereden en hij had er niets van gemerkt? Wat een trieste vertoning. 'En als jullie Kitty hadden gevonden, wat moesten jullie dan doen?'

Geitensikje begon weer te huilen. 'Alsjeblieft.'

Myron zette de loop van het pistool op het hoofd van de man. 'Kijk me aan.'

'Alsjeblieft.'

'Hou op met janken en kijk me aan.'

Uiteindelijk deed hij wat hem was opgedragen. Hij haalde zijn neus op en probeerde zijn zelfbeheersing terug te vinden. Zijn knie was een ravage. Myron wist dat hij nooit meer zou kunnen lopen zonder te hinken. Misschien kwam er ooit een dag waarop Myron zich daar schuldig over zou voelen, al betwijfelde hij dat.

'Spreek de waarheid en dan zetten we een punt achter dit gedoe. Waarschijnlijk hoef je niet eens naar de gevangenis. Lieg tegen me en ik schiet je een kogel in je kop, want ik kan geen getuige achterlaten. Ben ik duidelijk?'

De blik in zijn ogen bleef verbazingwekkend vast. 'Je gaat me toch vermoorden.'

'Nee, dat doe ik niet. Weet je waarom niet? Omdat ik nog enig fatsoen in mijn lijf heb. En dat wil ik graag zo houden. Dus vertel me de waarheid en doe ons allebei een lol. Wat moesten jullie doen als jullie Kitty hadden gevonden?'

Toen het geluid van politiesirenes al dichterbij begon te komen, gaf Geitensikje het antwoord dat Myron had verwacht. 'We moesten jullie allebei vermoorden.'

Myron opende de deur van de trailer. De sirenes klonken een stuk luider.

Hij had geen tijd meer om bij zijn auto te komen. Hij ging linksaf en rende weg van de ingang van Glendale Estates toen twee politiewagens het park in kwamen rijden. Hij werd gevangen in de felle lichtbundel van het zoeklicht van een van de wagens.

'Blijf staan! Politie!'

Myron gaf hier geen gehoor aan. De smerissen zetten de achtervolging in, tenminste, dat nam Myron aan. Zonder ook maar één keer om te kijken rende hij door. Bewoners kwamen hun trailer uit om te zien wat er aan de hand was, maar niemand versperde hem de weg. Myron had het pistool achter de band van zijn broek gestoken. Hij was niet van plan het wapen te trekken en de smerissen een excuus te geven om het vuur op hem te openen. Zolang hij geen fysieke bedreiging vormde, zouden ze niet op hem schieten.

Dat was toch zo?

De megafoon van een van de patrouillewagens kwam krakend tot leven. 'Dit is de politie. Blijf staan en steek je handen omhoog.'

Bijna had Myron het gedaan. Hij kon alles uitleggen. Maar dat zou uren of misschien wel dagen vergen, en die tijd had hij gewoon niet. Win had een manier bedacht om op Adiona Island te komen. Op de een of andere manier was Myron ervan overtuigd dat de oplossing daar te vinden was, bij de mensenschuwe Gabriel Wire, en hij was niet van plan die kans te laten lopen.

Het trailerpark werd begrensd door een dicht bos. Myron vond een voetpaadje en rende het op. De smerissen riepen weer dat hij moest blijven staan. Hij schoot naar links en rende door. Achter hem hoorde hij geritsel. De smerissen achtervolgden hem door het bos. Hij ging harder lopen, probeerde de afstand te vergroten. Even overwoog hij zich achter een rots of een dikke boom te verstoppen totdat ze hem voorbij waren gerend, maar wat schoot hij daarmee op? Hij moest hier weg en op Teterboro Airport zien te komen.

Er werd weer naar hem geroepen, maar de stemmen klonken nu verder achter hem. Hij waagde een blik achterom. Een van de smerissen liep met een zaklantaarn te zwaaien, maar ze zaten een flink stuk achter hem. Mooi zo. Zonder vaart te minderen slaagde hij erin zijn Bluetooth-headset uit zijn zak te halen en in zijn oor te proppen.

Hij drukte op de snelkeuzetoets voor Win.

'Duidelijk spreken.'

'Ik heb een lift nodig,' zei Myron.

In het kort legde hij uit wat er aan de hand was. Win luisterde zonder hem te onderbreken. Myron hoefde hem niet te vertellen waar hij was. Win kon hem traceren met behulp van de gps in zijn BlackBerry. Het enige wat hij hoefde te doen was uit het zicht blijven. Toen hij uitgepraat was zei Win: 'Je bevindt je op ongeveer honderd meter afstand van Highway One pal ten westen van je. Loop die in noordelijke richting op totdat je een winkelgebied langs de snelweg ziet. Verstop je daar of zorg ervoor dat je in de massa opgaat. Ik stuur een limousine om je op te pikken en naar het vliegveld te brengen.'

27

Myron vond een Panera Bread die open was. De heerlijke geur van vers gebak herinnerde hem eraan dat hij in geen eeuwen iets had gegeten. Hij bestelde een koffie en een amandelbroodje. Hij ging bij het raam zitten, vlak bij de uitgang voor het geval hij er opeens vandoor moest. Vanaf zijn zitplaats kon hij zien welke auto's het parkeerterrein op reden. Als een van die auto's een patrouillewagen was, kon hij de deur uit glippen en in een mum van tijd in het bos zijn. Hij nipte van zijn koffie en snoof de geur van het warme amandelbroodje op. Waardoor hij weer aan zijn vader moest denken. Zijn vader had altijd veel te snel gegeten. Vroeger had pa Brad en hem vaak meegenomen naar Seymour's Luncheonette op Livingston Avenue, voor een milkshake, Franse frietjes en als het meezat een pakje honkbalplaatjes. Dan gingen Brad en Myron op een barkruk zitten en ruilden ze die met elkaar. Pa bleef altijd staan, alsof dat zo hoorde. En als de frietjes werden gebracht, leunde hij tegen de counter en schrokte hij ze in één keer naar binnen. Pa was nooit dik geweest, maar wel altijd een paar kilo te zwaar.

Kwam het daardoor? Zou er niets zijn gebeurd als pa langzamer had gegeten? Als hij meer aan sport had gedaan of een minder stressvolle baan had gehad, of een zoon die zich niet voortdurend in de nesten werkte waardoor híj hele nachten wakker lag? Stel dat hij niet de tuin in had hoeven stormen om diezelfde zoon met een snoekduik te hulp te schieten.

Hou op.

Myron deed de Bluetooth in zijn oor en belde inspecteur Loren

Muse van de plaatselijke politie. Toen ze opnam zei Myron: 'Ik zit met een probleem.'
'En dat is?'
'Heb jij contacten bij de politie van Edison, New Jersey?'
'Dat is Middlesex County. Ik doe alleen Essex en Hudson. Maar ik ken daar wel iemand.'
'Er is daar vanavond geschoten.'
'Je meent het.'
'En in theorie was ik het die heeft geschoten, uit zelfverdediging.'
'Alleen in theorie?'
'Ik wil niet dat het tegen me wordt gebruikt.'
'Ah, meneer de jurist. Ga door.'
Myron vertelde haar wat er was gebeurd toen een zwarte limousine langzaam het parkeerterrein op kwam rijden. Op het dashboard achter de voorruit stond een kartonnen kaartje met de naam DOM DELUISE. Win. Al pratende in zijn headset haastte hij zich naar buiten, trok het portier open en dook achterin. De chauffeur zei 'hallo' tegen hem. Myron mimede 'hallo' terug en wees op de headset, waarmee hij aangaf dat hij aan het telefoneren was en wat een arrogante eikel hij was.
Loren Muse was niet blij met wat ze hoorde. 'En wat wil je dat ik met deze informatie doe?'
'Dat je die doorgeeft aan je contact.'
'En wat moet ik precies tegen mijn contact zeggen? Dat de schutter me heeft gebeld maar dat hij zich nog niet wil melden?'
'Ja, zoiets.'
'En wanneer denk je tijd te hebben om ons met je komst te verblijden?' vroeg Muse.
'Binnenkort.'
'Nou, daar zullen ze blij mee zijn.'
'Ik probeer ze alleen werk te besparen, Muse.'
'Dat kun je doen door je bij de politie te melden.'
'Dat gaat nu niet.'
Stilte. Toen vroeg Muse: 'Heeft dit soms iets met de dood van Suzze te maken?'

'Dat denk ik wel, ja.'
'Dus jij denkt dat die gasten in de trailer haar dealers waren?'
'Dat zou kunnen, heel misschien.'
'Denk je nog steeds dat Suzze is vermoord?'
'Dat is mogelijk, ja.'
'En mijn laatste vraag: denk je nu echt dat je mij met dit vage geleuter aan het lijntje kunt houden?'

Myron overwoog of hij Muse een bot moest toewerpen, of hij haar moest vertellen dat Suzze bij Kitty op bezoek was geweest, of dat de prepaid telefoon die Suzze niet lang voor haar dood had gebeld die van zijn schoonzus was. Maar hij wist waar dat toe zou kunnen leiden – meer vragen en wellicht een bezoek aan de Coddington Ontwenningskliniek – en hij besloot het niet te doen.

In plaats daarvan beantwoordde hij haar vraag met een wedervraag. 'Hebben jullie nog iets gevonden wat erop wijst dat de oorzaak van Suzzes dood iets anders was dan een overdosis?'

'Ah, nu begrijp ik het,' zei Muse. 'Ik moet jou wel iets vertellen en jij mij niet. Geen *quid pro quo* maar *quid pro noppes*.'

'Omdat ik nog niks weet.'

'Daar geloof ik geen barst van, Myron. Maar ach, wat kan het mij ook schelen. Om je vraag te beantwoorden: nee, er is geen enkele aanwijzing gevonden die suggereert dat Suzze T's dood vuil spel was. Heb je daar iets aan?'

Niet echt.

'Waar ben je nu?' vroeg Muse.

Myron fronste zijn wenkbrauwen. 'Dat meen je toch niet, hè?'

'Dat ga je me niet vertellen?'

'Nee, dat ga ik je niet vertellen.'

'Dus je vertrouwt me maar tot op zekere hoogte?'

'Als politierechercheur ben je wettelijk verplicht alles door te geven wat ik zeg,' zei Myron. 'Maar wat je niet weet, kun je ook niet doorgeven.'

'Zou je me dan ten minste willen vertellen wie er in die trailer woonde? Ik kom er toch wel achter.'

'Nee, maar...' Hij had een bot dat hij haar kon toewerpen, ook al

had hij plechtig beloofd dat hij dat niet zou doen.
'Maar?'
'Vraag een arrestatiebevel voor ene Joel Fishman, een docent aan een middenschool in Ridgewood. Fishman dealt drugs.' Myron had de goeie ouwe Crush toegezegd dat hij hem niet zou aangeven, maar als je in een schoollokaal een pistool op iemand richt, nou, dan zou je kunnen zeggen dat je die toezegging niet geheel vrijwillig hebt gedaan.

Nadat Myron haar genoeg informatie had gegeven om Fishman aan het kruis te nagelen, beëindigde hij het gesprek. Mobiele telefoons waren in het ziekenhuis niet toegestaan, dus belde hij de receptie. Hij werd een paar keer doorverbonden en vond ten slotte een verpleegster die bereid was voor hem te informeren, en die hem na enige tijd meldde dat er geen nieuws was over de toestand van zijn vader. Geweldig.

De limousine reed meteen de startbaan op en stopte naast het vliegtuig. Geen bagagecontrole, geen instapkaart, geen lange rij bij een detectiepoortje, waar de man vóór je altijd vergeten is het wisselgeld uit zijn broekzak te halen, ondanks de zevenenveertig verzoeken dat wel te doen, zodat het alarm afgaat. Wanneer je met een privéjet vliegt, stop je gewoon naast het toestel, je loopt het trapje op en je stijgt op.

Zoals Win het vaak uitdrukte: het was best prettig om rijk te zijn.

Win was al aan boord, tezamen met een echtpaar dat hij voorstelde als Sassy en Sinclair Finthorpe, en hun tweelingzonen Billings en Blakely.

Myron fronste zijn wenkbrauwen. En rijke mensen wilden beweren dat zwarte Amerikanen er rare namen op nahielden?

Sassy en Sinclair hadden allebei een tweed jasje aan. Verder was Sassy gekleed in een rijbroek en ze droeg leren handschoenen. Ze had blond haar dat strak was samengebonden in een paardenstaart. Zo te zien was ze een jaar of vijfenvijftig en ze had het gegroefde gezicht van iemand die te veel in de zon zit. Sinclair was kaal, had een bol gezicht en droeg een zijden choker. Hij lachte uit volle borst wanneer iemand iets zei, en reageerde met 'zeg dat wel,

zeg dat wel' op vrijwel alles wat tegen hem werd gezegd.
'Ik vind het zo spannend,' zei Sassy tussen haar opeengeklemde tanden door. 'Jij niet, Sinclair?'
'Nou, zeg dat wel, zeg dat wel.'
'Het lijkt wel alsof we James Bond op een van zijn geheime missies gaan helpen.'
'Zeg dat wel, zeg dat wel.'
'Jongens? Vinden jullie het niet spannend?'
Billings en Blakely keken haar aan met de minachting die aristocratische tieners eigen is.
'Dit vraagt om cocktails!' zei Sassy.
Ze boden er Myron ook een aan, maar hij bedankte. Billings en Blakely bleven stuurs en hooghartig voor zich uit kijken, maar misschien was die gezichtsuitdrukking wel genetisch bepaald en keken ze vanaf hun geboorte al zo. Beide jongens hadden dik haar in een soort Kennedy-kapsel en gingen gekleed in een witte tennisoutfit met een trui losjes om de hals geknoopt. Wins wereld.
Ze gingen allemaal op hun plaats zitten en nog geen vijf minuten nadat Myron aan boord was gegaan, kwamen de wielen los van de grond. Win was naast Myron komen zitten.
'Sinclair is een neef van me,' zei Win. 'Ze hebben een huis op Adiona Island, waar ze eigenlijk morgen naartoe zouden gaan. Ik heb gevraagd of ze het een dagje wilden vervroegen.'
'Zodat Crisp niet weet dat we eraan komen?'
'Precies. Als we met mijn vliegtuig of met de boot waren gegaan, had iemand hem misschien ingeseind. Maar het kan zijn dat hij een mannetje op het vliegveld heeft staan. Dus we laten mijn neef en nicht eerst uitstappen en wachten tot de kust veilig is.'
'Heb je al een plan om bij Wires huis te komen?'
'Ja. Dat vereist echter de hulp van de plaatselijke bevolking.'
'Van wie?'
'Dat zul je wel zien,' zei Win met een vaag glimlachje. 'Er is geen mobiel telefoonbereik op het eiland, maar ik heb een satelliettelefoon voor het geval het ziekenhuis ons wil spreken.'
Myron knikte. Hij leunde achterover en sloot zijn ogen.

'Nog één belangrijk ding,' zei Win.
'Ik luister.'
'Esperanza heeft het kentekennummer van de auto in het trailerpark nagetrokken. De auto wordt op dit moment geleased door een bedrijf dat Regent Rental Associates heet. Vervolgens heeft ze het bedrijf doorgelicht. Raad eens wie de eigenaar van Regent Rental is?'
'Herman Ache.'
'Moet ik nu onder de indruk zijn?'
'Heb ik gelijk?'
'Ja. Hoe wist je dat?'
'Een gok. Alles houdt verband met elkaar.'
'En daar heb je een theorie over?'
'Een incomplete.'
'Vertel op, als je wilt.'
'Ik denk dat het in elkaar steekt zoals we al dachten. Frank Ache had jou verteld dat Wire grote gokschulden had, toch?'
'Dat is juist.'
'Laten we daar dan beginnen. Gabriel Wire – en Lex misschien ook – is geld schuldig aan Herman Ache. Maar ik denk dat Herman Wire pas goed in de tang heeft gekregen door het gebeuren met Alista Snow.'
'Door hem te beschermen tegen rechtsvervolging?'
'Door de eventuele aanklacht, strafrechtelijk of anderszins, te laten verdwijnen. Wat er verder ook speelt, het is begonnen op de avond dat Alista Snow van het dak viel.'
Win knikte en nam het in overweging. 'Wat zou verklaren waarom Suzze gisteren bij Karl Snow langs is geweest.'
'Precies, wat ook weer een verband is,' zei Myron. 'Suzze wist op de een of andere manier iets over die bewuste avond. Misschien via Lex. Of via haar geheime minnaar Gabriel Wire. Daar ben ik nog niet uit. Maar wat de reden ook was, ze voelde zich blijkbaar geroepen om in actie te komen en een aantal mensen de waarheid te vertellen. Ze is naar Kitty gestapt en heeft haar bekend dat zij vijftien jaar geleden haar anticonceptiepillen had verwisseld. Daarna is ze

naar Karl Snow toe gegaan. Misschien om hem te vertellen wat er die avond lang geleden écht met zijn dochter is gebeurd, maar dat weet ik dus niet.'

Myron hield op met praten. Opnieuw stuitte hij op iets wat niet klopte. Win deed blijkbaar hetzelfde en sprak het uit.

'En vervolgens, nadat ze haar geweten heeft gezuiverd, koopt de hoogzwangere Suzze T een portie heroïne, trekt zich terug op het dakterras van haar penthouse en maakt een eind aan haar leven?'

Myron schudde zijn hoofd. 'Het kan me niet schelen wat het bewijs aantoont. Het klopt gewoon niet.'

'Heb je een andere theorie?'

'Ja,' zei Myron. 'Herman Ache heeft haar laten vermoorden. Al het andere ziet er ook uit als het werk van een prof, dus gok ik erop dat Crisp de moord heeft gepleegd. Hij kan dat, het laten lijken op zelfmoord.'

'Met als motief?'

Daar was Myron nog steeds niet uit. 'Misschien wist Suzze iets... iets wat Wire kon schaden, iets waarvoor hij alsnog kon worden vervolgd voor de dood van Alista Snow. Dus heeft Ache haar laten vermoorden. Vervolgens stuurt hij twee man op Kitty af om háár uit de weg te ruimen.'

'Waarom Kitty?'

'Dat weet ik niet. Misschien om grote schoonmaak te houden. Herman was bang dat zij iets wist, of dat Suzze haar iets had verteld. Wat het ook was, Herman heeft blijkbaar besloten geen risico's te nemen. Om alles plat te branden en zowel Suzze als Kitty te laten vermoorden.'

'En jou,' voegde Win eraan toe.

'Ja. En mij.'

'En je broer? Op welke manier past hij in het plaatje?'

'Dat weet ik niet.'

'Er is veel wat we niet weten.'

'Bijna alles,' gaf Myron toe. 'En er is nog iets wat ik niet begrijp. Want als Brad is teruggegaan naar Peru, waarom ligt zijn paspoort dan in de trailer?'

'Het meest voor de hand liggende antwoord? Omdat hij niet is gegaan. En als dat zo is, wat mogen we daar dan uit opmaken?'

'Dat Kitty heeft gelogen,' zei Myron.

'Dat Kitty heeft gelogen,' herhaalde Win. '*Kitty lied*. Was dat niet een liedje van Steely Dan?'

'*Katy lied*. En dat was de titel van een elpee, niet van een liedje.'

'Ah, juist. Prima elpee, trouwens.'

Myron probeerde zijn geest even uit te schakelen en die rust te gunnen voordat ze de burcht gingen bestormen. Hij sloot zijn ogen en leunde achterover terwijl het vliegtuig de daling inzette. Vijf minuten later waren ze geland. Myron keek op zijn horloge. Het was minder dan drie kwartier geleden dat hij op Teterboro Airport was aangekomen.

Ja. Het was best prettig om rijk te zijn.

28

De jaloezieën van het vliegtuig waren neergelaten zodat niemand naar binnen kon kijken. De familie Finthorpe was al van boord gegaan. De twee piloten hadden het toestel weggezet, alles uitgeschakeld en waren ook van boord gegaan. Alleen Myron en Win waren er nog. Het was inmiddels nacht.

Myron belde het ziekenhuis met de satelliettelefoon. Deze keer kreeg hij dokter Ellis te pakken. 'Uw vader is uit de operatiekamer, maar het is een heel gevecht geweest. Hij heeft op de operatietafel twee keer een hartstilstand gekregen .'

Myron schoot weer vol, maar hij drong zijn tranen terug. 'Mag ik mijn moeder even spreken?'

'We hebben haar een kalmeringsmiddel gegeven en ze ligt nu te slapen in een kamer naast de intensive care. Uw neef is er ook nog, hij zit in een stoel te slapen. Het is een lange nacht geweest.'

'Dank u wel.'

Win kwam de badkamer uit, helemaal in het zwart gekleed. 'Er liggen ook kleren voor jou,' zei hij. 'En er is een douche. Misschien knap je ervan op. Onze hulptroepen arriveren over tien minuten.'

De douchekop zat wat laag voor iemand die zo lang was als hij, maar de waterstraal was verrassend krachtig. Myron stond licht voorovergebogen, gebruikte negen van de hem toegestane tien minuten om zich op te frissen, en de resterende minuut om zich af te drogen en de zwarte kleding aan te trekken. Win had gelijk: hij voelde zich inderdaad een stuk beter.

'Onze auto staat voor,' zei Win. 'Maar eerst...'

Hij gaf Myron twee vuurwapens. Een groter pistool met een schouderholster en een kleine revolver met een enkelholster. Myron deed beide holsters om. Win ging voorop. De treden van de vliegtuigtrap waren glad. Het regende flink. Win zocht dekking onder het vliegtuig zodra hij beneden was. Hij haalde de nachtkijker uit hun tas en zette die op alsof het een duikbril was. Daarna draaide hij langzaam om zijn as.

'De kust is veilig,' zei Win.

Hij stopte de kijker terug in de tas. Toen pakte hij zijn mobiele telefoon, stak die omhoog en drukte op een knop. Het schermpje lichtte op. In de verte zag Myron de koplampen van een auto knipperen. Win liep in de richting van de auto. Myron volgde hem. Het vliegveld, als je het zo mocht noemen, bestond uit een landingsbaan met een betonnen gebouwtje ernaast. Verder was er niets. Alleen een weg die langs de landingsbaan liep. Zonder stoplichten of een slagboom om auto's tot stoppen te dwingen. Men moest, nam Myron aan, maar raden wanneer er een vliegtuig zou landen. Of misschien maakte het deel uit van de mystiek die Adiona Island omgaf. Dat je gewoon wist wanneer er iemand kwam.

Het bleef maar regenen. Een bliksemschicht spleet de hemel in tweeën. Win was het eerst bij de auto en trok het achterportier open. Myron dook erin en schoof door naar de andere kant. Hij keek wie er voorin zat en was verbaasd toen hij Billings en Blakely zag.

'Onze plaatselijke hulptroepen?'

Win grijnsde. 'Wie hadden we beter kunnen kiezen?'

Het stonk in de auto naar een hasjhol om vier uur 's nachts.

'Neef Win zei dat je in Wires huis wilt inbreken,' zei de tweelingbroer achter het stuur.

'Wie van de twee ben jij?' vroeg Myron.

Hij keek beledigd om. 'Ik ben Billings.'

'En ik ben Blakely.'

'Ah, juist. Sorry.'

'Blakely en ik hebben van jongs af aan al onze zomervakanties op het eiland doorgebracht. Wat af en toe verdraaid saai was.'

'Niet genoeg meisjes,' vulde Blakely aan.

'Precies,' zei Billings. Hij reed weg. Er waren geen andere auto's te zien. 'Daarom hebben we vorig jaar schokkende geruchten over enkele van de lelijkere au pairs verspreid.'

'Zodat ze zouden worden ontslagen,' zei Blakely.

'Dus dat.'

'En aangezien geen van de moeders voor hun eigen kleine ettertjes wil zorgen...'

'Hemeltje, nee.'

'... moeten ze worden vervangen door nieuwe au pairs.'

'Die hopelijk een stuk aantrekkelijker zijn.'

'Zien jullie het geniale van deze aanpak?'

Myron keek Win aan. Win grijnsde en zei niets.

'Dat lijkt me wel, ja,' zei Myron vaag.

'Desondanks kan het hier verdraaid saai zijn,' zei Blakely.

'Sloom City,' zei Billings.

'Stomvervelend.'

'Slaapverwekkend.'

'Je kunt doodgaan van verveling, wisten jullie dat? En niemand kan met zekerheid zeggen dat Gabriel Wire echt in dat huis woont.'

'Wij hebben hem nooit gezien.'

'Maar we zijn er wel geweest.'

'We hebben het aangeraakt.'

Blakely draaide zijn hoofd om en grijnsde breed naar Myron. 'Want zie je, we gaan er met de chicks naartoe. Dan zeggen we dat Gabriel Wire daar woont en dat het huis zwaar wordt bewaakt.'

'Want gevaar werkt als een liefdeselixer.'

'Zodra je tegen meisjes over gevaar begint, smelten de slipjes praktisch van hun billen. Begrijp je wat ik bedoel?'

Myron keek Win weer aan. Win grijnsde nog steeds.

'Dat lijkt me wel, ja,' zei Myron weer.

Billings vervolgde: 'Het heeft ons een tijdje gekost – de nodige research, weet je wel – maar we hebben een veilige weg vanaf het strand naar Wires huis gevonden.'

'Vanaf dat moment zijn we nooit meer gepakt.'

'De laatste twee zomers in ieder geval niet meer.'

'Dan gaan we gewoon naar het strand. Soms met meisjes.'

'In jullie tijd,' zei Billings terwijl hij Myron aankeek, 'noemden jullie dat waarschijnlijk het vrijerslaantje of zoiets.'

'Zoals in die oude films.'

'Precies. Dan goten jullie ze vol in een of ander bierhuis en daarna gingen jullie naar het vrijerslaantje, toch?'

'Ja,' zei Myron. 'Na een ritje in een paardenkoets.'

'Ah, juist. Nou, het strand bij Wires huis is onze versie daarvan.'

'Billings is heel goed met de vrouwtjes,' zei Blakely.

'En die goeie ouwe Blakely hier is veel te bescheiden.'

Ze grinnikten allebei met de kin vooruit. Blakely haalde een lange, met de hand gerolde sigaret tevoorschijn en stak die op. Hij nam een trek en gaf de sigaret aan zijn broer.

'We roken er ook wel eens een stickie,' zei Billings.

'Een pretsigaret.'

'Loltabak.'

'Weed.'

'Hennep.'

'Een jointje.'

'Een beetje ganja.'

'Marihuana,' zei Myron om er een eind aan te maken. 'Ik begrijp het.'

De jongens begonnen weer te grinniken. Dit was niet hun eerste stickie van die avond.

Win zei: 'Blakely en Billings brengen ons via hun geheime pad naar het huis.'

'Waar we onze meisjes altijd mee naartoe nemen.'

'Onze schatteboutjes.'

'Wulpse wijfjes.'

'Glorieuze hotties.'

'Smakelijke brokjes.'

'Duizelingwekkende deernen.'

Myron keek Win aan. 'Ze, eh… lijken me een beetje jong om ze bij een project als dit te betrekken.'

'Nee, het is cool,' zei Billings. 'Ze zullen ons niks doen.'
'Bovendien hebben we lef in onze donder.'
'Zeker als we wat groenvoer hebben gerookt.'
'Een blowtje.'
'Een beetje Doña Juanita.'
'Een handje zangzaad.'
'Een brokje Panamese klei.'

Ze hádden het niet meer van het lachen. Voor zover je hysterisch kunt lachen met je kin vooruit. Myron keek Win weer aan en vroeg zich af in hoeverre ze konden vertrouwen op dit tweetal, dat niet alleen welopgevoed maar ook apestoned was. Aan de andere kant was het Wins specialiteit om ergens in te breken, om zich toegang te verschaffen tot zelfs de zwaarst bewaakte percelen. Hij was degene die de plannen bedacht. Myron hoefde alleen maar te doen wat hij zei.

Ze passeerden twee wachthuisjes die in de middenberm stonden en werden met een achteloos handgebaar doorgewuifd. De tweeling en hun doorrookte auto vormden kennelijk een bekend beeld op het eiland. Niemand legde hen iets in de weg. Billings of Blakely – Myron was het alweer vergeten – reed als een idioot. Myron klikte zijn autogordel vast. Overdag had het eiland een verlaten indruk gemaakt. 's Nachts, zeker nu het regende, leek het compleet uitgestorven.

Billings – Myron wist het ineens weer – sloeg af en reed een onverharde weg op. Het wegdek beproefde de schokbrekers en toonde aan dat er het nodige aan mankeerde. Myron stuiterde op en neer op de achterbank terwijl de auto door een dicht bos reed. Aan het eind van het bos, bij het strand, kwam de auto tot stilstand.

Blakely draaide zich weer om. Hij bood Myron de joint aan. Myron bedankte met een wuivend handgebaar.

'Weet je het zeker? Het is *top of the bill*.'
'Eersteklas,' droeg Billings bij.
'Helemaal prima.'
'Ik heb het begrepen,' zei Myron. 'Het is goed spul.'
De twee broers leunden achterover en even zei niemand iets.

Toen zei Billings: 'Als ik op het strand ben, pak ik wel eens één zandkorrel op.'

'O nee,' zei Blakely. 'Daar gaan we weer.'

'Nee, ik ben bloedserieus. Eén zandkorrel. Denk daar maar eens over na. Ik pak die ene zandkorrel op en bedenk hoeveel zandkorrels er op dit strand zijn. Vervolgens bedenk ik hoeveel er op het hele eiland zijn. En dan, uiteindelijk, bedenk ik hoeveel zandkorrels er op de hele wereld zijn. En dan denk ik... wow!'

Myron keek Win nog maar eens aan.

'Maar nu komt het, de echte uitsmijter is dat onze hele planeet kleiner is dan die ene zandkorrel, en al die andere zandkorrels. Probeer je dát eens voor te stellen. Dat ons zonnestelsel, als je het vergelijkt met de rest van het universum, kleiner is dan die ene zandkorrel.'

Myron vroeg: 'Hoeveel van dat spul hebben jullie vandaag gerookt?'

Billings grinnikte. 'Kom. We zullen jullie nu naar meneer de beroemde rockster brengen.'

'Zijn muziek vind ik niks,' zei Blakely.

'Absolute shit.'

'Zelfingenomen gezwijmel.'

'Pretentieus kattengejank.'

De twee jongens stapten uit de auto. Myron wilde het achterportier openen, maar Win legde zijn hand op Myrons knie. 'Wacht. Geef ze wat voorsprong. Wij moeten uit het zicht blijven.'

'Weet je zeker dat we van die jongens op aan kunnen?'

'Ze dienen een doel. Maak je geen zorgen.'

Na een minuut knikte Win dat ze konden uitstappen. Het regende nog steeds, en hard ook. De jongens liepen op een paadje dat wegleidde van het strand. Myron en Win volgden op vijftig meter afstand. Door de regen konden ze niet veel zien. Het paadje slingerde zich door een bebost, heuvelachtig terrein. Maar algauw wás er geen paadje meer en moesten ze onder laaghangende takken door kruipen en over rotsen klauteren. Af en toe keek Myron om zich heen en kon hij links van hem tussen de bomen door het strand zien.

Na een tijdje hield Win zijn arm als een slagboom voor Myron. Ze bleven allebei staan.

De tweeling was nergens meer te bekennen.

'Ze hebben Wires terrein bereikt,' zei Win. 'We moeten nu echt voorzichtig zijn.'

Myron liet Win vooroplopen. Ze vorderden langzamer. De opening tussen de bomen leek een zwart gat. Myron veegde de regendruppels uit zijn ogen. Win maakte zich klein. Hij haalde de nachtkijker uit zijn tas en zette die op. Hij gebaarde Myron dat hij moest wachten en loste op in het duister. Even later was Win weer terug en wenkte hij Myron.

Myron liep de open plek op en zag in het maanlicht dat hij zich op een strand bevond. Vijftig meter verderop, schuin links van hen, lagen Billings en Blakely op een grote rots. Ze lagen op hun rug, naast elkaar, gaven de joint aan elkaar door en merkten niet eens dat het regende. De golven braken op de rotsen. Win keek naar rechts. Myron volgde zijn blik, de heuvel op, en zag wat de aandacht van zijn vriend had getrokken.

Wow.

Boven op de heuvel, helemaal alleen en met uitzicht op de Atlantische Oceaan, stond het huis van Gabriel Wire. Victoriaans neogotisch, van rode baksteen en gemetselde keien, met een pannendak en kathedraaltorentjes die van het parlementsgebouw gepikt leken. Kortom, het volmaakte antwoord op het ego van de grote rockster, uitbundig en sensueel, en zo heel anders dan de meer ingetogen rijkeluishuizen die hij op de rest van het eiland had gezien. De voorgevel deed denken aan die van een fort, met Romeinse bogen en poorten die een vergrote versie waren van die op Suzzes en Lex' dakterras.

Billings en Blakely kwamen naar hen toe. Even stonden ze alle vier naar boven te staren. 'Hadden we het niet gezegd?' zei Billings.

'Persoonlijk,' zei Blakely, 'vind ik het foeilelijk.'

'Ronduit afzichtelijk.'

'Over the top in het kwadraat.'

'Protserig.'

'Pretentieus.'
'Overcompensatie voor zijn kleine pikkie.'
Om die laatste vondst moesten de jongens nogmaals giechelen. Daarna werden ze weer ernstig en zei Blakely: 'Maar man o man, wat een absolute meidenlokker.'
'Ons liefdesnestje.'
'De herpeshemel.'
'Het penispaleis.'
'De poezenval.'
Myron onderdrukte een zucht. Het was alsof je met een stel irritante letterkundigen op stap was. Hij wendde zich tot Win en vroeg wat de plannen waren.
'Kom mee,' zei Win.
Terwijl ze terugliepen naar de rand van het bos en aan de klim naar het huis begonnen, legde Win uit dat Billings en Blakely het huis vanaf de voorkant zouden naderen. 'Dat hebben ze al een paar keer eerder gedaan,' zei Win, 'hoewel ze nooit zijn binnengekomen. Ze hebben aangebeld. Ze hebben de ramen geprobeerd. Uiteindelijk zijn ze weggejaagd door een bewaker. De jongens zeggen dat er 's nachts maar één bewaker in het huis is, en een tweede bij de slagboom op de weg.'
'Maar zeker kunnen ze dat niet weten.'
'Nee. En wij ook niet.'
Myron dacht hierover na. 'Maar ze zijn wel helemaal tot bij het huis gekomen voordat de bewaker ingreep. Dat betekent dat er waarschijnlijk geen bewegingsdetectors zijn.'
'Bewegingsdetectors werken zelden op grote, open percelen,' zei Win. 'Veel te veel dieren die een vals alarm veroorzaken. Er zit waarschijnlijk wel alarm of een sensor op de deuren en ramen, maar daar hebben wij geen boodschap aan.'
Een inbrekersalarm, wist Myron, was goed om de amateur of de gemiddelde dief buiten de deur te houden. Niet Win, met zijn tas vol specialistisch gereedschap.
'Het enige grote risico,' zei Myron, 'is dus dat we niet weten hoeveel bewakers er in het huis zijn.'

Win glimlachte. Zijn ogen hadden die bekende merkwaardige glans. 'Hoe leuk is het leven zonder een risicootje zo nu en dan?'

Ze bleven tussen de bomen lopen tot ze het huis tot op ongeveer twintig meter waren genaderd. Win gebaarde Myron dat hij zich klein moest maken. Hij wees naar de zijdeur en fluisterde: 'Dienstingang. Daar gaan we naar binnen.'

Hij haalde zijn mobiele telefoon tevoorschijn en gaf weer een lichtsein met het schermpje. In de verte begonnen Billings en Blakely de heuvel naar de imposante hoofdingang van het huis te beklimmen. Het was harder gaan waaien en de jongens hadden wind tegen. Met gebogen hoofd en gekromde schouders vervolgden ze hun weg.

Win knikte naar Myron. Ze gingen op hun buik liggen en tijgerden naar de dienstingang. Myron kon zien dat de deur toegang gaf tot een keuken of bijkeuken, hoewel er binnen geen licht brandde. De bodem was drijfnat van de regen, waardoor er vrijwel geen weerstand was en ze als slangen door de modder gleden.

Toen ze bij de deur waren aangekomen, bleven ze op hun buik liggen wachten. Myron draaide zijn hoofd om en liet zijn wang op de natte bodem rusten. Hij kon de zee zien. Een bliksemschicht reet de hemel uiteen. De donderende klap volgde. Eén, twee minuten bleven ze zo liggen. Myron begon ongeduldig te worden.

Even later hoorden ze door het geruis van regen en wind iemand roepen: 'Je muziek is knudde!'

Het was Billings of Blakely. De ander, die niet als eerste had geroepen, antwoordde met: 'Niet om aan te horen.'

'Afschuwelijk.'

'Takkenherrie.'

'Kattengejank.'

'Een belediging voor het oor.'

'Een auditieve misdaad.'

Win kwam overeind en ging met een kleine schroevendraaier aan de slag met de deur. Het slot was het probleem niet, maar Win had een magnetische sensor ontdekt. Hij haalde een strookje geleidende folie uit zijn tas en verbond de twee sensoren met elkaar, zodat het circuit gesloten bleef.

Door het regengordijn zag Myron de tweeling wegrennen van het huis. Een flink eind achter hen rende een derde man, de bewaker, die bleef staan toen de jongens het strand hadden bereikt. Hij bracht iets naar zijn mond – een walkietalkie, nam Myron aan – en riep: 'Het was die blowende tweeling maar.'

Win opende de deur. Myron snelde naar binnen. Win kwam hem achterna en deed de deur dicht. Ze bevonden zich in een hypermoderne keuken. In het midden stond een reusachtig kookeiland met acht pitten en een zilverkleurige afzuigkap. Aan de muren hingen talloze kook- en braadpannen in een kleurrijke, decoratieve chaos. Myron had wel eens in een interview gelezen dat Gabriel Wire dol was op koken, dus dit kon wel kloppen, nam hij aan. Alle potten en pannen zagen er brandschoon uit, dus ze waren of nieuw of zelden gebruikt, of ze werden gewoon goed onderhouden.

Een volle minuut lang bleven Myron en Win doodstil staan. Ze hoorden geen voetstappen, geen gekraak van walkietalkies, niets. Alleen in de verte, waarschijnlijk boven, flarden zachte muziek.

Win knikte naar Myron dat hij kon gaan. Ze hadden al afgesproken hoe ze het zouden aanpakken als ze eenmaal binnen waren. Myron zou op zoek gaan naar Gabriel Wire. Win zou zich ontfermen over iedereen die hem dat probeerde te beletten. Myron zette zijn BlackBerry op de radiofrequentie en deed de Bluetooth-headset in zijn oor. Win deed hetzelfde met zijn BlackBerry. Nu kon hij Myron waarschuwen voor naderend onheil, en Myron hem.

Myron maakte zich klein, opende de keukendeur en kwam terecht in iets wat vroeger een balzaal geweest kon zijn. Er brandden geen lampen. Het enige licht was afkomstig van de screensavers van twee computers. Myron had iets frivolers verwacht, maar het vertrek deed hem nog het meest denken aan een enorme wachtkamer van een tandarts. Alle muren waren wit. Het bankstel – drie- en tweezits – zag er eerder praktisch dan stijlvol uit, iets wat je zou kopen bij een meubelgigant langs de snelweg. In de hoek stonden een dossierkast, een printer en een fax.

De brede houten trap had rijkversierde leuningen en er lag een bloedrode traploper op. Myron liep de eerste treden op. De muziek, nog in de verte, nam iets in volume toe. Hij kwam op de eerste verdieping en liep de lange gang in. Aan de muur rechts van hem hingen de talloze ingelijste platina elpees en singles van HorsePower. Aan de muur links hingen foto's van India en Tibet, landen waar Gabriel Wire vaak kwam. Er werd gezegd dat Wire een luxe villa in een chique buitenwijk van Mumbai had en dat hij regelmatig anoniem onderdook in een van de kloosters in het Kham-district in het oosten van Tibet. Myron sloot het niet uit. Want dit huis was ronduit deprimerend. Goed, het was donker buiten en het weer hielp niet mee, maar had Gabriel Wire hier de afgelopen vijftien jaar echt in zijn eentje gewoond? Het was mogelijk. Of misschien wilde Wire dat iedereen dat geloofde. Misschien was hij inderdaad de wereldberoemde excentrieke kluizenaar in de geest van Howard Hughes. Of misschien had hij er schoon genoeg van om beroemd te zijn, om voortdurend in de schijnwerpers te staan als de frontman van HorsePower. Of misschien waren die andere geruchten wel waar en ging hij gewoon uit in een simpele vermomming waarmee hij het Metropolitan in Manhattan kon bezoeken of de eendjes kon voeren in Fenway Park. Of misschien had hij teruggekeken op zijn leven, geconstateerd wanneer het van de rails was geraakt – door de drugs, de gokschulden en de minderjarige meisjes – en had hij zich herinnerd hoe het allemaal was begonnen, wat zijn oorspronkelijke drijfveer was geweest, datgene wat hem gelukkig had gemaakt.

Muziek maken.

Misschien was Wires vlucht voor de schijnwerpers en alle aandacht helemaal niet zo vreemd. Misschien was dat voor hem de enige manier om te overleven en door te kunnen gaan. Of misschien was hij, zoals iedereen die zijn leven een radicale draai geeft, keihard op zichzelf teruggeworpen en aan lager wal geraakt. Hoeveel dieper kon je zinken wanneer je je verantwoordelijk voelt voor de dood van een meisje van zestien?

Myron kwam bij de laatste platina plaat aan de muur, een elpee met de titel *Aspects of Juno*, de allereerste van HorsePower. Net als iedere gemiddelde muziekliefhebber kende Myron de voorgeschiedenis van de eerste legendarische ontmoeting van Gabriel Wire en Lex Ryder. Lex had opgetreden in de Espy, een groezelige club in het St. Kilda-district in de buurt van Melbourne. Het was zaterdagavond en druk in de club; Ryder werd uitgejouwd door het verhitte, dronken publiek omdat zijn liedjes te lyrisch en te traag waren. In dat publiek bevond zich een knappe jonge zanger die Gabriel Wire heette. Wire zou later verklaren dat hij, ondanks het gebrek aan enthousiasme van de rest van het publiek, geboeid en geïnspireerd was geraakt door de melodieën en de teksten van Lex. Uiteindelijk, toen het boegeroep zijn hoogtepunt had bereikt, was Gabriel Wire het podium op gestapt, eigenlijk alleen uit medelijden met de arme stakker, en was hij met Lex Ryder gaan jammen. Hij had de songteksten hier en daar aangepast, had het tempo verhoogd en had een drummer en een bassist uit het publiek geplukt. Algauw had Ryder met zijn hoofd zitten knikken. Hij was betere *licks* en *riffs* gaan spelen, was van gitaar op keyboard overgeschakeld en vervolgens weer op gitaar. De twee hadden elkaar geïnspireerd en perfect aangevuld. Samen hadden ze de hele tent plat gespeeld en het publiek ademloos achtergelaten, alsof de mensen beseften waarvan ze zojuist getuige waren geweest.

HorsePower was geboren.

Hoe had Lex het pas een paar dagen geleden verwoord in Three Downing? *De dingen gaan zoals ze gaan.* Heel poëtisch. Maar het was dáár allemaal begonnen, meer dan een kwart eeuw geleden in die obscure club aan de andere kant van de wereld.

Opeens, zonder waarschuwing, moest Myron weer aan zijn vader denken. Hij had zijn best gedaan het van zich af te zetten en zich volledig te concentreren op de klus die hem hier te doen stond. Maar nu zag hij zijn vader ineens voor zich, niet als de grote, sterke man die hij altijd was geweest, maar in elkaar gezakt op de vloer van het souterrain. Het liefst was Myron de deur uit gerend, in dat verdomde vliegtuig gesprongen en teruggegaan naar het ziekenhuis, waar hij hoorde te zijn. Hij bedacht zich echter meteen, want hoeveel mooier zou het niet zijn en hoeveel zou het niet voor zijn vader betekenen als hij op de een of andere manier voor elkaar kon krijgen dat hij samen met zijn jongere broer aan pa's bed zou verschijnen? Hoe was zijn broer in contact gekomen met Gabriel Wire en daardoor betrokken geraakt bij de dood van Alista Snow?

Het antwoord lag voor de hand en was ontnuchterend: door Kitty.

De vertrouwde woede – Kitty's man werd vermist en zij verleende seksuele diensten voor een shot heroïne – laaide in hem op terwijl hij door de gang sloop. Hij kon de muziek steeds beter horen. Een akoestische gitaar en een zachte zangstem.

Die van Gabriel Wire.

Het gezang was hartverscheurend mooi. Myron bleef staan en luisterde naar de tekst.

Voor ons, mijn lief, is gisteren voor altijd voorbij,
En ploeg ik me nu door een nacht zonder eind...

Het geluid kwam vanaf het eind van de gang. Van de trap naar de tweede verdieping.

Ik zie nauwelijks iets door mijn tranen heen,
Sla geen acht op de bittere kou,
En ook de regen interesseert me geen zier...

Hij kwam bij een open deur en waagde een blik naar binnen. Ook hier die no-nonsense inrichting met angstaanjagend functioneel meubilair en grijze kantoorvloerbedekking. Geen kunst, geen decoraties, nergens een persoonlijk accent. Bizar. Hoewel het huis aan de buitenkant fabelachtig was, leek het vanbinnen wel een goedkoop kantoorpand voor een stel afdelingschefs. Dit, nam Myron aan, moest een logeervertrek zijn, of het was de kamer van een van de bewakers. Maar toch...

Hij liep door. Hij naderde de smalle trap aan het eind van de gang en kwam dichter bij het klaaglijke gezang.

Weet je nog, onze laatste keer samen,
Hoe we praatten over liefde voor altijd?
Onze ogen magneten en wij hand in hand,
Tot er verder niets meer was...

Rechts van de trap was nog een deur, die ook openstond. Myron wierp een blik naar binnen en verstrakte.

Een kinderkamer.

Boven een wiegje in victoriaanse stijl hing een mobile met beestjes eraan: eendjes, paardjes en giraffes, in vrolijke, felle kleuren. Een nachtlampje in de vorm van een vlinder bood net genoeg licht om het Winnie the Pooh-behang te kunnen onderscheiden, met de ouderwetse Winnie-tekeningen, niet die rare moderne. In de hoek zat een verpleegster in uniform een dutje te doen. Op zijn tenen ging Myron de kamer binnen en keek in het wiegje. Een pasgeboren baby. Myron nam aan dat dit zijn peetzoon was. Dus dit was de plek waar Lex zich had teruggetrokken, of in ieder geval waar Suzzes kind zich bevond. Waarom was dat?

Myron wilde Win inlichten, maar hij durfde niet te fluisteren. Hij pakte zijn BlackBerry, zette het geluid van het toetsenbordje af en typte: BABY OP EERSTE VERDIEPING.

Verder had hij hier niets te zoeken. Geruisloos sloop hij de gang weer op. Het flauwe licht wierp lange schaduwen. De smalle trap zag eruit alsof die naar de personeelsverblijven op zolder leidde. Een kale, houten trap zonder loper, dus hij moest proberen nog stiller te zijn. Het gezang kwam nog dichterbij.

Maar nu jij ook niet meer,
Zodat mijn zon niet meer schijnt,
De regen blijft stromen en de tijd zonder einde,
Verstild in dat ene moment...

Myron kwam op de overloop. In mindere huizen zou je dit de zolder noemen. Hier stonden geen wanden, zodat het één reusachtige ruimte was, over de hele lengte en breedte van het huis. Ook hier waren de lichten gedimd, maar de drie grootbeeld tv's aan het uiteinde wierpen een onheilspellend licht door het grote vertrek. Op alle drie de tv's was sport te zien: een honkbaltopper uit de Major League, ESPN *SportsCenter* en een basketbalwedstrijd ergens in het buitenland. Het geluid van de tv's stond uit. Dit was de ultieme speelruimte voor volwassenen. In het flauwe licht zag Myron een HorsePower-flipperkast staan. Er was een goed uitgeruste, mahoniehouten bar met zes krukken ervoor en een rookglazen spiegel tegen de achterwand. De vloer lag bezaaid met een soort zitzakken die groot genoeg waren om er een orgie op te houden.

Een van de zitzakken stond recht tegenover de drie tv's. Myron zag het silhouet van een hoofd erboven uitsteken. Op de vloer ernaast stonden een paar flessen, met sterkedrank, nam Myron aan.

Nu ook jij niet meer,
Terwijl het giet van de regen,
Zonder jou tikt de klok...

De muziek hield op alsof iemand een schakelaar had omgezet. Myron zag de man op de zitzak verstijven, of leek dat alleen maar zo? Hij wist niet goed wat hij moest doen – roepen, de man langzaam naderen, afwachten? – maar algauw werd de beslissing voor hem genomen.

De man op de zitzak kwam wankelend overeind. Hij draaide zich om naar Myron, nog steeds een donker silhouet door het licht van de tv's. Meer uit reflex dan uit noodzaak ging Myrons hand naar het pistool in de schouderholster.

De man zei: 'Hallo, Myron.'

Het was Gabriel Wire niet.

'Lex?'

Hij stond niet al te vast op zijn benen, vermoedelijk door de drank. Als het Lex verbaasde dat hij Myron hier zag, liet hij dat niet merken. Zijn reactievermogen was waarschijnlijk verdoofd door de alcohol. Lex spreidde zijn armen en kwam op Myron af. Myron ging hem tegemoet en moest Lex opvangen toen hij zich in Myrons armen liet vallen. Lex drukte zijn gezicht tegen Myrons schouder. Myron hield hem overeind.

Lex begon te snikken en stamelde: 'Het is mijn schuld. Het is allemaal mijn schuld.'

Myron probeerde hem te troosten en klopte hem zachtjes op de rug. Lex nam er de tijd voor. Hij stonk naar whiskey. Myron liet hem uithuilen. Ten slotte nam hij Lex mee naar een van de barkrukken en hielp hem erop. Via zijn oordopje hoorde hij Win zeggen: 'Ik heb een van de bewakers moeten uitschakelen. Maak je geen zorgen, hij is ongedeerd. Maar misschien kun je er een beetje vaart achter zetten.'

Myron knikte alsof Win hem kon zien. Lex was stomdronken. Myron besloot de inleiding over te slaan en meteen ter zake te komen. 'Waarom heb je Suzze gebeld?'

'Huh?'

'Lex, ik heb niet veel tijd, dus luister naar me, alsjeblieft. Jij hebt Suzze gisterochtend gebeld. Meteen daarna is ze in haar auto gesprongen en op bezoek geweest bij Kitty en Alista Snows vader. En toen ze thuiskwam, heeft ze een overdosis genomen. Wat heb je tegen haar gezegd?'

Hij begon weer te snikken. 'Het is mijn schuld.'

'Wat heb je gezegd, Lex?'

'Ik heb mijn eigen advies opgevolgd.'

'Wat voor advies?'

'Wat ik jou heb verteld. In Three Downing. Weet je nog?'

Myron herinnerde het zich. 'Geen geheimen voor degene van wie je houdt.'

'Precies.' Hij viel bijna om van de drank. 'Dus heb ik mijn grote liefde de waarheid verteld. Na al die tijd. Ik had dat natuurlijk al jaren geleden moeten doen, maar op de een of andere manier ging ik ervan uit dat Suzze het altijd heeft geweten. Begrijp je wat ik bedoel?'

Myron had geen idee.

'Dat ik er diep in mijn hart van overtuigd was dat ze altijd de waarheid heeft gekend. Dat het niet allemaal toeval was.'

O, man, het viel niet mee om te communiceren met iemand die ladderzat was. 'Dat wát geen toeval was, Lex?'
'Dat wij verliefd op elkaar werden. Alsof het zo had moeten zijn. Dat ze altijd de waarheid heeft geweten. Je weet wel, diep in haar hart. En misschien – wie zal het zeggen? – was dat wel zo. Dat ze het onbewust wist. Of dat ze misschien voor de muziek viel, niet voor de persoon. Alsof die twee onlosmakelijk met elkaar verbonden waren. Want hoe scheid je de man van zijn muziek? Zoiets.'
'Wat heb je tegen haar gezegd?'
'Ik heb haar de waarheid verteld.' Lex begon weer te huilen. 'En nu is ze dood. Ik had het mis, Myron. De waarheid bevrijdt ons niet. Soms is de waarheid meer dan we aankunnen. Dat deel was ik vergeten. De waarheid kan ons nader tot elkaar brengen, maar die kan ons ook te zwaar vallen.'
'Welke waarheid, Lex?'
Hij bleef snikken.
'Wat heb je tegen Suzze gezegd?'
'Dat doet er niet meer toe. Ze is dood. Wat valt er nog te redden?'
Myron veranderde van onderwerp. 'Herinner je je mijn broer Brad?'
Lex hield op met huilen. De vraag leek hem te verbazen.
'Ik denk dat hij hierdoor misschien in de problemen is geraakt.'
'Door wat ik tegen Suzze heb gezegd?'
'Ja. Misschien. Daarom ben ik hier.'
'Vanwege je broer?' Hij dacht erover na. 'Ik zou niet weten hoe. O, wacht.' Hij zweeg even en zei toen iets waar Myron het koud van kreeg. 'Ja. Ik neem aan dat het, zelfs na al die jaren, een terugslag op je broer gehad kan hebben.'
'Op welke manier?'
Lex schudde zijn hoofd. 'Mijn Suzze...'
Hij begon weer te snikken en bleef zijn hoofd schudden. Myron moest hem vooruit helpen.
'Suzze was verliefd op Gabriel Wire, nietwaar?'
Lex haalde zijn neus op, veegde die af met de mouw van zijn shirt. 'Hoe wist je dat?'

'Door de tatoeage.'

Hij knikte. 'Die had Suzze ontworpen, wist je dat?'

'Ja, dat weet ik.'

'Het was een combinatie van een Hebreeuws en een Gallisch letterteken in een liefdessonnet. Suzze was zo kunstzinnig.'

'Dus ze waren minnaars?'

Lex fronste zijn wenkbrauwen. 'Zij dacht dat ik het niet wist. Dat was haar geheim. Dat ze van hem hield.' Zijn stem kreeg een verbitterde klank. 'Iedereen houdt van Gabriel Wire. Weet je hoe oud Suzze was toen ze iets met hem begon?'

'Zestien,' zei Myron.

Lex knikte. 'Wire heeft altijd een voorkeur voor jonge meisjes gehad. Geen kinderen. Dat ging hem te ver. Maar gewoon, jonge meisjes. Dus nodigde hij Suzze en Kitty en een paar andere jonge tennismeisjes uit op onze feestjes. De beroemdheden bij de beroemdheden. De rocksterren bij de sportsterren. Een combinatie met de zegen van boven. Zelf moest ik er niks van hebben. Er zwermden meer dan genoeg meisjes om ons heen, dus ik had geen behoefte aan een minderjarige, begrijp je wat ik bedoel?'

'Ja,' zei Myron. 'Ik heb een afdruk van de Live Wire-fotosessie gezien. Gabriel had dezelfde tatoeage als Suzze.'

'Die?' Lex grinnikte kort. 'Dat was een tijdelijke. Hij wilde gewoon nog een beroemde naam op zijn erelijst. Maar Suzze was zo verslingerd aan hem dat ze zelfs aan hem bleef plakken nadat hij Alista Snow had vermoord.'

Wow.

'Wacht even,' zei Myron. 'Zei je dat Gabriel Alista Snow heeft vermoord?'

'Wist je dat niet? Natuurlijk heeft hij dat gedaan. Hij had haar gedrogeerd en meegenomen naar het dakterras. Maar hij had haar niet genoeg gegeven, de stomme hufter. Hij verkrachtte haar en ze werd helemaal gek. Ze zei dat ze het aan iedereen ging vertellen. Ter verdediging van Wire moet worden gezegd – en nee, dat is niet om het goed te praten – dat hij op dat moment ook hartstikke high was. Hij heeft haar over de reling geduwd. Het staat allemaal op videotape.'

'Hoe kan dat?'
'Er hing een beveiligingscamera op het dakterras.'
'Wie heeft die tape nu?'
Hij schudde zijn hoofd. 'Dat kan ik niet zeggen.'
Maar Myron wist het antwoord al, dus hij zei het gewoon. 'Herman Ache.'
Lex zei niets. Dat was niet nodig. Het paste allemaal in elkaar. En het kwam voor een groot deel overeen met wat Myron had vermoed.
'We waren Ache allebei veel geld schuldig,' zei Lex. 'Vooral Gabriel, maar die gebruikte HorsePower als borg. Ache had doorlopend een van zijn mannen bij ons in de buurt. Om zijn investering te beschermen.'
'En daarom hangt Evan Crisp hier nog steeds rond?'
Lex huiverde letterlijk toen hij de naam hoorde.
'Die man jaagt me de stuipen op het lijf,' fluisterde hij. 'Ik heb zelfs gedacht dat híj Suzze heeft vermoord. Omdat ze het ware verhaal kende, bedoel ik, want Crisp had ons gewaarschuwd. Er stond te veel geld op het spel. Hij zou iedereen vermoorden die hem iets in de weg legde, had hij gezegd.'
'Hoe weet je zo zeker dat hij haar níet heeft vermoord?'
'Hij heeft me bezworen dat hij het niet heeft gedaan.' Lex ging rechtop zitten. 'Trouwens, hoe had hij dat dan moeten doen? Ze heeft zelf de drugs ingespoten. Die vrouwelijke inspecteur, hoe heet ze ook alweer?'
'Loren Muse.'
'Ja, die. Muse zegt dat er geen enkel bewijs is dat ze is vermoord. Dat alles wijst op een overdosis.'
'Die video van Wire die Alista Snow over de reling duwt, heb je die wel eens gezien?'
'Ja, jaren geleden. Ache en Crisp kwamen bij ons langs en toen hebben ze hem laten zien. Wire zat maar te janken dat het een ongeluk was en dat het niet zijn bedoeling was geweest haar over de reling te duwen. Maar zeg nu zelf, wat doet dat ertoe? Hij had dat arme kind vermoord. Twee avonden later – en ik verzin dit niet –

belde hij Suzze en vroeg of ze naar hem toe wilde komen. En ze kwam nog ook. Suzze dacht dat hij het slachtoffer van de pers was geworden. Stekeblind was ze... alhoewel, ze was pas zestien. Maar wat had de rest van de wereld als excuus? Kort daarna dumpte hij haar. Weet je hoe wij aan elkaar zijn gekomen, Suzze en ik?'

Myron schudde zijn hoofd.

'Dat was tien jaar later, op een gala voor het Museum of Natural History. Suzze vroeg me ten dans, en ik zweer je dat ze dat alleen deed in de hoop dat ze via mij weer bij Wire in de buurt kon komen. Ze was nog steeds gek op hem.'

'Maar toch viel ze op jou.'

Die opmerking ontlokte hem een glimlach. 'Ja. Ze viel op mij. Echt en oprecht. Suzze en ik waren soulmates. Ik weet dat ze echt van me hield. En ik hield van haar. Ik dacht dat dat genoeg zou zijn. Maar in werkelijkheid, als je er goed over nadenkt, was Suzze al veel eerder op me gevallen. Dat bedoelde ik met wat ik daarnet zei. Over verliefd worden op de muziek. Ze viel op zijn beeldschone uiterlijk, absoluut, maar ze werd ook verliefd op de muziek, op de songteksten en de betekenis ervan. Zoals in *Cyrano de Bergerac*. Ken je dat toneelstuk?'

'Ja.'

'Ze vielen allemaal op die aanbiddelijke façade. Iedereen op de hele wereld... we vallen op de schoonheid van de buitenkant. Geen openbaring toch, Myron? In wezen zijn we allemaal oppervlakkig. Ben je wel eens iemand tegengekomen, een man bijvoorbeeld, van wie je aan zijn gezicht kon zien dat het een valse klootzak was? Nou, bij Gabriel Wire gebeurde het tegenovergestelde. Hij zag er zo bezield, zo poëtisch, zo knap en gevoelig uit. Aan de buitenkant. Daaronder zat niks dan vuiligheid.'

'Lex?'

'Ja?'

'Wat heb je tegen Suzze gezegd toen je haar belde?'

'De waarheid.'

'Dat Gabriel Wire Alista Snow had vermoord?'

'Onder andere, ja.'

'En wat nog meer?'

Hij schudde zijn hoofd. 'Ik heb Suzze de waarheid verteld en die kon ze niet aan. Zodat ik nu alleen voor ons kind moet zorgen.'

'Wat heb je haar nog meer verteld, Lex?'

'Ik heb haar verteld waar Gabriel Wire is.'

Myron slikte. 'Waar is hij, Lex?'

En toen gebeurde er iets opmerkelijks. Lex hield op met huilen. Er verscheen een glimlach om zijn mond en hij keek naar de zitzak bij de tv's. Myron voelde een rilling over zijn rug lopen.

Lex zei niets. Hij bleef naar de zitzak staren. Myron dacht aan wat hij had gehoord toen hij de trap op kwam. Hij had iemand horen zingen.

Hij had Gabriel Wire horen zingen.

Myron liet zich van de barkruk glijden. Behoedzaam liep hij naar de zitzak. Voor de zitzak lag iets op de grond. Toen hij dichterbij kwam, zag hij wat het was.

Een gitaar.

Myron draaide zich om naar Lex Ryder. Lex glimlachte nog steeds.

'Ik heb hem gehoord,' zei Myron.

'Wie?'

'Wire. Ik hoorde hem zingen toen ik de trap op kwam.'

'Nee,' zei Lex. 'Je hebt mij gehoord. Ik ben het al die tijd geweest. Dat is wat ik Suzze heb verteld. Gabriel Wire is al vijftien jaar dood.'

29

Beneden bracht Win de bewaker bij kennis. De man keek hem met grote ogen aan. Hij was geboeid en had een prop in zijn mond. Win glimlachte naar hem. 'Goedenavond,' zei Win. 'Ik ga nu de prop uit je mond halen. Jij beantwoordt mijn vragen en roept niet om hulp. Want als je dat doet, maak ik je dood. Zijn er nog vragen?'

De bewaker schudde zijn hoofd.

'Ik zal beginnen met een gemakkelijke,' zei Win. 'Waar is Evan Crisp?'

'We hebben elkaar in de Espy in Melbourne ontmoet. Maar dat is het enige van het hele verhaal wat waar is.'

Ze waren weer op de barkrukken gaan zitten. Opeens had zelfs Myron behoefte aan een hartversterkertje. Hij schonk voor allebei twee vingers Macallan in een whiskyglas. Lex staarde in zijn glas alsof het een geheim bevatte.

'Ik had in die tijd al een soloalbum uitgebracht. Het deed niks, helemaal niks. Dus overwoog ik een band samen te stellen. Maar goed, ik speelde die avond in de Espy toen Gabriel kwam binnenwandelen. Hij was toentertijd achttien jaar oud. Ik was twintig. Gabriel was van school gegaan, twee keer gearresteerd voor drugsbezit en een keer voor mishandeling. Maar toen hij die tent in kwam lopen en alle hoofden zijn kant op draaiden... begrijp je wat ik bedoel?'

Myron knikte alleen, wilde hem niet onderbreken.

'Hij kon geen noot zingen. Hij kon geen instrument bespelen.

Maar als je een rockband ziet als een film, wist ik dat hij de rol van frontman moest spelen. Dat hele verhaal dat ik in die club aan het spelen was en dat hij me te hulp schoot, hebben we verzonnen. Sterker nog, het is voor een deel uit een film gepikt. *Eddie and the Cruisers*. Heb je die gezien?'

Myron knikte weer.

'Ik kom nog steeds mensen tegen die zweren dat ze die avond in de Espy zijn geweest. Ik weet niet of ze liegen om interessant te doen, of dat ze zichzelf gewoon voor de gek houden. Waarschijnlijk allebei.'

Myron dacht aan zijn eigen jonge jaren. Al zijn vrienden hadden wel een keer beweerd dat ze bij een verrassingsoptreden van Bruce Springsteen in de Stone Pony in Asbury Park waren geweest. Myron had er zijn bedenkingen over. Toen hij op de middelbare school zat was hij er drie keer geweest toen die geruchten de ronde deden, maar Bruce had zich nooit laten zien.

'Hoe dan ook, wij werden HorsePower, maar ik schreef alle nummers, alle muziek en alle teksten. Op het podium maakten we gebruik van concertbanden. Ik leerde Gabriel hoe hij een nummer moest brengen, maar ik zong het in op tape en hij playbackte het.'

Hij stopte met praten, nam een slok whisky en leek even de draad van het verhaal kwijt te zijn. Om hem weer bij de les te krijgen vroeg Myron: 'Waarom?'

'Waarom wat?'

'Waarom had je hem per se als frontman nodig?'

'Doe niet zo naïef,' zei Lex. 'Hij had er de looks voor. Het was zoals ik je al eerder vertelde: Gabriel was de bloedmooie, mysterieuze, poëtische buitenkant. Ik zag hem als mijn belangrijkste instrument. En het werkte. Hij vond het geweldig om de grote rockster uit te hangen, om het bed in te duiken met alle jonge meisjes die zich aan hem opdrongen en bovendien een smak geld te verdienen. En ik was er ook blij mee. Iedereen hoorde mijn muziek. De hele wereld luisterde ernaar.'

'Maar je kreeg nooit de credits.'

'Nou en? Dat heeft me nooit veel kunnen schelen. Het ging mij om de muziek. De rest was bijzaak. En als iedereen wilde denken dat ik de tweede viool speelde... nou, wie houdt dan wie voor de gek?'

Myron nam aan dat hij gelijk had.

'Ik wist wie ik was,' vervolgde Lex. 'Voor mij was dat genoeg. En in zekere zin wáren we ook een echt rockduo. Ik had Gabriel nodig. Want is mooi zijn niet een kunst op zich? Modeontwerpers laten hun creaties ook showen door beeldschone modellen. Spelen die modellen dan geen rol? Grote bedrijven maken gebruik van aantrekkelijke woordvoerders. Dragen die dan niet bij aan het succes van zo'n bedrijf? Hetzelfde gold voor Gabriel Wire en HorsePower. En het bewijs werd dagelijks geleverd. Luister naar mijn soloalbum van voordat ik met Wire ging werken. Muzikaal is het net zo goed. Maar dat kon niemand iets schelen. Herinner je je Milli Vanilli?'

Myron kende ze nog. Twee mannelijke modellen, Rob en Fab, die muziek van anderen playbackten en nummer 1-hits scoorden. Ze wonnen zelfs een Grammy voor Beste Nieuwe Artiest.

'Weet je nog hoe intens de hele wereld die twee haatte toen de waarheid aan het licht kwam?'

Myron knikte. 'Ze werden bijna gelyncht.'

'Precies. De mensen gingen de straat op om hun platen en posters te verbranden. Waarom? Was de muziek dan opeens veranderd?'

'Nee.'

Lex boog zich samenzweerderig naar Myron toe. 'Weet je waarom de fans zo woest op die twee waren?'

Om hem aan de praat te houden schudde Myron zijn hoofd.

'Omdat die mooie jongens een bittere waarheid aan het licht hadden gebracht, namelijk dat we allemaal oppervlakkig zijn. De muziek van Milli Vanilli was puur bedrog, en ze wonnen er een Grammy mee. Iedereen luisterde ernaar omdat Rob en Fab van die knappe, hippe jongens waren. Maar dat schandaal deed veel meer dan alleen het bedrog blootleggen. Het hield de fans een spiegel voor en liet hun zien wat een oppervlakkige stommelingen ze in feite waren. Er zijn veel dingen die we bereid zijn anderen te vergeven. Maar als we op onze eigen domheid worden gewezen, nee, dat vergeven we iemand nooit. We willen onszelf niet zien als oppervlakkig. Maar we zijn het wel. Gabriel Wire zag er mysterieus en diepzinnig uit, maar in werkelijkheid was hij het tegenovergestelde. Iedereen dacht dat Gabriel nooit interviews gaf omdat hij zich daar te goed voor voelde, maar de waarheid is dat hij gewoon te stom was om vragen te beantwoorden. Ik weet dat er jarenlang grappen over me zijn gemaakt. Dat kwetste me wel, tot op zekere hoogte – ik bedoel, wie zou zich niet gekwetst voelen? – maar ik begreep ook dat dit voor mij de enige weg naar succes was. En toen ik ermee was begonnen, toen ik Gabriel Wire eenmaal als frontman had gecreëerd, kon ik me niet meer van hem ontdoen zonder mezelf voor eeuwig belachelijk te maken.'

Myron probeerde de informatie te laten bezinken. 'Dit bedoelde je met wat je eerder zei over Suzze, dat ze op jou of op de muziek viel. En wat je over Cyrano zei.'

'Ja.'

'Maar ik begrijp iets niet. Als je zegt dat Gabriel Wire dood is...'

'Dat bedoelde ik letterlijk. Iemand heeft hem vermoord. Crisp, denk ik.'

'Waarom zou hij dat doen?'

'Dat weet ik niet precies, maar ik heb mijn vermoedens. Toen Gabriel Alista Snow had vermoord, zag Herman Ache zijn kans schoon. Als ze Gabriel uit de puree haalden, zouden ze niet alleen zijn substantiële gokschulden kunnen innen, maar zou hij ook voor de rest van zijn leven bij Ache in het krijt staan.'

'Oké, dat begrijp ik.'

'Dus redden ze hem uit de brand. Ze intimideerden de ooggetuigen en kochten Alista Snows vader af. Wat er daarna gebeurde, weet ik niet precies. Ik denk dat Wire een beetje gek is geworden. Hij begon zich vreemd te gedragen. Of misschien kwamen ze wel tot de conclusie dat we hem niet echt nodig hadden. Ik was degene die de muziek maakte, en dat kon ik blijven doen. Misschien hebben ze op een zeker moment wel bedacht dat we zonder hem beter af zouden zijn.'

Myron dacht hierover na. 'Dat lijkt me behoorlijk riskant. Bovendien traden jullie nog wel eens ergens op.'

'Maar op tournee gaan hield ook een groot risico in. Gabriel wilde vaker optreden, maar het playbacken begon steeds moeilijker te worden na al die schandalen die er al waren geweest. Het was het risico niet waard.'

'Toch begrijp ik het niet. Waarom moest Wire dood? En nu we het daar toch over hebben: wanneer is dat gebeurd?'

'Een paar weken nadat Alista Snow was vermoord,' zei Lex. 'Eerst was hij het land uit gevlucht, dat klopt. Als ze de verdenking niet ongedaan hadden kunnen maken, denk ik dat hij in het buitenland zou zijn gebleven en daar een soort tweede Roman Polanski was geworden. Hij is teruggekomen nadat de zaak tegen hem op losse schroeven was gezet. Getuigen leden opeens aan geheugenverlies. De tape van de beveiligingscamera was er niet meer. Het enige wat Gabriel hoefde te doen was bij Karl Snow langsgaan en hem een grote zak geld aanbieden. Toen dat eenmaal achter de rug was, nam de belangstelling van de politie en de pers snel af.'

'En toen, nadat dit allemaal was gebeurd, heeft Crisp hem vermoord?'

Lex haalde zijn schouders op. Hij wist het ook niet.

'En je hebt dit hele verhaal aan Suzze verteld toen je haar belde?'

'Niet alles, nee. Dat wilde ik wel. Want zie je, ik wist dat het een keer zou uitkomen doordat Kitty terug in ons leven was. Dus wilde ik dat ze het van mij zou horen. Ik had het haar al jaren geleden willen vertellen, en nu ons kind op komst was... We moesten af van al die leugens en geheimen. Begrijp je wat ik bedoel?'

'Ja, maar toen zag je dat bericht van "niet van hem"; ik bedoel, je wist dat het niet waar was.'

'Yep, dat wist ik.'

'Maar waarom ben je dan ondergedoken?'

'Dat heb ik je in Three Downing verteld. Ik had tijd nodig om na te denken. Suzze had míj niks verteld over dat bericht. Waarom niet? Ze had het gezien en, man, ik wist meteen dat er iets mis was.

En als je over haar eerste reactie nadenkt... Toen ze naar jou toe ging, was dat niet alleen om je te vragen om mij op te sporen. Ze wilde weten wie dat bericht had geplaatst.' Hij hield zijn hoofd schuin. 'Waarom denk je dat ze dat wilde weten?'

'Jij denkt,' zei Myron, 'dat ze nog steeds verkikkerd was op Gabriel.'

'Dat dénk ik niet, dat wéét ik. Suzze kon zelfs jou de waarheid niet vertellen, want zeg nu zelf, zou jij naar mij op zoek zijn gegaan als je wist dat ze in werkelijkheid met een andere man herenigd wilde worden? Nee, natuurlijk niet.'

'Je hebt het mis. Ze hield van je.'

'Natuurlijk hield ze van me.' Lex glimlachte. 'Want ik wás Wire. Dat begrijp je nu toch? Dus toen ik dat bericht zag, ik bedoel, ik schrok en had tijd nodig om na te denken over wat ik moest doen. Dus ben ik hiernaartoe gekomen en heb ik een beetje muziek zitten maken. En daarna, zoals ik net al zei, heb ik Suzze gebeld om haar de waarheid te vertellen. Om te beginnen heb ik haar verteld dat Wire dood was, al meer dan vijftien jaar. Maar ze wilde me niet geloven. Ze wilde bewijs.'

'Heb jij zijn lijk gezien?'

'Nee.'

Myron spreidde zijn armen. 'Dus voor zover je weet kan hij nog steeds in leven zijn. Misschien woont hij wel in het buitenland. Of misschien vermomt hij zich, of zit hij in een of ander klooster in Tibet.'

Lex schoot bijna in de lach. 'Geloofde jij die onzin? Ah, kom op. Die geruchten hebben we zelf verspreid. Twee keer hebben we een paar groupies gevraagd om rond te bazuinen dat ze bij hem zijn geweest, en dat wilden ze wel, want dat maakte natuurlijk indruk. Nee, Gabriel is hartstikke dood.'

'Hoe weet je dat zo zeker?'

Hij schudde zijn hoofd. 'Grappig.'

'Wat?'

'Dat vroeg Suzze ook steeds: "Hoe weet je dat zo zeker?"'

'En wat heb je tegen haar gezegd?'

'Dat er een getuige was. Iemand die heeft gezien dat Gabriel werd vermoord.'
'Wie?'
Maar voordat Lex antwoord gaf, wist Myron het al. Wie had Suzze gebeld meteen nadat ze Lex had gesproken? Wie had dat bericht geplaatst waardoor Lex bang werd dat alles zou uitkomen? En wie, om tot de kern van de zaak te komen, vormde de connectie tussen dit alles en zijn broer?
'Kitty,' zei Lex. 'Kitty heeft gezien dat Gabriel Wire werd vermoord.'

Terwijl de bewaker geboeid op de vloer lag – en met de stemmen van Myron en Lex Ryder in zijn oor – liep Win naar de computers in het grote benedenvertrek. De sobere inrichting was hem nu duidelijk. Lex was hier alleen om de opnamestudio te gebruiken. Betrouwbare, spartaanse beveiligingsmensen brachten hier soms de nacht door. Maar niemand woonde hier echt. Die leegte was voelbaar. De bewaker was één grote bonk spieren, een van Aches oude jongens. Die wist hoe hij zijn mond moest houden. Maar ook hij wist niet wat hier precies gaande was. De bewakers werden om de paar maanden afgelost. Iedereen wist dat de bovenverdiepingen verboden terrein waren. Deze bewaker had Gabriel Wire nog nooit gezien, natuurlijk niet, maar had zich nooit afgevraagd waarom niet. Hij nam aan dat Wire vaak op reis was. Wire was een paranoïde kluizenaar, was hem verteld. Hij mocht de man nooit benaderen. Dus deed hij dat niet.

Win had zich afgevraagd waarom het huis niet zwaarder beveiligd was, maar ook dat begreep hij nu. 'Wire' woonde op een eiland met heel weinig bewoners, van wie de meesten de publiciteit schuwden en prijs stelden op hun privacy. En mocht er bij hoge uitzondering in het huis worden ingebroken, wat dan nog? Gabriel Wire zouden ze hier niet vinden, maar wat betekende dat? Ache, Crisp en Ryder hadden genoeg verhalen over geheime reizen en vermommingen de wereld in geholpen om zijn afwezigheid volstrekt geloofwaardig te maken.

Redelijk ingenieus.

Win was geen echte computerexpert, maar hij wist er genoeg van om te doen wat hij moest doen. En na een beetje aandringen had de bewaker de resterende gaten ingevuld. Win opende de documentenmap. Hij bekeek de rapporten waaraan Crisp had gewerkt. Crisp was niet gek. Hij zou nooit ergens belastende informatie over zichzelf achterlaten, iets wat voor de rechter tegen hem kon worden gebruikt. Maar het was niet de rechtbank waar Win zich zorgen om maakte.

Toen Win klaar was, voerde hij drie telefoongesprekken. Eerst belde hij zijn piloot.

'Ben je klaar?'

'Ja,' zei de piloot.

'Vertrek nu. Ik laat je weten wanneer je kunt landen.'

Daarna belde hij Esperanza. 'Nog nieuws over meneer Bolitar?'

Pa Bolitar had er altijd op gestaan dat Win hem Al noemde. Maar om de een of andere reden had Win dat nooit gekund.

'Ze hebben hem net teruggebracht naar de operatiekamer,' zei Esperanza. 'Het ziet er niet goed uit.'

Win beëindigde het gesprek. Zijn derde telefoontje was naar de federale gevangenis in Lewisburg, Pennsylvania.

Toen Win klaar was, leunde hij achterover en luisterde naar Myron en Lex. Hij telde hun opties af, maar in feite was er maar één. Ze waren deze keer te ver gegaan. Ze hadden zichzelf in gevaar gebracht en er was maar één manier om dat ongedaan te maken.

De walkietalkie van de bewaker kraakte. Door het ethergeruis kwam een stem. 'Billy?'

De stem van Crisp.

Win glimlachte. Dat betekende dat Crisp in de buurt was. Over een paar minuten zou de grote confrontatie plaatsvinden. Frank Ache had voorspeld dat het hierop zou uitdraaien toen Win bij hem op bezoek was. Win had gekscherend gezegd dat hij de confrontatie zou filmen, maar helaas, Frank zou het moeten doen met een mondeling verslag.

Win pakte de walkietalkie en liep naar de bewaker. Toen Win dichterbij kwam, begon de bewaker te beven. Win begreep dat best. Hij trok zijn pistool en zette de loop op het voorhoofd van de man. Nergens voor nodig, in feite. De man had al genoeg zijn best gedaan om de stoere bink uit te hangen. Erg lang had hij het niet volgehouden.

'Je hebt waarschijnlijk een codewoord om Crisp te waarschuwen wanneer je in de problemen zit,' zei Win. 'Als je dat woord zegt, smeek je me als het ware de trekker over te halen. Heb je dat begrepen?'

De bewaker knikte, wilde niets liever dan Win ter wille zijn.

Win hield de walkietalkie tegen Billy's oor en drukte de knop in.
'Billy hier,' zei de bewaker.
'Status?'
'Alles oké.'
'Is het eerdere probleem afgehandeld?'
'Ja. Zoals ik al zei, het was de tweeling. Ze zijn ervandoor gegaan toen ik naar buiten kwam.'
'Ik kan bevestigen dat ze zijn weggereden,' zei Crisp. 'Hoe gedraagt onze gast zich?'
'Die zit nog steeds boven, bezig met dat nieuwe nummer.'
'Mooi zo,' zei Crisp. 'Ik ben onderweg naar het huis. Billy?'
'Ja?'
'Je hoeft niet tegen hem te zeggen dat ik eraan kom.'
Het gesprek werd afgebroken. Crisp was onderweg.
Tijd voor Win om zich voor te bereiden.

'Kitty?' zei Myron.
Lex Ryder knikte.
'Hoe wist zij dat Wire dood was?'
'Ze heeft het gezien.'
'Ze heeft gezien dat Wire werd vermoord?'
Lex knikte weer. 'Ik weet het ook pas sinds een paar dagen. Ze belt me op en probeert me geld af te troggelen. "Ik weet wat je met Gabriel hebt gedaan," zegt ze. Ik denk: die probeert me af te per-

sen, dus ik antwoord: "Je weet helemaal niks" en ik hang op. Ik zeg er tegen niemand iets over. Ik ga ervan uit dat het daarbij blijft. De dag daarna plaatst ze de reactie "niet van hem" met de afbeelding van die tatoeage erbij. Als een soort waarschuwing. Dus bel ik haar op. Ik spreek met haar af in Three Downing. Zodra ik haar zie weet ik, ik bedoel, jezus, ze zag er verschrikkelijk uit. Ik had haar geld kunnen geven, neem ik aan, maar je kunt zien dat ze zwaar verslaafd is, dus compleet onbetrouwbaar. Uiteindelijk belt Buzz Crisp en vertelt hem wat ze allemaal uitkraamt. Op dat moment kom jij de nachtclub binnenstormen. Tijdens de commotie waarschuw ik haar voor Crisp, zeg dat ze moet maken dat ze wegkomt en niet meer moet terugkomen. Toen zei ze dat ze al meer dan vijftien jaar op de loop is, vanaf het moment dat ze zag dat Wire werd doodgeschoten.'

Dus, bedacht Myron, Kitty wás niet paranoïde geweest. Ze wist iets wat Herman Ache en Evan Crisp miljoenen dollars kon kosten. Dat verklaarde waarom Geitensikje en Vlammennek hem naar Kitty's trailer hadden gevolgd. Ache had gedacht dat Myron hem misschien bij Kitty kon brengen. Hij had hem laten volgen, en als ze Kitty hadden gevonden was de opdracht duidelijk: maak ze allebei koud.

Maar waarom had hij dat niet door Crisp laten doen? Het meest voor de hand liggende antwoord: Crisp was met iets anders bezig geweest. Myron schaduwen bood geen garanties. Dus dat kon hij beter door goedkoper tuig laten opknappen.

De stem van Win in zijn oor. 'Ben je klaar boven?'
'Ja, min of meer.'
'Crisp komt eraan.'
'Weet je al hoe je hem gaat aanpakken?'
'Ja.'
'Heb je mijn hulp nodig?'
'Nee, ik wil dat je daar blijft.'
'Win?'
'Ja?'
'Crisp weet misschien wat er met mijn broer is gebeurd.'

'Ja, dat weet ik.'
'Maak hem niet koud.'
'Oké,' zei Win. 'Of in ieder geval niet meteen.'

30

Twee uur later waren ze terug op het kleine vliegveld van Adiona Island en gingen ze aan boord van Wins Boeing Business Jet. Ze werden begroet door Mei, in een felrood, strak getailleerd stewardessenuniform en een Jackie Onassis-dophoedje op haar hoofd.

'Welkom aan boord,' zei Mei. 'Pas op de drempel. Welkom aan boord. Pas op de drempel.'

Lex strompelde als eerste de trap op. Hij begon eindelijk een beetje te ontnuchteren, en dat ging hem niet goed af. De verpleegster volgde hem met Lex' kind in haar armen. En dan waren er nog Myron, Win en de nog niet al te vast op zijn benen staande Evan Crisp. Crisps handen waren op zijn rug geboeid met een stuk of vijf plastic strips. Win wist dat er mensen waren die hun handen uit plastic polsboeien konden loswringen. Er waren er echter maar weinig, zo niet geen, die daar met vijf polsboeien in slaagden, zeker niet wanneer de onderarmen ook met een strip aan elkaar waren geboeid. En ter completering drukte Win de loop van zijn pistool in Crisps rug. Crisp had een risico genomen. Win deed dat niet.

Myron keek Win aan. 'Even wachten,' zei Win.

Mei verscheen in de deuropening en knikte. 'Oké, nu,' zei Win.

Myron ging voorop en sleepte Crisp achter zich aan. Win volgde en duwde Crisp omhoog. Daarvoor had Myron hem in de brandweergreep over zijn schouder gedragen, maar dat ging nu niet meer, want Crisp begon weer bij kennis te komen.

Win had het luxueuze vliegtuig overgenomen van een ooit populaire rapper die, zoals velen voor hem, de hitlijsten had gedomineerd totdat hij een Triviant-vraag was geworden en gedwongen was geweest de vruchten van zijn over de balk gesmeten geld te verkopen. De ruime passagierscabine was uitgerust met kolossale leren fauteuils, hoogpolig tapijt, een 3-D breedbeeld-tv en houten lambriseringen. Het vliegtuig beschikte over een apart eetvertrek en een slaapkamer achterin. Lex, de verpleegster en de baby werden in het eetvertrek ondergebracht. Win en Myron wilden niet dat ze in dezelfde ruimte als Crisp verbleven.

Ze duwden Crisp in een stoel en Win bond hem vast. Crisp zat nog met zijn ogen te knipperen van het verdovingsmiddel. Win had een verdunde vorm van etorphine gebruikt, waar normaliter olifanten mee werden verdoofd en wat absoluut dodelijk is voor mensen. In films werkt het middel altijd meteen. In het echte leven moet je dat maar afwachten.

Uiteindelijk was Crisp niet onverslaanbaar geweest. Niemand was dat. Zoals Herman Ache het zo poëtisch had gezegd: niemand – ook Myron of Win niet – was kogelvrij. Het was zelfs zo dat wanneer de besten eraan moesten geloven, ze zich meestal vrij eenvoudig lieten pakken. Want als er een bom op je huis valt, maakt het weinig uit hoe goed je bent in het man-tot-mangevecht, dan ben je er gewoon geweest.

Win had van Billy de bewaker vernomen via welke weg Crisp naar het huis zou komen. Vervolgens had Win de ideale plek gevonden om hem te verrassen. Hij had twee pistolen bij zich: het ene met gewone patronen en het andere met de etorphine. Hij had geen moment geaarzeld. Terwijl hij Crisp met het echte pistool onder schot hield, had hij de spuit met etorphine in zijn dij geschoten en was van een afstandje blijven toekijken tot de man in elkaar zakte.

Win en Myron liepen twee rijen door en gingen naast elkaar zitten. Mei, op-en-top de professionele stewardess, hield het complete instructiepraatje en demonstreerde het omdoen van de riem, het opzetten van het zuurstofmasker en het opblazen van het reddingsvest. Win keek toe met zijn gebruikelijke ondeugende glimlach.

'Laat nog eens zien hoe je dat plastic buisje in je mond neemt,' zei hij tegen Mei.

Win.
Het opstijgen verliep snel en probleemloos. Myron belde Esperanza. Toen hij te horen kreeg dat zijn vader weer in de operatiekamer was, kneep hij zijn ogen dicht en probeerde rustig te blijven ademen. Concentreer je op zaken waaraan je wél iets kunt doen. Zijn vader had de beste medische zorg die er bestond. Als Myron iets wilde bijdragen, stond hem maar één ding te doen: Brad terugvinden.

'Ben je iets te weten gekomen over de Abeona Shelter?' vroeg hij aan Esperanza.

'Helemaal niks. Alsof het nooit heeft bestaan.'

Myron beëindigde het gesprek. Hij nam met Win door wat ze wisten en wat de betekenis ervan was. 'Lex heeft me het antwoord al op de eerste avond gegeven,' zei Myron. 'Alle stellen hebben geheimen voor elkaar.'

'Niet echt een onthulling die de aarde doet beven,' zei Win.

'Hebben wij geheimen voor elkaar, Win?'

'Nee. Maar we gaan ook niet met elkaar naar bed.'

'Denk jij dat seks tot geheimen leidt?' vroeg Myron.

'Jij niet?'

'Ik heb altijd gedacht dat seks tot een diepere intimiteit leidde.'

'Bah,' zei Win.

'Bah?'

'Wat ben je toch naïef.'

'Hoezo?'

'Hebben we zonet niet het bewijs van het tegendeel gezien? Stellen die aan seks doen – zoals Lex en Suzze – dát zijn degenen die geheimen voor elkaar hebben.'

Hij had gelijk. 'Wat gaan we nu doen?'

'Dat zul je wel zien.'

'Ik dacht dat we geen geheimen voor elkaar hadden.'

Crisp begon zich te verroeren. Eerst ging zijn ene oog open, daarna het andere. Hij hoorde wat er werd gezegd, maar reageerde er niet op. Hij liet het langs zich heen gaan, probeerde vast te stellen waar hij was en wat hij moest doen. Hij keek naar Myron en Win.

'Jullie weten wat Herman Ache met jullie gaat doen, hè?' zei Crisp. En na een korte stilte: 'Zo stom kunnen jullie toch niet zijn?'
Win trok een wenkbrauw op. 'O nee?'
'Jullie overschatten jezelf.'
'Dat horen we wel vaker.'
'Herman maakt jullie dood. En daarna maakt hij de rest van je familie dood. Hij gaat er persoonlijk voor zorgen dat al je dierbaren je naam zullen vervloeken en zullen smeken om te mogen sterven.'
'Wel, wel,' zei Win. 'Onze Herman is niet vies van een beetje dramatiek, is het wel? Gelukkig heb ik een plan. Een win-winsituatie voor ons allemaal. Zelfs voor jou.'
Crisp zei niets.
'We gaan de goeie ouwe Herman een bezoekje brengen,' zei Win tegen hem. 'We gaan met z'n vieren om de tafel zitten, misschien met een lekker kopje koffie erbij. We gaan onderhandelen. We leggen al onze kaarten op tafel en we gaan werken aan een compromis waarin niemand een haar wordt gekrenkt.'
'En dat betekent?'
'Detente. Wel eens van gehoord?'
'Ik wel,' zei Crisp. 'Maar ik betwijfel of Herman het begrip kent.'
Myron dacht precies hetzelfde. Maar Win leek zich weinig zorgen te maken.
'Herman is een echte schat, dat zullen jullie zien,' zei Win. 'Maar voor het zover is: wat is er met Myrons broer gebeurd?'
Crisp fronste zijn wenkbrauwen. 'Die gast die met Kitty getrouwd is?'
'Ja.'
'Hoe moet ik dat verdomme weten?'
Win slaakte een zucht. 'Wat hadden we nu net afgesproken? Samenwerking. Alle kaarten op tafel.'
'Ik meen het. We wisten niet eens van Kitty's bestaan totdat ze Lex benaderde. Ik heb geen idee waar haar man uithangt.'
Myron dacht hierover na. Hij wist dat Crisp waarschijnlijk loog, maar wat hij zei sloot aan bij wat Lex hem had verteld.
Win maakte zijn riem los en liep naar Evan Crisp. Hij haalde zijn

satelliettelefoon uit zijn zak en hield hem Crisp voor. 'Wat jij gaat doen is het volgende: je belt Herman Ache en zegt dat we hem over een uur komen opzoeken in zijn huis in Livingston.'

Crisp keek hem ongelovig aan. 'Je maakt zeker een grapje?'

'Ik ben inderdaad de leukste thuis. Maar nee, ik maak geen grapje.'

'Hij laat jullie nooit gewapend binnen.'

'Prima. We hebben geen wapens nodig. Want als iemand ons ook maar een haar krenkt, krijgt de hele wereld de waarheid over Gabriel Wire te horen. Dan is het uit met het grote geld. Bovendien zorgen we ervoor dat Lex Ryder – jullie goudmijn, zo je wilt – op een geheime locatie wordt ondergebracht. Wordt het al duidelijk?'

'Samenwerking,' zei Crisp. 'Alle kaarten op tafel.'

'Wat is het toch heerlijk om te worden begrepen.'

Crisp belde Ache. Win hield de telefoon tegen zijn oor en luisterde mee. Herman Ache, aan de andere kant van de lijn, was niet blij met wat hij hoorde. Eerst niet, maar toen Crisp uitlegde wat Win wilde, ging Herman uiteindelijk akkoord.

'Geweldig,' zei Win.

Myron zag Crisp glimlachen en keek Win aan. 'Ik weet niet of ik het wel leuk vind dat ik in het ongewisse word gelaten.'

'Vertrouw je me niet?' vroeg Win.

'Je weet wel beter.'

'Inderdaad. En ik heb alles onder controle.'

'Je bent niet onfeilbaar, Win.'

'Dat is juist,' zei Win. Toen voegde hij eraan toe: 'Maar ik ben ook niet altijd je trouwe hulpje.'

'Misschien breng je ons in gevaar.'

'Nee, Myron, dat heb jij gedaan. Toen je Suzze en alle anderen die voor haar kwamen je hulp toezegde, heb je ons gebracht op het punt waar we nu zijn. Het enige wat ik doe, is proberen ons uit de narigheid te redden.'

'Au,' zei Myron.

'Ja, de waarheid doet pijn, beste vriend.'

Die deed inderdaad pijn.

'Als er verder niets meer is…' Win keek op zijn horloge en grijnsde naar zijn favoriete stewardess. 'We hebben nog dertig minuten voor we landen. Jij blijft onze gevangene bewaken. 'Ik trek me terug in de slaapkamer om me een beetje met Mei te verpozen.'

31

Op Essex County Airport in Caldwell, New Jersey, werden ze opgewacht door Big Cyndi. Ze nam Lex, de verpleegster en de baby mee naar een suv. Big Cyndi zou ze afleveren bij Zorra, de voormalige Mossad-agent die zich graag als vrouw kleedde, en Zorra zou ze onderbrengen in een schuilhuis waarvan niemand – zelfs Myron en Win niet – wist waar het zich bevond. Op die manier, had Win uitgelegd, zouden zij, mocht zijn plan om de een of andere reden in het honderd lopen en ze door Herman Aches mannen werden overmeesterd en gemarteld, niet kunnen zeggen waar Lex was.

'Een geruststellend idee,' had Myron gezegd.

Win had een auto op het vliegveld laten afleveren. Normaliter zou hij gebruikmaken van een chauffeur, maar waarom zouden ze nog iemand in gevaar brengen? Crisp was weer volledig bij kennis. Ze zetten hem op de achterbank, controleerden zijn boeien en bonden zijn enkels ook aan elkaar. Myron nam plaats op de passagiersstoel. Win reed.

Herman Ache woonde in een fameus landhuis in Livingston, slechts een paar kilometer verwijderd van de buurt waar Myron was opgegroeid. Toen Myron jong was, had het huis toebehoord aan een beruchte misdaadkoning. Een van Myrons vriendjes had gezegd dat er door levensechte gangsters op je zou worden geschoten als je op het terrein kwam. Een ander vriendje zei dat er achter het huis een crematorium was waar de misdaadkoning zijn slachtoffers verbrandde.

Later was gebleken dat het tweede gerucht waar was.

De zuilen van de toegangspoort waren versierd met bronzen leeuwenkoppen. Win reed de lange oprijlaan op tot aan het eerste bordes. Verder zouden ze niet komen. Hij parkeerde de auto. Myron zag drie kleerkasten in strakke pakken naderen. De middelste van de drie, de leider, was nog een tikje kolossaler dan de andere twee.

Win haalde zijn beide wapens uit de holster en legde ze in het handschoenenkastje.

'Laat je wapens hier,' zei Win. 'We worden zeker gefouilleerd.'

Myron keek hem aan. 'Heb je een plan?'

'Ja.'

'Wil je me vertellen hoe dat eruitziet?'

'Dat heb ik al gedaan. We gaan met vier man om de tafel zitten en dan gaan we praten. We gaan dit op een beschaafde manier oplossen. We krijgen te horen wat er met je broer aan de hand is. We zeggen toe dat we hun zakelijke belangen niet zullen schaden als zij ons met rust laten. Welk deel van mijn plan zit je precies dwars?'

'Het deel waarin jij erop vertrouwt dat een psychopaat als Herman Ache iets op een beschaafde manier zou willen oplossen.'

'Hij is vooral – ofwel uitsluitend – geïnteresseerd in de financiële kant van de zaak, en hij wil zijn bezigheden de schijn van legaliteit geven. Als hij ons vermoordt, doet hij dat teniet.'

De grootste van de drie kleerkasten – twee meter groot, minstens honderdvijftig kilo – tikte met zijn ring op Wins ruitje. Win draaide het open. 'Kan ik iets voor je doen?' vroeg hij.

'Kijk eens aan, wie hebben we daar?' De reus keek naar Win alsof hij iets was wat uit het achtereind van een hond was gevallen. 'Dus jij bent de beroemde Win.'

Win glimlachte breed.

'Je ziet er niet bijzonder indrukwekkend uit,' zei de reus.

'Daar kan ik diverse clichés tegenoverstellen – ga niet af op wat je ziet, of, de inhoud is belangrijker dan de verpakking – maar zeg nu zelf, wordt dat niet te ingewikkeld voor je?'

'Hang je de lolbroek uit?'

'Soms, maar vandaag niet.'

De reus fronste zijn grote neanderthalervoorhoofd. 'Wapen?'
'Nee.' Win klopte zich op de borst en voegde eraan toe: 'Ik Win. Niet wapen.'
'Huh?'
Zucht. 'Nee, we zijn niet gewapend.'
'We gaan jullie fouilleren. En heel grondig ook.'
Win gaf hem een knipoog. 'Daar hoopte ik al op, mooie jongen.'
De reus deed een stap achteruit. 'Kom verdomme uit die auto voordat ik je een kogel in je kop schiet. En snel.'
Homofobie. Je kreeg ze er altijd mee op de kast.
Normaliter zou Myron zijn bijdrage leveren aan Wins onvervaarde plagerijen, maar in deze situatie wist hij niet goed wat hij moest doen. Win liet de sleutels in het contactslot zitten. Hij en Myron stapten uit de auto. De reus zei waar ze moesten gaan staan. Ze deden wat hun was opgedragen. De twee andere kleerkasten openden het achterportier en gebruikten ouderwetse scheermessen om Evan Crisp van zijn plastic boeien te bevrijden. Crisp masseerde zijn polsen om er weer wat gevoel in te krijgen. Vervolgens liep hij naar Win en ging recht voor hem staan. De twee mannen keken elkaar recht in de ogen.
'Hier kun je me niet stiekem besluipen,' zei Crisp.
Win schonk hem een glimlach. 'Wilde je het nog eens overdoen, Crisp?'
'Dolgraag. Maar daar hebben we nu geen tijd voor, dus terwijl mijn jongens hier jouw vriend onder schot houden, schiet ik je gewoon een kogel in je lijf. Om het je af te leren.'
'Meneer Ache heeft specifieke instructies gegeven,' zei de reus. 'Ze mogen niet worden beschadigd voordat hij met ze heeft gepraat. Kom mee.'
De reus liep voorop. Myron en Win volgden hem. De rij werd gesloten door Crisp en de twee andere kleerkasten. Myron had het huis waar ze naartoe liepen eens horen omschrijven als 'klassiek Transylvaniaans'. Die beschrijving klopte. Man, bedacht Myron, het was wel een avond voor grote, enge huizen. Toen ze het huis naderden, durfde Myron te zweren dat hij de ijle stemmen

van geesten hoorde roepen dat ze vooral niet naar binnen moesten gaan.

De reus opende de achterdeur en liet hen binnen in een soort bijkeuken. Ze moesten door een detectiepoortje en daarna werden ze nogmaals van top tot teen gecheckt met een handdetector. Myron probeerde zijn kalmte te bewaren en vroeg zich af waar Win het pistool had verstopt. Want het was ondenkbaar dat hij zich ongewapend in een situatie als deze zou begeven.

Toen de reus klaar was met de detector, fouilleerde hij Myron op een ruwe manier met de hand. Daarna was Win aan de beurt, voor wie hij langer de tijd nam.

'Grondig, zoals beloofd,' zei Win. 'Waar is het schoteltje voor de fooien?'

'Lolbroek,' zei de reus. Hij deed een stap achteruit, opende een kastdeur en haalde twee grijze joggingpakken uit de kast. 'Jullie kleden je helemaal uit en dan trek je deze aan.'

'Ze zijn toch wel van honderd procent katoen, hè?' vroeg Win. 'Ik heb namelijk een heel gevoelige huid. Om over mijn voorkeur voor haute couture nog maar te zwijgen.'

'Lolbroek,' zei de reus weer.

'En grijs past absoluut niet bij mijn teint. Ik word er zo vaal van.' Maar nu was zelfs in Wins stem een zekere spanning en onzekerheid hoorbaar. De klank deed Myron denken aan gefluister in een stikdonkere nacht. De twee andere kleerkasten grijnsden en trokken hun pistool.

Myron keek Win aan. Win haalde zijn schouders op. Ze hadden geen keus. Ze kleedden zich uit tot op hun ondergoed. De reus zei dat ze dat ook moesten uittrekken. Het fouilleren dat daarop volgde was godzijdank kort en oppervlakkig. Wins homofobe grappen weerhielden de twee ervan overdreven grondig te zijn.

Toen ook dat was gebeurd, gaf de reus het ene joggingpak aan Myron en het andere aan Win. 'Aantrekken.'

Ze gehoorzaamden in stilte.

'Meneer Ache wacht op jullie in de bibliotheek,' zei de reus.

Crisp ging hen voor met een vage glimlach. De reus en zijn man-

nen gingen niet mee. Dat lag voor de hand. De zaak Gabriel Wire moest in het diepste geheim worden afgehandeld. Myron nam aan dat niemand ervan wist, afgezien van Ache, Crisp en hooguit een of andere advocaat. Zelfs de beveiligingsmensen die hier werkten wisten er niet van. 'Misschien moet je mij het woord laten doen,' zei Myron.
'Oké.'
'Je hebt gelijk. Herman Ache zal vooral zijn goudmijn willen beschermen. En wij hebben daar de sleutel van.'
'Mee eens.'
Toen ze de bibliotheek binnenkwamen, wachtte Herman Ache hen op met een glas brandy in de hand. Hij stond bij zo'n antieke wereldbol die tevens drankenkabinet was. Win had er ook zo een. Sterker nog, de hele bibliotheek zag eruit alsof die door Win was ingericht. Boekenkasten tot aan het plafond, met een ladder op wieltjes om de hogere planken te kunnen bereiken. Leren leesfauteuils in een bordeauxrode tint. Een Perzisch tapijt op de vloer en een gebeitst houten plafond.
Herman Ache droeg een grijze toupet die iets te veel glansde. Hij was gekleed in een trui met een v-hals en een polo eronder. Op zijn borst prijkte het embleem van een golfclub.
Herman wees naar Win. 'Ik heb je gezegd dat je je er niet mee moest bemoeien.'
Win knikte. 'Dat is waar.' Toen ging Wins hand naar zijn buik, hij trok een pistool achter de band van zijn joggingbroek vandaan en schoot Herman Ache recht tussen zijn ogen. Herman Ache viel als een zoutzak op de vloer. Myron hapte hoorbaar naar adem van schrik. Hij draaide zich om naar Win, die het pistool al op Evan Crisp had gericht.
'Niet doen,' zei Win tegen Crisp. 'Als ik je dood had gewild, zou je het al zijn. Dwing me niet.'
Crisp verroerde zich niet.
Myron staarde wezenloos voor zich uit. Herman Ache was dood. Daar bestond geen twijfel over.
Myron zei: 'Win?'

Wins blik bleef op Crisp gericht. 'Fouilleer hem, Myron.'

Half verdwaasd deed Myron wat Win hem had opgedragen. Crisp was niet gewapend. Win zei tegen Crisp dat hij op zijn knieën moest gaan zitten met zijn handen achter zijn hoofd. Crisp deed wat hem gezegd werd. Win bleef het pistool op Crisps hoofd richten.

'Win?'

'We hadden geen keus, Myron. Meneer Crisp hier had gelijk. Herman zou al onze dierbaren hebben afgemaakt.'

'Wat kletste je dan zonet over zijn zakelijke belangen? En over detente?'

'Herman Ache zou zich een tijdje aan zijn woord hebben gehouden, maar op de lange termijn niet. Dat weet jij net zo goed als ik. Zodra we ontdekten dat Gabriel Wire dood is, was het hij of wij. Hij zou ons nooit in leven hebben gelaten zolang we dat van hem wisten.'

'Maar Herman Ache vermoorden...' Myron schudde zijn hoofd, probeerde de mist te verdrijven. 'Ik bedoel, dat kun zelfs jij je niet permitteren.'

'Maak je daar maar geen zorgen over.'

Crisp zat volkomen stil op zijn knieën, met zijn handen achter zijn hoofd.

'Wat nu?' vroeg Myron.

'Misschien,' zei Win, 'moet ik onze vriend meneer Crisp hier ook maar doodschieten. Wie a zegt moet ook b zeggen, vind je niet?'

Crisp kneep zijn ogen dicht. Myron zei: 'Win?'

'Ah, maak je geen zorgen,' zei Win, die het pistool op Crisps hoofd bleef richten. 'Meneer Crisp is maar een huurling. Je bent Herman Ache toch geen loyaliteit verschuldigd?'

Eindelijk vond Crisp zijn stem terug. 'Nee,' zei hij.

'Zie je wel?' Win keek Myron aan. 'Toe maar. Vraag het hem.'

Myron ging recht voor Evan Crisp staan. Crisp keek naar hem op.

'Hoe heb je het gedaan?' vroeg Myron.

'Wat?'

'Hoe heb je Suzze vermoord?'

'Dat heb ik niet gedaan.'
'Kijk eens aan,' zei Win. 'Nu liegen we allebei.'
Crisp vroeg: 'Hoe bedoel je?'
'Jij liegt als je zegt dat je Suzze niet hebt vermoord,' zei Win, 'en ik loog toen ik zei dat ik je misschien in leven laat.'
Ergens in het huis sloeg een antieke klok. Herman Ache lag roerloos op de vloer met een bijna volmaakt ronde plas bloed om zijn hoofd.
'Mijn theorie,' zei Win, 'is dat je in dit project geen huurling was, maar dat je als compagnon van Ache optrad. Het maakt trouwens niet uit. Je bent veel te gevaarlijk. Het bevalt je helemaal niet dat ik je uit je tent heb gelokt. Als de rollen omgekeerd waren geweest, zou het mij ook niet bevallen. Dus je weet al wat er gaat gebeuren. Ik kan je niet in leven laten.'
Crisp deed zijn hoofd achterover en probeerde Win recht in de ogen te kijken, alsof dat hem iets zou helpen. Uitgesloten. Myron kon Crisps angstzweet nu ruiken. Je kunt stoer en gehard zijn. Je kunt de stoerste en hardste van allemaal zijn. Maar wanneer je de dood in de ogen kijkt, denk je maar aan één ding: ik wil niet dood. Het leven is heel simpel. Je wilt overleven. We doen geen schietgebedjes omdat we klaar zijn voor de ontmoeting met onze schepper. We bidden juist omdat we dat níét willen.
Crisp zocht een uitweg. Win wachtte en scheen zich wel te vermaken. Hij had zijn prooi in de hoek gedreven en het leek alsof hij er een beetje mee wilde spelen.
'Help!' riep Crisp. 'Ze hebben Herman doodgeschoten.'
'Alsjeblieft.' Win keek hem verveeld aan. 'Daar zul je weinig mee opschieten.'
Crisps ogen werden groot van verbazing, en op dat moment begreep Myron het. Win kon maar op één manier aan dat pistool gekomen zijn: hij had hulp van binnenuit gehad.
De reus.
De reus had het pistool in Wins joggingpak verstopt.
Win richtte de loop op Crisps voorhoofd. 'Wil je nog iets zeggen?' Crisps blik schoot als een angstig vogeltje in het rond. Hij

draaide zijn hoofd om, hopend op gratie van Myron. Hij keek Myron aan en toen, in een laatste wanhoopspoging, zei hij: 'Ik heb je peetzoon het leven gered.'

Zelfs Win hapte even naar adem. Myron deed een stap naar Crisp toe en hurkte neer zodat ze elkaar konden aankijken. 'Waar heb je het over?'

'We hadden alles prima voor elkaar,' zei Crisp. 'We verdienden bakken met geld en in feite deden we er niemand kwaad mee. Dan ziet Lex opeens het licht en verpest hij alles. Waarom moest hij het verdomme na al die jaren opeens aan Suzze vertellen? Hoe had hij gedacht dat Herman daarop zou reageren?'

'Dus werd jij op pad gestuurd om haar het zwijgen op te leggen,' zei Myron.

Crisp knikte. 'Ik ben naar Jersey City gevlogen, heb haar opgewacht in de parkeergarage en heb haar in de kraag gegrepen toen ze uit de auto stapte. Ik drukte de loop van mijn pistool in haar buik en dwong haar de trap te nemen. Daar hangen geen beveiligingscamera's. Het duurde een hele tijd voordat we boven waren. Toen we in het penthouse aankwamen, heb ik tegen haar gezegd dat ze een overdosis heroïne moest nemen, of anders – *beng* – zou ik haar door het hoofd schieten. Ik wilde dat het eruitzag als een overdosis of een ongeluk. Ik had haar ook kunnen doodschieten, maar met heroïne was het een stuk eenvoudiger. En met haar verleden zou de politie niks achter een overdosis zoeken.'

'Maar Suzze weigerde de overdosis te nemen,' zei Myron.

'Precies. In plaats daarvan probeerde ze een deal met me te sluiten.'

Myron kon het bijna voor zich zien. Suzze, met het pistool op haar hoofd, die zonder met haar ogen te knipperen weigerde te doen wat haar was opgedragen. Hij had gelijk gehad. Ze zóú zelf geen eind aan haar leven maken. Ze zou botweg weigeren, zelfs met een pistool op haar hoofd. 'Wat voor deal?'

Crisp waagde een blik in Wins richting. Hij wist dat Win niet blufte, dat Win tot de slotsom was gekomen dat het veel te gevaarlijk was om hem in leven te laten. Toch probeer je te overleven, ook al heb je geen enkele kans. Deze onthulling was Crisps versie van zijn laatste Weesgegroetje, zijn allerlaatste poging om zich zo veel mens te tonen dat Myron aan Win zou vragen hem niet dood te schieten.

Myron dacht aan het telefoontje naar het alarmnummer door de schoonmaker met het accent. 'Suzze zei dat ze bereid was de overdosis te nemen,' zei Myron, 'als jij het alarmnummer belde.'

Crisp knikte.

Hoe had hij dat over het hoofd kunnen zien? Je kon Suzze niet dwingen een overdosis te nemen. Ook zij zou alles in de strijd gooien om haar leven te redden. Met één uitzondering.

'Suzze zou doen wat je haar vroeg,' vervolgde Myron, 'op voorwaarde dat jij haar kind een overlevingskans gaf.'

'Ja,' zei Crisp. 'Dat was de deal die we hebben gesloten. Ik heb haar beloofd het alarmnummer te bellen zodra zij zich inspoot.'

Myrons hart brak opnieuw. Hij zag het voor zich: Suzze die tot het besef kwam dat als zij in het hoofd werd geschoten, haar ongeboren kind met haar zou sterven. Dus ja, ze had gemarchandeerd, niet voor zichzelf, maar om het leven van haar kind te redden. En het was haar gelukt een manier te bedenken. Een heel riskante manier. Want als ze meteen aan de overdosis overleed, zou het kind vrijwel zeker ook sterven. Maar op deze manier had het tenminste een kans. Suzze wist waarschijnlijk hoe een overdosis heroïne zijn werk deed, dat die langzaam alle lichaamsfuncties lamlegde, zodat er wat tijd overbleef.

'En je hebt je aan je belofte gehouden.'

'Ja.'

Myron stelde de voor de hand liggende vraag. 'Waarom?'

Crisp haalde zijn schouders op. 'Waarom niet? Ik had geen reden om een onschuldig kind te vermoorden als dat niet nodig was.'

De ethiek van een moordenaar. Dus nu wist Myron het. Ze waren hiernaartoe gekomen voor antwoorden. Er was nu nog één ding wat hij wilde weten. 'Vertel me wat er met mijn broer is gebeurd.'

'Dat heb ik je al gezegd. Ik weet niks van je broer.'

'Jullie zaten achter Kitty aan.'

'Ja, natuurlijk. Toen ze terugkwam en heibel begon te schoppen, zijn we naar haar op zoek gegaan. Maar van je broer weet ik niks. Echt niet, ik zweer het.'

Na die laatste woorden haalde Win de trekker over en schoot hij Evan Crisp door het hoofd. Myron schrok van de knal en deinsde achteruit. Bloed spatte op het Perzische tapijt toen zijn lichaam opzij viel. Win checkte snel of hij dood was en zag dat een tweede schot niet hoefde. Herman Ache en Evan Crisp waren allebei dood.

'Het was zij of wij,' zei Win.

Myron staarde naar de lijken. 'En nu?'

'Nu,' zei Win, 'ga jij naar je vader toe.'

'Wat ga jij doen?'

'Maak je over mij maar geen zorgen. Waarschijnlijk zul je me een tijdje niet zien. Maar ik red me wel.'

'Hoe bedoel je, je een tijdje niet zien? Je gaat toch niet alleen de schuld hiervoor op je nemen?'

'Ja, dat doe ik wel.'

'Maar ik was er ook bij.'

'Nee, jij bent hier niet geweest. Dat heb ik al geregeld. Neem mijn auto. Ik bedenk wel een manier om met je te communiceren, maar we zullen elkaar een tijdje niet zien.'

Myron wilde protesteren, maar hij wist dat het tijdverspilling was en dat hij het risico dat ze betrapt zouden worden alleen maar groter maakte.

'Hoe lang gaat dat duren?'

'Dat weet ik niet. We hadden geen keus. Het was uitgesloten dat die twee ons in leven zouden hebben gelaten. Dat moet je begrijpen.'

Myron begreep het. Hij begreep nu ook waarom Win hem niet had verteld wat hij van plan was. Myron zou zeker hebben geprobeerd een andere oplossing te bedenken, en die was er gewoon niet. Toen Win Frank Ache in de gevangenis had opgezocht, hadden ze elkaar iets beloofd. Win had zich aan zíjn kant van de deal gehouden en had Myron en hemzelf daarmee het leven gered.

'Ga nu,' zei Win. 'Het is voorbij.'

Myron schudde zijn hoofd. 'Het is nog niet voorbij,' zei hij. 'Niet totdat ik Brad heb gevonden.'

'Crisp sprak de waarheid,' zei Win. 'Wat het gevaar ook was waarin je broer verkeerde, het had niets met deze zaak te maken.'

'Dat weet ik,' zei Myron. Ze waren hiernaartoe gekomen voor antwoorden, en Myron meende dat hij ze nu echt allemaal had.

'Ga,' zei Win weer.

Myron omhelsde Win. Win sloeg zijn armen ook om hem heen. Het was een krachtige omhelzing, die lange tijd duurde. Er werd niets gezegd. Alles wat ze hadden kunnen zeggen, zou te veel zijn geweest. Maar Myron dacht terug aan wat Win had gezegd toen Suzze naar zijn kantoor was gekomen om hem om hulp te vragen, over onze neiging om te denken dat de goede dingen eeuwig zullen voortduren. Dat doen ze niet. We denken dat we altijd jong zullen zijn en dat de goede momenten en onze dierbaren voor altijd bij ons zullen blijven. Maar dat is niet zo. Toen Myron zijn vriend in zijn armen hield, wist hij dat niets tussen hen nog hetzelfde zou zijn. Er was in hun vriendschap definitief iets veranderd. Iets was voor altijd verloren gegaan.

Toen ze elkaar ten slotte hadden losgelaten, liep Myron de gang in en trok zijn eigen kleren weer aan. De reus was er nog. De twee andere kleerkasten waren verdwenen. Myron wist niet wat hun lot was geworden. Het kon hem ook niet veel schelen. De reus knikte naar Myron. Myron liep naar hem toe en zei: 'Ik wil je nog één laatste gunst vragen.' Hij vertelde de reus wat hij wilde. De reus keek verbaasd, maar hij zei: 'Ik ben zo terug.' Hij liep een andere kamer in, kwam terug en gaf Myron waar hij om had gevraagd. Myron bedankte hem. Hij ging naar buiten, stapte in Wins auto en startte de motor.

Het was bijna voorbij.

Hij had anderhalve kilometer gereden toen Esperanza belde. 'Je vader is bij kennis,' zei ze. 'Hij wil je zien.'

'Zeg hem dat ik van hem hou.'

'Kom je?'
'Nee,' zei Myron. 'Ik kan nog niet komen. Niet totdat ik heb gedaan wat hij me heeft gevraagd.'
Daarna beëindigde hij het gesprek en barstte in tranen uit.

32

Christine Shippee wachtte Myron op bij de receptie van de Coddington Ontwenningskliniek.
'Je ziet eruit als een opgegraven lijk,' zei Christine.
'En als je bedenkt wat ik hier dagelijks zoal zie, wil dat wel wat zeggen.'
'Ik moet met Kitty praten.'
'Ik heb je al gezegd toen je me belde: dat gaat niet. Je hebt haar zorg aan mij toevertrouwd.'
'Ik heb een paar antwoorden van haar nodig.'
'Dan heb je pech.'
'Op het gevaar af dat ik melodramatisch klink, maar het kan een zaak van leven of dood zijn.'
'Sorry, hoor,' zei Christine, 'maar jij had me gebeld om me om hulp te vragen, klopt dat?'
'Ja.'
'En je wist wat de regels waren toen je haar hier afleverde, is dat juist?'
'Ja. En ik wilde ook dat ze hulp kreeg. We weten allemaal dat dat hard nodig is. Maar mijn vader ligt mogelijk op sterven, en hij heeft mij gevraagd de antwoorden op een paar allerlaatste vragen voor hem te vinden.'
'En jij denkt dat Kitty die heeft?'
'Ja.'
'Kitty is op dit moment een wrak. Je weet wat mijn aanpak is. De eerste achtenveertig uur zijn een absolute hel. Ze kan zich nergens op concentreren. Het enige wat ze wil, is een shot.'

'Dat weet ik.'

Christine schudde haar hoofd. 'Je krijgt tien minuten van me.' Ze drukte op de zoemer, liet hem binnen en ging hem voor door de gang. Er was niets te horen. Alsof ze zijn gedachten las, zei Christine Shippee: 'Alle kamers zijn honderd procent geluiddicht.'

Toen ze bij de deur van Kitty's kamer stopten, zei Myron: 'Nog één ding.'

Christine zei niets en wachtte.

'Ik moet haar onder vier ogen spreken,' zei Myron.

'Nee.'

'Wat er gezegd wordt móét tussen ons blijven.'

'Ik zal het aan niemand doorvertellen.'

'Om juridische redenen, bedoel ik,' zei Myron. 'Als u iets hoort en u wordt op een dag opgeroepen om voor de rechtbank te getuigen, wil ik niet dat u meineed pleegt.'

'Mijn god, wat ga je aan haar vragen?'

Myron zei niets.

'Misschien draait ze door als ze je ziet,' zei Christine. 'Ze kan gewelddadig worden en je aanvliegen.'

'Ik red me wel.'

Ze dacht er nog een minuut over na. Toen zuchtte ze, draaide de deur van het slot en zei: 'Je bent op jezelf aangewezen.'

Myron ging naar binnen. Kitty lag op het bed, zo te zien half in slaap, zachtjes te kreunen. Hij deed de deur achter zich dicht en liep naar het bed. Hij knipte de lamp op het nachtkastje aan. Kitty had de bibbers en ze zweette als een otter. Ze knipperde met haar ogen door het licht.

'Myron?'

'Het is tijd om een eind aan alle leugens te maken, Kitty,' zei hij.

'Ik heb een shot nodig, Myron. Je hebt geen idee hoe beroerd ik me voel.'

'Jij hebt gezien dat ze Gabriel Wire vermoordden.'

'Ze?' Even leek ze verbaasd, maar toen scheen ze er het hare van te denken, besloot het zo te laten en zei: 'Ja. Ik heb het gezien. Ik moest een boodschap van Suzze afleveren. Ze was nog steeds gek op hem. Ze had de sleutel van zijn huis nog. Ik ben door de zijdeur naar binnen gegaan. Ik hoorde een pistoolschot en heb me verstopt.'

'Daarom ben je met mijn broer op de vlucht geslagen. Je moest wel, omdat je voor je leven vreesde. Brad wilde niet. Daarom loog je tegen hem over mij, om definitief een wig tussen ons te drijven. Je zei tegen hem dat ik je had geprobeerd te versieren.'

'Alsjeblieft,' zei ze, en in wanhoop greep ze hem vast. 'Myron, ik heb echt een shot nodig. Nog één allerlaatste, daarna laat ik me helpen. Ik beloof het.'

Myron probeerde haar bij de les te houden. Hij wist dat hij niet veel tijd had. 'Het maakt me eerlijk gezegd niet zo veel uit wat je Suzze hebt verteld, maar ik neem aan dat je hebt bevestigd wat Lex haar had verteld... dat Wire al die jaren geleden was vermoord. Je hebt dat bericht "niet van hem" geplaatst om wraak te nemen en hebt Lex laten weten dat hij je maar beter uit de brand kon helpen als hij verstandig was.'

'Ik had gewoon geld nodig. Ik was wanhopig.'

'Ja, nou, dat is leuk voor je. Maar dat heeft Suzze wel het leven gekost.'

Ze begon te huilen.

'Maar al die dingen doen er nu niet meer toe,' zei Myron. 'Ik wil nog maar één ding weten.'

Kitty kneep haar ogen dicht. 'Ik zeg niks meer.'

'Kijk me aan, Kitty.'

'Nee.'

'Doe je ogen open.'

Als een kind gluurde ze door een spleetje van haar ene oog, maar meteen daarna gingen ze allebei wijd open. Want Myron hield haar het plastic zakje met heroïne voor dat hij amper een uur geleden van de reus had gekregen. Kitty probeerde het uit zijn hand te grissen, maar hij trok het op tijd weg. Ze kwam overeind, strekte haar armen ernaar uit en smeekte erom, maar hij duwde haar terug op het bed.

'Als jij me de waarheid vertelt,' zei Myron, 'krijg jij dit zakje.'

'Echt?'

'Ik beloof het je.'

Ze begon te huilen. 'Ik mis Brad zo erg.'

'Dat weet ik. Daarom ben je weer gaan gebruiken, hè? Je kon zonder hem het leven niet aan. Of, zoals Mickey het zei, sommige stellen kúnnen gewoon niet los van elkaar functioneren.' En toen, terwijl de tranen over zijn wangen stroomden en hij voor zijn ogen het beeld zag van dat jongetje van vijf dat in Yankee Stadium zijn longen uit zijn lijf juichte, zei Myron: 'Brad is dood, hè?'

Ze was niet in staat te reageren. Ze liet zich op haar rug op het bed vallen en staarde zonder iets te zien naar het plafond.

'Hoe is hij gestorven, Kitty?'

Kitty verroerde zich niet, bleef als in een trance omhoog staren. Toen ze uiteindelijk antwoordde, klonk haar stem hol en monotoon. 'Hij en Mickey reden op de Interstate 5, ze waren op weg naar een AAU-basketbalmatch in San Diego. Een SUV verloor de macht over het stuur en kwam dwars door de vangrail van de middenberm. Brad was op slag dood, vlak voor de ogen van zijn zoon. Mickey heeft drie weken in het ziekenhuis gelegen.'

Dat was het dan. Myron had zich op het ergste voorbereid, had op de een of andere manier geweten dat hij iets als dit te horen zou krijgen, maar ondanks alles kwam de bevestiging als een schok. Hij liep naar de andere kant van de kamer en liet zich op een stoel vallen. Zijn kleine broertje was dood. Uiteindelijk bleek het helemaal niets te maken te hebben met Herman Ache of Gabriel Wire, en zelfs niet met Kitty. Het was gewoon een stom auto-ongeluk geweest.

Dit was meer dan hij kon verdragen.

Myron keek naar Kitty aan de andere kant van de kamer. Ze verroerde zich niet; zelfs het beven was tijdelijk opgehouden. 'Waarom heb je het ons niet verteld?'

'Je weet best waarom.'

Dat was zo. Hij wist het omdat het aansloot bij hoe hij de rest had ontdekt. Kitty had het idee van Gabriel Wire overgenomen. Ze had gezien dat hij werd vermoord, maar, wat veel belangrijker was, ze had ook gezien dat Lex en de anderen de schijn hadden opgehouden dat hij nog in leven was. Dat had haar op een idee gebracht.

Zoals de anderen deden alsof Wire nog leefde, zo had zij dat met Brad gedaan.

'Jij zou hebben geprobeerd Mickey van me af te nemen,' zei Kitty.

Myron schudde zijn hoofd.

'Toen je broer omkwam...' Ze stopte met praten en slikte een brok in haar keel weg. '... was ik als een marionet waarvan iemand de touwtjes had doorgeknipt. Ik stortte compleet in.'

'Je had naar mij toe kunnen komen.'

'Nee. Ik weet precies wat er zou zijn gebeurd als ik jou over Brads dood had verteld. Je was naar Los Angeles gekomen en had mij daar compleet in de kreukels aangetroffen, net zoals je me gisteren hebt gezien. Niet liegen, Myron. Niet nu. Je zou hebben gedaan wat je dacht dat het juiste was. Je zou bij de rechter de voogdij hebben opgeëist. Je zou zeggen – net zoals je gisteren tegen me zei – dat ik een onverantwoordelijke junkie was en dus ongeschikt om Mickey groot te brengen. Je zou me mijn kind hebben afgenomen. Ontken het maar niet.'

Hij had er nog geen moment aan gedacht. 'Dus jouw oplossing was doen alsof Brad nog leefde?'

'Het werkte, waar of niet?'

'En Mickey en zijn behoeften konden de boom in?'

'Mickey had behoefte aan zijn moeder. Snap je dat dan niet?'

Maar dat deed hij wel. Hij herinnerde zich dat Mickey was blijven volhouden dat ze een geweldige moeder was. 'En wij dan? Brads familie?'

'Welke familie? Mickey en ik waren zijn familie. Jullie hadden in de afgelopen vijftien jaar geen deel uitgemaakt van zijn leven.'

'En wiens schuld was dat?'

'Inderdaad, Myron. Wiens schuld was dat?'

Myron zei niets. Hij vond dat het haar schuld was. Zij vond dat het zijn schuld was. En zijn vader... hoe had die het ook alweer verwoord? We komen ter wereld met onze eigen eigenaardigheden. Brad, had pa gezegd, was niet iemand om zich te settelen en thuis te blijven zitten.

Maar pa had die overtuiging gebaseerd op een leugen van Myron.

'Ik weet dat je het niet gelooft. Ik weet dat je denkt dat ik heb gelogen om er met hem vandoor te kunnen gaan. Misschien was dat ook wel zo. Maar het bleek de juiste keuze te zijn. Brad was gelukkig. We waren allebei gelukkig.'

Myron dacht aan de foto's die hij had gezien, aan hun stralende glimlach op de meeste ervan. Hij had gedacht dat ook die een leugen waren geweest, dat het geluk dat hij op die foto's had gezien onecht was geweest. Maar dat was niet zo. Op dat punt had Kitty gelijk.

'Dus zo had ik het gepland. Om jullie pas in te lichten als ik er zelf weer een beetje bovenop was.'

Myron schudde zijn hoofd en zei niets.

'Jij wilt dat ik me daarvoor verontschuldig,' zei Kitty, 'maar dat ben ik niet van plan. Soms doe je de juiste dingen en pakken ze verkeerd uit. En soms... nou ja, kijk maar naar Suzze. Ze probeerde mijn tenniscarrière te saboteren door mijn pillen om te ruilen, en dankzij haar heb ik nu Mickey. Begrijp je het dan niet? Alles is chaos. Het gaat niet over goed of fout. Je klemt je vast aan datgene waar je het meest van houdt. Ik heb mijn grote liefde verloren door een stom auto-ongeluk. Was dat eerlijk? Was dat juist? En misschien, Myron, als je wat aardiger voor me was geweest... als je ons had genomen zoals we waren, misschien was ik dan naar je toe gekomen om je om hulp te vragen.'

Maar Kitty had hem niet om hulp gevraagd. Toen niet en nu ook niet. Opnieuw: in elke relatie rommelt er wel iets. Misschien had hij ze vijftien jaar geleden kunnen helpen. Of misschien waren ze er dan alsnog samen vandoor gegaan. Misschien, als Kitty hem had vertrouwd, als hij haar niet zo op de nek had gezeten toen ze in verwachting was geraakt, misschien was ze een paar dagen geleden naar hem toe gekomen in plaats van naar Lex te gaan. Misschien zou Suzze dan nog leven. Misschien zou zelfs Brad nog leven.

Dat waren een hoop misschiens.

'Nog één vraag,' zei hij. 'Heb je Brad ooit de waarheid verteld?'
'Over dat jij op me viel? Ja. Ik heb hem verteld dat het niet waar was. Hij begreep het.'
Myron slikte. Zijn zenuwen voelden gemangeld, murw. Hij hoorde zijn stem breken toen hij vroeg: 'Heeft hij het me vergeven?'
'Ja, Myron. Hij heeft het je vergeven.'
'Maar hij heeft nooit contact met me opgenomen.'
'Je begrijpt niet wat voor leven we toen leidden,' zei Kitty, met haar blik op het plastic zakje. 'We waren nomaden, wereldreizigers. Zo waren we het gelukkigst. Reizen was alles voor hem. Dan had hij het naar zijn zin, omdat hij ervoor voorbestemd was. Toen we terug in de vs kwamen, denk ik dat hij je wel zou hebben gebeld. Maar toen...'
Ze stopte met praten, schudde haar hoofd en sloot haar ogen.
Het was nu tijd om naar zijn vader te gaan. Hij had het zakje met heroïne nog steeds in zijn hand. Hij keek ernaar en wist niet wat hij moest doen.
'Je gelooft me niet,' zei Kitty. 'Dat Brad je heeft vergeven.'
Myron zei niets.
'Heb je Mickeys paspoort dan niet gevonden?' vroeg Kitty.
De vraag verbaasde Myron. 'Jawel. In de trailer.'
'Bekijk het maar eens goed,' zei ze.
'Het paspoort?'
'Ja.'
'Waarom?'
Ze hield haar ogen dicht en gaf geen antwoord. Myron keek weer naar het zakje met heroïne. Hij had haar een belofte gedaan waaraan hij zich niet wilde houden. Maar toen hij het haar ten slotte voorhield, redde ze hem uit dit laatste morele dilemma.
Kitty schudde haar hoofd en vroeg of hij haar alleen wilde laten.

Toen Myron terug was in Saint Barnabas Hospital, opende hij voorzichtig de deur van pa's kamer.
Het was donker in de kamer, maar hij kon zien dat pa sliep. Ma

zat naast zijn bed. Ze keek op en zag Myrons gezicht. En ze wist het. Ze kreunde en sloeg snel haar hand voor haar mond. Myron knikte. Ze stond op en kwam naar de gang.

'Vertel me alles,' zei ze.

En dat deed hij. Ma incasseerde de dreun. Ze wankelde, huilde even en herstelde zich. Ze haastte zich de kamer weer in. Myron ging haar achterna.

De ogen van zijn vader bleven gesloten, zijn ademhaling was piepend en onregelmatig. Uit alle delen van zijn lichaam, zo leek het, staken slangetjes. Ma ging weer naast het bed zitten. Haar hand, trillend van de ziekte van Parkinson, pakte die van haar man vast.

'En?' zei ma zachtjes tegen Myron. 'Zijn we het eens?'

Myron gaf geen antwoord.

Even later opende pa knipperend zijn ogen. Myron keek naar de man die hem dierbaarder was dan wie ook ter wereld en moest zijn tranen terugdringen. Pa keek hem aan met een smekende, bijna kinderlijk verwarde blik.

Pa slaagde erin één enkel woord uit te brengen. 'Brad...'

Myron slikte zijn tranen weg en zette zich schrap om nog een laatste keer tegen zijn vader te liegen, maar ma legde haar hand op Myrons arm om hem daarvan te weerhouden. Moeder en zoon keken elkaar aan.

'Brad,' zei pa weer, nu met iets van ongeduld in zijn stem.

Ma bleef Myron aankijken en schudde haar hoofd. Myron begreep het. Bij nader inzien wilde ze toch niet dat hij tegen zijn vader zou liegen. Dat zou te zeer op verraad lijken. Ze wendde zich tot de man met wie ze al drieënveertig jaar getrouwd was, keek hem aan, pakte zijn hand vast en kneep erin.

Pa begon te huilen.

'Het is oké, Al,' zei ma zacht. 'Het is oké.'

Epiloog

Zes weken later, Los Angeles

Pa steunde op zijn wandelstok en liep voorop. Hij was tien kilo afgevallen sinds zijn openhartoperatie. Myron had hem in een rolstoel naar hun bestemming willen rijden, maar daar wilde Al Bolitar niets van weten. Hij zou lopend naar de laatste rustplaats van zijn jongste zoon gaan. Ma was er ook bij, natuurlijk. En Mickey ook. Mickey had een pak van Myron geleend. Het paste hem uitermate slecht. Myron sloot de rij, om ervoor te zorgen, nam hij aan, dat niemand te ver achteropraakte.

De zon scheen nietsontziend op hen neer. Myron keek omhoog en knipperde met zijn ogen tot de tranen erin sprongen. Er was heel wat gebeurd sinds Suzze zijn kantoor in was gelopen om hem om hulp te vragen.

Hulp. Wat een lachertje, als je erover nadacht.

Esperanza's man had niet alleen de echtscheidingsprocedure in gang gezet, hij wilde ook het volledige voogdijschap over Hector. Hij claimde onder andere dat Esperanza te veel uren aan haar werk besteedde en dat ze haar ouderlijke plichten verzaakte. Esperanza was hier zo van geschrokken dat ze Myron had gevraagd haar uit te kopen. Maar MB Reps voortzetten zonder Esperanza en Win was een vooruitzicht dat Myron absoluut niet aantrok. Ten slotte hadden ze, na uitgebreid overleg, besloten MB Reps te verkopen. Het mega-agentschap dat hun bedrijf had gekocht, had alle cliënten overgenomen en had de naam MB Reps onmiddellijk laten vallen.

Big Cyndi had haar aanzienlijke gouden handdruk gebruikt om

een tijd vrij te nemen en haar alles onthullende memoires te schrijven. De wereld wachtte in spanning af.

Win was nog steeds spoorloos. Gedurende de afgelopen zes weken had Myron maar één levensteken van hem ontvangen: een e-mail van twee zinnen.

JIJ ZIT IN MIJN HART.
MAAR JAO EN MEI ZITTEN IN MIJN BROEK.
WIN

Terese, Myrons verloofde, kon nog steeds niet weg uit Angola. En door alle plotselinge veranderingen in zijn leven kon Myron ook niet naar haar toe gaan. Nog niet. Of misschien wel de eerstkomende jaren niet.

Toen ze het graf naderden, ging Myron naast Mickey lopen. 'Alles oké met je?'

'Ja,' zei Mickey, waarop hij sneller ging lopen om weer wat afstand tussen hemzelf en zijn oom te creëren. Dat deed hij vaker, Mickey. Na een minuut kwam het gezelschap tot stilstand.

Er lag nog geen steen op Brads graf. Er stond alleen een paaltje met een kaartje erop.

Gedurende lange tijd zei niemand iets. Ze stonden met z'n vieren bij het graf en keken voor zich uit. Op de snelweg zoefden auto's voorbij zonder enige aandacht te schenken aan de rouwende familie die slechts enkele meters verderop stond. Opeens begon pa de kaddisj – het Hebreeuwse gebed voor de doden – op te zeggen, hardop en uit zijn hoofd. Ze waren geen gelovige mensen, zelfs verre van dat, maar sommige dingen deed je gewoon uit traditie, of als ritueel, of omdat je er behoefte aan had.

'Yit'gadal v'yit'kadash sh'mei raba...'

Myron waagde een zijdelingse blik op Mickey. Hij had meegedaan aan het verzwijgen van de dood van zijn vader, in een soort wanhoopspoging om hun gezin, of wat daarvan over was, nog enigszins bijeen te houden. Ook nu hij bij het graf van zijn vader stond, gaf de jongen geen krimp. Hij stond rechtop, met geheven hoofd en droge ogen. Misschien was dat de enige manier om te overleven wanneer je de ene dreun na de andere te incasseren kreeg. Want toen Kitty was thuisgekomen na haar verblijf in de ontwenningskliniek, had ze haar zoon nog dezelfde dag aan zijn lot overgelaten en was ze op zoek gegaan naar een shot heroïne. Ze hadden haar knock-out aangetroffen in een obscuur motel en haar teruggesleept naar de Coddington-kliniek. Ze kreeg nu weer hulp, maar het was duidelijk dat Brads dood haar hart had gebroken, en Myron betwijfelde ten zeerste of het ooit nog zou helen.

Toen Myron had voorgesteld de voogdij over Mickey op zich te nemen, had zijn neef zich daartegen verzet, wat geen verrassing was. Hij zou niet toestaan dat iemand anders dan zijn moeder als zijn voogd zou optreden, en als Myron het toch doorzette, had hij gezegd, zou hij hem voor de rechter dagen of van huis weglopen. Maar omdat Myrons ouders zouden terugkeren naar Florida en de komende maandag het nieuwe schooljaar begon, waren Myron en Mickey uiteindelijk tot een compromis gekomen. Mickey zou in het huis in Livingston komen wonen met Myron als zijn officieuze voogd. Hij zou zijn middelbare school afmaken op Livingston High, waar zijn vader en oom ook op school hadden gezeten, en in ruil daarvoor had Myron toegezegd dat hij zo veel mogelijk uit Mickeys buurt zou blijven en ervoor zou waken dat Kitty, ondanks alles, het volledige voogdijschap over haar zoon zou houden.

Het was een ingewikkeld en kwetsbaar vredesakkoord.

Met de handen gevouwen en met gebogen hoofd besloot Myrons vader het lange gebed met de woorden: *'Aleinu v'al kol Yis'ra'eil v'im'ru Amein.'*

Myron en ma mompelden het laatste 'Amein' mee. Mickey zei niets. Gedurende enige tijd verroerde niemand zich. Myron keek naar de grond en probeerde zich voor te stellen dat zijn kleine broertje daar lag. Het lukte hem niet.

In plaats daarvan dacht hij aan de laatste keer dat hij Brad had gezien, zestien jaar geleden, op die avond dat het sneeuwde, toen Myron, de grote broer die altijd voor zijn jongere broer in de bres was gesprongen, Brads neus had gebroken.

Kitty had gelijk gehad. Brad had getwijfeld of hij zijn school moest opgeven en het avontuur moest zoeken in onbekende landen. Toen pa ervan hoorde, had hij Myron opgedragen het uit te praten met zijn broer. 'Ga naar hem toe,' zei pa, 'en bied je excuses aan voor wat je over haar hebt gezegd.' Myron wilde dat niet en legde uit dat Kitty had gelogen over haar anticonceptiepillen, dat ze een slechte reputatie had, en alle andere beschuldigingen die ze had uitgekraamd en waarvan Myron nu wist dat ze die uit haar duim had gezogen. Maar zijn vader had erdoorheen gekeken, ook toen al. 'Wil je hem voor altijd van huis wegjagen?' had pa gezegd. 'Jij gaat je excuses aanbieden en zorgt ervoor dat ze allebei thuiskomen.'

Maar toen Myron deed wat pa hem had gevraagd, had Kitty, in haar kwaadaardige verlangen om er met Brad vandoor te gaan, de situatie verder gesaboteerd door te zeggen dat Myron had geprobeerd haar te versieren. Brad was woedend geworden. Toen zijn broer hem begon uit te schelden voor alles wat mooi en lelijk was, had Myron beseft dat hij al die tijd gelijk had gehad over Kitty. Dat zijn broer niet goed bij zijn hoofd was geweest toen hij zich met haar had ingelaten. Myron had zich verdedigd, had Kitty geconfronteerd met de leugens die ze over hem had verteld, en had de laatste woorden geschreeuwd die hij tegen zijn broer zou zeggen.

'Dus jij gelooft die leugenachtige hoer eerder dan je eigen broer?'

Brad was hem aangevlogen en had met zijn vuist naar hem uitgehaald. Myron had de slag ontweken en had, inmiddels ook woedend, hard teruggeslagen. Zelfs nu nog, staande bij Brads laatste rustplaats, herinnerde Myron zich het misselijkmakende geluid waarmee hij Brads neusbeen had gebroken.

Myrons laatste beeld van zijn broer was dat van Brad, achteroverliggend in de sneeuw en geschokt naar hem opkijkend, terwijl Kitty haar handen op zijn bloedende neus drukte.

Toen Myron thuiskwam, had hij het niet aangedurfd zijn vader te vertellen wat hij had gedaan. Hij durfde zelfs Kitty's smerige leugen niet te herhalen, uit angst dat die daardoor geloofwaardiger zou worden. Dus had Myron tegen zijn vader gelogen. 'Ik heb mijn ex-

cuses aangeboden, maar Brad wilde er niks van horen. Ga jij met hem praten, pa. Naar jou luistert hij wel.'
 Maar zijn vader had zijn hoofd geschud. 'Als Brad er zo over denkt, dan moet het maar zo zijn. Misschien moeten we hem laten gaan en hem zelf zijn weg laten vinden.'
 En dat hadden ze gedaan. En nu, hier, bij dit graf bijna vijfduizend kilometer vanwaar hij had gewoond, waren ze voor het eerst sinds lange tijd weer herenigd.
 Nadat er nog een minuut in stilte voorbij was gegaan, schudde Al Bolitar zijn hoofd en zei: 'Dit had nooit mogen gebeuren.' Hij keek naar de hemel. 'Het mag gewoon niet zo zijn dat een vader de kaddisj moet zeggen voor zijn zoon.'
 En met die woorden draaide hij zich om en liep terug naar de auto.

Nadat ze pa en ma op het vliegtuig van LAX naar Miami hadden gezet, namen Myron en Mickey het vliegtuig naar Newark Airport. Tijdens de vlucht zeiden ze geen van beiden iets. Nadat ze waren geland, haalden ze Myrons auto op van het parkeerterrein en reden de Garden State Parkway op. Ook tijdens de rit zeiden ze de eerste twintig minuten niets tegen elkaar. Pas toen Mickey zag dat ze de afslag naar Livingston voorbijreden, zei hij iets.
 'Waar gaan we naartoe?'
 'Dat zul je wel zien.'
 Tien minuten later stopten ze voor een rijtje winkels. Myron zette de motor uit en glimlachte naar Mickey. Mickey keek uit het zijraampje en keek Myron weer aan.
 'Ga je me op een ijsje trakteren?'
 'Kom nou maar mee,' zei Myron.
 'Dit meen je toch niet, hè?'
 Toen ze de SnowCap-ijssalon binnenkwamen, kwam Kimberly met een stralende glimlach naar hen toe rijden en zei: 'Hé, je bent teruggekomen. Wat kan ik voor jullie maken?'
 'Mijn neef hier wil graag een van je beroemde SnowCap Melters. En ik moet even met je vader praten.'

'Oké. Hij is achter.'

Karl Snow zat kassabonnen te tellen toen Myron het kantoortje binnenkwam. Hij keek Myron over zijn leesbril aan en zei: 'U had me beloofd dat u nooit meer terug zou komen.'

'Ja, nou, dat spijt me dan.'

'Waarom bent u teruggekomen?'

'Omdat u tegen me hebt gelogen. U bleef er maar op hameren dat u alleen praktisch was geweest. Uw dochter was dood en niets, zei u, kon haar nog bij u terugbrengen. En dat het uitgesloten was dat Gabriel Wire ervoor de gevangenis in zou gaan. Dat u het zwijggeld hebt aangepakt om Kimberly een betere toekomst te kunnen geven. U hebt dat allemaal heel mooi en rationeel uitgelegd, maar ik geloofde er geen woord van. Niet nadat ik had gezien hoe u met Kimberly omging. Toen ben ik gaan nadenken over de volgorde.'

'De volgorde waarvan?'

'Lex Ryder belt Suzze en vertelt haar dat Gabriel Wire al jaren dood is. Suzze is diep geschokt. Ze kan het niet geloven, dus gaat ze bij Kitty langs om haar te vragen of Lex de waarheid spreekt. Oké, tot zover klopt het.' Myron hield zijn hoofd schuin. 'Maar waarom zou Suzze meteen na haar bezoek aan Kitty – de enige getuige van de moord op Gabriel – naar u toe komen?'

Karl Snow zei niets. Dat hoefde ook niet. Myron begreep het nu. Lex had gedacht dat Wire door Ache en Crisp was vermoord, maar dat sloeg nergens op. Want HorsePower was hun goudmijn geweest.

'Gabriel Wire was steenrijk, had zijn connecties en zou nooit worden veroordeeld voor Alista's dood. U wist dat. U besefte dat hij nooit voor de rechter verantwoording zou afleggen voor wat hij uw dochter had aangedaan. Dus hebt u het recht in eigen hand genomen. Ironisch, als je erover nadenkt.'

'Wat?'

'De hele wereld denkt dat u zich hebt laten afkopen voor de dood van uw dochter.'

'Nou en?' zei Karl Snow. 'Denkt u dat het mij iets kan schelen wat de wereld van me denkt?'

'Blijkbaar niet.'
'Het is zoals ik de vorige keer zei. Sommige dingen moet je voor je houden. Hoeveel je van je kind houdt. En hoeveel verdriet je hebt als ze dood is.'
En hoe je vervolgens het recht in eigen hand neemt.
'Gaat u me aangeven?' vroeg Snow.
'Nee.'
Hij zag er niet opgelucht uit. Hij dacht waarschijnlijk hetzelfde als Myron. De steen in de vijver. Het een veroorzaakt het ander. Als Snow niet wraakzuchtig was geweest en Gabriel Wire niet had vermoord, was Kitty daar geen getuige van geweest en zou ze niet naar het buitenland hebben willen vluchten. Dan zou Myrons broer misschien nog in leven zijn geweest. En Suzze T misschien ook. Maar je kon die logica niet te ver doorvoeren. Myrons eigen vader had benadrukt hoe afschuwelijk het is wanneer een ouder zijn eigen kind overleeft. Karl Snows dochter was vermoord. Wie kon er nog bepalen wat goed of fout was?

Myron stond op en liep naar de deur. Toen hij zich omdraaide om te groeten, zat Karl Snow al over zijn bureau gebogen en met iets te veel concentratie zijn bonnen te tellen. In de ijssalon was Mickey de SnowCap Melter naar binnen aan het werken. Kimberly zat naast hem, in haar rolstoel, en moedigde hem aan. Ze boog zich naar hem toe en fluisterde iets waar Mickey luidkeels om moest lachen.

Myron zag het beeld weer voor zich: zijn vuist die op het gezicht van zijn broer af vloog. Hoewel er nu iets was wat hem troost gaf. Het paspoort. Zoals Kitty hem had aangeraden, had hij het nog eens goed bekeken. Eerst had hij gekeken naar de stempels van alle landen waar ze waren geweest. Maar dat had Kitty niet bedoeld. Het ging om de eerste bladzijde, met alle persoonlijke gegevens. Bovenaan zag hij Mickeys naam staan, zijn volledige naam. Myron had aangenomen dat Mickey van Michael kwam. Maar dat was niet zo.

Mickeys echte voornaam was Myron.

Kimberly zei weer iets tegen Mickey. Het was blijkbaar zo grappig dat Mickey zijn lepel neerlegde, achteroverleunde en weer luidkeels lachte, ontspannen en vrijuit, voor het eerst sinds Myron hem had leren kennen. Het geluid raakte Myron recht in het hart. De lach klonk zo vertrouwd, zoals die van Brad, alsof die in een ver verleden was begonnen, op een mooi moment dat twee broers samen hadden beleefd, om zich al die jaren als een echo voort te planten en ten slotte te eindigen in deze ijssalon, in het hart van Brads zoon.

Myron bleef staan en luisterde ernaar, en hoewel hij wist dat het gelach straks zou verstommen, hoopte hij dat de echo dat nooit zou doen.

Dankbetuiging

Dit is het moment om de band aan u voor te stellen, en wat een geweldige band was het. In alfabetische volgorde bedank ik: Christine Ball, Eliane Benesti, David Berkeley (de tekstregel over de parachute), Anne Armstrong-Coben, Yvonne Craig, Diane Discepolo, Missy Higgins, Ben Sevier, Brian Tart, Lisa Erbach Vance en Jon Wood.

Dit boek is fictie. Dat houdt in dat ik dingen verzin. Als u zich dus afvraagt of bepaalde personages op bestaande personen zijn gebaseerd, of dat er verwijzingen zijn naar de stad waar u woont of de school van uw kinderen, dan luidt het antwoord: nee.

En voor degenen die de kennismaking met Myrons neef goed is bevallen, het verhaal van Mickey Bolitar – waar Myron ook in meespeelt – wordt vervolgd in *Shelter*, een nieuw boek over jongvolwassenen.

Zoals altijd dank ik u voor uw aandacht.

Harlan Coben